Jule Brand

Ein Single kommt selten allein

Liebe im Nachfüllpack

BASTEI LÜBBE

JULE BRAND

Ein Single kommt selten allein

Liebe im Nachfüllpack

BASTEI LÜBBE

BASTEI-LÜBBE-TASCHENBUCH
Band 12 863

1. Auflage Juni 1998
2. Auflage Juli 1998

Printed in Germany
Einbandgestaltung: Herrlich & Herrlich
Titelfoto: Bavaria Düsseldorf
Satz: Kremerdruck GmbH, Lindlar
Druck und Bindung: Elsnerdruck, Berlin
ISBN 3-404-12863-x

Der Preis dieses Bandes versteht sich einschließlich
der gesetzlichen Mehrwertsteuer.

Ein Single kommt selten allein

Personenverzeichnis

Franziska:	Ein fast normales Mädchen, die den ganz normalen Wunsch, von zu Hause auszuziehen, wahrmacht.
Matilda:	Franziskas egozentrische Cousine, mit der sie nicht nur die Wohnung teilt.
Caroline:	Jungfräuliche Psychologiestudentin mit einer Vorliebe für Rosa und Männer, die sie sowieso nicht bekommen kann.
Cornelius:	Zunächst Matildas Freund, der nicht nur defekte Toilettenspülungen reparieren kann.
Felix:	Fotograf, für den Matilda die Hüllen fallen läßt und Cornelius in die Wüste schickt.
Peggy:	Felix' langbeiniges, blondes Model, Matildas härteste Konkurrenz und Carolines Freundin.
Robert:	Medizinstudent mit einem unerschöpflichen Vorrat an roten Rosen.

Christian Jansen:	Carolines Psychologieprofessor, der sich vor allem durch folgende Aussage hervortut: »Alle sollten sich gründlich auf die Prüfung vorbereiten. Das gilt auch für die Studentinnen, die mit mir geschlafen haben.«
Will(ibald) Renner:	Carolines schmieriger Fahrlehrer.

Ferner kommen vor:

Herr Kleinschmidt:	Hausmeister und Vermieter, könnte Willibalds Bruder sein.
Elsbeth Sommer:	Franziskas besorgte Mutter.
Anna:	Matildas Schwester.
Karl-Heinz Sommer:	Franziskas brüllender Vater.
und Sigmund:	Carolines neurotische Schildkröte.

Franziska stand im Badezimmer vor dem Spiegel und versuchte, eine harte und entschlossene Miene aufzusetzen. Das war gar nicht so einfach. Sie hatte nämlich eins von diesen Gesichtern, die immer zu lächeln scheinen, ganz gleich wie ernst einem zumute ist. Das lag an ihrer Stupsnase, den ständig nach oben gebogenen Mundwinkeln – und natürlich an den Sommersprossen. Sommersprossen haben immer etwas Unernstes. Es sei denn, man mag sie nicht. Aber Franziska mochte ihre.

»Ich habe vor, mir eine Wohnung zu suchen«, knurrte sie ihr Spiegelbild an. »Und an meinem Entschluß ist nicht zu rütteln.«

»Franzi«, hörte sie ihre Mutter von unten rufen. »Kommst du bitte zum Essen!«

»Ja, ich komme«, rief Franziska zurück und kniff energisch die Augenbrauen zusammen.

»Kippt mir jetzt bloß nicht vom Stuhl«, sagte sie barsch. »Ich werde ausziehen, und damit basta!« Sie strich sich energisch das glänzende, braune Haar hinters Ohr und öffnete die Badezimmertür.

»Genauso werde ich's ihnen sagen«, murmelte sie.

Es gab Filetsteaks mit Champignons und Petersilienkartoffeln, das Lieblingsgericht ihres Vaters. Franziska freute sich über seine gute Laune.

»Zum Nachtisch habe ich uns rote Grütze mit Vanillesoße gemacht«, teilte Franziskas Mutter mit.

Der Vater lächelte zufrieden.

›Nicht mehr lange‹, dachte Franziska und holte tief Luft.

»Das Filetsteak ist dir ausgezeichnet gelungen, Elsbeth«, lobte der Vater die Mutter.

»Ich will ausziehen«, erklärte Franziska unvermittelt und setzte exakt den Gesichtsausdruck auf, den sie vor dem Spiegel eingeübt hatte.

»Du willst *was*?« Franziskas Vater faltete erbost die gestärkte Damastserviette zusammen.

»Ausziehen«, wiederholte Franziska und nahm sich noch von den Kartoffeln.

Ihr Vater runzelte unwillig die Stirn.

»Was sind denn das wieder für Spinnereien?« fragte er.

Seine Frau legte ihm lächelnd die Hand auf den Arm.

»Du kennst deine Tochter doch«, sagte sie beschwichtigend. »Sie meint es nicht ernst.«

Franziska seufzte.

»Das sind keine Spinnereien«, sagte sie ärgerlich. »Sobald wir eine Wohnung gefunden haben, ziehen wir ein, Matilda, Caroline und ich.«

Der Vater lächelte überlegen.

»Nun, da könnt ihr lange suchen«, meinte er, und damit war die Sache für ihn erledigt. »Eine Wohnung, die von drei mittellosen Studentinnen bezahlt werden kann, gibt es in dieser Stadt nicht.«

Und es gab sie doch.

Aber die Wohnung war schlicht unzumutbar. Drei heruntergekommene Zimmer, Küche, Diele, Bad, dritter Stock, Altbau, nur mit Kohleöfen zu heizen.

Dazu einfachverglaste Sprossenfenster, von denen die Farbe abblätterte, angeschimmelte Teppichböden und Wände, von denen die Tapete in Fetzen herabhing. Eine Ruine mitten in der Stadt!

»Hinreißend!« rief Matilda. »Die hohen Räume! Die herrliche Akustik!«

»Das Zimmer mit Balkon ist für mich«, entschied Caroline. »Ich werde es rosa streichen!«

»Diese Bruchbude zu renovieren ist eine Lebensaufgabe, und im Winter werden wir erfrieren«, seufzte Franziska. »Wie hoch, sagten Sie, ist die Miete?«

»Fünfhundert«, antwortete Herr Kleinschmidt, der Vermieter. »Drei Monatsmieten im voraus, auf vier Jahre befristet. Aber die Briketts müssen Sie sich selber aus dem Keller holen. Ich hab's im Rücken.«

»Kein Wunder bei dem Bauch«, murmelte Franziska undeutlich und seufzte noch einmal.

Dann aber dachte sie an ihren Vater und setzte beherzt ihren Namen neben Carolines und Matildas Krakel unter den Mietvertrag.

»Von mir aus können Sie sofort einziehen«, bot Herr Kleinschmidt an und überreichte Matilda die Schlüssel mit einer kleinen Verbeugung. »Ich muß jetzt mit dem Hund Gassi gehen. Bis dann.«

»Auf vier Jahre befristet«, sagte Matilda, als er gegangen

war. »Gut, daß wir das wissen. Bis dahin müssen wir das Studium hinter uns gebracht haben, Mädels.«

»Oder eine neue Wohnung gefunden haben«, meinte Franziska und riß ein loses Stück grau-geblümte Tapete von der Wand. »Das scheint mir die entschieden bessere Lösung zu sein.«

Matilda war Franziskas Lieblingscousine. Ihre Väter waren Brüder und sich in jeder Beziehung ausgesprochen ähnlich. Jahrelang hatten sie in der gleichen Straße gelebt, Gartenzaun an Gartenzaun. Und Caroline hatte mit ihren Eltern nur zwei Häuser weiter gewohnt. Als kleine Mädchen waren sie unzertrennlich gewesen, wie Drillinge. Bis Matildas Mama von Franziskas despotischem Onkel die Nase voll hatte, ihre Sachen packte und mit ihrer kleinen Tochter nach Florenz ging, wo sie geboren worden war. Matildas große Schwester Anna blieb in Deutschland beim Vater zurück, und Franziska und Caroline waren nunmehr traurige Zwillinge. Bis keine zwei Jahre später Carolines Vater ein Job in Norddeutschland angeboten wurde und auch Caroline umziehen mußte. Fast zehn Jahre lang hatten sie einander nur geschrieben und sich von Zeit zu Zeit in den Ferien besucht. Jetzt würde das Studium sie wieder in Köln vereinigen. Es war beinahe zu schön, um wahr zu sein.

»Mit diesem Herrn Kleinschmidt unter einem Dach zu hausen, wird sicher auch kein reines Vergnügen werden«, meinte Franziska. »Er hat so einen klebrigen Blick. Besonders in deinen Ausschnitt, Matilda.«

Matilda zuckte mit den Schultern »Wer weiß, vielleicht ist der Ausschnitt ja dafür verantwortlich, daß wir die Wohnung bekommen haben. Und kein anderer.«

Franziska lachte. »Falls es überhaupt andere Interessenten gab!«

»Bei der spottbilligen Miete? Natürlich gab es andere Interessenten. Aber die hatten eben nicht so ein überzeugendes Dekolleté.«

Matilda war seit einem halben Jahr wieder in Deutschland und wohnte zur Zeit bei ihrer Schwester und deren Familie. Die hatten zwar ein großes Haus und genug Platz, aber Matilda sagte, sie hielte es dort keine Sekunde mehr aus.

»Sind sie nicht nett zu dir?« fragte Caroline mitleidig.

»Doch«, stöhnte Matilda. »Sogar sehr. Das ist es ja gerade. Es ist die höflichste Familie, die mir je untergekommen ist. Die Kinder schreien nicht, kleckern nicht und zanken nicht, mein Schwager lächelt den lieben langen Tag wie ein Honigkuchenpferd, und meine Schwester schwebt in ihrem lupenreinen Haushalt herum wie ein weiblicher Meister Propper. Ich werde dort noch verrückt!«

Caroline grinste, legte den roten Lockenkopf in den Nacken und schaute an die Decke.

»Das Haus muß einmal wunderschön gewesen sein. Herrliche Stuckdecken, glänzende Parkettböden und die hohen, französischen Fenster«, meinte sie träumerisch. »Ein bißchen Arbeit und Phantasie, und die Fotografen von *Schöner Wohnen* oder *Elle* werden vor unserer Tür Schlange stehen.«

Matilda fand den Gedanken gut.

»Die drei bezaubernden, jungen Studentinnen haben eine reizvolle Mischung aus alt und neu kreiert«, zitierte sie die übernächste Ausgabe von *Elle Decoration*. »Besonders das Zimmer der bildschönen, angehenden Sängerin Matilda, das auf einzigartige Weise den unwiderstehlichen Charme seiner Bewohnerin widerspiegelt ...Was ist denn das?!« Sie zeigte erschrocken auf den Boden.

»Sicher eine Kakerlake«, mutmaßte Franziska, und die Sommersprossen auf ihrer Nase wurden blaß. »Hier gibt es garantiert jede Menge Ungeziefer. Aber was soll's, wir haben endlich eine Bleibe, und das noch einen Monat vor Semesterbeginn.«

Caroline zog eine Flasche Sekt aus ihrem karierten Rucksack.

»Das müssen wir feiern«, meinte sie. »Wir haben nur keine Gläser.«

Matilda ließ sich auf dem Teppichboden nieder.

»Setzt euch«, forderte sie die anderen beiden auf. »Die Kakerlaken und Wanzen scheinen gerade eine kleine Ruhepause zu machen!«

Caroline ließ den Sektkorken knallen.

»Auf unsere erste eigene Wohnung«, rief sie und nahm einen kräftigen Schluck aus der Flasche. »Schade, daß wir nicht schon morgen einziehen können.«

»Meine Eltern glauben immer noch, daß ich schön brav zu Hause wohnen werde«, sagte Franziska und grinste. »Wenn mein Vater hört, daß ich tatsächlich ausziehe, zahlt er mir keine müde Mark mehr.«

»Wie ich meinen Onkel Karl-Heinz kenne, setzt er dich sofort mit Sack und Pack vor die Türe, und dann mußt du schon morgen einziehen«, unkte Matilda und stand wieder auf, um das Badezimmer zu benutzen. »Wenn du klug bist, sagst du es ihm erst, wenn du schon umgezogen bist.«

»Ist dein Vater wirklich so?« fragte Caroline.

»Ja«, seufzte Franziska. »Er ist auch dafür, das Wahlrecht erst ab fünfundzwanzig einzuführen. Zwanzigjährige Mädchen gehören in ihr Elternhaus, und damit basta. Er wird toben und brüllen, daß die Fetzen fliegen!«

»Meine Eltern können glücklicherweise nicht verlangen, daß ich zu Hause wohnen bleibe«, meinte Caroline zufrieden. »Man kann schlecht in Kiel wohnen und in Köln studieren!«

»Ja, die ZVS macht's möglich«, bemerkte Franziska und nahm noch einen Schluck aus der Flasche. »Ich hätte mich auch besser um einen Studienplatz in Psychologie beworben. Dann säße ich jetzt an einer kleinen Uni in Hintertupfingen, und meinem Vater bliebe nichts anderes übrig, als mir in der Einöde eine Wohnung zu mieten.«

»So ist es doch viel lustiger!« fand Caroline. »Wir drei zusammen in einer Wohnung, mitten in der Großstadt. Was meinst du, wie herrlich das wird. Erst einmal verwandeln wir dieses Dreckloch in etwas Bewohnbares. Und dann ...«

Matilda kam mit leicht verstörtem Blick aus dem Badezimmer zurück.

»Kennt einer von euch zufällig einen Klempner?« fragte sie. »Irgendwas stimmt mit der Klospülung nicht.«

»Oh, nein«, rief Franziska. »Alles, nur nicht die Klospülung! Was, wenn ich wirklich morgen schon einziehen muß?«

»Du kannst sicher Herr Kleinschmidts Toilette benutzen«, meinte Caroline und grinste. »Ich habe einen Cousin in Kiel, der ist Installateur.«

»Und der kommt mal eben in Köln vorbei, um unser Klo zu reparieren, klar. Kennst du vielleicht einen, der näher wohnt?«

»Cornelius!« schrie Matilda. »Der kann eigentlich alles! Daß der mir nicht sofort eingefallen ist.«

»Ich dachte, ihr seid verlobt«, sagte Caroline. »Du und Cornelius.«

»Verlobt! Dir geht es wohl nicht gut!« Matilda spuckte plötzlich Feuer. »Verloben ist ja wohl das Oberspießigste überhaupt. So was würde vielleicht zu Cornelius passen, aber doch nicht zu mir.«

Sie ließ sich empört wieder auf dem Fußboden nieder und nahm Franziska die Sektflasche aus der Hand. »Ich habe sowieso längst beschlossen, daß unsere Wege sich trennen werden.«

Caroline und Franziska tauschten einen besorgten Blick.

»Aber nicht, bevor unser Klo repariert ist«, flehte Caroline. »Und Waschmaschine und Herd kann er auch noch anschließen, bevor du ihn in die Wüste schickst.«

»Ich habe mir vorgestellt, daß wir mit unserer Wäsche in den Waschsalon gehen«, meinte Matilda. »Da lernt man die tollsten Typen kennen, echt!«

Franziska kicherte. »Ich bin total neugierig, den tollen Typen kennenzulernen, der es schon über ein halbes Jahr mit dir aushält.«

»Cornelius ist kein toller Typ. Spießig ist der.«

»Cornelius – klingt eigentlich überhaupt nicht so spießig«, meinte Caroline nachdenklich.

»Ist es vielleicht nicht spießig, wenn jemand mit sechsundzwanzig schon seinen Doktor hat?« fragte Matilda.

»Seinen Doktor in was?«

»Betriebswirtschaft oder Wirtschaftswissenschaften, irgend

so'n trockener Kram. Ich kann es mir nie merken. Er verdient jedenfalls eine Menge Kohle damit.«

»Geld finde ich nicht unbedingt spießig«, meinte Franziska und dachte kurz an die Zukunft. »Wir könnten alle etwas mehr davon gebrauchen.«

»Aber kochfeste Unterwäsche trägt er!« rief Matilda. »Findet ihr das etwa auch nicht spießig?«

Caroline streckte ihre dünnen Beine aus. »Besser als Leopardentangas«, meinte sie. »Oder Unterwäsche, die man zum Sauberwerden nur an die frische Luft hängen muß.«

»Baumwollripp kann sogar echt süß aussehen«, behauptete Franziska.

»Aber nicht mit Eingriff!« schnaubte Matilda. »Das darf vielleicht Herr Kleinschmidt tragen, damit er sich beim Pinkeln nicht setzen muß.«

Franziska und Caroline lachten.

»Stimmt doch! Solche Unterwäsche ist einfach eine Zumutung!« rief Matilda. »Ich trag doch auch keinen von diesen Panzer-BH's mit verstärkten Seitennähten.«

»Die gibt's auch nur ab Körbchengröße DD. So Einmannzelte.«

»Ich habe immerhin C. Achtzig C«, behauptete Matilda und griff sich an den Busen. »Wenn ich wollte, könnte ich dafür auch solche Gruseldinger auftreiben.«

Caroline seufzte. »Achtzig. Ich werde immer neidisch, wenn ich so was höre. Für meinen Busen gibt es überhaupt keine Büstenhaltergröße.«

Franziska und Matilda starrten intensiv auf Carolines T-Shirt.

»Also, ich würde sofort mit dir tauschen«, sagte Franziska, die nur unwesentlich mehr aufzuweisen hatte. »Mit einem kleinen Busen kann man all diese süßen Schlauchkleider tragen. Ich sehe darin immer aus wie eine Mülltonne.«

»So ein Quatsch«, widersprach Caroline. »Du siehst in nichts aus wie eine Mülltonne. Aber wenn ich so ein enges Teil trage, fühle ich mich wie eine dünne Siedewurst. In Eigenhaut.«

»Du bist zu klein für eine Siedewurst.«

»Also, ich mag meinen Busen genauso wie er ist«, sagte Matilda und rekelte sich zufrieden.

»Herrn Kleinschmidt hat er auch gefallen.«

»Darauf trinke ich. Auf Herrn Kleinschmidt!« Caroline nahm den letzten Schluck aus der Flasche. »Nein, auf uns und darauf, daß wir hier bald einziehen können.«

* * *

Drei Tage später ging Carolines Wunsch in Erfüllung.

Wie Matilda es vorausgesagt hatte, tobte und brüllte Franziskas Vater nicht nur, als er von ihren Auszugsplänen erfuhr, sondern stellte sie vor die Wahl, die Sache entweder sofort rückgängig zu machen oder auf der Stelle auszuziehen und nie wieder einen Pfennig von ihm zu sehen.

»Du bist doch noch ein Kind!« brüllte er. »Diese Grillen hat dir deine Cousine in den Kopf gesetzt, das frühreife Früchtchen!«

»In zwei Monaten werde ich zwanzig«, entgegnete Franziska, obwohl er das eigentlich hätte wissen müssen.

»Als ob du es hier zu Hause nicht gut hättest«, rief der Vater. »Du hast ein schönes, großes Zimmer, ein Auto, genug Taschengeld, und deine Mutter kocht und wäscht und trägt dir alles hinterher. Warum solltest du so dumm sein und das aufgeben?«

»Weil ich einfach mal ausprobieren will, wie es ist, auf sich gestellt zu sein«, sagte Franziska. »Verstehst du das denn nicht?«

»Nein!« schrie der Vater. »Das kannst du noch früh genug ausprobieren. Jetzt würde das ein schönes Fiasko geben. Du, deine abgedrehte Cousine und die zarte, kleine Caroline in einer Wohnung!«

»Warum sollte das jetzt anders sein, als in fünf oder zehn Jahren?« fragte Franziska. Sie spürte, wie die Wut langsam in ihr hochkroch.

»Du kannst doch gar nichts allein! Noch nicht mal deine Wäsche waschen. Wir tragen dir doch noch deinen Hintern hinterher!« schrie der Vater.

Jetzt platzte Franziska aber auch der Kragen.

»Und wer, bitte, hat mich jemals gefragt, ob ich das überhaupt will?« brüllte sie zurück. »Es wird höchste Zeit, daß ich das alles lerne. Und wenn du es auch nicht glauben magst: Eine Waschmaschine zu bedienen, das ist heutzutage so einfach, daß es sogar mir gelingen wird.«

Außerdem gibt es Waschsalons, fügte sie in Gedanken hinzu. Da lernt man nettere Typen kennen als bei Mama in der Waschküche.

»Wenn du ausziehst«, schrie der Vater wütend, »bekommst du nicht einen Pfennig mehr von mir. Du bist dann sowieso schneller wieder hier, als du dir träumen läßt!«

»Karl-Heinz«, sagte Franziskas Mutter. »Bitte *etwas* leiser.«

Franziska schüttelte aufgebracht den Kopf.

»Ich könnte den Unterhalt sogar einklagen, du Erpresser«, rief sie. »Aber ich will überhaupt kein Geld von dir. Das kannst du dir sonstwohin schieben.«

»Franzi!« murmelte die Mutter vorwurfsvoll.

»Du kannst es dir jetzt überlegen!« brüllte der Vater und schlug mit der Faust auf den Tisch. »Entweder du machst die Geschichte mit der Wohnung rückgängig und entschuldigst dich für deine Ungezogenheiten, oder du verläßt auf der Stelle dieses Haus.«

Franziska kniff die Lippen zusammen und schüttelte den Kopf.

»Dann kannst du sehen, wo du bleibst«, knurrte der Vater.

Wenn er knurrte, statt zu brüllen, war er in der Regel so wütend, daß er nicht mehr in der Lage war, die zum Brüllen nötige Luft in seine Lungen zu pumpen. »Heute abend will ich dich hier nicht mehr sehen.«

Er schob seinen Stuhl nach hinten, stand auf und stapfte wütend in sein Arbeitszimmer. Die Tür warf er mit einem donnernden Knall hinter sich ins Schloß.

Einen Augenblick lang herrschte absolute Stille.

»Was hast du dir nur dabei gedacht?« fragte Franziskas Mutter. »Du kennst ihn doch.«

»Ja«, seufzte Franziska.

»Wenn du zu ihm gehst und dich entschuldigst, verzeiht er dir bestimmt«, meinte die Mutter.

»Liebste Mama, versteh doch endlich«, sagte Franziska mit Nachdruck. »Erstens gibt es nichts zu verzeihen, und zweitens muß ich dann hier wohnen bleiben, bis ich meine dritten Zähne kriege.«

Und obwohl sie ihre Eltern im Grunde sehr liebte und keinen Schimmer hatte, wie sie sich von nun an über Wasser halten sollte, ging sie in ihr Zimmer und packte.

Anschließend rief sie ihre Cousine an.

»Was? Heute schon?« rief Matilda begeistert.

»Bis heute abend muß ich hier verschwunden sein«, erklärte Franziska. »Ich weiß nur nicht wie.«

»Warte ein bißchen, dann komme ich und hole dich ab«, versprach Matilda.

Franziska trug ihre gesamte Habe in der Einfahrt zusammen. Glücklicherweise regnete es nicht. Ihr Vater hatte sich im Arbeitszimmer eingeschlossen und ließ sich nicht blicken.

»Du könntest wenigstens im Haus warten, Franzi«, sagte ihre Mutter vorwurfsvoll und weigerte sich, ihr beim Tragen zu helfen. »Was sollen denn die Nachbarn denken?«

Franziska legte ihren Teddybären auf eine Kiste mit Büchern und blitzte ihre Mutter gereizt an: »Von mir aus sollen sie denken: Sieh an, sieh an, bei Sommers wird die Tochter aus dem Haus geschmissen!«

Die Mutter seufzte. »Du hast genauso einen Dickkopf wie dein Vater. Es wird Wochen dauern, bis er wieder mit dir spricht.«

Franziska grinste ein bißchen.

»Vielleicht schafft er es rechtzeitig zu Weihnachten.«

Franziskas Mutter seufzte noch einmal. »Als dein Bruder damals den Wehrdienst verweigert hat, hatten wir das gleiche Theater, weißt du noch?«

Sie besah sich das Chaos auf der Einfahrt: Franziskas Bücher, Klamotten, Hüte, Bettzeug, Stereoanlage, Schaukelstuhl, Kleiderständer, Jonglierbälle und -keulen, Fotoalben, Gitarre, Zimmerlinde, alles wild neben- und übereinander.

»Wenn du unbedingt mal von zu Hause weg willst, dann wäre ein betreutes Studentenwohnheim das Richtige für dich.«

Franziska sagte nichts. Es war sowieso zwecklos.

»Worauf willst du überhaupt schlafen?« fragte die Mutter.

»Auf meinem Bett, wenn du mir helfen würdest, es die Treppe runterzutragen!«

»Ausgeschlossen, Franzi«, meinte die Mutter. »Das würde mir dein Vater niemals verzeihen.«

»Dann lege ich mich eben auf den verschimmelten Teppichboden«, sagte Franziska laut und nickte einer Nachbarin, die auf dem Bürgersteig vorüberging, freundlich zu.

»Du könntest wenigstens versuchen, die Matratze mitzunehmen«, schlug die Mutter vor. »Du holst dir sonst was an der Blase.«

»Das sieht dir ähnlich«, rief Franziska. »Ich soll mir lieber einen Bruch heben, als es an der Blase zu kriegen!«

»Psssst!« zischte die Mutter. »Wenn du mich fragst, mußt du sowieso zwei Drittel von deinen Sachen hierlassen, weil ihr das im Leben nicht wegschaffen könnt!«

Aber da hatte sie nicht mit Matilda gerechnet. Keine zwei Stunden nach ihrem Telefonat mit Franziska bog ein Kleinlaster um die Ecke und hielt direkt vor dem Haus.

»Bin ich nicht großartig?« schrie Matilda, und sprang aus der Beifahrertüre wie ein Kastenteufelchen. »Hiermit fahren wir deinen und meinen Krempel mit einer einzigen Fuhre zu unserem neuen Domizil!«

Ein gutaussehender Junge mit dunklen Locken stieg auf der Fahrerseite aus. Franziska musterte ihn überrascht. Spießig sah der jedenfalls nicht aus.

»Das ist Cornelius«, stellte Matilda vor. »Der hat auch den Laster organisiert. Gar nicht so einfach, an einem Sonntag. Cornelius, das ist meine Tante Elsbeth, und das ist Franziska. Onkel Karl-Heinz wird sich irgendwo versteckt haben und schmollen.«

Cornelius schüttelte Franziskas Mutter wohlerzogen die Hand und lächelte Franziska aufmunternd zu. Dann begann er kommentarlos die Einfahrt leerzuräumen. Franziska fühlte sich gleich besser.

»Dein Cornelius ist toll«, flüsterte sie Matilda zu. »Und er sieht total süß aus.«

»Ja, für so was ist er wirklich gut zu gebrauchen«, flüsterte Matilda zurück. »Aber denk an seine Unterwäsche!«

Cornelius bückte sich nach einer Bücherkiste.

»Bei so einem Hintern ist die Unterwäsche eigentlich völlig egal«, fand Franziska.

»Das kommt vom Schwimmen«, erklärte Matilda. »Er spielt Wasserball.«

Franziskas Mutter tippte Cornelius auf die Schulter.

»Meinen Sie, daß Sie Franzis Bett aus ihrem Zimmer tragen können?« fragte sie. »Ich fürchte, sie wird sonst auf dem Boden schlafen.«

»Das dürfte kein Problem sein«, sagte Cornelius.

Tatsächlich hatte er das Bett in ein paar Minuten auseinandergeschraubt und samt Matratze verladen. Es dauerte keine halbe Stunde, und der Lastwagen konnte sich wieder auf den Weg machen.

Franziska saß neben Matilda auf dem Beifahrersitz und hielt ihren Teddybären fest an sich gedrückt. Sie kämpfte ein bißchen mit den Tränen.

»Sieh mal, Tante Elsbeth winkt«, sagte Matilda.

Franziska schaute aus dem Fenster und winkte zurück. »Die Arme. Jetzt ist sie ganz allein mit meinem Papa.«

»Der wird sich schon wieder beruhigen«, meinte Matilda. »Cornelius, halt da vorne an der Telefonzelle, ja? Wir müssen Caroline in Kiel anrufen.«

Cornelius parkte am Straßenrand, und Franziska, Matilda und der Teddybär quetschten sich in die Telefonzelle.

Caroline war über die rasante Entwicklung ihrer Pläne sehr erfreut.

»Ihr könnt unmöglich ohne mich in dieser Bruchbude hausen«, meinte sie aufgeregt. »Ich komme morgen mit dem Zug.«

»Und was ist mit deinen Möbeln?«

»Was für Möbel?« fragte Caroline. »Ein Koffer mit dem Nötigsten wird ja wohl genügen. Ruf mich heute abend noch mal an. Dann weiß ich, wann mein Zug in Köln ankommt.«

»In Ordnung«, sagte Franziska, und legte auf.

Matilda tanzte begeistert vor der Zelle auf und ab.

»Jetzt holen wir noch das Klavier und meinen anderen Krempel bei meiner Schwester ab!« rief sie und fiel Franziska um den Hals. »Ach, ich freu mich so!«

»Weißt du was?« fragte Franziska, als wäre sie über sich selbst erstaunt. »Ich freu mich auch!«

* * *

»Es sieht so aus, als würden die neuen Mieter aus dem dritten Stock schon einziehen«, sagte Robert und lehnte sich aus dem Fenster der Dachwohnung.

»Und wie sehen die aus?« fragte Felix und rührte sich nicht von der schwarzen Couch weg, auf die er sich ausgestreckt hatte. Seine Augen waren geschlossen, und auf seinem Kopf lag ein Müllbeutel mit Eiswürfeln.

»Nicht übel«, antwortete Robert und pfiff anerkennend durch seine Zähne. »Die mit dem schwarzen Wuschelkopf ist höchstens zwanzig, genau dein Typ. Beine, so hoch wie der Eiffelturm. Wow. Und da ist da noch eine Kleinere mit einem Teddy im Arm. Mehr der Mit-mir-kann-man-Pferde-stehlen-Typ, aber ziemlich süß.«

»Wie süß?« wollte Felix wissen.

»Schlank, gute Figur, braune, glatte Haare, großer Mund. Soweit ich es von hier oben erkennen kann, würde ich sagen: achteinhalb von zehn möglichen Punkten.«

»Lauter hübsche Mädels? Das wär ja zu schön, um wahr zu sein!« brummte Felix von seiner Couch.

»Leider ist da noch ein Typ. Ziemlich gutaussehend.« Robert lehnte sich noch weiter aus dem Fenster. »Scheint aber ein Idiot zu sein. Der versucht doch wahrhaftig, ganz allein ein Klavier aus dem Wagen zu zerren.«

»Ein Klavier!« Felix setzte sich mühsam auf. »O mein Gott, wo ist das Aspirin?«

»Das kann man ja nicht mit ansehen!« meinte Robert und drehte sich um. »Der arme Kerl und zwei schwache Mädchen im Kampf mit einem Klavier. Ich geh mal und spiele den Möbelpacker.«

»Tu das«, meinte Felix. »Ich würde ja auch helfen, wenn mein Kopf nicht so schmerzen würde. Sag mal, hast du noch ein Aspirin für mich?«

»Jetzt nicht!« sagte Robert und zog die Tür hinter sich zu.

Es sah tatsächlich so aus, als würde Cornelius den Kampf mit dem Klavier nicht gewinnen. Er und Franziska hielten den Klimperkasten mit Mühe auf der Laderampe fest und wußten nicht mehr vor und zurück.

»Herr Kleinschmidt«, sagte Matilda mit äußerst gewinnendem Lächeln zu dem Vermieter, der in der Haustüre stand und zuschaute. »Guten Tag! Prima, daß Sie zu Hause sind. Da können Sie uns gleich helfen, das Klavier in den dritten Stock zu tragen.«

Herr Kleinschmidt lächelte verschlagen.

»Ich würd' ja gern«, sagte er, »aber mit meinem Rücken? Nee. Bedauere.« Damit verschwand er schleunigst in seiner Wohnung im Erdgeschoß.

»Ein echter Kavalier!« sagte Matilda empört.

»Er hat sicher deinen tiefen Ausschnitt vermißt«, keuchte Franziska. »Ich kann nicht mehr! Gleich werde ich unter dem Klavier begraben. Kein schöner Tod.«

»Halt noch ein bißchen durch«, flehte Cornelius und kämpfte mit dem Tragegurt, den er ums Klavier geschlungen hatte. »Matilda, kannst du nicht mal mit anfassen?«

Genau in diesem Augenblick kam Robert die Treppe im Hausflur herab.

»Kann ich helfen?« fragte er und grinste freundlich.

»Ja«, sagte Cornelius erleichtert. »Du kannst Franziska ablösen, damit wir das Ding endlich die Rampe runterkriegen.«

Franziska ließ bereitwillig los und sah den Neuankömmling von der Seite an. Er sah nett aus. Ein bißchen wie Til Schweiger.

»Wohnst du hier im Haus?« fragte sie, während die Jungs das Klavier in den Hauseingang wuchteten.

»Ja, unterm Dach«, ächzte der Til-Schweiger-Typ. »Ich heiße Robert.«

»Ich bin Franziska«, sagte Franziska. »Und das ist meine Cousine Matilda. Ihr gehört das Klavier. Sie studiert Musik. Erstes Semester.«

»Aha«, keuchte Robert. »Ich studiere Medizin. Viertes Semester.«

»Und das ist Cornelius, Matildas Freund.«

»Aha«, schnaufte Robert wieder.

Das Klavier schien wirklich höllisch schwer zu sein.

»Aber er wird nicht mit einziehen!« rief Matilda von unten, und Cornelius runzelte verärgert die Stirn.

»Robert! Der ist ja vielleicht süß!« flüsterte Matilda Franziska zu. »Was meinst du, schwul oder verheiratet?«

»Das werden wir gleich wissen!« meinte Franziska, nahm einen Koffer aus dem Lastwagen und folgte dem Klavier die Treppe hinauf.

Matilda ging mit dem Kleiderständer und Franziskas Gitarre hinterher.

»Wohnst du alleine hier?« fragte Franziska dreist, als Cornelius und Robert mit dem Klavier in die Kurve vom ersten Stock gingen.

»Nein. Zusammen mit meinem Freund Felix«, antwortete Robert. »Puh. Ich fürchte, ich muß mal absetzen.«

Matilda stieß Franziska den Kleiderständer in die Rippen.

»Na, ich sag doch, der ist schwul!« zischte sie.

Cornelius und Robert setzten das Klavier im ersten Stock ab, um eine kleine Verschnaufpause einzulegen.

»Nein, nicht schwul«, sagte Robert zu Matilda. »Ehrlich.«

Matilda wurde rot.

»Hätte ja sein können«, stotterte sie.

»Das kann dir ja auch egal sein«, mischte sich Cornelius gereizt ein.

»Studiert dein Freund Felix auch Medizin?« fragte Franziska.

»Nein.« Robert schüttelte den Kopf. »Felix ist Modefotograf.«

»Tatsächlich?« fragten Matilda und Franziska gleichzeitig.

Cornelius schnaubte verärgert durch die Nase.

»Tatsächlich?« äffte er die beiden nach.

»Und was machst du?« wollte Robert von Franziska wissen und zeigte auf ihre Gitarre. »Studierst du auch Musik?«

»Ich studiere Sport«, antwortete Franziska. »Ab übernächste Woche.«

»Los, weiter geht's!« Cornelius wurde ungeduldig.

Er, Robert und das Klavier setzten sich wieder in Bewegung. Als sie im zweiten Stock erneut eine Pause einlegten, fragte Robert: »Zieht ihr beiden hier allein ein?«

»Nein«, sagte Franziska. »Wir sind zu dritt. Caroline kommt morgen aus Kiel.«

»Sie studiert Psychologie«, setzte Matilda erklärend hinzu. »Äh, wie alt ist eigentlich dein Freund, der Fotograf?«

Cornelius warf ihr einen wütenden Blick zu.

»Siebenundzwanzig«, antwortete Robert und grinste. »Und auch nicht schwul.«

»Möchtest du vielleicht noch seine Schuhgröße wissen, oder können wir langsam mal weitermachen?« Cornelius ruckte mit dem Tragegurt.

Robert erhob sich wieder. Matilda stieß Franziska noch einmal mit dem Kleiderständer in die Seite.

»Ich glaube, wir haben echt einen Glücksgriff mit dieser Wohnung getan. Ein Modefotograf und ein Medizinstudent im Dachgeschoß!«

»Und Herr Kleinschmidt und sein Hund im Erdgeschoß«, erinnerte Franziska sie. »Ich bin sehr gespannt, wer im ersten und zweiten Stock wohnt, du nicht?«

»Besser kann es jedenfalls kaum werden!« flüsterte Matilda. »Außer Brad Pit wohnt dort.«

»Oder Keanu Reeves«, fügte Franziska hinzu.

Oben schloß Matilda die Wohnungstüre auf.

»Willkommen in unserem neuen Domizil!« rief sie und machte eine einladende Geste mit den Armen.

Robert und Cornelius stellten das Klavier im Flur ab.

»Das hätten wir schon mal geschafft«, sagte Cornelius erleichtert und sah sich neugierig um.

Er musterte den verschimmelten Teppichboden, die klobigen Kohleöfen, die abgerissenen Tapeten, die bröckeligen Decken mit wachsendem Entsetzen. Dann sagte er eine ganze Weile gar nichts mehr.

»Ich hatte es gar nicht so schlimm in Erinnerung«, flüsterte Matilda.

»Ich schon«, behauptete Franziska und riß die Fenster auf. Eine Menge uralte Farbe rieselte auf den Boden.

»Wenn ihr euch ranhaltet, könnt ihr in ein paar Wochen einziehen«, meinte Robert. »Ich kenne da einen Malermeister, der nimmt nicht viel.«

»Wir ziehen schon heute ein«, sagte Franziska energisch. »Und wir renovieren auch selber!«

»Es sei denn, du kennst einen Klempner«, wandte Matilda ein. »Die Klospülung ist nämlich kaputt. Oder kannst du die dir mal angucken, Corni?«

»Ich träum' das alles doch nur«, sagte Cornelius immer noch fassungslos. »Kein normaler Mensch kann ernstlich in eine solche Wohnung ziehen wollen.«

»Wir schon«, murmelte Franziska. »Aber wir sind ja auch nicht normal.«

* * *

Die erste Nacht in der neuen Wohnung wurde ziemlich schrecklich. Cornelius hatte mit Roberts freundlicher Hilfe ihre Betten zusammengeschraubt und nebeneinander in den am wenigsten verschimmelten Raum gestellt.

»Bei dem Viehzeug hier werdet ihr froh sein, nicht allein zu schlafen«, behauptete er.

Matildas Bett war aus Eisen, hatte ein verschnörkeltes Kopfteil und ein Gestell aus vier Pfosten mit Querstreben für einen Himmel. Es war genauso breit wie lang, und Franziskas Korbbett wirkte daneben klein und mickrig.

»Wozu braucht ein Mensch alleine ein solches Bett?« fragte

Robert. »Ich wette, da haben früher ganze Familien drin genächtigt.«

»Manchmal braucht man so viel Platz«, meinte Matilda und grinste Cornelius vielsagend an.

Cornelius sah verständnislos zurück. Dann untersuchte er kopfschüttelnd die Klospülung.

»Hier kann nur noch ein Klempner helfen«, sagte er ernst.

Franziska und Matilda stöhnten entsetzt.

»Ihr könnt unser Badezimmer benutzen«, bot Robert liebenswürdig an, aber da beugte sich Cornelius doch noch einmal zähneknirschend über die Kloschüssel.

»Na ja, provisorisch wird das schon ein paar Tage gehen«, meinte er finster und griff nach seinem Werkzeugkasten.

Matilda stieß Franziska in die Rippen.

»Funktioniert doch alles prima«, flüsterte sie.

»Irgendwie bist du gemein«, flüsterte Franziska zurück. »So einen wie Cornelius hast du gar nicht verdient.«

»Ich weiß«, sagte Matilda und grinste zufrieden.

Als die Klospülung notdürftig repariert war, dämmerte es bereits. Robert wollte gehen.

»Ich muß doch mal sehen, wie es Felix geht«, sagte er. »Er hat eine schwere Nacht hinter sich.«

»Vielen Dank für deine Hilfe«, meinte Franziska, und Matilda schenkte ihm ihr strahlendstes Lächeln.

»Ja«, gab Cornelius widerwillig zu. »Ohne dich hätten wir den Krempel noch nicht hier oben.«

»Ich hab's gern getan«, sagte Robert und lächelte allen noch einmal zu. »Man sieht sich.«

»Vermutlich täglich«, meinte Cornelius ärgerlich, als die

Tür hinter Robert geschlossen war. »Ihr lebt hier in so desolaten Zuständen, daß es dafür immer einen Grund geben wird. Und was soll das heißen: Felix hat eine schwere Nacht hinter sich?«

Matilda zuckte gereizt mit den Schultern.

»Jetzt, wo Robert weg ist, kannst du ja beruhigt nach Hause fahren«, schlug sie vor.

Cornelius schaute gekränkt drein.

»Du hast uns wirklich sehr, sehr, sehr geholfen«, meinte Franziska schnell. »Ich weiß gar nicht, was wir ohne dich getan hätten.«

»Das weiß ich allerdings auch nicht«, sagte Cornelius. »Ich fahr' jetzt den LKW weg und komme morgen abend nach der Arbeit mal vorbei. Vielleicht bringe ich jemanden mit, der die Klospülung in Ordnung bringt.«

»Mach das«, sagte Matilda und küßte ihn flüchtig zum Abschied. »Du bist wirklich sehr lieb.«

»Und du bist ein Biest«, meinte Franziska, als die Tür hinter Cornelius ins Schloß gefallen war.

»Ja, und?« Matilda ließ sich auf ihr Bett fallen und sah zufrieden an sich herab. »Männer mögen das. Die lieben mich, *weil* ich so richtig ekelhaft bin.«

»Ich glaube nicht, daß es daran liegt«, meinte Franziska und musterte ihre schöne Cousine von oben bis unten.

Matilda war knapp einen Meter achtzig groß, hatte lange schlanke Beine, schmale Hüften und einen runden Busen. Das Gesicht unter den kurzgeschnittenen schwarzen Locken wirkte im Augenblick sehr jung und mädchenhaft, aber Franziska wußte, daß Matilda auch ganz anders aussehen konnte, wenn sie wollte. Sie hatte einfach das gewisse Etwas, das Männer mochten.

»So ekelhaft bist du gar nicht«, sagte sie freundlich.

»Nein?«

»Nein.«

»Schade«, meinte Matilda und grinste. »Aber, was nicht ist, kann ja noch werden. Hast du Cornelius Gesicht gesehen, als er die Wohnung betreten hat?«

»Ja«, kicherte Franziska. »Ein Fall für die versteckte Kamera.«

»Hier sieht's wirklich schlimm aus.«

»Aber nicht mehr lange.«

Draußen dämmerte es bereits.

»Wo ist denn hier Licht?« fragte Franziska und tastete sich an der Wand entlang.

Es gab keins. Nicht mal eine Glühbirne. Draußen wurde es schneller dunkel, als ihnen lieb war. Glücklicherweise fanden sie Streichhölzer, mit denen sie die Kerzen in Franziskas schmiedeeisernem Kerzenständer anzünden konnten, den sie immer dort hin trugen, wo sie sich gerade aufhielten.

»Irgendwie gemütlich, findest du nicht?« nuschelte Matilda, als sie sich bei Kerzenschein gemeinsam die Zähne putzten. Statt einer Antwort, spuckte Franziska einen dicken Klecks Zahnpasta ins Waschbecken.

Das Abendessen fiel aus. Statt dessen kuschelten sie sich in ihren Betten unter die Decken. Die Kerzen warfen riesige, zuckende Schatten an Wand und Decke.

»Irgendwie gemütlich«, wiederholte Matilda, aber es klang schon weit weniger überzeugt.

»So sieht man wenigstens die Spinnen und Kakerlaken nicht«, antwortete Franziska. »Gute Nacht, Matilda.«

»Gute Nacht.« Matilda pustete die Kerzen aus und zog sich die Decke bis zum Kinn. »Bis morgen früh.«

Ganz in der Nähe raschelte etwas. Sie setzten sich mit einem Ruck wieder auf.

»Was war das?«

»Ein Riesenkakerlak oder eine Maus oder eine Ratte«, flüsterte Franziska in der Dunkelheit.

»Eine Ratte?«

»Warum nicht?«

Es raschelte noch einmal, diesmal näher.

»Ich halt das nicht aus!« zischte Matilda. »Mach' Licht!«

»Sehr witzig. Ich weiß nicht mal, wo die Streichhölzer liegen.«

Matilda biß sich auf die Lippen.

»Wenn es eine Ratte ist«, meinte sie nach einer Weile listig, »dann kann sie an den glatten, rutschigen Eisenbeinen meines Bettes nicht hochklettern. Wohingegen so ein Korbbett wie eine Leiter für eine Ratte ist ...«

Es raschelte wieder.

»Iiiiiiiiiiih«, kreischte Franziska und sprang mit ihrem Bettzeug zu Matilda hinüber.

»War sie bei dir?« rief Matilda aufgeregt. »War es eine Ratte?«

Franziska wickelte sich zitternd in ihr Plumeau.

»Weiß ich doch nicht. Meinst du, ich warte, bis sie in mein Bett hüpft?« flüsterte sie. »Jedenfalls kriegen mich keine zehn Pferde mehr hier raus, daß du das weißt!«

»In Ordnung«, murmelte Matilda zufrieden und rückte noch ein bißchen mehr zur Bettmitte. Dort stieß sie auf etwas Weiches, Behaartes.

»Uuuuuuuh! Hier hockt sie! Eine riesige Ratte! Hilfe!!!«

»Das ist mein Teddy, du Dumme!« kicherte Franziska.

Matilda kicherte auch. »Das hätte mich auch gewundert. Eine Ratte mit Mütze und selbstgestricktem Pullover!«

Es raschelte noch einmal, diesmal direkt unter dem Bett. Franziska kuschelte sich noch enger an Teddy und Cousine.

»Gute Nacht.«

»Gute Nacht«, flüsterte Matilda.

»Hoffentlich wird es bald hell«, murmelte Franziska.

* * *

»Bananen, Joghurt, Zahnpasta, Buttermilch, igitt, ein Kasten Wasser, Tapete, Kleister, Wandfarbe, Mausefallen, die Vorlesungsverzeichnisse und Caroline«, listete Franziska auf. »Habe ich was vergessen?«

»Wir brauchen noch den alten Campingkocher von zu Hause, einen Telefonanschluß und etwas gegen Schimmel und Kakerlaken«, ergänzte Matilda. »Buttermilch ist übrigens sehr gesund. Und macht schön. Solltest du auch mal probieren.«

»Telefon und Anti-Schimmel-Zeug« notierte Franziska. »Haben wir jetzt alles?«

Matilda las den Zettel noch mal durch. »Das ganze Tapezier- und Streichzeug wie Spachtel, Pinsel, Rollen, Tapeziermesser und so was kann Cornelius besorgen, hat er gesagt. Herd, Kühlschrank und den anderen Küchenkram suchen wir über Kleinanzeigen in der Zeitung. Ich glaube, dann haben wir alles.«

»Ich bin mir nur nicht sicher, ob man nicht zuerst den Boden und dann die Wände renoviert.«

Matilda hob die Schultern. »Ist das nicht egal?«

»Keine Ahnung. Aber dein Cornelius wird sich da auskennen. Es gibt sicher nichts, was er nicht weiß.«

»Wir werden eine Menge Geld brauchen«, seufzte Matilda. »Ich werde wohl mein Sparbuch plündern müssen.«

»Ich auch«, sagte Franziska. »Und dann brauche ich einen Job. Aber darüber will ich heute noch nicht nachdenken. Los, laß uns jetzt gehen.«

Als sie an den Briefkästen im Hausflur vorbeikamen, trafen sie auf einen schlanken, ganz in Schwarz gekleideten Mann mit langen, dunkelblonden Haaren. Er stand mit dem Rücken zu ihnen und angelte mit einer Gabel Post aus einem der Briefschlitze.

»Guten Morgen«, sagte Franziska mißtrauisch.

Der Mann drehte sich um. Er hatte ein schmales Gesicht mit einer großen, gebogenen Nase und einem leuchtendblauen Augenpaar, mit dem er die beiden Mädchen gründlich von oben bis unten musterte.

»Morgen«, erwiderte er dann gleichgültig, wandte sich wieder um und fuhr fort, durch den Briefkastenschlitz nach Post zu angeln.

Matilda blieb wie vom Blitz getroffen hinter ihm stehen. Franziska mußte sie mit Gewalt zur Haustür hinaus auf den Bürgersteig schubsen.

»Was ist denn mit dir«, zischte sie.

Matilda griff sich mit einer dramatischen Geste an die Brust.

»Mein Herz«, hauchte sie. »Ooooh, was für ein Mann!«

»Wer? Die Hakennase mit der Gabel?«

»Hast du diese Augen gesehen?« seufzte Matilda. »Ich wette, das war Felix, der Modefotograf. Ein echter Künstlerblick.«

»Warum hat er mit einer Gabel im Briefkasten herumgestochert?« fragte Franziska. »Wenn du mich fragst, der hatte sie nicht mehr alle. Und gut ausgesehen hat er auch nicht.«

»Hat er doch«, widersprach Matilda. »Das ist eben keiner von diesen kindischen Knaben, sondern ein richtiger Mann!«

Franziska zog Matilda in Richtung U-Bahn.

»Und unsympathisch war er auch«, fand sie. »Arrogant und eingebildet! Wie der uns gemustert hat!«

»Ja, genau!« rief Matilda begeistert. »Dieser Blick ist mir durch den ganzen Körper gefahren. Wie ein Blitz.«

Franziska mußte lachen.

»Liebe auf den ersten Blick«, schrie Matilda. »Das war es!«

»Oh, da wird sich Cornelius aber freuen«, meinte Franziska. Matilda tanzte über den Bürgersteig, als hätte sie nichts gehört.

* * *

»Natürlich renoviert man zuerst die Wände und verlegt dann den Boden«, erklärte Caroline. »Das ist doch logisch.«

Franziska legte Bananen, Buttermilch und Joghurts in eine Kiste in der Küche.

»Die Tapete und die Farbe haben viel mehr gekostet, als ich gedacht habe«, sagte sie sorgenvoll. »Und es reicht bestimmt noch nicht.«

»Ja«, Caroline nickte. »Billig wird das alles nicht. Der Boden wird sicher auch noch einiges kosten.«

Franziska betrachtete den verschimmelten Teppichboden.

»Vielleicht ist darunter ja total tolles Parkett oder superschöner alter Fliesenboden. Was meinst du, Matilda? Matilda?«

Matilda starrte gedankenverloren aus dem Fenster.

»Jaja«, murmelte sie geistesabwesend.

»Du hörst ja überhaupt nicht zu«, beschwerte sich Caroline.

»Sie ist mit ihren Gedanken bei einem Typ mit ungewaschenen Haaren und Hakennase«, erklärte ihr Franziska. »Er wohnt hier im Haus.«

»Iiih«, machte Caroline.

»Die waren nicht ungewaschen! Nur lang.« Matilda erwachte aus ihrer Träumerei. »Männer mit langen Haaren finde ich wahnsinnig erotisch.«

»Da bin ich ja mal gespannt.« Caroline öffnete den großen Nähkorb aus Weide, der zusammen mit einer Reisetasche bescheidenen Ausmaßes ihr gesamtes Gepäck ausmachte.

»Ich muß euch auch noch jemanden vorstellen«, sagte sie und zog eine große Schildkröte aus dem Korb. »Das ist mein Freund Sigmund.«

Sigmund ruderte mit seinen Beinchen.

»Er ist sehr lieb«, erklärte Caroline. »Und er frißt nicht viel.«

Franziska grinste. »Ich hoffe, er bellt nicht.«

»Frißt er vielleicht Ratten?« fragte Matilda hoffnungsvoll.

Caroline setzte Sigmund vorsichtig auf den Boden.

»Er ist sehr unkompliziert«, behauptete sie. »Hauptsache, er bekommt genug Futter, Wärme und Auslauf.«

Sigmund setzte sich langsam in Bewegung.

»Auslauf hat er hier genug«, meinte Franziska und sah dem Schildkröterich hinterher. »Laut Mietvertrag haben wir fünfundachtzig Quadratmeter. Das sind übrigens auch fünfundachtzig Quadratmeter Bodenbelag, die wir bezahlen müssen. Ich frage mich echt, wovon.«

Matilda riß brutal an einer Ecke des Teppichbodens. Darunter war etwas Undefinierbares, Kackbraunes. Sie klopfte mit den Fingerknöcheln dagegen.

»Scheint Holz zu sein«, sagte sie. »Da habt ihr euer Parkett.«

Caroline und Franziska zogen gemeinsam am Teppichboden. Darunter war wirklich Holz. Kackbraun lackiert und mit Teppichkleber beschmiert.

»Man müßte es abschleifen oder so«, meinte Caroline zögernd. »Vielleicht kommt darunter dann was Schönes zum Vorschein.«

»Vielleicht auch nicht«, sagte Franziska skeptisch. »Wo bleibt eigentlich dein Cornelius, Matilda?«

»Was für ein Cornelius?« fragte Matilda und starrte wieder aus dem Fenster.

»Mit dir ist wirklich nichts anzufangen«, schimpfte Franziska. »Nur wegen dieser arroganten Hakennase.«

»Ob es ihm genauso gegangen ist?« fragte Matilda versonnen. »Ein Blick, der sein Leben verändert hat!«

»Wie romantisch«, seufzte Caroline.

Franziska schüttelte den Kopf.

»Wenn du Matilda so gut kennen würdest wie ich, wüßtest

du, daß sie immer so ist, wenn sie sich verliebt«, erklärte sie nüchtern. »Und das passiert ziemlich häufig.«

»Diesmal ist es anders!« behauptete Matilda. »Diesmal habe ich meine große Liebe getroffen. Ganz sicher.«

Es klingelte an der Tür.

»Und Cornelius?« fragten Caroline und Franziska wie aus einem Mund.

Matilda grinste schief. »Er muß ja nichts davon wissen. Solange es noch nicht spruchreif ist, meine ich.«

Franziska drückte auf den Türöffner. »Ja, ich bin auch dafür. Wir brauchen den Typen echt dringend.«

Cornelius erschien im Türrahmen. Franziska fand einmal mehr, daß er ein ausgesprochen gutaussehender Junge war. Lichtjahre besser als dieser Typ, für den Matilda schwärmte. Er trug seine Werkzeugkiste und einen Karton unter dem Arm und machte einen gutgelaunten Eindruck.

»Du bist sicher Caroline«, sagte er und lächelte sie freundlich an. »Willkommen in der Ruine, Caroline.«

»Ich dachte, du bringst jemanden mit, der die Klospülung repariert«, murrte Matilda.

»Das hab' ich auch.« Cornelius grinste und zog ein Buch aus seiner Jackentasche, Marke *Selbst ist der Mann,* Band 4. »Klempnern leicht gemacht! Gut, was? Damit repariere ich euer verdammtes Klo im Handumdrehen.«

Matilda zuckte mit den Achseln. »Ja, dann mach' mal«, sagte sie, legte sich mit dem Vorlesungsverzeichnis der Musikhochschule auf ihr Bett und tat so, als würde sie eifrig darin herumblättern. In Wahrheit starrte sie ins Leere und dachte an den schwarzgekleideten Typ im Hausflur.

Franziska folgte Cornelius ins Bad. Sie hatte das Gefühl, Matildas gleichgültiges Verhalten irgendwie wettmachen zu müssen.

»Das ist total nett von dir, daß du uns so hilfst«, sagte sie.

»Ja, das finde ich auch«, stimmte Cornelius zu. »Aber ich tu's gern, echt.«

Franziska setzte sich auf den Badewannenrand und sah ihm zu, wie er das Klo demontierte.

»Mich wundert, daß ihr allein seid«, meinte Cornelius spöttisch. »War der *tolle* Robert von oben heute noch nicht hier?«

»Nö«, antwortete Franziska und baumelte mit den Beinen.

»Und sein Freund, der *tolle* Modefotograf? Habt ihr den denn schon kennengelernt?«

»Nö«, log Franziska. Das Erlebnis an den Briefkästen mußte man Cornelius ja nicht unbedingt auf die Nase binden. Zumal noch gar nicht geklärt war, ob es sich bei der Hakennase wirklich um Felix, den Fotografen, handelte.

»Und sonst? Wohnen in den anderen Etagen noch mehr Typen, die euch demnächst die Tür einrennen werden?«

»Nein«, sagte Franziska. »Im ersten Stock wohnt eine alte Frau, die nicht gegrüßt hat, als wir auf der Treppe an ihr und ihrem Putzeimer vorbei mußten. Und wer im zweiten Stock wohnt, wissen wir nicht genau. Aber aus der Größe der Gummistiefel zu schließen, die vor der Tür stehen, könnte es eine Familie mit Kind sein.«

Caroline öffnete die Badezimmertür. »Ist Sigmund vielleicht bei euch?«

»Wer ist Sigmund?« fragte Cornelius. »Noch so ein toller Typ?«

»Sigmund ist meine Schildkröte«, jammerte Caroline. »Und er ist nirgendwo zu sehen.«

»Eben war er noch im Flur«, erinnerte sich Franziska. »Ich helfe dir, ihn einzufangen.«

Sie suchten Sigmund in allen Zimmern. Aber der Schildkröterich blieb spurlos verschwunden.

»Das kann gar nicht sein«, meinte Franziska. »So große Mäuselöcher gibt es selbst hier nicht.«

»Vielleicht ist er von einer Ratte gefressen worden«, schlug Matilda boshaft vom Bett aus vor, versank aber sofort wieder in ihre Tagträumereien.

Es klingelte an der Tür.

»Vielleicht ist es ja Sigmund«, witzelte Cornelius und öffnete die Tür. »Oh, Roooobert! Wir haben gerade von dir gesprochen.«

»Hi«, Robert lächelte freundlich. »Gehört das hier vielleicht euch?«

Er streckte seine Hand in die Wohnung. Darin strampelte die Schildkröte unwillig mit den Beinen.

»Sigmund!« rief Caroline erleichtert. »Wo warst du denn nur?«

Robert starrte sie mit offenem Mund an.

»Das saß hier draußen im Flur«, stammelte er. »Es knabberte an der Fußmatte.«

Caroline drückte Sigmund an ihre Brust.

»Danke«, sagte sie herzlich zu Robert. »Ich setze ihn jetzt wohl besser in sein Körbchen.«

Robert sah ihr hinterher.

»Mund zu«, sagte Franziska zu ihm.

»*Die* ist ja *toll*«, flüsterte Robert beeindruckt. »Diese *Wahnsinns*haare. Und so ein *süßer* Mund.«

Franziska seufzte. Robert guckte genauso eigenartig wie Matilda am Morgen an den Briefkästen. Heute mußte irgend etwas in der Luft liegen, was die Menschen zu Idioten machte.

»Das ist Caroline«, erklärte sie. »Sie wohnt hier. Und Sigmund auch.«

»Toll«, meinte Robert erfreut und folgte Caroline in die Küche, als sei er hypnotisiert.

»Was fressen denn Schildkröten?« hörte Franziska ihn fragen.

Cornelius grinste sie an.

»Den hat's aber erwischt«, meinte er. »Peng!«

»Das ist heute schon der zweite«, verplapperte sich Franziska und warf einen Blick auf die reglos vor sich hinträumende Matilda. »Ich persönlich glaube nicht an Liebe auf den ersten Blick.«

»Ich auch nicht«, gestand Cornelius und wandte sich wieder dem Klo zu. »Ich bin nicht sonderlich romantisch.«

Franziska fand ihn immer sympathischer. Zu dumm, daß er ausgerechnet Matildas Freund sein mußte.

»Möchtest du was trinken?« fragte Caroline in der Küche.

»Ja, gern.«

»Buttermilch oder Wasser?«

Robert schaute ihr fasziniert in die Augen.

»Egal«, sagte er geistesabwesend und seufzte. »Wie Saphire.«

»Was?« fragte Caroline.

»Deine Augen. Wie Saphire.«

Caroline füllte ihm Buttermilch in eine Henkeltasse.

»Saphire sind blau«, erklärte sie. »Und meine Augen sind grün.«

»Trotzdem«, sagte Robert und nahm die Henkeltasse entgegen. »Gemütlich ist das bei euch.«

»Hier herrscht noch das totale Chaos«, meinte Caroline. »Die Renovierung wird sicher Monate dauern.«

»Ich helfe euch gerne«, sagte Robert eifrig. »Ich kann toll streichen.«

»Das wäre echt nett von dir«, sagte Caroline erfreut und lächelte ihn an.

Matilda kam in die Küche spaziert wie eine Schlafwandlerin.

»Hallo, Robert«, sagte sie und war plötzlich sehr wach. »Ich habe dich gar nicht kommengehört.«

»Robert hat Sigmund gefunden«, erklärte Caroline. »Er war in den Flur entwischt.«

»Wie schön!« Matilda öffnete einen Becher Buttermilch. »Wie geht es denn deinem Freund Felix?«

»Gut«, antwortete Robert zerstreut.

»Ist er so ein großer Typ mit langen Haaren?« fragte Matilda.

»Ja, und immer ganz in Schwarz gekleidet. Das ist so ’ne Marotte von ihm. Eine von vielen.«

»Vielleicht hat er ja Lust, heute abend ein Glas Wein oder so mit uns zu trinken«, schlug Matilda vor.

Caroline verdrehte die Augen.

»Das geht leider nicht«, sagte Robert. »Felix ist heute nach

Moskau geflogen. Für Modefotos am Kreml im Schneegestöber oder so.«

»Toll«, sagte Matilda enttäuscht. »Wie lange bleibt er denn da?«

»Zwei Wochen.« Robert leerte seine Tasse in einem Zug. »Igitt, was war denn das für ein Zeug?«

Caroline sah ihn erstaunt an.

»Na, Buttermilch«, sagte sie. »Wolltest du doch haben.«

»Eigentlich hasse ich Buttermilch«, murmelte er.

»Buttermilch ist gesund«, sagte Matilda streng. »Hat Felix eigentlich eine Freundin?«

Caroline trat ihr auf den Fuß.

»Übertreib's nicht«, flüsterte sie.

»Nee«, sagte Robert. »Damit hat er ein echtes Problem. Er kann sich nicht für eine entscheiden. Dabei rennen sie ihm die Tür ein, eine schöner als die andere.«

Caroline rümpfte die Nase. »Ach, so ist das.«

Matilda tupfte sich gedankenverloren Buttermilch ins Gesicht.

»Also keine Freundin«, murmelte sie zufrieden und spazierte grußlos wieder aus der Küche.

Robert sah ihr verwundert hinterher.

»Wie war die denn drauf?« fragte er.

»Sie ist heute morgen gegen eine Laterne gelaufen«, log Caroline schnell. »Seitdem ist sie nicht mehr sie selbst.«

Robert seufzte tief. »Da geht es ihr wie mir. Seit ich dich gesehen habe, fühle ich mich auch, als ob ich gegen eine Laterne gelaufen wäre.«

»Na toll«, sagte Caroline etwas indigniert.

* * *

Zwei Wochen später sahen die Räume einer Wohnung schon durchaus ähnlich. Dank Cornelius und Roberts tatkräftiger Unterstützung hatten sie alle Löcher in der Wand zugespachtelt, die alte Farbe von den Fenstern und Zimmertüren entfernt und diese in mühevoller Kleinarbeit weiß lackiert. Der feine Farbstaub hatte tagelang in der Luft geschwebt und ihre ganzen Klamotten mit einem leichten Schleier überzogen.

Alle Räume hatten bereits neue Tapeten an den Wänden und waren sogar teilweise schon gestrichen. Jede hatte eine andere Farbe für ihren Raum haben wollen, obwohl Cornelius behauptete, nur weiße Wände seien schöne Wände.

Caroline tupfte ihre Wände mit einem Schwamm in zarten Rosatönen, und Matildas Zimmer wurde in einem intensiven, sonnigen Gelb gestrichen. Die Wände in Franziskas Zimmer waren noch weiß.

»So sollte es auch bleiben«, fand Cornelius, aber Franziska schwebten türkis-gewölkte Wände vor, die sie in einer Wohnzeitschrift gesehen hatte.

Alle drei Mädchen nächtigten nach wie vor in Matildas jetzt sonnengelbem Zimmer, Franziska in ihrem Korbbett, Caroline und Matilda im großen Himmelbett. Wegen des Farbgeruchs schliefen sie bei weit geöffneten Fenstern, auch als es draußen empfindlich kalt wurde. Die Mausefallen waren bis jetzt leergeblieben, aber von ein paar vereinzelten Kakerlaken abgesehen, schien sich alles Ungeziefer verzogen zu haben.

»Bis sie sich durch den Mörtel gefressen haben, vergehen hoffentlich vier Jahre«, meinte Caroline.

In der Mitte der zweiten Woche kam endlich auch der Mann von der Telekom und schloß das Telefon an.

Caroline rief sofort ihre Eltern in Kiel an.

»Am Samstag kommen meine Sachen«, sagte sie anschließend. »Ob wir bis dahin den Fußboden in meinem Zimmer fertig haben?«

In Franziskas Zimmer hatten sie sich bereits mit vereinten Kräften daran gewagt, den verschimmelten Teppichboden rauszureißen. Allein das war eine Heidenarbeit gewesen. Cornelius hatte mit Abbeizer und Schleifgerät begonnen, die Reste des Teppichklebers und den tristen braunen Anstrich zu entfernen. Darunter waren schlichte, alte Holzdielen zum Vorschein gekommen. Es hatte allerdings so viel Zeit in Anspruch genommen, zwei mickrige Quadratmeter freizulegen, daß sie davon absahen, sich diese Arbeit in allen Zimmern anzutun. In den anderen Räumen sollte neuer Teppichboden verlegt werden.

»Wenn wir uns weiter so beeilen«, meinte Franziska zuversichtlich, »dann kriegen wir Carolines Zimmer bis Samstag schon noch hin.«

Tags darauf zogen sie deshalb gleich los, um sich nach Herd und Kühlschrank und geeigneten Bodenbelägen umzusehen. Für die Küche kauften sie PVC-Belag in schwarz-weißem Schachbrettmuster, der wirklich wenig kostete. Caroline und Matilda ließen sich für ihre Zimmer Teppichböden zuschneiden, die in gewaltigen Rollen zusammen mit dem PVC, unter Planen vor Farbspritzern geschützt, in Carolines Zimmer gelagert wurden.

Matilda hatte einen Restposten im Supersonderangebot erwischt.

»Keiner wollte den haben«, sagte sie glücklich.

»Kein Wunder«, entfuhr es Cornelius entsetzt, als er einen Blick darauf geworfen hatte.

Der Restposten war nachtblau mit leuchtend gelben Sternen.

»Das gleiche Gelb wie die Wand«, verteidigte Matilda ihre Wahl und fügte beleidigt hinzu: »Du hast sowieso keinen Geschmack.«

Carolines Teppichboden leuchtete intensiv magentafarben. Cornelius verzog das Gesicht, enthielt sich aber jeglichen Kommentars.

»Und du?« fragte er Franziska. »Was für eine Horrorfarbe hast du dir ausgesucht?«

»Ich will den Holzboden abschleifen«, erklärte Franziska, und Cornelius nickte anerkennend. »Wenn er nicht so schön wird«, fügte Franziska hinzu, »kann ich ihn immer noch lackieren. In Türkis, passend zu den Wänden.«

Cornelius seufzte resigniert.

»Was wäre die Welt trist ohne euch«, sagte er.

Freitag abend kam er nicht zum Helfen wie sonst. Das Wasserballtraining hatte wieder begonnen.

»Gut für seinen Hintern«, meinte Matilda. »Schlecht für uns. Heute muß der Boden in Carolines Zimmer noch raus.«

Auch Robert war ausnahmsweise mal nicht anwesend. Er fuhr übers Wochenende zu seinen Eltern nach Koblenz, wo sein Vater seinen sechzigsten Geburtstag feierte.

»Willst du nicht mitkommen?« fragte er Caroline, bevor er zum Bahnhof fuhr. »Meine Eltern würden dich gern mal kennenlernen.«

»Warum?« Caroline zog erstaunt die Augenbrauen hoch.

»Sie wollen sehen, wie meine neue Freundin aussieht«, sagte Robert.

»Du bist ein netter Kerl, aber wie oft soll ich dir noch sagen, daß du nicht mein Typ bist?« Caroline sprach besonders deutlich. *»Ich bin nicht deine Freundin!«*

Robert ließ sich nicht aus der Ruhe bringen.

»Noch nicht«, meinte er. »Noch nicht.«

Sie schloß genervt die Tür hinter ihm.

»Der spinnt doch«, sagte sie zu den anderen.

»Ich finde ihn süß«, widersprach Franziska. »Ihr würdet toll zusammenpassen.«

»Und hartnäckig ist er auch«, fügte Matilda hinzu. »Das ist wahre Liebe!«

Caroline schüttelte den Kopf. »Ich steh' mehr auf reife, intelligente Männer. Los, was ist jetzt mit dem Teppichboden?«

Zu dritt mühten sie sich damit ab, den verschimmelten Velours vom Boden zu reißen und die schwere Rolle in den Container im Hof zu schleifen. Danach waren sie völlig erledigt. Matilda schmierte Brote mit Kräuterkäse, stellte sie zusammen mit Wasser und Buttermilch auf ein Tablett und trug es in ihr Zimmer.

»Kommt«, sagte sie und klopfte einladend auf ihr Bett. »Das ist der einzig vernünftige Ort in dieser Wohnung.«

Franziska und Caroline kuschelten sich neben sie unter ihre

Decken. Eine Weile aßen sie zufrieden vor sich hin, ohne ein Wort zu sagen.

»Gemütlich«, meinte Caroline schließlich. »So was gibt's bei uns zu Hause nicht.«

»Bei uns auch nicht.« Franziska hörte auf zu kauen. »Vielleicht sollte ich ja doch mal anrufen.«

Die anderen nickten zustimmend. Franziska holte den Apparat ans Bett und wählte seufzend ihre alte Telefonnummer.

»Sommer?«

»Ich bin's, Mama.«

»Ach, Franzi, Kind«, seufzte die Mutter. »Ich habe mir schon solche Sorgen gemacht.«

»Ich wollte euch nur für alle Fälle unsere Nummer geben.«

»Ihr habt Telefon?« fragte die Mutter überrascht. »Könnt ihr euch das denn überhaupt leisten?«

»Ja, natürlich«, antwortete Franziska ärgerlich und dachte daran, daß sie jetzt nur noch zweihundertachtzig Mark auf dem Konto hatte.

»Ich hole mir was zum Schreiben«, sagte ihre Mutter. »Warte mal.«

Franziska hörte, wie sie im Hintergrund mit dem Vater sprach.

»Karl-Heinz, du kannst doch wenigstens mal mit ihr reden.«

Und der Vater: »Ich denke nicht daran. Die wird sowieso bald wieder hier auf der Matte stehen.«

Franziska konnte sich genau vorstellen, was für ein Gesicht er dabei machte.

Eine Tür fiel ins Schloß. Mit Schwung.

»So, da bin ich wieder«, sagte ihre Mutter in den Hörer.

Franziska gab ihr die Telefonnummer durch. »Mir geht es gut. Das kannst du Papa sagen.«

»Dir geht es *gut*! Du hast doch überhaupt kein Geld zum Leben«, jammerte ihre Mutter. »Franzi, du kannst jederzeit nach Hause kommen, das weißt du doch, nicht wahr?«

»Ja«, sagte Franziska. »Aber ich schlag' mich schon durch!«

»Tu' bitte nichts Unvernünftiges«, flehte ihre Mutter. »Es ist *überhaupt* keine Schande, zu Hause zu wohnen. Ich habe da gerade erst einen Artikel gelesen. Darin heißt es, daß über fünfzig Prozent der jungen Leute zwischen zwanzig und dreißig noch im Elternhaus leben. Das sei ein neuer Trend, stand da, der sogar noch zunehmen würde.«

»Ja«, seufzte Franziska. »Dann bin ich eben nicht im Trend.«

»Ich wollte ja nur, daß du weißt, daß du jederzeit nach Hause kommen kannst, ohne daß sich irgend jemand was Schlechtes dabei denkt. Ehe du etwas Unvernünftiges tust.«

»An was hattest du da so gedacht?«

»Für Geld«, sagte ihre Mutter, »hat schon manch einer etwas getan, was er hinterher schwer bereut hat.«

»Ich brauche einen Job«, rief Franziska laut, als sie den Hörer aufgelegt hatte. »Ich brauche dringend einen Job!«

Matilda sah sie kauend an.

»Ich doch auch«, meinte sie. »Die Anzahlung für die Küche hat meine letzte Knete verschlungen. Ich werde wieder kellnern gehen müssen.«

»Dabei war die Küche wirklich günstig«, sagte Caroline. »Eine Vorführküche mit kleinen Fehlern und lauter Markengeräten, und so schön!«

»Schön blau«, kicherte Matilda. »Cornelius wird der Schlag

treffen. Ich sehe ihn schon davor stehen und nach Luft japsen.«

»Nur weiße Küchen sind gute Küchen«, brummte Franziska. »Wetten, daß er genau das sagt?«

»Aber die Küche ist wirklich schön«, meinte Matilda. »Sie sieht auch mindestens zehnmal teurer aus, als sie war.«

»Kühlschrank, Herd und Schränke einzeln zu kaufen, wäre auch nicht viel billiger gewesen«, sagte Caroline. »Und die liefern und montieren innerhalb von drei Wochen. Meine Mutter hat damals vier Monate auf ihre Einbauküche gewartet.«

»Ich weiß, ich weiß«, murmelte Franziska. »Aber ich brauche auch einfach Geld, um leben zu können, verstehst du? Deshalb muß ich einen Job finden. Sonst behält mein Vater am Ende recht.«

»Mein bißchen BAföG reicht gerade, um meinen Anteil an der Miete zu bezahlen«, erklärte Matilda. »Und von meiner Mama krieg' ich noch mal dreihundert Mark dazu. Ohne Job könnte ich mir nicht mal ein paar neue Schuhe leisten.«

»Ich schäme mich fast, es zu sagen, aber mein Vater überweist mir vierzehnhundert Mark im Monat«, gestand Caroline. »Er würde auch noch mehr zahlen, wenn ich behaupten würde, daß ich nicht auskomme. Das würde doch für uns drei reichen.«

»Wenn ich nicht will, daß mein Vater mir Geld gibt«, sagte Franziska unglücklich, »dann kann ich ja auch schlecht von deinem Vater Geld annehmen. Es wird sich schon ein Job finden.«

»Den ganzen Sommer über habe ich jeden Abend bei *Nino's* im Straßencafé gekellnert«, erzählte Matilda. »Da hatte ich einmal über viertausend im Monat.«

»So viel?« Franziska war beeindruckt.

»Die Leute haben mir sehr gerne Trinkgeld gegeben«, sagte Matilda stolz. »Vor allem die Männer. Aber jetzt im Winter ist das Straßencafé zu, und für drinnen haben die genug Verwandtschaft zum Kellnern.«

Franziska seufzte. »Kellnern wär' auch nichts für mich. Ich würde mich ständig verrechnen.«

»Es muß außerdem ein Job sein, den du nebenher machen kannst«, meinte Caroline besorgt. »Montag beginnen die Vorlesungen.«

Franziska war nach Weinen zumute.

»Ich habe überhaupt noch nie gearbeitet«, jammerte sie. »Ich finde bestimmt nichts!«

»Natürlich findest du was«, widersprach Matilda. »Ich bin Spezialistin für Nebenjobs.«

»Ich kann nicht Schreibmaschine schreiben, ich kenne kein einziges Computerprogramm, ich kann nicht kopfrechnen. Was würdest du jemandem wie mir raten?«

»Du kannst Nachhilfestunden geben, Babysitten, Hunde spazieren führen, putzen gehen«, listete Matilda auf. »Umfragen für ein Marktforschungsinstitut machen oder dich als Aktmodell in eine Malklasse setzen.«

Franziska grinste ein bißchen.

»Jetzt weiß ich, was meine Mutter vorhin gemeint hat«, sagte sie. »Hoffentlich finde ich bald was.«

»Gleich morgen werden wir uns darum kümmern«, versprach Matilda.

»Und dann ist da noch der Scheck für meinen blöden Führerschein«, meinte Caroline. »Davon könnten wir eine ganze Weile leben.«

»Du hast Geld für die bestandene Prüfung gekriegt?«

Caroline schüttelte den Kopf. »Ich habe Geld bekommen, damit ich hier in Köln endlich den Führerschein mache. Bis jetzt hatte ich keine Lust dazu.«

»Zwei Häuser weiter habe ich eine Fahrschule gesehen«, meinte Franziska.

»Dann geh' ich gleich am Montag hin und melde mich an.«

»Eigentlich müßten wir jetzt nebenan noch den Teppichkleber vom Boden kratzen«, meinte Matilda. »Aber ich bin echt zu müde für so was.«

»Ich auch«, seufzte Franziska. »Ich hab's langsam satt, immer nur zu renovieren. Ständig Farbe an den Händen und diesen Geruch von Abbeize in der Nase.«

»Wir könnten heute abend ins E-Werk gehen und mal wieder so richtig abzappeln«, schlug Caroline vor.

Franziska ließ ihren Oberkörper auf das Bett sinken.

»Nächste Woche«, sagte sie. »Vielleicht.«

»Nächste Woche«, wiederholte Matilda und lächelte beglückt. »Nächste Woche ist *er* wieder da.«

»Wer ist *er?«* fragte Caroline.

»Er ist die Hakennase von oben«, erinnerte Franziska sie. »Du weißt doch, Matildas große, einzig wahre Liebe.«

»Ich bin auch seine große Liebe«, sagte Matilda überzeugt.

»Du bist eine Träumerin«, sagte Franziska und kicherte. »Ihr habt ja bis jetzt noch kein Wort miteinander gesprochen.«

»Nur Blicke, huuuhuuu!« machte Caroline.

»Spottet ihr nur«, meinte Matilda gelassen. »Bis jetzt habe ich jeden Mann bekommen, den ich wollte.«

»Waren das viele?« fragte Caroline neugierig.

»Da kannst du deinen Hintern drauf verwetten«, behauptete Franziska. »Und allesamt große, wahre Lieben. Einer wie der andere.«

»Gar nicht wahr«, sagte Matilda. »Es waren höchstens elf.«

»Und du hast mit allen ...?« fragte Caroline.

»Geschlafen? Nö, geschlafen habe ich nur mit dreien. Exklusive Cornelius, natürlich.«

»Und dabei bist du drei Monate jünger als ich«, sagte Franziska.

»Ich konnte nichts dafür«, meinte Matilda. »Es hat sich einfach so ergeben.«

»Also, ich«, begann Caroline und holte tief Luft. »Ich bin eigentlich ...« Sie stockte verlegen.

»Was?« fragte Franziska.

»Also, ich hab' noch nie ...«, flüsterte Caroline.

»Mit einem Mann geschlafen?« fragte Matilda. »Grauenhaft! Du Arme!«

»Das ist nichts Besonderes. Daß du es *nicht* getan hast, meine ich«, widersprach Franziska. »Wenn man den Statistiken glauben darf.«

»Ich weiß. Aber manchmal komme ich mir so blöd vor«, sagte Caroline.

»Ich käme mir aber auch blöd vor«, behauptete Matilda. »Neunzehn Jahre und noch Jungfrau!«

»Ich habe auch erst einmal mit jemandem geschlafen«, gab Franziska zu. »Und ich kann nicht sagen, daß ich so froh darüber bin.«

»Na ja, beim ersten Mal hab' ich mich auch gefragt, warum

alle Welt so ein Theater um diese Sache macht«, gestand Matilda. »Man muß es eben öfter tun.«

»Erzähl' von deinem ersten Mal«, verlangte Caroline und sah Franziska erwartungsvoll an.

»Da gibt es nicht viel zu erzählen«, meinte Franziska.

»Erzähl' trotzdem«, sagte Matilda und fegte die Krümel vom Bett. »Ich liebe solche Geschichten.«

Franziska nahm einen Schluck Wasser.

»Also gut«, begann sie. »Im letzten Sommer habe ich doch bei diesem Akrobatik-Workshop mitgemacht, den ein total süßer amerikanischer Collegestudent geleitet hat. Er hieß Milton, kam aus Los Angeles und war einfach superhübsch. Dazu kam, daß er als Akrobat absolut klasse war. Ich habe zwei Wochen lang kaum geschlafen, so verknallt war ich. Das Tolle war, daß er auch ziemliches Interesse an mir hatte. Hinterher ist mir klar geworden, daß das daran lag, daß die anderen Teilnehmer, außer mir und einer pferdegesichtigen, völlig untalentierten Person, alles Jungs waren. Na ja, jedenfalls bin ich vor Glück beinahe ohnmächtig geworden, als er sich mit mir treffen wollte. Direkt bei diesem ersten Rendezvous ist es dann passiert. Ich hätte im Traum nicht damit gerechnet, weil wir uns ja noch nie außerhalb der Gruppe gesehen hatten. Aber der Typ hat wirklich keine Zeit verschwendet. Er ist noch nicht mal ins Kino mit mir gegangen oder zum Essen. Er hat mich einfach in sein Hotelzimmer bestellt, und keine fünf Minuten, nachdem ich angekommen war, ging's schon zur Sache. Ich war so verliebt und so verblüfft, daß ich mitgemacht habe. Ich dachte irgendwie, das wäre normal so. Tja, und zwei Tage später war unser Workshop zu Ende, und Milton ist weiter nach Berlin gereist. Ich habe nie wieder was von ihm gehört.«

»So ein Drecksack!« sagte Matilda. »Arme Franzi.«

»Und wie war die Sache als solche?« fragte Caroline gespannt.

»Es war nicht besonders schlimm oder so, aber es war auch nicht die große Offenbarung«, meinte Franziska. »Im nachhinein wäre ich lieber ins Kino gegangen.«

»Was für eine traurige Gute-Nacht-Geschichte«, seufzte Matilda und stand auf, um sich die Zähne zu putzen. »Morgen erzähle ich euch von meinem ersten Mal. Das war lustiger.«

Als sie später im Dunkeln nebeneinander lagen, sagte Caroline leise: »Das Schlimme ist eigentlich nicht, daß ich noch Jungfrau bin, sondern daß ich überhaupt keine Männer kennenlerne.«

»Roooobert«, riefen Matilda und Franziska wie aus einem Mund.

»Ja, außer solchen Roberts, natürlich«, zischte Caroline verächtlich, so als wäre Robert ein Schimpfwort.

»Ich versteh' gar nicht, was du gegen den hast«, murmelte Franziska. »Der ist doch echt süß. Sieht aus wie Til Schweiger.«

»Genau«, echote Matilda. »Und gestern hat er dir eine rote Rose vorbeigebracht.«

Caroline seufzte.

»Auf jeden Fall ist das kein Zustand«, sagte Matilda. »So als Jungfrau, meine ich.«

Franziska kicherte, aber Caroline nickte in der Dunkelheit. »Du hast recht«, sagte sie. »Das ist wirklich kein Zustand.«

Und sie beschloß im stillen, den Zustand zu ändern. Möglichst bald.

* * *

Montag morgen verließ Franziska als erste die Wohnung.

»Hier liegt eine Schultüte vor der Tür«, rief sie. »Die ist ja vielleicht süß.«

»Für mich?« fragte Matilda.

»Nein, für Caroline. Mit einem Herzchen auf dem i.«

»Sicher von Robert«, stöhnte Caroline aus dem Badezimmer.

»Eine rote Rose und lauter leckere Süßigkeiten stecken drin. Und ein Brief.«

»Lies vor«, sagte Caroline aus dem Bad. »Ich habe keine Zeit, selber zu lesen, sonst komme ich zu spät. Matilda hat vorhin so getrödelt.«

»Weil ich an meinem ersten Tag einfach umwerfend aussehen muß«, verteidigte sich Matilda, die sich seit einer halben Stunde fieberhaft an- und auszog.

Franziska öffnete Roberts Brief. »Liebe Caroline, für Deinen ersten Hochschultag alles Liebe von Robert. Wie süß!«

»Ich freue mich, daß das Semester begonnen hat«, meinte Caroline. »Dann hat er wohl auch nicht mehr soviel Zeit, hier herumzulungern.«

»Ich bin jetzt weg«, rief Franziska. »Bis heute nachmittag.«

»Viel Spaß«, sagte Matilda.

Caroline kam aus dem Bad.

»Ich bin auch fertig«, sagte sie. »Wie seh' ich aus?«

Matilda warf einen kurzen Blick auf Caroline in Jeans und einem braven, apfelgrünen Twinset aus weicher Angorawolle, das wunderbar zu ihren roten Locken paßte.

»*Du* siehst toll aus«, jammerte Matilda. »Aber *ich* weiß immer noch nicht, was ich anziehen soll.«

»Die schwarzen Shorts, der Zopfpulli und die dicken Strümpfe eben sahen doch süß aus«, meinte Caroline. »Warum hast du dich wieder umgezogen?«

»Weil ich die schwarzen Schuhe nicht finde«, klagte Matilda und sah auf die Uhr. »Ich komme zu spät! Und geschminkt bin ich auch noch nicht.«

Caroline stellte die Rose aus der Schultüte in eine Flasche und plazierte sie neben den drei anderen Rosen, von denen Robert täglich eine vorbeigebracht hatte. Sigmund lag in seinem Nähkorb und schlief.

»Paß gut auf dich auf«, sagte sie zu ihm und schlüpfte in ihren Mantel.

»Wie ist das blaue Wollkleid?« fragte Matilda.

»Auch süß«, antwortete Caroline. »Es sei denn, du hast deine blauen Schuhe ebenfalls verlegt?«

»Nein, die sind hier. Aber findest du nicht, daß das Kleid zu spießig aussieht?«

»Nein«, seufzte Caroline und öffnete die Tür. »Ich bin jetzt weg. Trödel nicht mehr so lange herum.«

»Laß mich jetzt bloß nicht allein!« rief Matilda, aber da war Caroline schon weg.

»Wenn man die mal braucht«, schimpfte Matilda und zog das blaue Kleid wieder aus. »Vielleicht doch die schwarzen Shorts und den Zopfpulli. Mit den hellen Wildlederschuhen.

Oder lieber den roten Body und die Jeans mit den Knöpfen. Oder doch das blaue Kleid. Ich werde zu spät kommen. Ich komme ganz sicher zu spät.«

Als sie eine halbe Stunde später endlich die Wohnungstüre abschloß, trug sie die schwarzen Shorts. Mit den schwarzen Schuhen. Sie hatten in der Küche neben der Buttermilch gestanden. Für ein großes Make-up war wirklich keine Zeit mehr gewesen, und ihre Haare standen ziemlich wirr vom Kopf ab. Letzteres allerdings war Absicht.

Zur gleichen Zeit kam Felix mit frischen Brötchen vom Bäcker. Matilda lief ihm auf der Treppe sozusagen direkt in die Arme. Es war wie im Film.

Die Brötchen kullerten alle auf die Erde.

»Oh«, sagte Matilda atemlos und gratulierte sich im stillen zu ihrem grandiosen Timing. »Tut mir leid.«

»Das macht nichts«, sagte Felix und sah ihr direkt in die Augen. »Wer von oben kommt, hat sowieso Vorfahrt.«

Matilda half ihm, die Brötchen aufzuheben.

»Du bist sicher Roberts Freund Felix«, sagte sie und lächelte ihr allersüßestes Lächeln. »Ich bin Matilda.«

»Ich weiß«, sagte Felix, ohne zurückzulächeln. Er packte das letzte Brötchen in die Tüte und setzte seinen Weg fort.

»Dann bis bald, Matilda.«

»Worauf du wetten kannst«, murmelte Matilda und stürmte weiter die Treppe hinab. »Was für ein Mann!«

Weiter unten stand ihr Herr Kleinschmidt mit einem Müllbeutel im Weg.

»Meinen Sie mich?« fragte er erfreut. Seine Deutsche

Dogge streckte den dicken Kopf aus der Wohnungstür und bellte dumpf. Das Riesenvieh hieß Zerberus, wie der Höllenhund, der in der griechischen Mythologie den Eingang zur Unterwelt bewachte. Die Mädchen fanden den Namen sehr passend.

Herr Kleinschmidt schob sich noch ein bißchen näher an Matilda heran. Dabei hielt er seinen Blick starr auf ihren Busen gerichtet.

»Guten Tag«, sagte sie kühl und wollte an ihm vorbei.

»Nicht so stürmisch«, meinte Herr Kleinschmidt und lächelte lustmolchig, »Immer in Eile, das kleine Fräulein Matilda.«

»Klein ist gut«, entgegnete Matilda und musterte ihn so eisig aus einem Meter achtzig Höhe, daß er das lustmolchige Lächeln einstellte und sich mit seiner Mülltüte zur Seite trollte.

»Die schüchterne Rothaarige gefällt mir sowieso besser«, brummelte er hinter Matilda her.

* * *

Caroline hatte beim Türken um die Ecke Fladenbrot, Schafskäse, gefüllte Champignons, Tomaten und Trauben eingekauft.

»Lecker!« sagte Franziska und ließ sich zufrieden auf dem Fußboden nieder.

»Ich weiß nicht«, meinte Caroline. »Langsam fehlt mir das warme Essen schon.«

»Mir nicht«, sagte Matilda und riß sich ein großes Stück Fladenbrot ab. »Ich hasse Kochen!«

»Ich koche gern«, erklärte Caroline. »Wenn wir erst unsere Küche haben, koche ich euch jeden Abend was anderes.«

Es klingelte.

»Roooooobert!« riefen alle drei.

Caroline ging zur Tür. »Hallo, Robert. Heute noch gar nicht gesehen.«

»Nein«, seufzte Robert. »Die Ackerei für die Uni fängt jetzt wieder an. Wir werden viel weniger Zeit füreinander haben.«

»Fein«, sagte Caroline und fügte artig hinzu: »Danke für die Schultüte.«

»Ja«, rief Matilda aus der Küche. »Besonders für die Himbeerbonbons und die Lakritzschnecken.«

»Wir essen gerade«, sagte Caroline. »Wenn du unbedingt möchtest ...«

»Klar«, meinte Robert und setzte sich neben Franziska vor den umgedrehten Karton, der als Tisch diente. »Wie war denn euer erster Hochschultag?«

»Ich bin das einzige Mädchen in der Gesangsklasse, das kurze Haare hat«, berichtete Matilda. »Alle anderen haben einen Zopf bis zum Hintern und sind überhaupt ziemlich spießig, vom Typ Faltenrock und Krägelchen. Der Professor erinnert mich an meinen Vater. Man konnte ihm anmerken, daß er Faltenröcke und Krägelchen mag und mich nicht.«

»Weil du zu spät gekommen bist«, vermutete Caroline.

»Warte ab, bis er dich singen hört«, meinte Franziska. »Dann ist es ihm egal, was du anhast.«

»Ja, vielleicht«, sagte Matilda zweifelnd. »Ich habe aber echt Angst, daß die bezopften Faltenröcke am Ende auch noch besser singen.«

»Hey, so unsicher kenne ich dich ja gar nicht«, meinte Franziska. »Du singst toll. Sonst hättest du die Aufnahmeprüfung gar nicht erst bestanden.«

Matilda lächelte schon zuversichtlicher.

»Du hast ja recht«, meinte sie. »Ich werde die Stricklieseln an die Wand singen.«

»Bei mir war es toll«, sagte Franziska. »Ich habe noch nie so viele Leute an einem Tag kennengelernt. Am Freitag ist gleich Erstsemesterfete. Lauter nette Jungs. Kommt ihr mit?«

»Unsere Erstsemesterfete ist auch am Freitag«, antwortete Caroline. »Aber ich komme lieber mit zur Sporthochschule.«

»War's bei dir nicht so toll?« fragte Robert besorgt.

»Nö.« Caroline schüttelte den Kopf. »In meiner Erstsemestergruppe sind nur Frauen, und gleich vier davon haben ein Kind. Die haben sich nur über Kinderbetreuung und so'n Schwachsinn unterhalten. Und von den anderen war nur eine einzige nett. Peggy. Mit der habe ich jetzt den Stundenplan zusammengestellt.«

»Immerhin eine Nette«, sagte Franziska.

»Lauter Frauen?« wiederholte Robert zufrieden. »Gut.«

»Nur Frauen?« fragte Matilda. »Wie kann man nur so was Blödes studieren?«

»In den anderen Erstsemestergruppen sind ja auch Männer«, erklärte Caroline. »Nur in meiner nicht.«

»Ausgerechnet«, sagte Matilda. »So lernst du natürlich nie jemanden kennen.«

»Das braucht sie auch nicht«, meinte Robert und grinste breit. »Sie hat ja mich.«

»Psychologen sind sowieso alles Langeweiler«, behauptete Matilda.

Caroline schüttelte den Kopf. »Das würdest du nicht sagen, wenn du den Dozenten gesehen hättest, der die Einführung in die Wahrnehmungspsychologie macht. So witzig und geistreich, hach! Und er sieht aus wie Paul Newman. In jung.«

»Was Frauen nur alle an Paul Newman finden, wird mir wohl ewig ein Rätsel bleiben«, sagte Robert kopfschüttelnd.

»Wir mögen auch Til Schweiger«, erklärte ihm Franziska.

»Wer ist Til Schweiger?« fragte Robert.

Franziska und Caroline seufzten tief.

»Paul Newman ist doch Käse. Und Professoren sind es erst recht«, meinte Matilda. »Die sind alle verheiratet und haben Töchter in deinem Alter.«

»Der nicht«, sagte Caroline versonnen. »Ich hab mich erkundigt.«

Franziska schnitt sich ein Stück Schafskäse ab.

»Ich habe noch eine gute Neuigkeit«, meinte sie leichthin. »Ich hab' einen Job!«

»Was? So schnell?«

Franziska lachte glücklich. »Da hingen jede Menge Anfragen von Sportvereinen und Fitneßstudios für Übungsleiter am Schwarzen Brett. Ich bin gleich nach der Einführungsveranstaltung bei einer Adresse vorbeigefahren, und voila: Ab nächste Woche gebe ich Unterricht in Gymnastik, Aerobic und Jazzdance. In dem Ladyfitneßstudio auf der Herzogstraße. Gut, was?«

»Dann bist du ja keinen Abend mehr zu Hause«, sagte Caroline pessimistisch. »Du wirst dich am Ende noch völlig überanstrengen.«

»Nein«, antwortete Franziska strahlend. »Das ist ja das Beste: Aerobic und Gymnastik sind Dienstag vormittags, vier Stunden hintereinander. Da kann ich eben erst Dienstag nachmittags zur Spoho. Und Jazzdance ist immer Donnerstag abends. Echt ideal, das Ganze. Vor allem, weil die Bezahlung auch nicht übel ist: Ich bekomme dreißig Mark pro Unterrichtsstunde, ist das nicht toll?«

Matilda rechnete blitzschnell. »Das sind bei sechs Stunden wöchentlich sechshundertvierzig Mark im Monat. Damit kommst du doch immer noch nicht hin.«

»Das ist schon eine ganze Menge«, meinte Caroline beruhigend. »Für den Anfang genug.«

»Ich muß eben ein bißchen sparsam mit dem Geld umgehen«, sagte Franziska. »Dann wird es schon reichen.«

»Ich hab auch nicht viel mehr«, meinte Robert. »Und komme damit aus. Meistens jedenfalls.«

»Wenn das so ist, hörst du vielleicht besser mal auf, dein Geld für rote Rosen und Süßigkeiten zum Fenster rauszuschmeißen«, schlug Caroline vor. »Das hat sowieso keinen Zweck.«

Robert lächelte nur.

»Heute morgen habe ich deinen Freund Felix getroffen«, sagte Matilda zu ihm, und ihre Augen leuchteten glücklich auf. »Ich habe seine Brötchen auf den Boden geworfen!«

»Heute morgen?« fragte Robert. »Das ist ungewöhnlich. Felix schläft sonst immer bis mittags.«

»Das war eben das Schicksal«, meinte Matilda begeistert, »das ihn geweckt und zum Bäcker getrieben hat, nur damit wir einander in die Arme laufen konnten.«

Robert sah Matilda nachdenklich an.

»Ich dachte, du wärst mit Cornelius zusammen?«

»Ja, und? Meinst du, deswegen laufe ich blind durch die Gegend und erkenne mein Schicksal nicht, wenn ich ihm begegne?«

»Cornelius ist echt ein netter Kerl«, sagte Robert. »Er macht so einen gewissenhaften Eindruck. Und gut aussehen tut er ja irgendwie auch. Besser als Felix jedenfalls.«

Franziska und Caroline nickten zustimmend.

»Nett, gewissenhaft«, äffte Matilda ihn nach. »Das ist mir aber zu langweilig, verdammt noch mal.«

»Weiß du«, sagte Robert väterlich. »Felix ist ein guter Kumpel, und ich mag ihn sehr. Aber er ist nicht gerade der Mann, den ich mir für meine Schwester wünschen würde. Laß lieber die Finger von ihm.«

»Ich bin aber nicht deine Schwester«, stellte Matilda fest.

Franziska lachte.

»Und Matilda ist auch nicht der Typ Frau, den ich mir für meinen Bruder wünschen würde«, erklärte sie.

Es klingelte.

Caroline sah auf die Uhr. »Der gewissenhafte Cornelius, pünktlich um sieben Uhr. Zum Badezimmerstreichen.«

Franziska stand auf und drückte auf den Türöffner.

»Was sagt der eigentlich zu Felix?« fragte Robert.

Matilda zuckte mit den Schultern und stand ebenfalls auf.

»Nichts, wieso?«

»Er weiß noch nicht, daß Matilda ihrem Schicksal begegnet ist«, erklärte Caroline.

»Sie könnte es ihm ja wenigstens sagen«, meinte Robert.

»Aber Frauen sind irgendwie anders. Die haben gerne mehrere Eisen im Feuer.«

»Ich nicht«, sagte Caroline. »Ich hätte nichts dagegen, wenn du die Belagerung aufgeben würdest.«

»Bei dir ist das was anderes«, meinte Robert felsenfest überzeugt. »Du weißt einfach noch nicht, daß ich der Richtige für dich bin.«

Caroline seufzte.

Cornelius kam die Treppe hoch und schwenkte eine Flasche leuchtendblaue Abtönfarbe.

»Seid ihr wirklich sicher, daß das Badezimmer wie das städtische Freibad aussehen soll?« fragte er zur Begrüßung.

»Ach, was«, sagte Franziska. »Es wird aussehen wie ein griechischer Patio, alles blau-weiß. Und Carolines Farn auf der Fensterbank, nicht wahr, Matilda?«

Matilda antwortete nicht. Sie hatte weitere Schritte im Treppenhaus gehört und blieb wie angewurzelt in der Tür stehen.

»Ihr habt einen echten Farbenspleen«, seufzte Cornelius. »Ich bin gespannt, ob ihr es schafft, wenigstens eine Wand weiß zu lassen.«

Franziska starrte ebenfalls hinaus ins Treppenhaus. Dort erschien Felix, von Kopf bis Fuß in Schwarz gekleidet, hakennasig und arrogant, ganz wie sie ihn in Erinnerung hatte. Und er war nicht allein. Er hatte den Arm um die Schultern einer Blondine gelegt, mit Beinen, die es an Länge durchaus mit Matildas aufnehmen konnten. Und auch sonst sah sie nicht übel aus, wirklich nicht. Matilda sog scharf Luft durch die Nase ein.

»Na?« fragte Felix und musterte sie alle drei mit seinen durchdringend blauen Augen. »Ist Robert vielleicht bei euch?«

Matilda guckte giftig und schwieg.

»Ja«, sagte Franziska kühl. »Ist er.«

Felix lehnte sich gegen das Geländer. Die Blonde ließ er dabei nicht los.

»Dann sei doch so nett und hol ihn mal her, Kleine«, sagte er zu Franziska.

Franziska rührte sich nicht.

»Robert«, schrie sie über die Schulter. »Da ist so ein langhaariger Freak, der will was von dir.«

Felix grinste beifällig. Franziska verzog keine Miene. Matilda musterte die Blonde abfällig und sog weiter geräuschvoll die Luft durch die Nase ein. Die Blonde blickte ungerührt zurück. Cornelius beobachtete die Szene interessiert vom Flur aus.

»Hi, Felix«, sagte Robert und stellte sich neben Franziska. »Hi, Peggy. Was gibt's denn?«

»Der Wohnungsschlüssel ist mir irgendwie abhanden gekommen«, erklärte Felix. »Kannst du mir einen von deinen geben?«

Robert suchte in seiner Tasche.

»Hier. Das ist der dritte Schlüssel in zwei Monaten«, meinte er. »Und den Briefkastenschlüssel hast du auch verloren.«

»Wozu gibt es denn Gabeln?« murmelte Franziska.

Felix nahm den Schlüssel und schob ihn sich in die Hosentasche.

»Bis später«, sagte er zu niemand Bestimmtem und wandte sich zum Gehen.

Die Blonde lächelte zum Abschied. Sie hatte tolle Zähne. Franziska schloß die Tür.

»Eingebildeter Pimpf«, meinte sie ärgerlich.

Matilda drehte sich ganz benommen um.

»Ich denke, der hat keine Freundin«, sagte sie anklagend zu Robert.

»Hat er ja auch nicht«, verteidigte sich Robert. »Jedenfalls keine, die diesen Titel als einzige für sich beanspruchen könnte.«

»Und wer war dann die blöde Barbiepuppe?« fragte Matilda beleidigt.

»Peggy ist sein Fotomodell«, erklärte Robert. »Sie ist nett. Und was Felix mit der hat oder nicht hat, da steig' ich seit drei Jahren nicht hinter.«

»Fotomodell«, murmelte Matilda vor sich hin. »Toll. Seit drei Jahren.«

»Das war die Peggy aus meiner Erstsemestergruppe«, sagte Caroline von der Küchentüre her. »Sie hat mich nicht gesehen.«

»Ein studiertes Fotomodell«, murmelte Matilda. »Ganz toll.«

Franziska warf einen besorgten Blick auf Cornelius. Aber er schien nichts Besonderes bemerkt zu haben.

»Was ist jetzt?« fragte er und winkte mit der Abtönfarbe. »Das Badezimmer ist heute an der Reihe, oder wollt ihr nicht?«

»Nö«, sagte Matilda mürrisch. »Das Badezimmer ist mir scheißegal.«

»Ich mache mit«, bot Caroline an. »Aber ich muß anschließend für die blöde theoretische Fahrprüfung büffeln.«

Cornelius musterte die fleckige Wand oberhalb der Kacheln.

»Soviel ist das ja nicht«, meinte er. »Das kriegen wir auch zu zweit hin, Franziska und ich. Dann kannst du lernen, und Matilda kann tun, was auch immer sie will. In Ordnung?«

Franziska freute sich. Sie war gern mit Cornelius allein. Man konnte so wunderbar mit ihm reden. Bei der Arbeit ging das besonders gut. Man konnte die intimsten Dinge von sich preisgeben, so ganz nebenbei. Dinge, die sie noch nicht mal Matilda oder Caroline verraten würde, ihre geheimsten Wünsche und Ängste. Cornelius verstand sie mühelos, und auch dafür mochte Franziska ihn sehr. So sehr, daß sie manchmal schon darüber ins Grübeln geriet.

Sie verliebte sich niemals Hals über Kopf wie Matilda, und sie geriet auch nicht wie Caroline über wildfremde Menschen ins Schwärmen. Bei Franziska kam die Verliebtheit ganz langsam, wie eine heimtückische Krankheit. Man bemerkt sie erst, wenn es zu spät ist. Und Cornelius war ja auch immer noch Matildas Freund.

* * *

Weil die Mädchen jetzt tagsüber Vorlesungen und Seminare besuchten, mußten die noch verbliebenen Renovierungsarbeiten auf die Abende verlegt werden.

Cornelius sorgte für eine straffe Organisation.

»Ich will nicht mehr«, maulte Matilda. »Ich muß üben.« Seit der Begegnung mit Felix und seinem blonden Fotomodell war sie ständig ekelhaft schlecht gelaunt.

»Das ist keine Frage des Wollens«, sagte Cornelius streng.

»Und freu' dich doch: Wir müssen nur noch den Flur streichen und den Fußboden in der Küche verlegen.«

»Und meinen Scheißfußboden abschleifen«, ergänzte Franziska jammernd, die immer noch in Matildas Zimmer schlief.

»Und die Scheißwände streichen. Immer bin ich die letzte!«

Caroline hatte letztes Wochenende bereits ihr eigenes Reich bezogen. Der magentafarbene, flauschige Teppichboden sah super zu den rosagetupften Wänden aus.

»Wie Erdbeereis«, hatte Cornelius angeekelt gesagt. »Mit Cocktailsoße.«

»Genau«, hatte Caroline ihm begeistert zugestimmt. Sie hatte das Zimmer nur sehr sparsam möbliert. Ein Futonbett aus gelaugtem Kiefernholz stand in einer Ecke, darüber hing ein schneeweißes Moskitonetz. Vor dem Fenster, neben der Tür, die auf den kleinen Balkon hinausführte, hatte sie ihren Schreibtisch postiert. Ihre Klamotten hingen an einer fahrbaren Kleiderstange, und an der Wand entlang stapelten sich Bücher und Schuhe. Nur der klobige, braune Ofen in der Ecke erinnerte noch daran, wie verschimmelt und heruntergekommen der Raum früher ausgesehen hatte.

Es gebe spezielle Kachelfarbe, mit der man die Öfen streichen könne, hatte Cornelius gesagt, und alle drei Mädchen hatten daraufhin beschlossen, die kackbraunen Schandflecken sobald wie möglich weiß zu lackieren.

»Los jetzt, ihr Faultiere«, befahl Cornelius. »Ich streiche die Decke, ihr die Wände. Dann ist das ruckzuck geschafft.«

Caroline zog bedauernd ihre Schultern hoch.

»Tut mir leid«, sagte sie. »Ich kann heute nicht. Ich habe gleich meine erste Fahrstunde.«

»Im Dunkeln? Na, das ist ja eine Superidee von deinem Fahrlehrer.«

»Nanananananaaaa!« sang Matilda. »Nananananananaaaaa!«

»Komm schon, Matilda«, sagte Cornelius und rückte die Trittleiter zurecht.

»Ich muß aber üben«, maulte Matilda und setzte wieder an. Diesmal einen halben Ton höher. »Nananannanaaaaaa!«

»Das kannst du auch mit einem Pinsel in der Hand«, schlug Cornelius vor und hielt ihr einen hin. »Na los!«

Caroline zog ihre Jacke an.

»Viel Vergnügen«, sagte sie.

»Wir drücken dir die Daumen«, meinte Franziska. »Wird schon schiefgehen!«

»Das fürchte ich auch«, seufzte Caroline. »Ich mach' mir ja beinahe in die Hosen vor Angst!«

»Nananananananaaaa!« intonierte Matilda im Fortissimo und rührte lustlos in der Wandfarbe herum. »Nananananananaaaaa!« Sie hoffte, daß ihre Gesangsübungen den anderen so auf die Nerven gingen, daß sie sie in ihr Zimmer einsperrten und in Ruhe ließen. Aber vergebens: Weder Franziska noch Cornelius sagten auch nur ein Wort.

Als Caroline zwei Stunden später wiederkam, war Matilda heiser, aber der Flur leuchtete in strahlendem Weiß. Es war der einzige Raum, in dem sie auf Farbe zu verzichten beschlossen hatten. Für Cornelius war es der schönste Raum in der Wohnung. Mit Abstand.

»Hi«, seufzte Caroline. »Oh, ihr wart aber fleißig.«

»Das kann man wohl sagen«, schimpfte Matilda. »Haben wir diesem Sklaventreiber da oben zu verdanken.« Sie zeigte mit ihrem Pinsel auf die Trittleiter, auf der Cornelius stand und bereits die Deckenleuchte montierte.

»Herr Kleinschmidt hat mir im Treppenhaus aufgelauert«, erzählte Caroline. »Er hat mich kleines Fräulein genannt und gefragt, ob ich mir mal seine Wohnung angucken wollte. Er könne mir auch Schokolade anbieten.«

»Nuß oder Vollmilch?«

»Das hat er nicht näher ausgeführt.«

»Der Kleinschmidt wird wirklich langsam lästig«, fand Franziska. »Mir ist er neulich in den Keller gefolgt, als ich Briketts geholt habe. War richtig unheimlich da unten allein mit dem Dicken. Aber seit ich so ganz nebenbei erwähnt habe, daß ich den schwarzen Gürtel in Karate besitze, läßt er mich in Ruhe.«

»Den schwarzen Gürtel, wow.«

»Stimmt natürlich nicht«, sagte Franziska. »Aber ich habe mal Chinesisches Schattenboxen gemacht. Wie bist du denn die dicke Klette losgeworden?«

»Ich habe ihm gesagt, daß meine Mama mir verboten hätte, mit älteren Onkels mitzugehen, die mir Schokolade anbieten.«

»Gut«, sagte Cornelius von der Leiter. »Das nächste Mal kannst du sonst mich rufen.«

»Wie war's denn in deiner ersten Fahrstunde?« wollte Franziska wissen.

Caroline lehnte sich müde gegen die Leiter,

»Ich habe es mir nicht so schwer vorgestellt. Das Lenken, meine ich.«

»Das ist nur am Anfang so«, tröstete Franziska. »Nach zwei, drei Stunden geht das von ganz allein.«

»Ich weiß nicht«, Caroline schüttelte zweifelnd den Kopf.

»Ich habe eine Verkehrsinsel gerammt. So was passiert sicher nur mir.«

»Das ist doch gar nichts. Matilda hat gleich einen Hydranten umgemäht«, petzte Cornelius von der Zimmerdecke herab. »Weißt du noch, Matilda?«

Matilda nickte. Carolines Gesicht hellte sich ein wenig auf.

»Wirklich? Auch in der ersten Fahrstunde?«

»Nein«, antwortete Matilda, nicht ohne Stolz in der Stimme. »In der ersten Fahrprüfung.«

Caroline warf sich getröstet in ihre Anstreicherkluft.

»Kann ich jetzt helfen?« fragte sie unternehmungslustig.

»Wenn die erste Schicht getrocknet ist«, sagte Cornelius und kam von der Leiter.

»Och, nööö«, maulte Matilda. »Wozu sollen wir das zweimal streichen. Mir gefällt es auch jetzt schon.«

»Man streicht aber *immer* zweimal«, sagte Cornelius unnachgiebig. »Das g'hört so.«

Matilda knurrte wie Frau Werwolf.

Zu viert schafften sie den zweiten Anstrich in einer knappen Dreiviertelstunde. Jeder hatte sich eine Wand vorgenommen.

»Fertig«, sagte Franziska und hob triumphierend ihre Farbrolle.

»Ich auch«, rief Caroline.

»Fein«, seufzte Matilda erleichtert. »Jetzt ist endlich Ruhe!«

»Nichts da«, bestimmte Cornelius. »Es ist erst halb elf. Wir räumen jetzt die Kartons und euren anderen Krempel aus der Küche und verlegen den PVC-Belag.«

Matilda stampfte wütend mit den Füßen auf.

»Nein!« schrie sie. »Nicht mit mir. Du kannst die Leute in deinem Büro herumkommandieren, aber uns nicht.«

»Ich kommandiere ja gar nicht«, widersprach Cornelius. »Aber wenn am Samstag eure Küchenzeile geliefert wird, muß der Boden liegen. Und weil heute bereits Mittwoch ist und ich morgen und übermorgen nicht hier sein kann, muß das eben alles noch heute passieren.«

»Komm schon, Matilda«, sagte Caroline und lächelte. »Er hat recht. Er will doch nur helfen!«

Matilda schüttelte bockig den Kopf.

»Es macht ihm Spaß, Menschen zu quälen«, behauptete sie. »Ganz bestimmt.«

Sie blieb stur auf dem Fußboden hocken, während die anderen die Küche ausräumten und die häßlichen, grün-gelb-braun gemusterten Kacheln sauberfegten, auf denen das PVC verklebt werden sollte.

Franziska bedachte ihre bockige Cousine mit strafenden Blicken, als sie einen Karton mit Bananen und Joghurt neben sie abstellte.

»Du bist so gemein zu Cornelius«, zischte sie. »Wenn ich er wäre, hätte ich uns längst in dem Dreck hier sitzenlassen.«

»Mir doch egal«, murmelte Matilda trotzig.

»Biest«, knurrte Franziska.

Cornelius tat so, als würde er Matildas kindisches Gehabe überhaupt nicht bemerken. Er verlegte den Boden mit Franziskas und Carolines Hilfe nahezu perfekt. Das schwarzweiße Schachbrettmuster sah sehr frisch und modern zu den himmelblau gewischten Wänden und den weißen Wandkacheln aus.

»Toll«, meinte Caroline begeistert. »Guck doch mal, Matilda.«

Aber Matilda wollte nicht.

»Ich gehe jetzt schlafen«, murmelte sie mürrisch und schlürfte mit gesenktem Kopf ins Badezimmer.

»Gute Nacht«, sagte Cornelius freundlich.

»Schlaf schön«, sagte Caroline unfreundlich.

»Wirf deinen Bock ins Klo und zieh ab!« rief Franziska.

Matilda knallte die Tür hinter sich zu.

»Sie bekommt ihre Tage«, sagte Franziska zu Cornelius. »Deshalb ist sie so schlecht drauf.«

»Aha«, machte Cornelius. »Und ich dachte schon, es hätte vielleicht was mit dem tollen Fotografen zu tun.«

Caroline und Franziska tauschten einen erschrockenen Blick.

Cornelius grinste. »Ihr denkt auch, ich bin total verblödet, was?«

»Aber da läuft wirklich gar nichts zwischen Matilda und diesem Felix«, rief Caroline, und das war ja auch die Wahrheit. Jedenfalls bis jetzt.

»Na, ist ja auch egal«, meinte Cornelius und griff nach seiner Jacke. »Wir haben heute auf jeden Fall viel geschafft.«

»Das haben wir alles nur dir zu verdanken«, sagte Caroline gerührt.

»Ja«, stimmte Franziska mit leiser Stimme zu. »Vielen Dank.« Sie hätte ihn sehr gern zum Abschied in den Arm genommen. Aber eigenartigerweise fühlte sie sich ihm gegenüber plötzlich verlegen und unsicher. Die »Krankheit« war schon ziemlich weit fortgeschritten.

»Bis Samstag«, sagte Cornelius. »Dann fangen wir mit deinen Wänden an.«

»Es ist zum Heulen«, meinte Caroline und schloß die Tür hinter ihm. »So ein netter Kerl. Viel zu schade für das Ekel da im Badezimmer.«

Matilda steckte ihren Kopf aus der Badezimmertüre.

»Wer ist ein Ekel?« fragte sie.

»Du«, sagten Franziska und Caroline wie aus einem Mund.

Matilda zog ein beleidigtes Gesicht.

»Ich weiß gar nicht, was ihr habt«, sagte sie. »Nur weil ihr den Kerl noch nicht durchschaut habt, und weil er so wunderbar handwerklich begabt ist, muß ich mich doch wohl nicht für den Rest meines Lebens an ihn binden. Ich kann nichts dafür, daß ich ihn nicht mehr liebe.«

»Aber du kannst was dafür, daß du dich wie ein Ekel benimmst«, fauchte Franziska. »Das hat er einfach nicht verdient.«

»Ich bin auch dafür, daß du Cornelius endlich reinen Wein einschenkst«, fand Caroline. »Er weiß sowieso längst, wo der Hase läuft.«

»Dann brauch' ich's ihm ja nicht mehr zu sagen«, meinte Matilda patzig.

»Feigling«, schnaubte Franziska.

»Ist es meine Schuld, wenn er mir trotzdem noch hinterherläuft?« schnaubte Matilda zurück.

»Er läuft dir nicht hinterher«, verteidigte ihn Franziska. »Er läßt uns nur nicht hängen. Das ist was anderes.«

»Also gut«, sagte Matilda. »Dann sag' ich ihm morgen, er soll sich hier nicht mehr blicken lassen.«

»Das läßt du schön bleiben«, rief Franziska. »Er kann so oft herkommen, wie er will!«

»Er ist auch unser Freund«, fügte Caroline hinzu. »Und nur weil du jetzt den angeberischen Felix anhimmelst, wird sich das nicht ändern.«

»Ihr könnt den tyrannischen Langeweiler gerne haben«, rief Matilda und stapfte beleidigt in ihr Zimmer. »Und zwar geschenkt!«

Sie schmiß die Tür hinter sich zu.

»Wie mein Vater«, meinte Franziska. »Kann ich heute nacht bei dir schlafen?«

»Klar«, sagte Caroline. »Meinst du, sie ist jetzt sauer?«

»Ja«, antwortete Franziska. »Aber nicht lange. Das ist das Gute bei ihr.«

Am nächsten Morgen wurde Franziska von dem köstlichen Kaffeeduft geweckt, der unter der Tür in Carolines Zimmer drang. Sie stieß Caroline in die Seite.

»Matilda hat Kaffee gekocht«, flüsterte sie.

Caroline machte die Augen auf und schnupperte.

»O ja«, sagte sie. »Ob sie uns noch böse ist?«

»Sie hat ja keinen Grund«, meinte Franziska. »Und der Kaffee riecht nach Reue.«

Matilda öffnete die Zimmertüre einen Spalt und steckte ihren Kopf herein.

»Der Kaffee ist fertig«, sang sie fröhlich grinsend.

Caroline und Franziska grinsten zurück. Matilda stieß einen erleichterten Seufzer aus, gab der Tür einen Schubs mit dem Fuß und balancierte ein vollbeladenes Tablett zum Bett.

»Macht Platz«, befahl sie.

Sie rückten bereitwillig zur Seite, und Matilda quetschte sich zwischen sie.

»Ich dachte schon, ihr wärt sauer auf mich.«

»Waren wir auch«, stimmte Caroline zu.

»Ich war ein Ekel«, sagte Matilda. »Ihr hattet ganz recht.«

Franziska goß den duftenden Kaffee in die Tassen.

»Genau«, meinte sie zufrieden.

»Ich war so schlecht drauf wegen dieser Peggy«, erklärte Matilda. »Sie sieht so gut aus, daß ich kurz davor war, mir einen echten Minderwertigkeitskomplex zuzulegen. Ihretwegen hätte ich um ein Haar das Schicksal ignoriert und die Sache mit Felix verworfen.«

Caroline und Franziska stöhnten.

»Dabei ist das völliger Quatsch«, fuhr Matilda unbeirrt fort. »Ich sehe doch tausendmal besser aus als diese Peggy, und bis jetzt habe ich auch jeden Mann bekommen, den ich wollte. Da werde ich doch nicht aufgeben, nur weil er den Arm um so ein Blondchen gelegt hat.«

»Und Cornelius?« fragten Franziska und Caroline unisono.

»Nicht schon wieder«, seufzte Matilda und biß in eine Knäckebrotscheibe. »Mit dem werde ich reden, ganz bestimmt. Er wird das schon nicht so schwernehmen.«

Caroline zog die Stirn kraus.

»Ich verstehe dich nicht«, meinte sie. »Cornelius sieht tausendmal besser aus als Felix, er ist intelligent, witzig, lieb, treu und das alles. Dieser Felix dagegen war mir auf Anhieb unsympathisch, so ein richtiger Antityp eben.«

Matilda grinste. »Das ist das gleiche wie bei dir und Robert.

Der sieht auch gut aus, ist intelligent und soooo nett. Und trotzdem willst du ihn nicht.«

Caroline schwieg verblüfft.

»Das ist nicht das gleiche«, widersprach Franziska. »Sie hatte ja noch nie was mit Robert. Aber Cornelius und du, ihr seid immerhin seit einem halben Jahr zusammen.«

Matilda gähnte.

»Von mir aus«, sagte sie. »Aber irgendwann muß eben mal Schluß sein. Und ich bin sicher, daß Felix und ich zusammengehören. Ich weiß es ganz einfach.«

Am gleichen Tag trafen Matilda und Caroline abends Felix im Supermarkt Ecke Zülpicher Platz. Er stand beim Gemüse und wog eine dicke Zucchini ab.

Caroline erblickte ihn als erste und wollte das Gemüse weiträumig umfahren.

»Wir brauchen Tomaten«, meinte Matilda und lenkte den Wagen in Felix Richtung. Sie sah ihn erst, als sie direkt vor ihm stand.

»Matilda«, sagte er spöttisch. »So ein Zufall.«

»In der Tat«, entgegnete Matilda und lächelte das allerverführerischste Lächeln, das sie je in ihrem Leben gelächelt hatte. Haarscharf an Felix vorbei.

Es traf den jungen Verkäufer, der hinter ihm faule Mandarinen aussortierte. Der wußte gar nicht, wie ihm geschah. Er bekam feuerrote Ohren.

Matilda registrierte ein leichtes Zucken in Felix Augenwinkel.

›Jetzt habe ich ihn‹, dachte sie triumphierend und glaubte

schon die Geigen zu hören, die im Film in solchen Momenten für gewöhnlich einsetzten.

»Die Tomaten!« sagte Caroline und stieß Matilda in die Rippen.

»Darum kümmere mich schon«, meinte Matilda hastig. »Geh du schon mal die Buttermilch holen. Und Klopapier.«

Caroline schüttelte den Kopf und starrte Felix finster an. Matilda sah, wie der Funke in seinem Auge langsam erlosch, und die Geigen in ihrem inneren Ohr verstummten.

»Spielverderberin«, zischte sie. »Geh endlich.«

Aber Caroline rührte sich nicht von der Stelle.

»Bis zum nächsten Mal«, sagte Felix zu Matilda und schob seinen Einkaufswagen weiter zu den Konserven.

»Was soll denn das?« fragte Matilda ärgerlich. »Bist du jetzt meine Anstandsdame?«

»Ja«, antwortete Caroline kurz. »Wenn du dich schon mit diesem Ekel abgeben willst, dann nicht in meinem Beisein.«

»Blöde Nuß«, murmelte Matilda.

Franziska hatte ihre erste Unterrichtsstunde im Fitneßstudio gegeben. Caroline und Matilda warteten am Ausgang auf sie. Sie hatten in den letzten zehn Unterrichtsminuten zugeschaut.

»Wahnsinn«, meinte Caroline beeindruckt. »Welche Körperteile du alles einzeln bewegen kannst.«

»Es hat Spaß gemacht«, sagte Franziska glücklich. »Auch wenn ich jünger bin als meine Schülerinnen.«

»Und schlanker«, meinte Matilda und sah einer der Teilnehmerinnen nach. »So etwas motiviert ungemein.«

»Ich habe Hunger«, sagte Caroline aufs Stichwort.

»Gleich um die Ecke soll ein Bistro sein, wo es geniale Crêpes geben muß«, meinte Franziska. »Das Engelbert, oder so.«

Das »Engelbäät« war eine kleine, gemütliche Kneipe, und die Crêpes waren wirklich genial. Die Mädchen teilten sich eine Flasche Rotwein zum Essen und aßen sich rundherum satt.

Franziska lehnte sich als erste zurück und lächelte zufrieden.

»Schön«, fand sie. »Endlich mal einen Abend ohne Pinsel in der Hand.«

Matilda hatte ihr zweites Grand-Marnier-Crêpe vertilgt und musterte sorgenvoll die nicht vorhandene Wölbung oberhalb der Taille.

»Vielleicht sollte ich auch mal Jazzdance machen«, meinte sie. »Sonst werde ich am Ende zu dick.«

»Sängerinnen können doch gar nicht dick genug sein«, meinte Caroline grinsend. »Das sind oft solche Dampfwalzen. Wegen der Resonanz.«

»Das ist Quatsch«, widersprach Matilda. »Man kann auch schlank sein und gut singen. Aber als Model, da muß man schlank sein.«

»Aha«, sagte Franziska. »Daher weht der Wind.«

»Wir haben den belämmerten Felix heute beim Einkaufen getroffen«, erzählte Caroline. »Matilda hat versucht, ihre Modelkarriere ein bißchen in Gang zu bringen.«

»Aber Caroline ist mir nicht von der Seite gewichen«, ergänzte Matilda. »Sie hat so getan, als hätte Felix eine ansteckende Krankheit.«

»Nein, habe ich nicht. Denn dann würde er mir wenigstens leid tun.«

Matilda wechselte seufzend das Thema. »Wir sind doch jetzt so gut wie fertig mit der Wohnung. Sollen wir nicht so etwas wie eine Einweihungsfete machen?«

»Mein Zimmer ist noch nicht mal annähernd fertig«, widersprach Franziska. »Der ganze Kram von mir steht noch in deinem Zimmer. Und dein Sternboden muß auch noch verlegt werden.«

»Trotzdem, wir können unseren Teilerfolg ruhig ein kleines bißchen feiern«, meinte Caroline. »Am Samstag, wenn die Küche installiert ist.«

»Warum nicht morgen?« fragte Matilda.

»Weil Cornelius morgen Wasserballtraining hat«, erwiderte Franziska.

»Eben«, grinste Matilda.

»Ich möchte gern Peggy aus meiner Erstsemestergruppe einladen«, sagte Caroline zögernd.

»Die Peggy?« fragte Matilda. »Diese Barbiepuppe für Arme?«

»Genau die«, nickte Caroline. »Sie ist echt in Ordnung.«

»Wenn die kommt, dann wird Felix ja wohl auch kommen dürfen.«

Franziska lachte. »Wir kennen den Blödmann doch eigentlich überhaupt nicht.«

»Und deshalb können wir ihn auch nicht einladen«, ergänzte Caroline froh.

»Und was, wenn ich ihn bis Samstag kennenlernen würde?«

»Meinst du kennenlernen im biblischen Sinne?« wollte Franziska wissen.

Matilda zuckte geheimnisvoll mit den Schultern.

»Ihr werdet schon sehen«, sagte sie.

* * *

Als Franziska und Caroline am nächsten Morgen die Wohnung verlassen wollten, lag Matilda noch im Bett.

»Du kommst wieder zu spät«, sagte Franziska vorwurfsvoll.

»Ich muß heute nicht zur Hochschule«, murmelte Matilda schläfrig. »Freitags nie.«

»Hast du es gut«, seufzte Caroline. »Obwohl, heute ist Wahrnehmungspsychologie bei Jansen. Das würde ich auch nicht versäumen, wenn ich einundvierzig Grad Fieber hätte.«

»Wer ist Jansen?« fragte Matilda interessiert.

»Jansen ist der schönste, intelligenteste und witzigste Dozent der Uni«, behauptete Caroline. »Tschüs, Matilda. Du kannst ja ein bißchen mit Sigmund spielen, wenn du hierbleibst.«

»Ich habe dich doch vor Professoren gewarnt«, erinnerte Matilda sie. »Die sind noch gefährlicher als Fotografen.«

Franziska sah sie forschend an.

»Am liebsten würde ich die Tür von außen abschließen«, sagte sie. »Ich wette, daß du irgendwas Albernes tust, sobald wir weg sind.«

Matilda grinste breit.

»Ach, was«, meinte sie. »Ich werde mir die Beine rasieren, die Zehennägel lackieren und das Bett frisch überziehen. Lauter harmloses Zeug.«

»Du mußt wissen, was du tust«, meinte Franziska und grinste zurück. »Mach's gut, alte Eule.«

»Ciao, ciao.« Matilda rollte sich wohlig unter ihrer Decke zusammen und schlief noch ein Stündchen.

Felix hatte einen wirklich schwarzen Vormittag hinter sich. Der Auftrag mit der Modezeitschrift war geplatzt und ausgerechnet an seinen ärgsten Konkurrenten gegangen.

Das nette Fräulein vom Finanzamt hatte wieder angerufen und sich diesmal kaum empfänglich für seinen Charme gezeigt. Das Finanzamt saß ihm seit Monaten wegen der Steuern im Nacken. Das war eine Menge Geld, und er hatte den Auftrag für die Modefotos dafür fest einkalkuliert gehabt. So, wie es aussah, mußte er am Ende doch diese Werbekampagne für das Insektenvertilgungsmittel mitmachen, auch wenn es eigentlich seiner Fotografenehre widersprach. Aber die Werbeagentur zahlte bares Geld.

Seufzend wählte er deren Nummer.

Glücklicherweise war der Auftrag noch nicht vergeben. Felix sollte bis nächsten Donnerstag Dias der PARATEX-Sprühflasche und eines nackten Mädchens in einem Bett abliefern.

»In Ordnung«, sagte er, ohne sich groß zu wundern. Die Werbeagentur warb grundsätzlich mit nackten Mädchen. Für alles.

Er legte den Hörer auf und wählte sofort die nächste Nummer. Sallie machte auch Nacktfotos. Für einen kleinen Aufpreis. Aber Sallie wollte nicht für ein Insektenvertilgungsmittel werben. Für alles andere, aber nicht dafür. Klick.

Gut, dann also die nächste. Felix wählte wie besessen. Aber dies war ein wirklich schwarzer Vormittag. Nirgendwo hatte er Glück. Melanie machte gerade Fotos für einen Versandhauskatalog, klick.

Linda zeigte sich grundsätzlich nie unbekleidet vor der Kamera. Peggy, das Biest, lachte ihn einfach aus, klick.

Reneé war im Urlaub, sagte der Anrufbeantworter. Und Tina nannte ihn einen Arsch mit Ohren, daß er es überhaupt noch wagen würde, bei ihr anzurufen.

Und klick.

Felix begann zu verzweifeln und kleine Stoßgebiete in den Himmel zu schicken. Er hatte jetzt zwei Stunden telefoniert und kein Model bekommen. Natürlich gab es Agenturen, aber wenn er deren Preise bezahlte, blieb von dem schönen Geld kaum was fürs Finanzamt übrig. Die ganze Welt schien sich gegen ihn verschworen zu haben. Aber es half ja nun alles nichts, die Fotos mußten bis nächsten Donnerstag bei der Werbeagentur liegen. Felix hob mißgestimmt den Hörer, um bei der Modelagentur anzufragen.

Genau da klingelte es an der Tür. Und jemand klopfte. Beides gleichzeitig. Felix legte den Hörer auf, um zu öffnen.

Es war die mit der Igelfrisur und den langen Beinen aus der Wohnung darunter. Matilda.

Sie lächelte ihn strahlend an.

»Hi«, sagte sie fröhlich. »Ich backe gerade Kuchen, und da wollte ich fragen, ob ihr vielleicht Eier habt.«

Felix nickte geistesabwesend.

Na, also! Seine Gebete waren erhört worden. Das Mädel sah echt toll aus. Fast zu schön für die PARATEX-Dose. Aber sie war die Antwort auf seine Probleme! Und so scharf auf ihn, daß sie ihn nichts kosten würde, wenn er es nur richtig anstellte.

»Komm mit zum Kühlschrank«, schlug er vor und setzte unvermittelt hinzu: »Hast du eigentlich schon mal an eine Modelkarriere gedacht?«

Matilda folgte ihm überrascht in die Kochecke. Das mit den Eiern war zwar ein alter Hut, funktionierte aber immer noch besser, als sie es sich hätte träumen lassen.

»Nö«, log sie.

Natürlich hatte sie schon mal an eine Modelkarriere gedacht. Wer würde das nicht tun, wenn er so gut aussehen würde wie sie?

»Du bist genau der Typ, der im Augenblick gefragt ist.« Felix öffnete den Kühlschrank. »Wie viele Eier brauchst du denn?«

»Wirklich?« fragte Matilda. Die Eier sind mir scheißegal, Mann.

»Absolut«, meinte Felix. »Das Gesicht, die Figur, die richtige Größe, alles ideale Voraussetzungen.«

Matilda strahlte. Wahnsinn.

»Ein Model braucht allerdings das gewisse Etwas, das hinterher auf den Fotos rüberkommen muß«, fuhr Felix fort.

»Und woher weiß man, ob man das hat?«

»Ich könnte jetzt einfach Probefotos von dir schießen«, meinte Felix leichthin. »Dann wüßten wir's.«

»Jetzt sofort?« fragte Matilda begeistert.

»Ach ja, du wolltest Kuchen backen«, sagte Felix bedauernd. »Schade.«

»Der Kuchen kann warten«, erwiderte Matilda schnell. »Wenn du jetzt Zeit hast.«

»Ich hab wahnsinnig viel zu tun«, log Felix. »Aber ich glaube, das hier könnte wichtig sein.«

Matilda sah sich um. Das Dachstudio hatte zwei Schlafzimmer, eins für Robert, eins für Felix, ein Badezimmer und einen Verschlag, den Felix als Dunkelkammer nutzte. Der ganze Rest war eine reizvolle Mischung aus Wohnzimmer, Eßzimmer, Küche und Fotostudio. Eine weiße, aufgerollte Fotowand stand mitten im Raum, davor und daneben Fotoleuchten, Stative mit zwei Kameras und ein Rollwagen mit verschiedenen Objektiven und anderem professionell aussehendem Zubehör. Matilda war beeindruckt.

»Was muß ich tun?« fragte sie eifrig.

Felix legte, zufrieden vor sich hin schmunzelnd, einen neuen Film ein. Die Mädels waren doch alle gleich, wenn sie das Wort Model hörten.

Und dieses Igelköpfchen hier machte es ihm besonders leicht.

»Stell dich vor die Wand«, sagte er. »Ja, genau dahin. Ich verschieße einfach einen Film, Portraits, Halbportraits, Ganzkörper, okay?!«

»Okay.«

Matilda konnte ihr Glück kaum fassen. So ein simpler Trick, das mit den Eiern, und schon begann ihre Karriere als Fotomodell! Das war wirklich der helle Wahnsinn.

Felix knipste die Lampen ringsherum an und hielt einen Belichtungsmesser an ihre Wange.

»Toller Teint«, murmelte er. »Braucht kein Puder.«

›Da ist ja auch schon Puder drauf‹, dachte Matilda. ›Als ob ich es geahnt hätte.‹

Felix stellte sich hinter seine Kamera.

»Guck einfach ganz normal«, sagte er und drückte auf den Auslöser. »Oder mach, wonach dir zumute ist.«

Das ließ sich Matilda nicht zweimal sagen. Sie lächelte so verführerisch wie möglich.

»Sehr gut«, sagte Felix und betätigte den Auslöser.

Matilda lächelte sechsunddreißig Mal. Mit jedem Mal verführerischer.

»Ja«, rief Felix begeistert. »Du machst das großartig. Dieser Blick macht mich ganz wahnsinnig.«

Ja, gut so, dachte Matilda. Ich bin aber auch unwiderstehlich. Gleich wirst du mich auf das schwarze Sofa werfen und mit Küssen bedecken. Sie lächelte, was das Zeug hielt.

Der Film war nach kaum zehn Minuten voll. Felix holte ihn aus der Kamera.

»Das war's erst mal«, meinte er. »Du hast dich super angestellt. Wie ein Profi.«

»Und jetzt?« Matilda lächelte noch ein siebenunddreißigstes Mal.

»Jetzt kannst du weiter Kuchen backen«, sagte Felix und schob sie zum Ausgang. »Ich bringe den Film weg und sag dir dann Bescheid.«

»Ja, dann«, murmelte Matilda verblüfft.

Felix schloß die Tür hinter ihr, und sie stakste die Treppe hinab, keine zwanzig Minuten, nachdem sie gekommen war. Schade, er hatte sie nicht auf das schwarze Sofa geworfen. Dabei hätte sie schwören können, daß er's vorhatte. Aber immerhin, das mit den Fotos war auch schon was. Franziska und Caroline würden staunen. Und Cornelius auch. Der ganz besonders, der Arme.

Matilda grinste zufrieden vor sich hin.

* * *

Am nächsten Morgen sollte endlich die Küche geliefert werden. Franziska hatte deshalb alle schon um acht aus dem Bett geworfen. Aber die Monteure ließen auf sich warten.

Um kurz vor zehn klingelte es endlich.

»Das wurde aber auch Zeit«, knurrte Franziska, betätigte den Türöffner und riß gleichzeitig die Wohnungstür auf.

Davor stand Felix, in schwarzen Jeans und schwarzem Rollkragenpullover, ebenfalls gerade im Begriff zu klingeln.

»Hol mir mal die Matilda her«, sagte er grußlos.

Franziska ärgerte sich. Nicht mal ein Hallo konnte der sich abringen. So ein arrogantes Ekel! Das beste würde sein, ihn vollkommen zu ignorieren. Sie trat an ihm vorbei ans Geländer und beugte sich in die Tiefe. Die Küchenmonteure rumpelten schwerbeladen die Treppe hoch.

»Dritter Stock«, rief sie ihnen aufmunternd zu.

Felix betrat die Wohnung und öffnete Carolines Zimmertür, ohne anzuklopfen, versteht sich. Er sah sich interessiert um. Caroline klopfte ihm von hinten auf die Schulter.

»Wenn du Matilda suchst, die ist in der Küche«, sagte sie. »Das hier ist mein Zimmer.«

»Dann bist du das mit dem Rosatick«, stellte Felix fest. »Grauenhaft.«

»Aha, ein Farbexperte«, meinte Caroline gereizt und musterte ihn vom schwarzen Kragen bis zu den schwarzen Socken. »Ein Farbexperte im Beerdigungsoutfit. Wie sind denn die Wände in deiner Wohnung? Schwarz?«

Die Küchenmonteure im Blaumann schoben laut stöhnend schwere Geräte in den Flur. Franziska zeigte ihnen die Küche.

»Eine blaue Küche«, sagte Felix. »Hast du die ausgesucht?«

Caroline nickte stolz.

»Grauenhaft«, sagte Felix.

»Du bist auch grauenhaft«, entgegnete Caroline und würdigte ihn fortan keines Blickes mehr.

Damit die Blaumänner mit ihren Kisten in die Küche paßten, mußte Matilda dieselbe verlassen. Sie kam in den Flur hinaus.

»Wolltest du zu mir?« fragte sie erfreut, als sie Felix dort stehen sah.

»Ja«, sagte Felix und winkte mit einem Umschlag in seiner Hand. »Ich habe die Abzüge.«

»So schnell?« Matilda riß begierig den Umschlag auf.

»Ich habe Connections«, erklärte Felix. »Hör mal, ich will wirklich nicht schleimen oder so, aber du hast einfach das gewisse Etwas, das vielleicht nur eins von hundert Models mitbringt. Wenn du den Mumm dazu hast, kannst du ganz groß rauskommen.«

Matilda betrachtete ihre lächelnden Abbilder. Sie gefiel sich ausnehmend gut.

»Meinst du wirklich?« fragte sie begeistert.

»Ja«, sagte Felix. »Sonst würde ich mich überhaupt nicht mit dir abgeben. Aber aller Anfang ist schwer. Bis der Rubel erst mal rollt, wird es ein Weilchen dauern.«

»Das ist mir egal«, rief Matilda glücklich. »Was muß ich tun?«

»Ich könnte von dir eine Set-Card fertigen und eine Mappe mit den besten Fotos zusammenstellen, mit der du dich bei den richtigen Leuten vorstellen kannst«, erklärte Felix. »Und daß du überhaupt bis zu denen vordringst, dafür kann ich auch sorgen. Wenn du mitmachst.«

»Wahnsinn«, rief Matilda. »Klar mach' ich mit.«

Felix lächelte triumphierend. Gott, war die naiv! Jetzt brauchte er sie nur noch ins Bett zu kriegen, möglichst nackt, und die PARATEX-Kampagne war gerettet.

»Gut«, sagte er. »Dann sollten wir keine Zeit verlieren. Kommst du mit hoch?«

»Jetzt sofort?« Matilda hob bedauernd die Schultern. »Heute kann ich wirklich nicht. Du siehst doch, was hier für ein Chaos herrscht.«

»Gut, dann morgen«, bestimmte Felix. »Um elf.«

»In Ordnung«, sagte Matilda froh. »Kann ich die Fotos solange behalten?«

»Klar«, sagte Felix. »Die schenk ich dir. Wir sehen uns morgen.«

»Ciao, bis morgen«, sagte Matilda hinter ihm her und stürzte in die Küche.

Ohne Rücksicht auf die Anwesenheit der Küchenmonteure warf sie alle sechsunddreißig Abzüge von sich auf einmal in die Luft und ließ sie auf den Boden rieseln, wie die Lottogewinner im Film die Tausendmarkscheine.

»Ich werde ein Model«, schrie sie. »Was sagt ihr jetzt!?!«

Franziska, Caroline und die Monteure bückten sich nach den Fotos.

»Nicht schlecht«, murmelte der eine im Blaumann und pfiff durch die Zähne. »Nicht schlecht, wirklich.«

Franziska schaute perplex von der Matilda auf dem Foto zu der echten hinüber.

»Wann hast du die denn gemacht?«

»Gestern erst«, sagte Caroline. »Felix hat sie gemacht. Ich durfte dir nichts davon sagen.«

»Es sollte eine Überraschung werden«, rief Matilda. »Ich wollte dein Gesicht sehen. Und das lohnt sich, haha!«

»Wie hast du das nur angestellt?« fragte Franziska mit unverhohlener Bewunderung in der Stimme. »Wenn ich mir überlege, daß du vorgestern gerade mal zwei Worte mit ihm gewechselt hattest.«

»Ich hab's euch doch gesagt«, triumphierte Matilda. »Ich schaffe immer alles, was ich mir vornehme.«

»Sei bloß vorsichtig«, seufzte Franziska. »Das ist mir nicht geheuer.«

Die Monteure benötigten weniger als drei Stunden, um alle Geräte komplett einzubauen, die Oberschränke zu befestigen und die Kranzleiste anzubringen. Die Fronten glänzten leuchtend blau.

»Fast zu schön, unsere Küche«, meinte Franziska.

»Ja, aber die kleinen Fehler verpassen ihr den nötigen Charme«, fand Caroline.

»Und der Karton, den wir als Tisch haben, bildet den nötigen Kontrast«, ergänzte Matilda.

Sie gab den Monteuren zehn Mark Trinkgeld.

»Das war alles, was ich noch im Portemonnaie hatte«, sagte sie gutgelaunt. »Es wird Zeit, daß ich meine Modelkarriere starte und ordentlich Geld nach Hause bringe.«

Kaum hatten die Monteure die Wohnung verlassen, klingelte es erneut.

»Das ist sicher Cornelius«, sagte Franziska und sprang auf. »Zum Fußbodenabschleifen.«

»Oder es ist Peggy«, meinte Caroline. »Wir wollten zusammen an einem Referat arbeiten.«

»Mit dieser blöden Tucke?« fragte Matilda.

»Du kennst sie doch überhaupt nicht«, sagte Caroline ärgerlich. »Du siehst sie bloß als Konkurrenz. Nur weil sie für Felix als Model arbeitet. Und weil sie blond ist.«

»Felix hat jetzt ein dunkelhaariges Model. Und das bin ich.«

»Du bist blöd«, sagte Caroline und horchte in den Flur hinaus. »Es ist Cornelius. Wann willst du endlich mit ihm reden?«

Matilda zog die Stirn kraus und erhob sich. »Wenn es wirklich sein muß, von mir aus jetzt gleich.«

»Das finde ich gut«, meinte Caroline anerkennend hinter ihr her.

Matilda zog den überraschten Cornelius in ihr Zimmer.

»Ich soll mit dir reden«, sagte sie unwirsch und schloß die Tür.

Franziska sah Caroline fragend an.

»Sie macht endlich Schluß«, erklärte Caroline.

Franziska nickte erleichtert.

»Das wurde auch Zeit«, sagte sie. »Komm, wir räumen die Schränke ein und probieren aus, wie der Herd funktioniert.«

Es gab eine Menge Kartons mit Gläsern, Porzellan und anderem Küchenkram auszupacken. Franziska spülte, und Caroline trocknete ab. Eine Weile arbeiteten sie schweigend nebeneinander.

»Weißt du, was ich denke?« fragte Caroline schließlich. »Zu dir würde Cornelius eigentlich viel besser passen als zu Matilda.«

»Cornelius würde zu *jedem* besser passen als zu Matilda«, entgegnete Franziska heftig.

»Warum wirst du rot?« fragte Caroline und grinste. »Ich meine, das wäre doch für alle die beste Lösung.«

»Ich hätte keine Lust, nur ein Trostpflaster für Cornelius zu sein«, erklärte Franziska. »Außerdem bin ich nicht rot geworden.«

»Bist du doch. Ah, die Aussprache scheint zu Ende zu sein.«

Im Flur gingen ein paar Türen auf und zu, und Matilda spazierte zur Küche hinein.

»So«, sagte sie fröhlich. »Das wäre geschafft.«

»Ist Cornelius nach Hause gegangen?« fragte Caroline.

»Warum?« fragte Matilda zurück. »Er ist in Franziskas Zimmer und schleift den Fußboden ab, wie vereinbart.«

»Wie hat er es denn aufgenommen«, wollte Franziska wissen.

»Och, ganz tapfer«, sagte Matilda leichthin und räumte die Buttermilch aus dem Pappkarton in den neuen Kühlschrank. »Er fand auch, das sei das beste so. Stellt euch vor, er hat mir über den Kopf gestrichen wie ein alter Onkel und mich vor bösen Fotografen gewarnt. Ich könnte jederzeit mit seiner Hilfe rechnen, wenn ich in Schwierigkeiten geriete, hat er gesagt.«

»Wie lieb«, sagte Franziska gerührt. »Und wie gut er dich kennt.«

Es klingelte wieder. Diesmal war es Peggy. Sie zog ihre Jacke aus und schüttelte sich angewidert.

»Wer war denn der alte Knacker, der mich im Hausflur begrabscht hat?«

»Das kann nur Herr Kleinschmidt gewesen sein«, meinte Caroline. »Hat er nach Hund gerochen?«

Peggy nickte. »Nach Hund und Linseneintopf.«

»Dann war er's«, meinte Caroline. »Schön, daß du gekommen bist. Du kannst gleich unsere neue Küche bewundern. Eben erst montiert.«

Franziska und Matilda waren immer noch dabei, die Kartons leer- und die neuen Schränke einzuräumen.

»Jetzt haben wir so eine schicke Kochzeile und immer noch einen Pappkarton als Eßtisch«, meinte Matilda und gab dem provisorischen Küchentisch einen Tritt. »Wir könnten wirklich einen etwas stabileren gebrauchen.«

»Bei meinen Eltern im Keller stehen mindestens drei alte Tische herum«, sagte Franziska. »Aber die frage ich ums Verrecken nicht, das verstehst du doch.«

»Ja, ja«, antwortete Matilda. »Aber ich könnte meine Schwester fragen. Die wirft nichts weg, und ich gehe jede Wette ein, daß auf deren Dachboden auch noch ein paar brauchbare Möbel rumstehen. Soll ich?«

»Klar«, meinte Franziska und lächelte Peggy an, die mit Caroline in der Türe erschien. »Oh, hallo, kennen wir dich nicht irgendwoher?«

»Hallo«, entgegnete Peggy. »Ja, wir haben uns neulich im

Hausflur gesehen. Mit Felix. Ich bin Peggy, aus Carolines Erstsemestergruppe.«

»Ich erinnere mich«, sagte Matilda kühl. »Vage.«

»Ja, ich auch.« Peggy lächelte. »Du bist sicher Matilda. Felix hat gesagt, daß er von dir Fotos gemacht hat. Du bist doch *die* Matilda?«

»Richtig«, antwortete Matilda selbstsicher. *»Die* Matilda.«

»Wie *die* Garbo?« fragte Peggy ironisch.

Matilda lächelte überlegen. »Wieso nicht? Wer weiß, vielleicht...?«

»Laß mich raten: Felix sagt, er bringt dich ganz groß raus. Stimmt's?« fragte Peggy.

»Was dagegen?«

Nebenan in Franziskas Zimmer brummte Cornelius' Schleifmaschine los.

»Natürlich nicht«, sagte Peggy freundlich. »Aber ich gebe dir einen guten Rat: Fall nicht auf Felix' Gerede rein. Du wärst nicht die erste, die er ausnutzt. Der Typ geht nämlich über Leichen.«

»Das tut Matilda auch«, meinte Franziska. »Ich seh' mal, was Cornelius macht.«

Sie steckte vorsichtig den Kopf in ihr Zimmer. Die Luft hing voller winziger, kackbrauner Lackpartikelchen, so dicht, daß sie Cornelius kaum erkennen konnte.

»Hi«, brüllte sie. »Kann ich irgendwie helfen?«

Das Schleifgerät machte einen höllischen Lärm. Cornelius schaltete es aus.

»Nein«, meinte er mit ganz normaler Stimme. Er hatte sich eine Art Mullwindel vor Mund und Nase gebunden und trug eine Schutzbrille. Haare und Stirn waren völlig eingestaubt, so daß Franziska beim besten Willen nicht erkennen konnte, was für ein Gesicht er machte.

»Geht es dir gut?« fragte sie.

»Ja, natürlich«, antwortete Cornelius. Es klang erstaunt. »Warum fragst du?«

»Ich dachte ..., ich dachte, ich könnte dir vielleicht helfen«, stotterte Franziska.

»Du hilfst mir am meisten, wenn du aus dem Zimmer gehst, okay? Der Staub ist mörderisch.«

»Und es macht dir nicht aus, hier so ganz alleine zu arbeiten?« fragte sie besorgt.

»Natürlich nicht«, sagte Cornelius freundlich. »Die Wände können wir ja dann wieder zusammen streichen.«

* * *

Caroline lächelte verzückt.

»Der Jansen ist so – « Sie stockte. »Ich kann es einfach nicht mit Worten ausdrücken.«

Peggy nickte ernsthaft. »Besser, du versuchst, es mit Worten auszudrücken, als mit Taten.«

»Redet ihr von Mitessern?« fragte Franziska, die Cornelius wie befohlen allein gelassen hatte und weiter die Küchenschränke einräumte.

»Von so was Ähnlichem«, antwortete Peggy. »Von unserem Carolinenschwarm, dem schönsten Professor der Welt.«

»Ich dachte, ihr wolltet an eurem Referat arbeiten.«

»Das ist gar nicht so einfach«, erklärte Caroline. »Ich muß

ununterbrochen an Jansen denken und unbedingt mit jemandem darüber reden, der ihn kennt.«

»Du kennst den?« fragte Franziska Peggy.

»Nicht mehr als Caroline. Aber ich kenne ein paar Frauen, die mal was mit ihm hatten«, erklärte Peggy. »Die sind alles andere als gut auf ihn zu sprechen. Aber Caroline hört ja nicht auf mich.«

»Ja, und?« mischte Matilda sich ein und räumte den letzten Karton leer. »Caroline braucht einen erfahrenen Mann.«

»Sie himmelt ihn ja Gott sei Dank nur aus der Ferne an«, meinte Peggy boshaft. »Sie steht klugerweise nicht plötzlich vor seiner Tür, um sich Eier zu leihen, oder so ein Blödsinn.«

»So was wäre kein Blödsinn«, meinte Matilda ungerührt. »Jemandem von weitem anzuhimmeln, *das* ist Blödsinn. Völlig überflüssig so was. Caroline sucht jemanden, der sie entjungfert, und dieser Jansen gefällt ihr. Was spricht also dagegen, daß sie bei ihm vor der Tür steht?«

»Du hast es doch gehört«, sagte Franziska. »Der hatte schon jede Menge laufen mit Studentinnen.«

»Außerdem würde der bloß dumm gucken, wenn ich mir von ihm ein paar Eier leihen wollte«, meinte Caroline. »Abgesehen davon, daß ich mich so was niemals trauen würde.«

»Es gibt jede Menge andere Möglichkeiten«, behauptete Matilda. »Wenn du nicht länger als Jungfrau rumlaufen willst, mußt du langsam mal die Initiative ergreifen.«

»Laß sie«, sagte Franziska. »Wenn es ihr nur *darum* ginge, könnte sie jederzeit mit Robert ins Bett. Zum Beispiel.«

»Nein, danke«, sagte Caroline. »Wo ist Robert eigentlich?

Gestorben? Ich habe ihn schon über vierundzwanzig Stunden nicht gesehen.«

Peggy grinste. »Ich fürchte, Caroline verliebt sich nur in Männer, die sie sowieso nicht haben kann. Das ist ein psychologisches Phänomen. Selbstschutz. Sagt mal, wie habt ihr eigentlich die Wand so hingekriegt, daß es aussieht wie der Putz in einer Schloßküche aus einem Märchenfilm?«

Franziska weihte Peggy bereitwillig in das Geheimnis ihrer Schwamm-Wisch-Technik ein. Matilda hörte nicht zu.

»Völliger Quatsch«, sagte sie leise zu Caroline. »Man kann jeden Mann bekommen, den man haben will.«

»Und wie würdest du das anstellen?« fragte Caroline ebenso leise zurück.

»Das kommt ganz darauf an«, meinte Matilda.

Caroline warf einen Blick zur Seite. Peggy und Franziska waren in ein angeregtes Gespräch vertieft. Sie rückte noch ein Stückchen näher an Matilda heran.

»Worauf?« flüsterte sie.

»Man kann den direkten Weg wählen«, erklärte Matilda. »Der ist bei den meisten Männern am wirkungsvollsten.«

»Und wie geht der direkte Weg?«

»Du gehst zum Objekt deines Interesses und sagst ihm, daß du mit ihm schlafen willst«, sagte Matilda. »Das funktioniert in achtzig Prozent aller Fälle.«

Caroline stöhnte entsetzt auf. »Der direkte Weg ist schon mal nichts für mich. Gibt es noch andere?«

»Eine Million«, sagte Matilda. »Du mußt ihm irgendwo außerhalb der Uni begegnen. Außerhalb der gewohnten Umgebung. Das ist das ganze Geheimnis. Psychologie. Wenn er

Wasserball spielen würde wie Cornelius, könnte ich dir ein paar ganz raffinierte Tricks verraten.«

»Ich glaube nicht, daß er Wasserball spielt.«

»Weißt du denn, wo er wohnt?«

»Er wohnt nur ein paar Straßen von der Fakultät entfernt«, sagte Caroline. »In einem Haus mit Blick auf eine wundervolle Kastanienallee. Im Erdgeschoß.«

»Aha«, machte Matilda bedeutungsvoll.

»Das weiß ich von Peggy«, setzte Caroline schnell hinzu. »Er kommt immer zu Fuß ins Institut.«

»Das sind ganz ideale Bedingungen«, meinte Matilda erfreut. »Du kennst seinen Heimweg, du weißt, wo er wohnt, und du kennst seinen Stundenplan. Besser kann es gar nicht sein.«

»Was würdest du also tun?«

»Tja, da gibt es eine Menge Möglichkeiten«, erklärte Matilda. »Du könntest zum Beispiel auf dem Weg unmittelbar vor seinem Haus einen Platten an deinem Fahrrad haben.«

»Ich fahre nie mit dem Fahrrad. Ich habe hier überhaupt keines.«

»Ich leih dir meins«, sagte Matilda ungeduldig. »Also, du hast einen Platten direkt vor dem Haus. Du kniest ganz unglücklich davor, gerade als er den Weg entlang kommt. Natürlich erkennt er dich, fragt, ob er dir helfen kann. Und – ach ja, das habe ich ganz vergessen, es regnet in Strömen. Kleine, glitzernde Tropfen hängen an deinen langen Wimpern wie Tränen, ach, ach ja. Wer könnte da schon widerstehen?«

»Das klingt wie in einem Roman. Einem, den ich nicht zu

Ende lesen würde«, kicherte Caroline. »Nur so zum Spaß, wie geht es weiter?«

»Pah«, machte Matilda. »Das ganze Leben ist ein Roman. Und es liegt bei dir, ob es ein langweiliger oder ein spannender Roman wird.«

»Bis jetzt war er ziemlich langweilig«, gab Caroline ungern zu.

»Ja. Es wird höchste Zeit, daß er nicht mehr jugendfrei ist«, meinte Matilda und lachte. »Also, er wird dich natürlich mit zu sich nach Hause nehmen, damit du dich aufwärmst. Und dann geschieht der Rest von ganz allein. Sicherheitshalber hast du natürlich Kondome in der Tasche.«

»Das, was du Rest nennst, ist doch von allem das schwierigste«, seufzte Caroline.

»Glaub mir«, widersprach Matilda, »wenn du nur erst mal bei ihm in der Wohnung bist, geht alles andere von ganz allein. Willst du, daß ich dir mein Fahrrad leihe?«

Caroline grinste.

»Nur, wenn du niemandem davon erzählst«, meinte sie. »Obwohl, das würde sowieso keiner glauben.«

»Was würde keiner glauben?« fragte Peggy.

»Och, nichts«, sagte Caroline und zwinkerte Matilda verschwörerisch zu.

»Ich wette, du traust dich nicht«, flüsterte Matilda. »Um deine silbernen Delphinohrringe.«

»Also gut«, meinte Caroline. »Die Wette gilt.«

* * *

Felix sah ungeduldig auf die Uhr.

»Ich dachte, du wolltest um zehn Uhr wegfahren«, sagte er zu Robert, der sich auf der schwarzen Couch lümmelte. »Was suchst du noch hier?«

»Oh, das hat sich zerschlagen«, antwortete Robert. »Ich werde den Sonntag mal in meinen vier Wänden verbringen.«

»O nein, das wirst du nicht«, sagte Felix. »Ich hatte fest eingeplant, daß du heute nicht da bist.«

»Damenbesuch, was?« Robert grinste. »Hast du deshalb dein Bett frisch überzogen?«

Felix schwieg. Er hatte seine allerschönste Designerbettwäsche sogar extra gebügelt. Gut, daß Robert das nicht mitgekriegt hatte.

»Ich weiß gar nicht, warum ich gehen muß«, maulte Robert. »Du hast doch ein Schlafzimmer für dich ganz allein. Ist es denn jemand, den ich kenne?«

Felix sah wieder auf die Uhr. »Mensch, Robert! Es ist wirklich sehr wichtig für mich, daß du jetzt verschwindest. Meine berufliche Zukunft hängt davon ab.«

Robert zog erstaunt die Augenbrauen hoch. »Wer kommt denn? Die Chefredakteurin der Elle? Dann bleibe ich natürlich erst recht.«

»Ach, Scheiße«, sagte Felix. »Es kommt ein Model wegen einer Kampagne, die sehr wichtig für mich ist, weil ich mit dem Geld die Steuern bezahlen kann. Und dabei kann ich dich nicht gebrauchen. Jetzt hau schon ab.«

Robert setzte sich auf. »Hör mal, wenn du Probleme hast, kannst du ruhig mit mir darüber sprechen. Ich helfe immer, wenn ich kann.«

»Du hast doch noch weniger Geld als ich«, meinte Felix und grinste nervös. »Ich brauche die Kohle echt dringend, Kumpel. Bitte, laß mich ein paar Stunden in der Wohnung allein.«

»Also gut«, seufzte Robert. »Aber sag mir erst, wer sie ist.«

Felix räusperte sich ausgiebig.

»Es ist diese Matilda von unten«, sagte er dann. »Sie ist echt ganz begabt.«

»Wenn du von Matilda Fotos machst, kann ich doch hierbleiben«, meinte Robert mißtrauisch. »Ich kann mir nicht vorstellen, daß sie das stören würde.«

»Aber mich stört's«, knurrte Felix. »Jetzt mach schon, Robert. Ich mische mich ja auch nicht in deine Angelegenheiten.«

»Das hier ist was anderes. Matilda ist Carolines Freundin. Und ich möchte nicht, daß du krumme Sachen mit ihr machst.«

»Ich mache nichts, was sie nicht auch will«, erklärte Felix. »Versprochen. Ich kann nichts dafür, daß die Frauen alle so scharf auf mich sind.«

Robert seufzte. »Ich weiß es nicht. Vermutlich verhext du sie irgendwie, sonst gibt es eigentlich keine Erklärung für dieses Phänomen. Wie hieß noch mal die eine, der wir neulich begegnet sind? Die auf die andere Straßenseite gegangen ist und sich fünfmal bekreuzigt hat.«

»Das war die Dings, die Isabell«, erinnerte sich Felix. »Die ist so katholisch, daß sie glaubt, wir müßten heiraten, weil wir miteinander geschlafen haben. Aber jetzt zisch endlich ab, es ist schon eine Minute vor elf.«

Robert nahm seine Jacke.

»Gut«, sagte er. »Ich werde Caroline fragen, ob sie Lust hat, mit mir auf den Flohmarkt zu gehen. Aber um drei bin ich wieder hier. Spätestens.«

Das waren immerhin vier Stunden. Felix rechnete. Für großartige, langwierige Verführungszeremonien blieb da keine Zeit mehr. Aber Matilda war so scharf auf ihn, daß er sich die vielleicht auch schenken und gleich zur Sache kommen konnte. Direkt, wenn sie zur Tür reinkam. Wortlos. Die Überrumpelungsmasche war immer noch die beste. Felix schubste Robert in den Flur hinaus.

Ja, so könnte es klappen. Matilda würde bereitwillig in seine Arme sinken, und anschließend, wenn sie entspannt und zufrieden in seinem Bett lag, brauchte er nur noch ein paarmal auf den Auslöser zu drücken – und die PARATEX-Kampagne war gelaufen.

»Was machst du da?« fragte Matilda erstaunt und setzte sich auf.

Felix schleppte seine Fotolampen heran und postierte sie rund um das zerwühlte Bett.

»Du siehst so süß aus«, sagte er. »So verwuschelt, sinnlich und zufrieden. Das hier ist ein ganz besonderer Augenblick. So was muß ich einfach festhalten.«

Er brachte seine Kamera mit dem Stativ herein und baute sie vor dem Bett auf.

»Machst du immer Fotos in solchen Augenblicken?« fragte Matilda kichernd.

Sie fand, daß es zu komisch aussah, wie er so völlig unbekleidet mit der Kamera herumhantierte. Felix machte ein gekränktes Gesicht.

»Ich dachte, das wäre auch für dich ein ganz besonderer Moment«, meinte er beleidigt.

»Natürlich«, sagte Matilda beschämt.

Tatsächlich konnte sie es immer noch nicht ganz fassen, daß sie jetzt hier in seinem Bett lag. Nicht, daß sie ausgeschlossen hätte, daß es heute passieren würde. Aber wie Felix sie direkt von der Tür weg verführt hatte, fast ohne Worte, das war selbst ihr bisher noch nie passiert.

Es war hinreißend gewesen. So, wie man es immer in den Magazinen lesen konnte. Zwei Menschen sehen einander an und wissen genau, was im anderen vorgeht. Ohne dieses ganze Getue drum herum. Sex total. Wahnsinn.

Felix schaltete die Lampen ein. Sie tauchten Matilda in gleißendes Licht.

»Wenn du wüßtest, wie schön du bist«, sagte er.

Sie lächelte ihm verliebt zu, und Felix drückte begeistert auf den Auslöser. Er verschoß zwei Filme von der nackten Matilda in seinem Bett. Zweiundsiebzig wundervolle Fotos.

»Schade, daß man die nicht für deine Set-Card verwenden kann«, sagte er schließlich. »Du siehst so schnuckelig aus, echt.«

»Welche Sorte Fotos gehören denn auf die Set-Card«, wollte Matilda wissen.

»Ein Portrait, ein Modefoto und eines in Unterwäsche oder Badeanzug«, erklärte Felix. »Und in die Mappe kommt alles, was gut ist. Da muß man schon ein paar hundert Fotos zur Auswahl haben.«

Er holte den vollen Film aus der Kamera.

»Eine gute Mappe ist die Visitenkarte des Models«, erklärte er. »Die Mädchen zahlen sich dumm und dämlich dafür.«

Matilda machte ein erschrockenes Gesicht.

»Wieviel nimmst du denn normalerweise für so was?«

»Keine Angst, bei dir ist es umsonst«, sagte Felix und lächelte ungefähr so, wie der böse Wolf Rotkäppchen angelächelt haben muß, damit es vom Wege abging.

»Und bei den anderen?«

»Bei Fremden nehme ich für die ganze Set-Card um die fünfzehnhundert Mark, bei Freunden mach ich's billiger.«

»Eintausendfünfhundert Mark?« wiederholte Matilda. »Das ist aber eine Menge Geld, das dir jetzt durch mich durch die Lappen geht.«

»Laß das mal meine Sorge sein«, sagte Felix und grinste. Jetzt hatte er das Igelköpfchen genau, wo er es hatte haben wollen. Matilda kletterte aus dem Bett und schmiegte sich an seinen nackten Rücken.

»Ich will nicht, daß du dich meinetwegen ruinierst«, sagte sie. »Ich würde es dir gern bezahlen, aber leider bin ich im Augenblick ziemlich knapp bei Kasse.«

»So was will ich nicht hören«, meinte Felix mit gespielter Empörung. »Als ob ich von dir Geld nehmen würde!«

Matilda lächelte ihn an.

»Du bist so lieb«, sagte sie. »Aber ich fühle mich nicht wohl bei der Sache. So, als würde ich dich ausnutzen, verstehst du?«

»So ein Blödsinn«, behauptete Felix hinterlistig. »Wenn du später mal ein erfolgreiches, gefragtes Model bist, öffnest du mir schon die richtigen Türen. In unserer Branche wäscht eine Hand die andere.«

»Ich werde mich nur von dir fotografieren lassen«, versprach Matilda. »Aber bis es soweit ist, stürzt du dich meinetwegen in Unkosten. Und das will ich nicht.«

»Du kannst mir ja das Honorar für dein erstes verkauftes Foto versprechen«, schlug Felix vor. »Oder noch besser, du überschreibst mir einfach direkt die Rechte für das allererste Foto, das wir verkaufen können. Das Geld, was wir dabei einnehmen, ist dann gleichzeitig mein Honorar. Wie wäre das?«

»Für die ersten hundert Fotos, wenn du willst«, sagte Matilda überschwenglich. »Aber wirklich.«

»Das erste reicht«, sagte Felix. »Wenn du dich dabei besser fühlst, können wir es schriftlich machen.«

Matilda nickte. Sie lachte, als er sich daraufhin sofort nackt vor den Computer hockte und einen Vertrag aufsetzte.

Sie schob seinen Zopf zur Seite und küßte ihn von hinten auf den Nacken.

»Du bist so süß«, sagte sie begeistert. »Weißt du, daß deine Peggy mich vor dir gewarnt hat? Sie hat gesagt, du hättest finstere Machenschaften mit mir vor, und Caroline und Franziska haben ihr nur zu gern geglaubt. Und dabei bist du so korrekt.«

»Das ist nicht meine Peggy«, widersprach Felix und stellte den Drucker an. »Wir sind nur Freunde, sonst nichts.«

Matilda strahlte.

»Ich hab' doch jetzt dich«, sagte Felix und hielt ihr den frischgedruckten Wisch unter die Nase. »Du bist was ganz Besonderes.«

Und Matilda setzte daraufhin fröhlich ihre Unterschrift unter den Vertrag. Das Schaf.

* * *

Der Fußboden in Franziskas Zimmer war endlich fertig geworden. Franziska hatte gründlich staubgesaugt und auch die letzten Lackpartikelchen mit einem feuchten Lappen aus den Ecken gewischt.

»Phantastisch!« rief Caroline. »Richtiges, echtes Parkett.«

»Holzdielen, richtige, echte Holzdielen«, verbesserte Cornelius und packte seine Sachen zusammen. »Mir gefällt's auch. Schade, daß Franziska unbedingt türkisfarbene Wände dazu haben will.«

»Gelb sähe auch gut aus«, meinte Franziska. »Aber Matilda hat ja schon gelbe Wände in ihrem Zimmer.«

»Wann hast du denn Zeit, die schöne, weiße Wand zu verschandeln?« fragte Cornelius. »Jetzt muß ich nämlich verschwinden. Wir haben um fünf ein Wasserballspiel.«

Franziska schloß nachdenklich die Tür hinter ihm.

»Du magst ihn«, stellte Caroline fest.

»Kann schon sein.«

»Warum sagst du ihm das nicht mal?«

»So was mußt ausgerechnet du sagen«, meinte Franziska und grinste. »Ich kann es ihm nicht sagen. Es ist gerade erst Schluß mit Matilda. Was, wenn er sie immer noch liebt?«

Caroline schüttelte den Kopf.

»Das glaube ich nicht«, sagte sie. »Er macht überhaupt keinen traurigen Eindruck. Und soll ich dir mal was sagen? Ich hatte sowieso das Gefühl, als sei er diese letzten Wochen immer nur deinetwegen gekommen. Für keinen Menschen kann es das reinste Vergnügen sein, seine gesamte Freizeit mit Renovieren zu verbringen. Es sei denn, da steckt noch mehr dahinter.«

»Ja«, seufzte Franziska. »Matilda vermutlich.«

»Das glaube ich nicht«, beharrte Caroline.

Sie ließ Wasser und etwas von ihrem Schaumbad in die Badewanne ein. »Ich brauch' jetzt ein heißes Bad. Den halben Tag bin ich mit Robert durch den Regen über einen Flohmarkt gelaufen.«

»Wie war es denn?« fragte Franziska.

»Es wäre ganz nett gewesen«, meinte Caroline. »Wenn er mir nicht alles hätte kaufen wollen, was mir auch nur annähernd gefallen hat.«

Franziska lachte.

Als Matilda ein paar Minuten später wiederkam, sah sie so glücklich aus, daß Franziska beschloß, sie auf Cornelius anzusprechen.

»Bist du richtig verliebt in diesen Felix?« fragte sie.

»Ja«, sagte Matilda und strahlte wie ein Christbaum. »Du kannst dir überhaupt nicht vorstellen, wie sehr.«

»Und Cornelius? Bedeutet er dir überhaupt nichts mehr?«

»Du kannst mich jetzt für ein herzloses Monster halten, wenn du willst«, entgegnete Matilda. »Aber neben einem Mann wie Felix verblaßt so einer wie Cornelius vollkommen. Es tut mir ja leid für ihn, aber da ist nun mal nichts zu machen. Wo ist eigentlich Caroline?«

»Sie liegt in der Wanne«, sagte Franziska. »Würdest du ihn wirklich nicht zurückwollen? Cornelius meine ich.«

»Natürlich nicht«, meinte Matilda und öffnete die Badezimmertür. »Ich muß mir nur die Zähne putzen, Caro. Laß dich nicht stören.«

»Mach ruhig«, meinte Caroline.

Sie hatte sich Gurkenscheiben auf das Gesicht gelegt und hielt die Augen geschlossen.

»Wie war's bei Felix?«

»Es war – puh – unbeschreiblich!«

»Also, ich könnte das nicht. Ich mag es nicht, fotografiert zu werden, ehrlich. Das macht mich eher nervös, wenn jemand mit der Kamera vor mir steht.«

»Pah, ich meine doch nicht das Fotografieren.«

»Was dann?«

»Du weißt gar nicht, was du verpaßt, als Jungfrau.«

Caroline setzte sich mit einem Ruck auf. »Du meinst, du hast mit ihm geschlafen? Gerade eben?«

»Ja«, sagte Matilda. »Warum nicht? Er ist toll, sag' ich dir.«

Caroline seufzte und fischte die heruntergefallenen Gurkenscheiben aus dem Wasser.

»Morgen tu ich's auch«, flüsterte sie. »Genau wie du's geplant hast. Ich werde einen Platten haben, vor Jansens Haus.«

»Ja, das wird auch höchste Zeit«, meinte Matilda.

»Meinst du wirklich, daß das klappen wird?« fragte Caroline zweifelnd. »Es hört sich alles so plump an. Einfach nur mit einem platten Reifen vor seiner Tür stehen.«

»Wenn du dich daran hältst, klappt es garantiert«, sagte Matilda und schob sich ihre Zahnbürste in den Mund. »Wenn nicht, bekomme ich deine Delphinenohrringe, das weißt du ja wohl noch. Also, gib dir Mühe!«

»Ja«, murmelte Caroline. »Das Dumme ist, daß ich einfach überhaupt nicht weiß, was ich tun muß.«

»Du mußt gar nichts tun«, nuschelte Matilda durch einen Film von Zahnpasta. »Das kommt von ganz allein.«

»Ehrlich?«

»Wenn ich's dir doch sage. Was ziehst du an?«

Caroline zuckte mit den Schultern. »Ich weiß nicht.«

Matilda drehte sich zu ihr um. »Na ja, ein *bißchen* sexy solltest du schon aussehen. Deine Blümchenunterwäsche kannst du jedenfalls zu Hause lassen. Obwohl, manche Männer mögen es, wenn Frauen wie die Unschuld vom Lande daherkommen.«

Sie musterte Caroline vom Hals abwärts. Caroline beeilte sich, tiefer in den Schaum zu rutschen.

»Was du brauchst, ist ein Wonderbra«, meinte Matilda, gerade als Franziska die Badezimmertür öffnete.

»Ein Wonderbra ist was für Frauen mit Hängebusen«, widersprach sie. »Caroline hat einfach einen kleinen Busen. Laß mich auch mal ans Waschbecken.«

»Ein Wonderbra ist für einen kleinen Busen, damit er nach mehr aussieht«, sagte Matilda. »Und das ist genau, was Caroline braucht.«

»Wozu?« fragte Franziska. »Mach mir mal Platz, Matilda. Wozu braucht Caroline einen Wonderbra?«

Caroline tauchte mit schamroten Kopf in der Badewanne unter. Matilda grinste.

»Nur so ganz allgemein«, sagte sie und spülte den Mund aus.

»Du sollst Caroline nicht einreden, daß ihr Busen zu klein ist«, schimpfte Franziska. »Von solchen Äußerungen bekommt man nur Minderwertigkeitskomplexe. Mir hast du früher immer gesagt, Sommersprossen seien häßlich. Was meinst du, wie lange ich daran geglaubt habe?«

»Sommersprossen *sind* häßlich«, meinte Matilda mit zänkischer Kinderstimme. »Häßlich, häßlich, häßlich!«

»Meine nicht«, widersprach Franziska. »Und Carolines Busen ist auch nicht zu klein.«

»Von mir aus!«, sagte Matilda und gähnte. »Ich geh' jetzt schlafen. Gute Nacht. Und denk an die Delphinenohrringe, Caroline.«

»Was meinte sie damit?« wollte Franziska wissen.

»Womit?« Caroline schüttelte heftig den Kopf. »Ich verstehe so schlecht. Das Wasser ist in mein Ohr gelaufen.«

* * *

›Eigentlich sind mir meine Delphinenohrringe völlig gleichgültig‹, dachte Caroline und seufzte.

Es gab überhaupt keinen Grund, hinter diesem nur noch spärlich belaubten Busch zu stehen und sich wie eine Idiotin zu fühlen. Noch war es früh genug, die ganze Sache abzubrechen. Kein Mensch würde etwas davon erfahren. Auf der anderen Seite hatte es aber auch etwas Spannendes, hier auf Jansen zu warten. Und Matilda hatte recht. Wenn sie die Sache nicht selber in die Hand nahm, würde sie ihm niemals näherkommen. Sie beobachtete den Ausgang des Institutes und umklammerte das Lenkrad von Matildas Fahrrad.

Jetzt oder nie, dachte sie.

Es schüttete wie aus Eimern, noch viel schlimmer als in Matildas Vision. Gut, daß sie außer wasserfester Wimperntusche kein Make-up benutzt hatte. Jansen ließ leider auf sich warten. Was, wenn er ausgerechnet heute mit dem Auto gekommen war, weil er noch was besorgen mußte? Oder weil er einen Zahnarzttermin hatte? Es gab eine Million Möglichkeiten, weswegen Matildas Plan fehlschlagen könnte.

Caroline fror. Der Regen war längst durch den Mantel und die dünne Bluse gedrungen, die sie auf Matildas Rat hin angezogen hatte. Und ihre allerschönste Unterwäsche.

Da, der Mann im Trenchcoat, das war Jansen.

Caroline fühlte, wie sich ihr Herzschlag beschleunigte. Jansen klappte den Kragen hoch und bog um die Ecke.

Jetzt ging's los.

Caroline schwang sich aufs Rad und beeilte sich, vor dem Professor auf den von Kastanien gesäumten Weg zu gelangen, der an den Ausläufern des Aachener Weihers vorbeiführte. Sie trat kräftig in die Pedale. Zehn Meter vor dem Haus, in dem Jansen wohnte, bremste sie ab und schraubte das Ventil vom Hinterrad, so wie Matilda es ihr erklärt hatte. Die Luft entwich viel langsamer, als geplant, aber Caroline half mit den Händen kräftig nach. Dann schraubte sie das Ventil wieder auf. So, geschafft.

»Ein Platter, wat?« fragte eine Stimme über ihr.

Caroline erstarrte. Jansen. Viel zu früh. War der den ganzen Weg gerannt? Sie drehte den Kopf und sah direkt in das Gesicht eines älteren Herrn mit Hut. Er führte einen kleinen Rauhhaardackel an der Leine spazieren.

»Kann isch denn helfen, Frolleinschen?« fragte er freundlich. »Isch hätt ne Luffpumpe bei mir in der Garage. Direkt um die Ecke.«

Caroline lächelte ihn unglücklich an. Das hier war in Matildas grandiosem Plan nicht vorgesehen.

»Nein, vielen Dank«, sagte sie schnell. »Aber ich hab's nicht mehr weit. Bis zu Hause kann ich schieben.«

Hinter dem Rentnerrücken näherte sich Jansens Trenchcoat, keine fünfzig Meter entfernt.

›Heiliger Sankt Kunibert, mach, daß der Opa verschwindet, bitte‹, flehte Caroline in Gedanken, aber Sankt Kunibert schien anderweitig beschäftigt zu sein.

»Wie iss dat denn passiert?« Der Opa machte Anstalten, sich niederzuknien und den Schlauch zu untersuchen. Caroline konnte schon Jansens Schritte hören.

»Verschwinden Sie«, zischte sie verzweifelt. »Ich habe gesagt, ich wünsche Ihre Hilfe nicht!«

»Nanana«, sagte der Herr empört und zog an seinem Rauhhaardackel. »Als ob isch Ihnen wat täte.«

Er entfernte sich beleidigt. Caroline seufzte erleichtert hinter ihm her.

Aus den Augenwinkeln sah sie Jansen näher kommen. Ihr Herz klopfte wie verrückt. Für den Bruchteil einer Sekunde hoffte sie, er würde vorbeigehen. Aber er blieb direkt hinter ihr stehen. Jetzt wurde es ernst.

»Probleme?« fragte Jansen.

Caroline blickte zu ihm auf. Ob tatsächlich Regentropfen an ihren Wimpern hingen wie glitzernde Tränen? Sie versuchte ein Lächeln, das dazu paßte, aber statt dessen begannen ihre Zähne wild aufeinanderzuklappern. Klack-klack-klack. Ob vor

Kälte oder Aufregung oder beidem zusammen, konnte sie nicht sagen. Das war in Matildas Plan jedenfalls ebensowenig vorgesehen wie der Opa mit Dackel.

»Ich habe einen Platten«, klapperte sie. »Aber das geht schon, danke.«

Jansen betrachtete sie gründlich.

»Ich kenne Sie«, sagte er. »Sie sind in meinem Wahrnehmungsseminar.«

»Ja«, klapperte Caroline. »Caroline Bünhove.«

»Sie holen sich eine dicke Erkältung, Caroline«, meinte Jansen. »Ihre Zähne klappern, und Ihre Nase ist schon ganz rot.«

Na toll. Caroline begann, Matildas Plan zu verfluchen. Zähneklappern und eine rote Nase! Wirklich unwiderstehlich.

»Haben Sie es weit bis nach Hause?« fragte Jansen.

»Nähe Zülpicher Platz«, sagte Caroline resigniert und wandte sich zum Gehen. »Aber das klappt schon, danke.«

»Ich wohne direkt da vorne«, meinte Jansen. »Vielleicht kommen Sie erst mal mit zu mir und trinken was Heißes. Dann können wir weitersehen.«

Caroline hörte vor Überraschung auf, mit den Zähnen zu klappern. Also doch. Matilda hatte recht gehabt.

Jansen lächelte sie freundlich an, nahm ihr das Fahrrad aus der Hand und schob es die zehn Meter weiter bis zum Hauseingang. Caroline folgte ihm wie hypnotisiert. Hölle, war das aufregend! Hoffentlich würde jetzt wirklich alles von ganz alleine weitergehen!?! Matilda hatte es jedenfalls gesagt. Und bis jetzt hatte sie recht behalten.

Jansen trug ihr Fahrrad in den Hausflur und schloß seine

Wohnungstüre auf. »Kommen Sie ruhig rein, Carola. Hier ist es warm.«

»Caroline«, verbesserte sie und sah sich neugierig um. Doch, Jansen hatte einen guten Geschmack. Von Holzwürmern zerfressenene Antiquitäten kombiniert mit modernem Design, ziemlich edel, das Ganze. Von Carolines Mantel tropfte und triefte das Regenwasser auf einen echten Perserteppich.

Jansen bemerkte es und half ihr aus dem Mantel, bevor sich eine Pfütze zu ihren Füßen bilden konnte. »Du lieber Himmel! Sie sind ja naß bis auf die Haut.«

Caroline sah bestürzt an sich hinunter. Die dünne Bluse klebte an der Unterwäsche. Es sah richtig unanständig aus. Sie spürte, wie sie knallrot anlief.

»Das ist mir alles sehr peinlich«, stammelte sie.

»Das braucht es aber nun wirklich nicht zu sein«, meinte Jansen.

Er schaute auf Carolines Busen, der sich ganz deutlich unter der nassen Bluse abzeichnete. Wie bei einem Miß-Wet-T-Shirt-Wettbewerb, dachte Caroline, und wäre am liebsten im Boden versunken. Jansen räusperte sich.

»So ein Zufall, das mit dem Platten, nicht wahr?«

»Ja«, murmelte Caroline und wurde wieder rot.

Jansen betrachtete sie nachsichtig lächelnd. Caroline fühlte sich unbehaglich. Sicher hatte er ihre Pläne längst durchschaut. Schließlich war er Psychologe. Sie wurde noch röter, und prompt wurde auch Jansens Lächeln breiter.

»Wissen Sie was?« sagte er munter. »Ich habe eine gute Idee. Bevor ich Ihr Rad aufpumpe und Sie wieder hinaus in die

Kälte schicke, nehmen Sie ein heißes Bad und trinken eine gemütliche Tasse Irish Coffee mit mir, während Ihre Kleidungsstücke auf der Heizung trocknen. Wie wäre das?«

Er hatte sie durchschaut! Ganz sicher. Oder machte er das mit jeder Frau, die einen Platten vor seinem Haus hatte?

Caroline schluckte.

»Das ist eine gute Idee«, sagte sie. »Sehr nett von Ihnen.«

Jansen lachte. »Wo Sie jetzt schon in meiner Badewanne baden werden, können wir das mit dem Sie ruhig weglassen. Ich heiße Christian.«

»Christian«, wiederholte Caroline und folgte ihm durchs Schlafzimmer hinüber ins Badezimmer.

Beim Anblick des breiten, mit cremefarbener Wäsche überzogenen Bettes wurde sie wieder rot. Da also würde es gleich passieren. Wenn alles nach Plan lief.

Das Bad war ebenfalls ausgesprochen edel. Alles aus Marmor, ganz in Grau und Weiß gehalten. Während Jansen Wasser in die große Wanne einlaufen ließ, blieb Caroline unschlüssig hinter ihm stehen. Was kam als nächstes?

Jansen sah sie aufmunternd an.

»So, jetzt aber nichts wie raus aus den Klamotten«, sagte er und kam mit einem Schritt ganz nah.

So nah, daß sie seinen Atem spüren konnte. Carolines Zähne begannen, wieder wild aufeinander zu schlagen. Sie biß sie so energisch zusammen, daß es knirschte.

Jansen begann, ihre Bluse aufzuknöpfen. Caroline hielt einfach still.

»So kalte Haut«, flüsterte Jansen, küßte sie sanft auf den Hals und streifte ihr dabei die Bluse von den Schultern.

Wenn es vorher noch winzige Zweifel an seiner Absicht gegeben hatte, so waren sie hiermit endgültig ausgeräumt.

Caroline wußte nicht recht, was sie tun oder sagen sollte. Deshalb rührte sie sich nicht, auch nicht, als er sich mit seinen Händen langsam abwärts tastete.

Sie ließ sich von Jansen ausziehen wie ein kleines Mädchen. Sie hob die Arme, damit er das Satinhemdchen über ihren Kopf streifen konnte, und hielt ihm nacheinander beide Füße hin, von denen er Schuhe und Socken zog.

»So, jetzt aber nichts wie in die Wanne, Mädchen«, sagte er schließlich, als sie nur noch im Höschen dastand. »Ich komme gleich mit einem heißen Irish Coffee wieder.«

Caroline nickte mit zusammengebissenen Zähnen hinter ihm her. Als er zur Tür hinaus war, schlüpfte sie eilig aus dem Slip – dunkelroter Satin, wie das Unterhemd – und tauchte in das Badewasser ab.

Gerade rechtzeitig fiel ihr ein, daß sie ihre Armbanduhr noch am Handgelenk trug. Viertel nach fünf erst, Hölle noch mal. Es war erst eine halbe Stunde her, daß sie Jansen vor dem Institut aufgelauert und die ganze Geschichte in Gang gebracht hatte. Und jetzt lag sie bereits in seiner Badewanne! Wie sie es geplant hatten. Noch besser eigentlich.

Warum, zum Teufel, war ihr dann nach Heulen zumute? Da war dieser Kloß in ihrem Hals, und eine leise Stimme in ihrem Ohr, die unablässig flüsterte: »Geh nach Hause! Nach Hause, ehe es zu spät ist.«

Caroline seufzte und ließ die Zähne wieder aufeinanderklappern. Es ist alles, wie es sein sollte, sagte sie zu sich selber. Gleich würde Jansen mit dem Irish Coffee hereinkommen, sie aus der Badewanne ziehen, abtrocknen und nach nebenan in sein Bett tragen. Und dann würde *es* passieren.

Endlich.

Sie schluckte schwer. Wann sollte sie ihm sagen, daß es ihr erstes Mal war? Sie hatte vergessen, Matilda nach dem besten Zeitpunkt für ein solches Geständnis zu fragen. Vielleicht würde Jansen sie vor lauter Schreck aus der Wohnung werfen. Wer hatte schon gern eine Jungfrau im Bett? Caroline spürte, wie der Klumpen in ihrem Hals dicker wurde.

Und wenn sie es ihm gar nicht sagte? Aber dann würde sie am Ende seine cremefarbene Bettwäsche vollbluten, und er mußte denken, daß sie ihre Tage hatte. Das war alles so schrecklich peinlich. Grauenhaft. Wie sie es auch anstellte, es würde schrecklich werden.

»Nach Hause!« wisperte die Stimme in ihrem Ohr jetzt eindringlicher. »Geh nach Hause, ehe es zu spät ist!«

Caroline beschloß auf die Stimme zu hören. Sie stieg hastig aus dem Wasser und zog sich an, ohne sich vorher abzutrocknen. Die dunkelrote Satinunterwäsche, Socken, Jeans, die nasse Bluse und ihre Schuhe. Dann öffnete sie leise die Badezimmertüre, schlich auf Zehenspitzen an dem cremefarbenen Bett vorbei in den Flur hinaus zur Garderobe, wo ihr Mantel hing. Sie zog ihn vorsichtig vom Kleiderbügel, klemmte ihn unter ihren Arm und stahl sich klammheimlich aus der Wohnung. Vor dem Haus fing sie an rennen und hörte erst wieder auf, als die Kastanienallee schon weit hinter ihr lag.

* * *

Caroline stürzte so gehetzt zur Tür herein, als würde sie von Herrn Kleinschmidts Zerberus verfolgt.

»Was ist los?« Franziska steckte den Kopf aus der Küche. »Wie siehst du denn aus? Völlig durchnäßt.«

»Es regnet«, sagte Caroline kurz. Sie war vollkommen außer Atem. »Ist Matilda nicht da?«

»Sie ist in ihrem Zimmer«, erklärte Franziska und schaute erstaunt und beleidigt drein, als Caroline ohne ein weiteres Wort der Erläuterung in Matildas Zimmer verschwand.

Das war sehr seltsam. Sonst kam Caroline immer zu ihr, wenn sie Probleme hatte. Franziska fühlte sich übergangen.

Es klopfte an der Wohnungstür. Franziska öffnete schlechtgelaunt.

»Hallo, Robert«, sagte sie. »Hast *du* Caroline verfolgt?«

»Ich?« Robert schwenkte eine rote Rose. »Ich wollte ihr nur schnell was vorbeibringen.«

»Ich glaube, jetzt ist kein guter Zeitpunkt dafür. Du kannst aber einen Tee bekommen, wenn du willst«, meinte Franziska und ging vor ihm her in die Küche. »Sag mal, wann gedenkst du endlich, deine Taktik zu ändern?«

»Welche Taktik?«

»Die Ich-blöder-Trottel-komme-jeden-Tag-und-bringe-eine-rote-Rose-vorbei-Taktik«, erklärte Franziska. »Das geht jetzt seit Wochen so, und du bist deinem Ziel nicht einen Millimeter näher gekommen. Weißt du, was ich glaube? Du willst Caroline gar nicht wirklich. Es reicht dir, sie aus der Ferne anzuhimmeln.«

»Das stimmt nicht«, widersprach Robert gekränkt. »Ich habe sie gesehen und sofort wußte ich: *Das* ist sie!«

»Dann spiel nicht länger den Idioten«, sagte Franziska streng. »Keine Frau findet das auf Dauer toll.«

»Und was soll ich deiner Meinung nach tun?«

»Triff dich mit anderen Frauen, vergiß die roten Rosen und laß Caroline Zeit, deine Anwesenheit und deine netten, kleinen Geschenke zu vermissen.«

Robert zupfte nachdenklich an der Rose herum.

»Meinst du wirklich?« fragte er. »Ich dachte, das seien Chauvi-Methoden. Laß die Frau zappeln, spiel den Coolen, tu so, als wäre sie dir völlig gleichgültig – saublöd, wenn du mich fragst.«

»Auf jeden Fall wird dir das mehr nutzen als diese hündische Ergebenheit«, sagte Franziska hart. »Ehrlich. Caroline ist doch sowieso hoffnungslos in diesen Professor verknallt. Sie findet Männer, die schwer zu haben sind, tausendmal interessanter als solche, die einem Tag für Tag signalisieren, daß es bei ihnen nicht mal ein Fingerschnippen kosten würde.«

»Caroline verliebt sich nur in Männer, die sie nicht haben kann? Ist das ein Naturgesetz?«

»So was in der Art.«

»Hat sie denn was mit dem?«

»Ich fürchte, sie arbeitet dran. Mit Matildas Hilfe!«

»O wei.«

»Das wird aber im Leben nicht gutgehen mit ihrem Professor, das läßt sich an zwei Fingern ausrechnen. Vor allem nicht, wenn Caroline auf Matilda hört.«

»Ist es denn wirklich so ernst?« fragte Robert. »Der Professor ist doch sicher uralt.«

»Irgendwas Ende Dreißig, Anfang Vierzig«, meinte Franziska. »Jedenfalls geht er noch nicht am Stock, und er ist auch kein Idiot, der jeden Tag mit roten Rosen vor ihrer Tür steht. Aber wenn er Caroline abserviert hat, wird sie Trost brauchen. Und dann kommt deine Stunde. Nur solltest du bis dahin in ihren Augen nicht mehr der gutmütige Trottel sein, der ihr jeden Wunsch von den Augen abliest.«

»Sondern?«

»Kennst du das Märchen von König Drosselbart? Caroline wird es am Ende genauso ergehen wie der Prinzessin.«

»Das Märchen kenne ich nicht.«

»Nicht? Na egal, ich werde es dir erzählen, wenn du willst.«

Robert ließ sich vor dem Papptisch auf den Boden sinken.

»Erzähl«, sagte er ergeben.

Franziska setzte sich neben ihn.

»Es war einmal eine Prinzessin, nennen wir sie Caroline, die hatte eine Menge Verehrer«, begann sie. »Der hartnäckigste von allen war König Drosselbart. Der Prinzessin war der König aber nicht gut genug, obwohl er jeden Tag mit einer roten Rose vor dem Schloßtor stand. Sie machte sich nur über ihn lustig. Aber da hörte König Drosselbart auf, sich wie ein Idiot zu benehmen. Und am Ende – die Einzelheiten erspare ich dir jetzt in der Eile – mußte die Prinzessin nach einigen bösen Erfahrungen einsehen, daß König Drosselbart doch der Beste gewesen wäre. Ach hätt' ich ihn nur genommen, den König Drosselbart, jammerte sie. Verstehst du?«

Robert lachte.

»Das war ein schönes Märchen«, sagte er und reichte Franziska die rote Rose. »Die ist für dich, für den guten Rat. Ich geh' jetzt besser, ehe die Prinzessin mich sieht.«

Franziska brachte ihn zum Ausgang.

»Glaub mir«, sagte sie ernst. »So wird das viel besser klappen. Und wenn nicht, sparst du wenigstens eine Menge Geld.«

Auf dem Weg zurück in die Küche blieb sie kurz vor Matildas Zimmer stehen. Carolines aufgeregte Stimme drang durch die Tür. Was es da wohl zu bereden gab, von dem sie nichts wissen durfte? Franziska hätte am liebsten gelauscht. Aber das war ihr dann doch zu blöd.

»Ich habe dein Fahrrad verloren«, sagte Caroline zu Matilda, kaum, daß sie zur Tür hereingekommen war.

»Verloren?« wiederholte Matilda zerstreut.

Sie saß am Klavier und hatte geübt. »Sagtest du, du hast mein Rad verloren?«

»Ja«, sagte Caroline kleinlaut. »So gut wie. Es steht noch bei Jansen.«

Matilda grinste. »Sag bloß, die Sache hat geklappt?«

Caroline schniefte unglücklich. »Nee«, sagte sie weinerlich. »Das würde ich nicht sagen.«

»Du bist ja völlig durchnäßt«, stellte Matilda fest. »Willst du nicht ein heißes Bad nehmen?«

Caroline schüttelte sich erschreckt.

»Bloß nicht«, jammerte sie. »Nicht schon wieder.«

»Zieh dich aus, und wickle dich in mein Plumeau«, befahl Matilda. »Dann hast du's wenigstens warm.«

Caroline gehorchte zitternd. Als sie schließlich, bis zum Hals eingemummelt, in Matildas Bett saß, breitete sie die ganze, peinliche Geschichte vor Matilda aus.

»Ich bin den halben Weg bis hierher gerannt«, schloß sie.

»Das Fahrrad ist mir erst eingefallen, als ich schon fast zu Hause war.«

Matilda hatte gespannt zugehört.

»Eine merkwürdige Geschichte«, meinte sie. »Das mit der inneren Stimme, die ›Nach Hause, nach Hause‹ geflüstert hat, finde ich am allermerkwürdigsten. Hältst du das nicht für bedenklich? Du als Psychologin?«

»Ich hatte einfach Angst«, sagte Caroline. »Da waren plötzlich so viele Dinge, über die ich mir vorher keine Gedanken gemacht hatte. Jetzt habe ich alles verpatzt.«

»Ja«, gab Matilda zu. »Fürs erste sicher. Aber noch ist nicht aller Tage Abend, wie meine Großmutter immer zu sagen pflegt. Willst du denn überhaupt noch?«

»Weiß ich nicht«, sagte Caroline ehrlich. »Als ich da bei ihm in der Badewanne lag, kam er mir plötzlich überhaupt nicht mehr so toll vor.«

»Dann hat diese blöde Peggy am Ende sogar recht, wenn sie sagt, daß du nur die Männer toll findest, die du nicht haben kannst, was?«

»Nein«, widersprach Caroline. »Ich war echt verknallt in den. Aber ich fürchte, der ist eine Nummer zu groß für mich. Außerdem ist es jetzt zu spät. Ich kann dem sowieso nie mehr unter die Augen treten.«

Matilda sagte nichts. Sie dachte nach.

»Tut mir leid mit deinem Fahrrad«, seufzte Caroline. »Wir werden es schon irgendwie wiederkriegen.«

»Klar werden wir das. Im Grunde ist es sogar ganz gut so«, meinte Matilda. »Jetzt hast du wenigstens einen triftigen Vorwand, noch mal bei ihm aufzutauchen.«

»Jetzt will er mich doch nicht mehr. So dämlich, wie ich mich benommen habe.«

»Tatsache ist, daß ihn dein dämliches Verhalten vermutlich nur noch schärfer gemacht hat«, meinte Matilda. »Männer mögen Frauen, die sich vor lauter Unschuld zieren, ehrlich wahr. In der Schule waren die Zicken, die Ohrfeigen verteilt haben, auch immer am begehrtesten. Nach mir natürlich.«

»Du hast sicher nie Ohrfeigen verteilt«, sagte Caroline neidisch.

»Nein. Doch einmal. An Kerstin Schrick. Sie wollte mich nicht ihre Mathehausaufgaben abschreiben lassen.«

Caroline lächelte ein bißchen.

* * *

»Hölle, hast du dich aufgebrezelt«, meinte Franziska. »Und wenn ich mich nicht täusche, ist das *mein* Lippenstift.«

Matilda schenkte ihr ein strahlendes Lächeln.

»Ja«, gab sie zu. »Das ist deiner. Aber die Farbe steht mir irre gut, findest du nicht?«

»Doch. Sogar auf den Zähnen.«

Matilda fuhr eilig mit der Zunge darüber.

»Weg?« fragte sie. »Es ist wichtig. Felix macht nämlich heute wieder Fotos von mir.«

»Für Geld?« fragte Franziska zurück. »Oder wenigstens für ein warmes Abendessen? Du hast in den letzten zwei Wochen kaum was gegessen.«

»Weil ich so glücklich bin. *Wahnsinnig* glücklich.«

»Du paßt aber doch auf, oder?«

»Was? Wir benutzen Kondome, wenn du das meinst!«

»Das meinte ich nicht. Der Typ ist ein professioneller Fotograf, der seine Fotos *verkauft*. Er verdient *Geld* damit, verstehst du? Der kann seine Modelle *bezahlen*.«

»Ja, aber am Anfang muß das Model den Fotografen bezahlen. Normalerweise, jedenfalls«, erklärte Matilda. »Felix kann mir die entscheidenden Kontakte verschaffen und umsonst eine Set-Card anfertigen, wie man sie als Model braucht. Weißt du, wieviel ich woanders dafür hinblättern müßte?«

»Trotzdem«, beharrte Franziska. »Paß auf, daß der dich nicht übers Ohr haut. Hauptsache, du setzt nirgendwo deine Unterschrift drunter.«

»Wie meinst du das?« Matilda fühlte sich ertappt. Franziska war ihr entschieden zu scharfsichtig.

»Wenn Felix dir irgendeinen dubiosen Vertrag hinlegt, der ihm die Rechte an deinen Fotos sichert, dann bloß nicht unterschreiben, das meine ich. Sonst kassiert er am Ende jede Menge Geld dafür, daß du in der nächsten Ausgabe vom *Playboy* abgebildet wirst.«

Matilda schluckte. Eigentlich hatte sie ja genau das getan.

»Als ob Felix so was tun würde«, sagte sie ärgerlich.

»Dem traue ich alles zu.«

»Wo ist eigentlich Caroline?« fragte Matilda ablenkend. »Zur Fahrstunde?«

»Caroline hat doch Seminar bei diesem tollen Professor Jansen. Sie kommt erst spät. Was ist denn eigentlich los mit ihr? Sie war die ganze Woche so komisch.«

Franziska nahm Matilda den Lippenstift aus der Hand und malte sich die eigenen Lippen an.

»Und was machst du heute abend?« fragte Matilda, ohne ihre Frage zu beantworten.

»Cornelius kommt zum Streichen«, erklärte Franziska und wurde ein bißchen rot.

Sie biß sich verärgert auf die Unterlippe. Es gab überhaupt keinen Grund, rot zu werden. Sie tat ja nichts Verbotenes, und Matilda hatte sowieso nichts bemerkt.

»Dann gehe ich jetzt besser, sonst begegne ich ihm am Ende noch«, sagte sie fröhlich. »Cornelius ist sicher nicht gut auf mich zu sprechen.«

»Er spricht nie darüber«, meinte Franziska und setzte hoffnungsvoll hinzu: »Vielleicht bist du ihm ja mittlerweile auch ganz egal.«

»Ha«, machte Matilda und wuschelte sich durch die Haare, damit sie auch schön abstanden. »Schön wär's ja. Aber Cornelius ist so eine treue Seele. Der liebt mich auch noch in fünfzig Jahren.«

Sie grinste ihr Spiegelbild an. »Und wer weiß? Vielleicht will ich ihn dann ja wiederhaben. Wie sehe ich aus?«

»Toll«, sagte Franziska matt.

Cornelius brachte eine Flasche Rotwein mit.

»Ich bin mit der Bahn gekommen«, sagte er fröhlich und warf einen Blick in die türkisfarbene Brühe, die Franziska angerührt hatte. »Für diese Farbe möchte ich um nichts in der Welt nüchtern sein! Wo ist der Pinsel?«

Franziska hielt Cornelius einen dicken Haushaltsschwamm unter die Nase.

»*Das* ist dein Pinsel«, erklärte sie. »Um diesen gewölkten Effekt zu erzielen, den man immer in den Wohnzeitschriften sehen kann, wird die Farbe mit dem Schwamm auf die Wand getupft und ungleichmäßig verwischt. So, wie ich's mit Caroline in der Küche gemacht habe.«

Cornelius entkorkte die Weinflasche. »Dann hatte ich ja den richtigen Riecher. Für diese Technik muß man einfach besoffen sein.«

Franziska lachte.

»Wo sind denn die anderen?« fragte Cornelius und sah sich um.

»Caroline hat Seminar, und Matilda ist bei Felix oben«, informierte ihn Franziska und wartete gespannt auf seine Reaktion.

Cornelius runzelte die Stirn. »Meinst du, daß das hinhaut, Matilda und dieser Spinner?«

Franziska zuckte mit den Schultern. »Sie macht auf jeden Fall einen glücklichen Eindruck. Und sie glaubt, daß sie bald eine zweite Cindy Crawford sein wird.«

»Wenn das mal gutgeht«, meinte Cornelius. »Matilda ist immer doppelt so enttäuscht wie andere Leute, wenn etwas schiefgeht. Das liegt daran, daß sie sich vorher immer doppelt so stark für etwas begeistert. Mindestens.«

Franziska fand, daß das ziemlich wohlwollend klang. Zu wohlwollend für ihren Geschmack. Wahrscheinlich liebte er Matilda immer noch. Aber dafür war er wiederum zu wenig bekümmert. Sie seufzte tief.

»Ist was mit dir?« fragte Cornelius.

»Nö«, antwortete Franziska. »Nicht wirklich.«

Eine halbe Stunde arbeiteten sie schweigend nebeneinander, tunkten ihre Schwämme in die Farbbrühe, klatschten sie an die Wand und wischten dann daran herum wie die Weltmeister. Franziska merkte, daß sie bei dieser Tätigkeit alle die Woche über aufgestauten Aggressionen abbauen konnte.

Nach einer Weile fing sie an, leise vor sich hin zu summen. Cornelius summte mit.

»Another day in paradise«, stellte er fest. »Magst du Phil Collins auch so gern?«

Sie bückten sich gleichzeitig, um ihren Schwamm in den Farbeimer zu tunken. Dabei stießen sie beinahe mit den Köpfen zusammen. Franziska lachte.

»Du zuerst«, meinte sie, rührte sich aber nicht von der Stelle. Es war einfach zu schön, ihm so nah zu sein.

Cornelius schien das auch zu finden. Er beugte sich noch ein bißchen näher heran und küßte sie auf die offenen Lippen.

»Ich muß dir was sagen«, sagte er dann.

»Was?«

Franziska sah ihm gespannt in die Augen. Genau in diesem Augenblick hörten sie, wie jemand die Wohnung betrat, und gleich darauf fiel Carolines Zimmertüre mit einem lauten Knall ins Schloß.

»Das ist Caroline«, meinte Franziska erstaunt und sah auf die Uhr. »Die kommt aber früh. Das Seminar geht normalerweise bis halb acht.«

»Sie hat die Türe geknallt«, sagte Cornelius. »Das sieht ihr überhaupt nicht ähnlich.«

»Wir sollten nachsehen«, schlug Franziska mit bedauernder Stimme vor und erhob sich.

Sie klopften leise an Carolines Zimmertüre.

»Hey, Caro, alles in Ordnung?«

Von drinnen kam keine Antwort.

»Da stimmt was nicht«, sagte Franziska.

Cornelius drückte die Klinke herunter. Caroline saß mitten auf dem magentafarbenen Teppichboden und hatte den Kopf auf ihre Knie gelegt. Sie sah sehr blaß und verloren aus.

»Hey, was ist denn los?« fragte Franziska bestürzt.

»Nichts«, murmelte Caroline, und eine dicke Träne kullerte ihre Wange hinab.

»Oh, oh«, stöhnte Cornelius. »Dieses Nichts kenne ich. Dagegen hilft nur ein heißer Kakao.«

Er ging in die Küche, und Franziska blieb mit Caroline allein. Sie setzte sich neben sie auf den Boden und legte vorsichtig einen Arm um ihre Schulter.

»Ist es so schlimm?«

»Ach, was«, schluchzte Caroline, und noch mehr Tränen flossen ihre Wangen hinab. »Überhaupt nicht. Ich habe nur einsehen müssen, daß ich ein Schaf bin, ein naives Blödchen.«

Franziska streichelte ihr hilflos übers Haar.

»Ich bin ja so ein Schaf«, wiederholte Caroline weinend. »Und in seiner Badewanne habe ich auch gelegen.«

Cornelius brachte den heißen Kakao aus der Küche. Er füllte ihn in eine große Henkeltasse und reichte ihn Caroline zusammen mit einem Paket Taschentüchern.

Franziska schaute ihn dankbar an. Dieser Typ war einfach zu gut, um wahr zu sein. Und küssen konnte er auch noch!

»Du denkst immer an alles«, sagte sie leise. »Du bist der umsichtigste Mensch, den ich kenne.«

»Ich habe zwei Schwestern«, erklärte Cornelius. »Die haben auch öfter mal Ärger mit den Kerlen.«

»Männer sind so ekelhaft«, heulte Caroline.

»Was ist denn überhaupt passiert?« fragte Franziska. »Hast du Matildas alberne Pläne befolgt und dich diesem Professor an den Hals geworfen?«

Caroline schluchzte lauter.

»Woher weißt du das?«

»Das habe ich mir so zusammengereimt«, erklärte Franziska.

»Ich hab's versucht«, heulte Caroline. »Aber am Ende hat mich der Mut – fhhh – verlassen.«

»Gott sei Dank«, rief Franziska. »Dann ist doch alles gut.«

»Letzten Montag«, sagte Caroline. »Das war schon letzten Montag. Ich war bei ihm zu Hause und habe in seiner Badewanne gebadet. Und dann bin ich ein- fhhh – fach weggelaufen.«

»Und warum heulst du dann erst jetzt?«

»Weil ich es noch mal – fhhh – versuchen wollte«, schluchzte Caroline. »Ich hatte wirklich vor, es noch einmal zu versuchen.«

Franziska sah Cornelius hilfesuchend an.

»Verstehst du das?« fragte sie ungeduldig.

»Ich wollte es noch mal – fhhhh – versuchen«, wiederholte Caroline. »Ich wollte mich ihm – hingeben, verstehst du das nicht?«

Franziska verdrehte die Augen, aber Cornelius nickte verständnisvoll.

»Ja, und?« fragte Franziska.

»Er hat gesagt, fhhhh«, schniefte Caroline und heulte noch lauter, »er hat gesagt, daß alle für die Klausur lernen müssen. O Gott, wenn ich daran denke, daß er mich nackt gesehen hat.«

Franziska raufte sich die Haare. »Ich verstehe gar nichts mehr.«

»Er hat gesagt, alle müssen für die Klausur lernen«, wiederholte Cornelius geduldig. »Was gibt es daran nicht zu verstehen?«

»Was gibt es deshalb zu heulen?« fragte Franziska zurück. »*Das* verstehe ich nicht.«

»Fhhh«, machte Caroline. »Ich wollte mich ihm hingeben. Ich wollte ihm meine Jungfräulichkeit schenken. Und er sagt, alle müssen für die Klausur lernen, fhhh.«

»Jungfräulichkeit schenken, Herrgott noch mal«, wiederholte Franziska gereizt. »Ist das hier ein Kitschroman, oder was?«

»Wann hat er das denn gesagt?« fragte Cornelius.

»Eben im Seminar«, antwortete Caroline und ließ sich von ihnen Kakao einflößen wie ein krankes Kleinkind.

Franziska verdrehte die Augen und plumpste rückwärts auf den magentafarbenen Teppichboden.

»Ich geb's auf«, seufzte sie. »Ich kapier's einfach nicht.«

»Er hat gesagt: Alle müssen für die Klausur lernen, auch die, die mit ihm – fhhh – geschlafen haben.«

»Was?«

»Auch die, die mit ihm geschlafen haben«, wiederholte Caroline. »Das hat er gesagt.«

»So was sagt ein Professor nicht«, sagte Franziska perplex und setzte sich wieder auf.

»Der Jansen schon«, schnupfte Caroline und putzte sich die Nase. »Stell dir nur mal vor: Um ein Haar hätte ich mit dem geschlafen! Mit so einem Chauvi. Der war mit jeder zweiten Studentin an der Uni im Bett, sagt Peggy. Und ich wollte so einem meine Jungfräulichkeit schenken. So einem!«

Franziska grinste schwach. »So ganz hab' ich das immer noch nicht verstanden.«

»Das ist doch ganz einfach«, erklärte Cornelius. »Caroline hätte um ein Haar mit dem Professor geschlafen, aber jetzt hat sich herausgestellt, daß der mit jeder Studentin ins Bett geht, die ihm über den Weg läuft. Gerade noch rechtzeitig.«

»Dann ist doch alles in Ordnung«, sagte Franziska.

»Ja«, sagte Caroline grimmig. »Ich weiß jetzt, daß ich ein Schaf war, ein naives Blödchen. Sich in so einen Chauvi zu verlieben. Ich könnte seine Tochter sein!«

»Du solltest daraus lernen.«

»Zum Beispiel, daß du nie mehr auf Matilda hören solltest.«

»Matilda kann doch nichts dafür.«

»Von wegen. Wenn du getan hättest, was sie dir geraten hat, dann wärst du jetzt eine mehr auf Jansens Liste. Nicht auszudenken.«

»Wenn ich du wäre, würde ich jetzt ein heißes Bad nehmen«, schlug Cornelius vor und erhob sich.

Er mußte nach Hause. Franziska brachte ihn zur Tür.

»Du wolltest mir doch was sagen«, erinnerte sie ihn.

Cornelius lächelte auf sie herab. »Das hat Zeit.«

* * *

»*Was* hat der gesagt?« fragte Matilda empört.

»›Alle müssen sich gründlich auf die Klausur vorbereiten. Das gilt auch für die Studentinnen, die mit mir geschlafen haben‹«, wiederholte Peggy bereitwillig. »Ich war dabei.«

»Widerling«, fand Matilda.

Peggy nickte. Sie war gekommen, um nach Caroline zu sehen. Sie war nicht im Seminar erschienen.

»Ich hatte keine Lust auf die Uni«, erklärte ihr Caroline.

»Sie hat den Ofen gestrichen«, ergänzte Robert, der hereingeschaut hatte, um beim Klavier und bei Matildas Himmelbett mit anzupacken. Offiziell.

Inoffizell war er gekommen, um sich unauffällig nach Carolines Wohlbefinden zu erkundigen. Ohne Rose, übrigens, wie Franziska anerkennend registrierte. Aber in der Hand trug er eine riesige Bäckertüte, vermutlich nach dem Motto: Liebe geht durch den Magen.

Franziskas Zimmer war endlich fertig eingeräumt. Es war richtig schön geworden, ganz in Türkis und Weiß gehalten, was wunderbar zu dem warmen Honigton der Holzdielen paßte. Franziska gefiel am besten, daß der Raum so aussah, als wäre es draußen immer noch Sommer. Sie hatte daher die Aussicht auf das trübe, graue Winterwetter und den schäbigen Hinterhof mit einer Menge hauchdünnem Nessel verhängt, der wie eine schneeweiße Sommerwolke vor dem Fenster drapiert war. Neben der Zimmerlinde davor stand ihr Schaukelstuhl, auf dem sie sich in den kalten Wintertagen in den sonnigen Süden zu schaukeln gedachte. Der Raum war perfekt. Bis auf den Ofen in der Ecke natürlich. Der hatte nun überhaupt nichts Sommerliches an sich. Weiß lackiert, wie der Ofen im

Zimmer von Caroline, würde allerdings auch er eine Zierde sein können.

»Mir war nach körperlicher Arbeit«, meinte Caroline. »Und der Ofen sieht richtig gut aus, oder nicht?«

»Doch«, sagte Franziska. »Meiner ist am Wochenende an der Reihe. Und wann machst du deinen, Matilda? Du könntest ihn gelb lackieren oder blau.«

Matilda hatte ihr Zimmer jetzt ganz für sich, aber der Sternenboden war noch nicht verlegt worden. Dazu mußten ihre Möbel vorübergehend in den Flur getragen werden. Aber Matilda hatte im Augenblick kein besonderes Interesse an der Fertigstellung ihres Reiches. Sie war immer noch bei Jansens Vielweiberei.

»So ein Chauvi, dein Professor«, meinte sie. »Wie gut, daß du nicht mit ihm ...«

Caroline bedachte sie mit einem bitterbösen Blick, aber Peggy nickte zustimmend. »Allerdings. Der ist nämlich genau wie Felix.«

Matilda fauchte wie eine nasse Katze. »Felix ist nicht so.«

»Felix ist nur jünger und dümmer als Jansen«, widersprach Peggy ruhig. »Ansonsten sind sie einander ziemlich ähnlich.«

»Menschen können sich ändern«, sagte Matilda. »Wenn auch nicht für jeden.«

»Ja, vielleicht«, stimmte Peggy zu und strich sich das glänzende blonde Haar hinters Ohr. »Aber Felix gehört nicht zu diesen Menschen.«

Matilda guckte böse.

»Mit wie vielen Studentinnen hat der Jansen denn geschlafen, was meint ihr?« fragte Franziska ablenkend. »Am Ende ist das alles nur Wunschdenken von dem Kerl.«

»Du hast den noch nicht gesehen«, meinte Peggy. »Der sieht wirklich wahnsinnig gut aus. So sexy, daß man auch schwach werden würde, wenn er nicht Psychologieprofessor sondern Straßenbahnschaffner wäre.«

»Ich bin ja vielleicht ein Schaf«, fügte Caroline hinzu. »Aber einen schlechten Geschmack habe ich nicht.«

»Im Gegensatz zu anderen Leuten«, murmelte Franziska und warf Matilda einen vielsagenden Seitenblick zu.

Matilda sah auf die Uhr.

»Wo bleibt denn Cornelius?« fragte sie. »Ich wollte mich doch wenigstens dafür bedanken, daß er meinen Fußboden verlegen will.«

»Hilfst du uns denn nicht?« fragte Robert.

»Nein, das geht nicht«, erklärte Matilda trübsinnig. »Ich muß zu einem Konzert an der Hochschule. Sozusagen auf Befehl unseres Profs. Aber Franziska hilft an meiner Stelle.«

Robert schwenkte seine Bäckertüte.

»Guckt mal«, sagte er aufmunternd. »Ich habe uns Weckmänner mitgebracht. Heute ist nämlich Sankt Martin.«

»Dann habe ich ja heute Fahrstunde!« rief Caroline erschrocken. »Ausgerechnet. Wie spät ist es?«

»Zwanzig vor fünf«, antwortete Franziska.

Caroline sprang auf und suchte hektisch ihre Sachen zusammen.

»Du solltest dich nicht von diesem Fehlschlag entmutigen lassen«, meinte Matilda zu ihr und biß ihrem Weckmann zärtlich den Kopf ab. »Andere Mütter haben auch schöne Söhne.«

»Genau«, bestätigte Robert und lächelte.

»Ich will mit dieser Spezies nichts mehr zu tun haben«, erklärte Caroline und band sich die Schuhe zu. »Ich muß jetzt gehen.«

Matilda gab noch nicht auf. »Was ist denn eigentlich der *Fahrlehrer* für ein Typ?«

Caroline überlegte, während sie ihre Jacke anzog.

»Er sieht aus wie Sascha Hehn«, sagte sie schließlich.

»Nein, ist ja widerlich!« rief Matilda enttäuscht. »Der scheidet ja dann wohl auch aus. Schade.«

Natürlich schied der Fahrlehrer aus. Und nicht nur, weil er aussah wie Sascha Hehn ohne Kittel.

Caroline hatte ihn von Anfang an unsympathisch gefunden. Lichtjahre jenseits der Vierzig, kämpfte er mit hautengen Jeans, weit aufgeknöpften Hemden, blonden Strähnchen und täglichen Besuchen im Sonnenstudio für ein jüngeres Image. Das Schlimmste war, daß ihm Caroline zu gefallen schien.

»Nennen Sie mich Will«, hatte er gleich in der ersten Fahrstunde vorgeschlagen und das W lässig amerikanisch ausgesprochen. Das war unmittelbar, nachdem Caroline die Verkehrsinsel gerammt hatte. »Wir werden noch sehr lange miteinander zu tun haben.«

Will. In echt hieß der *mindestens* Willibald, darauf hätte Caroline ihre Zöpfe verwettet. In Gedanken nannte sie ihn niemals anders.

Willibald pflegte während der Fahrstunden beinahe pausenlos zu reden. Meistens von sich. Caroline wußte bereits, daß er immer auf Ibiza Urlaub machte, daß er vor nicht allzu langer

Zeit haha – massenhaft Pokale im Bodybuilding nach Hause gebracht hatte, daß er einen Pit-Bull-Terrier besaß, der auf's Wort gehorchte, und daß seine Frau Annegret hieß und ihn nicht verstand.

Caroline fühlte mit ihr. Arme Annegret.

Heute war ihre vierte Fahrstunde. Es war kurz nach fünf, und sie quälte sich durch den Berufsverkehr über die Innere Kanalstraße. Willibald vertrieb sich die Zeit mit dem Erzählen mehr oder weniger schmutziger Witze.

»Wissen Sie, wozu diese Kondensstreifen am Himmel da gut sind?« fragte er. »Biegen Sie da vorne in die Niehler Straße ab.«

Caroline setzte den Blinker.

»Die Kondensstreifen«, wiederholte Willibald. »Was ist, Caroline, wissen Sie's?«

Sie mußte sich konzentrieren und wagte es nicht, den Blick zu heben, um die Flugzeugabgase am Himmel zu betrachten.

»Nein«, seufzte sie.

Willibald lachte blöde. »Dann will ich's Ihnen verraten. Damit die Engel auch mal auf den Strich gehen dürfen. Hahaha! So, dahinten üben wir mal, rückwärts einzuparken.«

Die Lücke befand sich zwischen zwei Autos vor einer Plakatwand, so winzig, daß das Auto nur hineingepaßt hätte, wenn man die Räder seitwärts hätte drehen können. Caroline setzte seufzend den Blinker.

»Kennen Sie denn schon den mit den Nonnen auf dem Fahrrad?« fragte Willibald.

»Ja«, log Caroline und kurbelte verzweifelt am Lenkrad.

»Und den, wo die Nonnen auf der Heizung sitzen?«

»Den auch.«

Caroline arbeitete sich konzentriert vor und zurück. Am Ende stand der Wagen tatsächlich in der Lücke. Caroline war stolz auf sich.

Willibald öffnete die Beifahrertür und zeigte auf den Randstein.

»Mindestens einen Meter zu weit vom Bürgersteig weg«, meckerte er. »Versuchen Sie es noch mal, schönste Caroline.«

Caroline legte seufzend den Gang ein und kurbelte sich aus der Lücke heraus. Immer das gleiche mit diesen Parklücken.

»Kommt ein Kegelclub in den Puff«, sagte Willibald und strich sich das blondgesträhnte Haar aus der Stirn.

Caroline stöhnte.

»Den können Sie aber noch nicht kennen. Also, kommt ein Kegelclub in den Puff. Alle haben ordentlich einen gebechert. Sagt die Puffmutter ...«

Es war ein langer Witz. Er nahm die gleiche Zeit in Anspruch, die Caroline für das erneute Einparken des Wagens benötigte.

»Immer noch zu weit«, befand Willi. »Noch einmal.«

Caroline warf einen verstohlenen Blick auf die Uhr. Noch eine Viertelstunde. Verflucht.

»Die Kleine auf dem Plakat ist aber auch nicht von schlechten Eltern«, meinte Willibald und pfiff anerkennend durch seine Jacketkronen.

Caroline schaute zu dem Plakat hinauf und stutzte. Unter der Headline *»Es gibt einfach Wesen, mit denen man das Bett lieber teilt«*, rekelte sich eine kaum bedeckte Schönheit in einem breiten, zerwühlten Bett. *»PARATEX in der Sprüh-*

flasche hilft zuverlässig gegen Wanzen, Kakerlaken, Silberfische, Flöhe und anderes Ungeziefer« stand darunter.

Caroline schluckte überrascht.

Die kaum Bedeckte sah genauso aus wie Matilda. Sie hatte auch den gleichen Leberfleck an der Stelle unter dem linken Auge. Haargenau den gleichen. Das *war* Matilda, kein Zweifel.

»Die würde ich nicht von der Bettkante schubsen«, brabbelte Willibald. »Gucken Sie sich mal die Möpse an.«

»Die kenne ich«, flüsterte Caroline matt.

»Wirklich?« fragte Willibald ungläubig. »Hey, wo fahren Sie denn hin?«

»Ich muß dringend nach Hause«, erklärte Caroline hastig. »Wir üben das mit dem Einparken in der nächsten Stunde.«

* * *

Der Sternenboden in Matildas Zimmer sah wunderschön aus. Fand jedenfalls Franziska. Robert und Cornelius hielten ihn für die hinterletzte Geschmacksverirrung. Das riesige Himmelbett hatte natürlich nicht durch die Tür gepaßt, und sie hatten es in seine Einzelteile zerlegen und anschließend wieder zusammenschrauben müssen.

»Das einzig Gute an diesem Riesenbett ist, daß es einen ziemlich großen Teil des Teppichbodens verdeckt«, meinte Robert und schraubte die letzte Querstange fest.

Cornelius stimmte ihm zu. »Das ist wie mit den Bildern an dieser abartig gelben Wand.«

»Ihr habt einen abartig spießigen Geschmack«, tadelte Franziska die beiden und trug Matildas Palme wieder ans Fenster.

In diesem Augenblick klingelte es Sturm, und gleichzeitig hämmerte jemand wie bescheuert an der Wohnungstüre herum.

»Was ist das?« fragte Franziska erschrocken.

Robert riß mutig die Tür auf.

»Caroline«, rief er überrascht. »Warum machst du so einen Heidenlärm? Ich denke, du hattest heute eine Doppelstunde? Und wie siehst du überhaupt aus?«

»Wo ist Matilda?« keuchte Caroline. »Etwas Schreckliches ist passiert!«

»Sie ist doch zu dem Konzert in der Hochschule«, sagte Franziska. »Was ist denn los, um Himmels willen?«

»Etwas Schreckliches ist passiert«, wiederholte Caroline. »Ich habe Matilda gerade auf einem Plakat gesehen. Nackt.«

»Du hast *was?*«

Caroline berichtete von Matildas nacktem Konterfei, samt Leberfleck unter dem linken Auge und der PARATEX-Sprühdose.

»Das glaube ich nicht«, sagte Cornelius.

»Ein Irrtum ist völlig ausgeschlossen«, meinte Caroline.

»Ich fürchte, sie hat recht«, sagte Robert. »Es wäre nicht das erste Mal, daß Felix so was macht. Vermutlich hat er seine Schulden ans Finanzamt damit bezahlt.«

»Was machen wir denn jetzt?« fragte Caroline. »Wenn Matilda das sieht, ist Felix so gut wie tot.«

»Na, und?« Franziska hatte die Hände zu Fäusten geballt. »Wenn du mich fragst, wäre das sogar noch zu gut für ihn!«

»Vielleicht ist das ja am Ende alles mit Matildas Einverständnis passiert«, überlegte Cornelius. »Sie war doch so wild darauf, Model zu werden.«

»Das glaubst du doch wohl selber nicht«, widersprach Franziska. »Matilda würde ihren Körper nie im Leben für ein Insektenvertilgungsmittel hergeben. Nackt! Dann noch eher für Scheuermilch oder elektrische Zahnbürsten.«

»Das mindeste, was wir tun können, ist, die Plakate unkenntlich zu machen«, schlug Robert vor. »Hast du viele davon gesehen, Caroline?«

»Nur dieses eine in der Niehler Straße«, antwortete Caroline. »Das hat mir gereicht.«

»Wir könnten die Straßen mit dem Auto abklappern und auf jedem Plakat, das wir finden, Matildas Gesicht mit Farbe übersprühen«, schlug Cornelius vor. »Wir haben noch Sprühlack von Carolines Ofenaktion übrig.«

»Das ist eine gute Idee«, fand Robert »Du und Franziska, ihr nehmt euch die Südstadt vor und anschließend die Straßen um die Uni herum, und Caroline und ich nehmen meinen Wagen und suchen die Straßen innerhalb des Rings ab, einverstanden?«

»Da ist eins!« schrie Caroline und zeigte an den linken Fahrbahnrand.

Robert leitete ein waghalsiges Wendemanöver ein.

»Also doch! Ich hatte schon gehofft, dein Plakat in der Niehler wäre das einzige gewesen. Wenn ich anhalte, springst du raus und legst los!«

Caroline schüttelte zweifelnd die Sprühdose.

»Das Gesicht ist so hoch oben. Da komme ich im Leben nicht dran«, meinte sie. »Und außerdem kommen da andauernd Leute vorbei.«

Robert fand eine Parklücke in der Nähe.

»Also gut, dann machen wir's zusammen«, sagte er und stieg aus.

Caroline verbarg die Sprühdose in ihrer Manteltasche. Gemeinsam schlenderten sie unauffällig den Bürgersteig entlang. Vor dem Plakat blieb Robert stehen.

»Wow«, sagte er und stieß einen leisen Pfiff aus.

Caroline stupste ihn tadelnd in die Seite.

»Das ist wirklich nicht schlecht«, verteidigte sich Robert. »Fotografieren kann er ja, der Felix. Okay, gib mir die Farbe.«

»Das geht nicht. Da vorne kommen doch Leute«, zischte Caroline.

»Hier kommt immer wer«, sagte Robert energisch. Er klappte den Kragen seiner Jeansjacke nach oben und zog Caroline die Kapuze ihres Mantels über den Kopf. »So erkennt uns niemand. Es muß eben schnell gehen.«

Er nahm Caroline die Sprühflasche aus der Hand, schüttelte sie kräftig und hielt sie dann am ausgestreckten Arm in die Höhe. Matildas lächelndes Gesicht verschwand unter einem dicken Klecks weißen Ofenlacks.

»Und fertig«, flüsterte Robert, ließ die Dose in Carolines Manteltasche verschwinden und zog sie ein paar Meter weiter vor ein Schaufenster.

Es gehörte zu einem Spielzeugladen. Wie ganz harmlose Passanten betrachteten sie die Auslagen.

»Meinst du, das war das einzige Plakat?« fragte Caroline kichernd.

»Jedenfalls das einzige, das wir in den letzten zwei Stunden gefunden haben«, antwortete Robert. »Vielleicht ist jetzt einfach keine Saison für Parasiten.«

»Oder die haben die Werbung in Magazinen geschaltet«, meinte Caroline. »Dann ist unsere ganze Aktion umsonst gewesen, und Matilda trifft der Schlag, wenn sie nachher ihre Lieblingszeitschrift aufschlägt.«

»Wir haben jedenfalls unser Bestes getan«, meinte Robert.

»Vermutlich haben wir Felix damit das Leben gerettet«, überlegte Caroline. »Einen schönen Freund hast du da.«

»Ich hatte Matilda gewarnt«, erinnerte Robert sie.

»Ja, das stimmt. Guck mal, das süße, kleine Plüschschweinchen da.« Caroline deutete ins Schaufenster. »Willst du damit sagen, daß Matilda selber schuld ist?«

»Ihr Frauen laßt euch jedenfalls ganz schön oft mit den falschen Kerlen ein, finde ich. Du ja auch, mit diesem alten Knacker. Aber du mußt selber wissen, was du tust.«

»Du bist in letzter Zeit so anders«, stellte Caroline fest und lächelte ihn an. »Der Robert von früher hätte gesagt, er wäre der einzig wahre Mann für mich, und dann hätte er mir angeboten, das ganze Schaufenster leerzukaufen.«

»Ich habe mich eben weiterentwickelt«, sagte Robert »Kennst du das Märchen von König Drosselbart?«

»Ja, warum?«

»Dann weißt du ja auch, daß die Prinzessin am Ende sagt: Ach, hätt' ich genommen König Drossel-Robert.«

»Das habe ich sowieso nie verstanden«, sagte Caroline. »Komm, wir fahren nach Hause. Mehr Plakate scheint es in dieser Gegend nicht zu geben. Wir haben jetzt alles abgegrast. Vermutlich wird Matilda nie eins zu Gesicht bekommen.«

Leider befand sie sich mit dieser Vermutung im Irrtum. Sie hatten zwar fast alle Straßen nach den Plakaten abgesucht, aber etwas ganz Wesentliches vergessen: Die U-Bahn-Stationen. Aus irgendeinem Grund schien die Werbeagentur nämlich zu glauben, daß Menschen, die die U-Bahn benutzen, eher unter Kakerlaken und Flöhe zu leiden haben als andere. Daher hatten sie in den U-Bahn-Stationen eine Menge Werbeflächen für die PARATEX-Kampagne reserviert.

Und Matilda fuhr natürlich mit der U-Bahn von der Hochschule nach Hause. Sie erblickte das Plakat zum ersten Mal am Appellhofplatz. Ein Mädchen, das ganz genauso aussah wie sie, in Felix zerwühltem Bett, mit nackter Brust in die Kamera lächelnd. Ein mal zwei Meter in Farbe.

Das war doch wohl nicht möglich! Matilda quetschte ihre Nase ans Fenster und starrte das Bild geschlagene zwölf Sekunden an, ohne Luft zu holen.

»Nein«, keuchte sie schließlich. »Das bin nicht ich!«

Die Bahn setzte sich wieder in Bewegung.

»Das ist nicht wahr«, flüsterte Matilda »Ich träum' das bloß.«

Sie ließ sich auf ihren Sitz zurückfallen und schloß hoffnungsvoll die Augen. Felix würde sie nicht so reingelegt haben. Felix war verliebt in sie. Da tat man so was nicht! Niemals. Und sie war verliebt in Felix. Jedenfalls so gut wie.

Die U-Bahn lief den Neumarkt an. Matilda drehte den Kopf zum Fenster und öffnete probeweise ein Auge. Und da war sie wieder. Lebensgroß. Unverkennbar. Nackt!!!

»Es gibt einfach Wesen, mit denen man das Bett lieber teilt – PARATEX in der Sprühflasche hilft zuverlässig ge-

gen Wanzen, Kakerlaken, Silberfische, Flöhe und anderes Ungeziefer.«

Matilda riß das andere Auge auch auf.

Sie war's! Dieser Typ hatte es gewagt, ihr Nacktfoto an einen Chemikalienhändler zu verscherbeln. Sie, Matilda, machte Werbung für ein Insektenvertilgungsmittel! Nackt!!!

Sie schnaubte durch die Nase wie ein zorniges Pferd. Schlimm genug, daß ihr Abbild in der ganzen Stadt zu sehen war. Aber ausgerechnet für Insektenvertilgungsmittel!

Was fiel diesem dahergelaufenen, langhaarigen Saftarsch überhaupt ein! Matilda knirschte gefährlich mit den Zähnen. Er würde es noch bereuen, ihr jemals über den Weg gelaufen zu sein!

Wenn es wenigstens für Parfüm gewesen wäre oder für Pralinen. Aber ein Mittel gegen Kakerlaken und Flöhe! Das war ja wohl das allergemeinste, was ihr jemals widerfahren war.

»Den mach' ich alle!« flüsterte sie vor sich hin.

Als die U-Bahn das nächste Mal hielt, stieg Matilda aus. Eine Station zu früh.

Felix war so gut wie tot! Aber vorher würde sie ihm jedes Haar einzeln vom Kopf rupfen. Sie rannte den ganzen Weg nach Hause, ohne aus der Puste zu kommen. An der Haustüre stieß sie mit Robert und Caroline zusammen.

»Wo ist er?« rief sie und packte Robert am Arm.

»Ach, du Scheiße!« sagte Caroline.

Robert versuchte, sich doof zu stellen.

»Wer?« fragte er.

»Felixxxxx«, zischte Matilda und zerrte Robert grob am Ärmel. »Gib mir euren Wohnungsschlüssel!«

»Ach, du Scheiße!« sagte Caroline wieder. Matilda schüttelte Robert wie einen Apfelbaum.

»Euren Wohnungsschlüssel«, forderte sie.

»Vielleicht reden wir erst mal darüber«, meinte Robert vorsichtig.

»Erst mal rede ich mit Felix«, schnaubte Matilda. »Her mit dem Schlüssel!!«

Robert zog sein Schlüsselbund aus der Hosentasche und reichte es Matilda mit spitzen Fingern, als sei es ein toter Fisch.

»Das kannst du nicht machen«, rief Caroline erschrocken. »Sie bringt ihn um!«

Matilda stürmte vor ihnen die Treppe hinauf.

»Und wenn schon«, sagte Robert. »Verdient hat er's.«

Felix war gerade dabei, sich sein Abendessen zuzubereiten. Er schmierte hingebungsvoll zwei Brote mit Kräuterkäse und schnitt dazu Tomaten in Scheiben. Als er das Ganze zurück zur Couch balancieren wollte, stand plötzlich Matilda mitten im Raum, wie aus dem Boden gewachsen.

»Überraschung!« sagte sie.

Felix mochte keine Überraschungen dieser Art.

»Wo kommst du denn her?« fragte er ungehalten. »Soweit ich mich erinnere, waren wir erst für morgen verabredet.«

Matilda lächelte merkwürdig.

»Für dich gibt es kein Morgen mehr«, sagte sie. »Du hast einen großen Fehler gemacht.«

Felix verzog keine Miene. »Du hast das Plakat gesehen? Unser erstes verkauftes Foto. Eigentlich kannst du dich freuen.«

»Freuen?« wiederholte Matilda. Sie begann, durch den Raum zu wandern. Hinter dem Regal auf Rollen, in welchem Felix seine Objektive, die Sofortbildkamera und anderes Zubehör aufbewahrte, blieb sie stehen. »Ja, vielleicht sollte ich mich wirklich freuen. Es gibt doch nichts Schöneres, als nackt für ein Insektenvertilgungsmittel zu werben.«

Sie gab dem Regal einen kleinen Schubs. Es machte einen Satz vorwärts.

»Laß das!« befahl Felix. »Das sind sehr wertvolle, empfindliche Gegenstände. Und was diese Fotogeschichte angeht – ich dachte, wir hätten das alles bereits geklärt. Du hast mir die Rechte für das erste Foto, was ich verkaufen kann, abgetreten, und dieses war das erste Foto, was ich verkaufen konnte. Basta!«

Matilda nahm ein Objektiv vom Regal und wog es in ihrer Hand.

»Es war ein privates Foto«, sagte sie leise. »Aufgenommen in einem Augenblick, in dem ich dir voll und ganz vertraut habe. Und du hast es nicht aus Liebe gemacht oder weil es ein besonderer Augenblick für dich war, sondern aus purer Berechnung. Alles. Von Anfang an.«

»Und wenn es so wäre?« fragte Felix. »Das hieße nicht, daß ich die Sache mit uns deshalb weniger genossen hätte oder dich weniger gern haben würde.«

Matilda erwiderte nichts. Jedenfalls nicht mit Worten. Sie warf das Objektiv nach ihm. Es fiel mit einem dumpfen Schlag auf den Teppichboden.

»Sag mal, spinnst du?« schrie Felix auf. »Weißt du, wieviel das gekostet hat?«

Aber Matilda hörte nicht. Sie hielt schon das nächste Objektiv wurfbereit in der Hand, sein bestes Weitwinkel. Von Matildas Hand flog es in einem sanften Bogen auf den Couchtisch vor dem schwarzen Sofa. Es durchschlug die Glasplatte des Tisches wie dünnes Eis.

»Ha!« schrie Matilda gellend. »Zerbrochen!«

Felix bekam es mit der Angst zu tun. Er fühlte sich Matilda nicht gewachsen. Sie war genauso groß wie er und schon von Natur aus nicht eben schwächlich, aber die Wut schien ihre Kräfte verhundertfacht zu haben. Außerdem war da etwas in ihren Augen, das ihn vermutlich auch davon abgehalten hätte, ihr in den Arm zu fallen, wenn sie zwei Köpfe kleiner gewesen wäre.

Hilflos sah er zu, wie sie mit dem Regal auf seine Kamera zusteuerte und sie samt Stativ überrollte. Es schepperte fürchterlich. Er überlegte verzweifelt, wie er diese Verwüstung seiner Versicherung erklären sollte.

»Du falscher, hinterhältiger, verlogener Drecksack!« schrie Matilda und kam auf ihn zu. »Ich bin noch nicht fertig mit dir!«

Felix machte sich auf das Schlimmste gefaßt. In der Mitte des Raumes blieb Matilda stehen und starrte ihn mit großen Augen an, ohne mit den Wimpern zu zucken. Felix starrte wie paralysiert zurück.

Ein paar atemberaubende Sekunden lang geschah gar nichts. Dann machte Matilda plötzlich kehrt, lief zur Tür und knallte sie hinter sich ins Schloß.

Peng! Und weg war sie. Felix hörte erleichtert, wie ihre Schritte auf der Treppe verhallten.

Völlig erledigt ließ er sich auf das schwarze Sofa plumpsen.

Allerdings nur, um sofort wieder aufzuspringen. Er hatte sich in eine scharfe Glasscherbe gesetzt. So scharf, daß sie den Hosenboden seiner schwarzen Jeans durchschnitten und ein Stückchen der Haut an seinem Allerwertesten angeritzt hatte. Das Blut tropfte auf den hellen Teppichboden und machte das Chaos perfekt.

* * *

»Nur zwei Plakate in der ganzen Stadt.« Franziska suchte nach dem Wohnungsschlüssel in ihrer Tasche. »Wir haben bestimmt welche übersehe. Allerdings – vielleicht machen die erst im Frühling wieder richtig Werbung für das Zeug, wenn die Kakerlaken, Flöhe und Läuse aus dem Winterschlaf erwachen, was meinst du?«

»Irgend jemand muß es Matilda sowieso sagen«, sagte Cornelius. »Aber ich will nicht derjenige sein.«

»Ich möchte nicht derjenige sein, der ihr den ganzen Schlamassel eingebrockt hat.« Franziska seufzte wieder.

Cornelius sah ernst auf sie herab.

»Den ganzen Tag haben wir uns nur um Matildas Kram gekümmert«, meinte er. »Erst den Teppichboden, dann diese Sache mit den albernen Plakaten. Vor lauter Matilda hier, Matilda da hatten wir überhaupt keine Zeit für uns.«

Franziska bekam plötzlich Herzklopfen.

»Für uns?« wiederholte sie.

Irgend etwas über ihnen schepperte ganz fürchterlich.

»Das kam von da oben«, sagte Franziska und zeigte die Treppe zum Dachgeschoß hinauf.

»Und wenn schon.« Cornelius neigte sich näher zu ihr. »Nicht mal ein Erdbeben könnte mich davon abhalte, dich zu küssen.«

Und das tat er dann. Ausgiebig. Franziska schloß hingerissen die Augen.

Im Dachgeschoß rumorte es derweil fröhlich weiter. Plötzlich öffnete sich oben die Wohnungstüre und wurde wieder mit einem ohrenbetäubenden Knall ins Schloß geworfen. Jemand trampelte temperamentvoll die Treppe herab. Das war Matilda. Wie ein wütendes Pferd blieb sie vor den zwei Küssenden stehen und schnaubte durch ihre Nüstern.

Die beiden fuhren auseinander wie ertappt.

Kein Erdbeben hätte Cornelius davon abhalten können, Franziska zu küssen, aber Matilda war schlimmer als ein Erdbeben. Sie konnte es. Und wie sie es konnte.

»Das ist ja wohl das Allerletzte«, schrie sie. »Erst muß ich mich nackt auf einem Plakat wiederfinden, und jetzt werde ich auch noch von euch beiden hintergangen! Ausgerechnet!«

Franziska schüttelte den Kopf. »Wir haben ja wohl nichts damit zu tun.«

»Gerade wo ich so dringend eure Unterstützung brauchte. Das nennst du also Treue, Cornelius«, klagte Matilda. »Haha! Fängst hinter meinem Rücken was mit einer anderen an.«

»Also wirklich«, schnappte Franziska. »Du bist ja wohl nicht ganz dicht!«

»Von dir hätte ich nie im Leben so was gedacht!« Matilda schloß die Wohnungstür auf. »Mir meinen Freund auszuspannen. So was Hinterhältiges.«

Mit einem zornigen Aufschluchzer verschwand sie in ihrem Zimmer. Und peng!

»Wo sie das Plakat wohl gesehen hat?« fragte Cornelius draußen im Flur.

»Das ist mir egal!« fauchte Franziska. »Ich würde sie am liebsten schütteln und schlagen. Sie ist so ungerecht!«

»Sie ist nur unglaublich zornig wegen dieser Plakatgeschichte«, erklärte Cornelius.

»Warum verteidigst du sie?« rief Franziska. »Sie spinnt ja wohl! Erst gibt sie dir den Laufpaß wegen diesem saublöden Felix, und dann, Wochen später, tut sie so, als müßtest du ihr ein Leben lang treu bleiben und ihr Händchen halten, wenn sie mit anderen Typen Schiffbruch erleidet.«

»Na ja, das ging ja wirklich ziemlich schnell mit uns. Kein Wunder, daß Matilda enttäuscht ist. Für sie war es wohl eine zu große Überraschung. An so einem Tag wie heute. Denk doch mal, wie du dich fühlen würdest.«

»Verflucht noch mal!« rief Franziska aufgebracht. »Ich kann diese ewigen Entschuldigungen für Matildas Verhalten nicht mehr hören. Immer wird ihr alles verziehen. Immer. Wenn du sie so wunderbar findest, dann geh doch rein und tröste sie. Jetzt will sie dich ja wieder! Da hast du bloß drauf gewartet!« Sie schniefte zornig. »Aber glaub bloß nicht, daß ich dich dann noch mal tröste, wenn sie dich das nächste Mal ablegt wie einen alten Hut! Dann tust du mir nämlich nicht mehr leid.«

»Oh, ich habe dir also leid getan?« sagte Cornelius »Das ist ja gut zu wissen.«

Caroline und Robert reckten vorsichtig ihre Hälse in den Flur hinaus.

»Entschuldigung, daß wir euch unterbrechen«, meinte

Robert. »Aber wir müssen jetzt mal nach Felix schauen. Vielleicht braucht er ja einen Krankenwagen oder so was.«

»Ich wollte sowieso gerade gehen«, sagte Cornelius und drehte sich um. »Wenn ich nämlich noch länger bleibe, brauchen wir hier einen Leichenwagen.«

»Ja, geh du nur! Und wage es bloß nicht, bei mir anzurufen!« rief Franziska hinter ihm her. »Ich will dich niemals wiedersehen, daß du's weißt!«

Dann fing sie ganz fürchterlich an zu heulen. Caroline und Robert sahen sich ratlos an.

»Ach, du Scheiße«, war alles, was Caroline dazu sagen konnte.

* * *

»Ich habe jetzt Fahrstunde«, verkündete Caroline. »Ob man euch beide wohl allein in der Wohnung lassen kann?«

»Sei nicht albern«, fauchte Matilda.

»Bevor du gehst, wäre es aber nett, wenn du Matilda noch einmal daran erinnern würdest, daß sie gefälligst den öligen Film aus der Badewanne entfernt, den ihr stinkendes Gesundheitsbad dort hinterlassen hat«, sagte Franziska und kniff böse die Lippen zusammen.

Caroline sah von einem zum anderen. Franziska und Matilda standen ungefähr zwei Meter voneinander entfernt, und beide taten so, als wäre jeweils die andere pure Luft. Wie in einem schlechten Theaterstück. Caroline seufzte.

»Wie die Kinder«, sagte sie. »Es wäre gut, wenn wenigstens eine von euch heute abend die Wohnung verlassen würde. Hast du kein Rendezvous mit Felix, Matilda? Vielleicht willst du ja noch ein bißchen von seiner Ausrüstung zusammenschlagen?«

»Sehr witzig, verdammt noch mal«, knurrte Matilda, drehte sich um und knallte die Badezimmertür hinter sich zu.

»Peng«, sagte Caroline. »Was hat sie denn immer noch? Man kann sie doch auf keinem einzigen Plakat in dieser Stadt mehr erkennen, dafür haben wir gesorgt. Oder sie hat immer noch was für diesen Felix übrig.«

»Das ist nicht wegen Felix, sondern wegen Cornelius«, sagte Franziska böse. »Seit Matilda gesehen hat, daß er mit einer anderen, also mit mir, glücklich werden kann, ist sie sauer.«

»Ich glaube eher, daß das noch an dem Kakerlakenplakat liegt«, meint Caroline. »Das war ja wohl auch der absolute Hammer. Niemand würde das ohne Folgeschäden überstehen. Im Grunde hat Matilda sicher nichts dagegen, daß du und Cornelius miteinander glücklich werdet.«

»Hat sie wohl«, seufzte Franziska. »Du hättest sie mal erleben sollen, neulich abend. Was die mir alles an den Kopf geworfen hat!«

»Du kennst sie doch«, sagte Caroline. »Am nächsten Tag hat sie's vergessen, und es tut ihr leid.«

»Ja, das sieht man«, murmelte Franziska und deutete auf die zugeschmetterte Badezimmertüre. »Seit sich dieses Monster da eingemischt hat, ist sowieso alles kaputt. Heute nacht habe ich sogar schon daran gedacht, wieder nach Hause zu ziehen.«

»Soweit kommt das noch!« rief Caroline erschrocken.

»Wo jetzt doch bald Weihnachten ist«, murmelte Franziska. »Ich könnte mich zu Hause verkriechen, bis der Winter vorbei ist und ich Cornelius vergessen habe.«

»So einen Blödsinn solltest du nicht mal denken«, meinte Caroline streng. »Du und Cornelius, ihr seid sozusagen füreinander geschaffen. Das kann jeder Blinde sehen. Warum rufst du ihn nicht endlich an und machst dieser zähen Warterei ein Ende?«

»Ich weiß nicht«, sagte Franziska traurig. »Es ist viel komplizierter, als ich dachte. Was, wenn er mich wirklich nur als Trostpflaster gebraucht hat?«

»Das ist doch Blödsinn«, widersprach Caroline und sah auf die Uhr. »Du machst dich nur selber unglücklich. Und den armen Cornelius auch.«

»Wenn ihm was an mir läge, würde er längst bei mir angerufen haben«, meinte Franziska.

»Ich denke, das hast du ihm verboten?« erinnerte Caroline sie und knöpfte ihren Mantel zu. »Ich muß jetzt wirklich gehen. Aber wir reden nachher weiter, ja? Kopf hoch.«

»Viel Spaß«, sagte Franziska müde.

Die Wolken hingen tief über der Stadt. Feiner Nieselregen besprühte die Windschutzscheibe und zwang Caroline, von Zeit zu Zeit den Scheibenwischer zu betätigen.

»Den Scheibenwischer, nicht die Heckscheibenbelüftung«, sagte Willibald und führte ihre Hand zum richtigen Hebel.

Wie immer verlängerte er dabei den Körperkontakt über die Anstandsgrenzen hinaus. Caroline hatte sich mittlerweile daran gewöhnt und ignorierte es, so gut es ging.

Ihre Stimmung war mindestens so trübe wie das Wetter. Auch die Weihnachtsbeleuchtung allüberall auf den Tannenspitzen konnte daran nichts ändern. Sie mußte an die miese

Stimmung in der Wohngemeinschaft denken, an Matildas Ärger mit Felix, an Franziskas Liebeskummer wegen Cornelius und an ihre eigenen Probleme nach dieser peinlichen Geschichte mit Jansen. Es war gräßlich, in seinem Seminar zu sitzen und immer daran erinnert zu werden, in seiner Badewanne gelegen zu haben.

»So, und gleich da vorne üben wir noch einmal das Einparken.« Willibalds Stimme riß sie aus ihren Träumen.

Caroline setzte den Blinker und begann mit der Kurbelei.

»Sachte, ganz sachte«, sagte Willibald und legte seine Hand auf ihre. »Der Wagen hat eine Servolenkung.«

Das Auto stand.

»Beinahe perfekt«, sagte Willibald. »Wirklich, Caroline, Sie machen sich langsam.«

Anerkennend verlegte er seine Hand vom Lenkrad auf ihren Oberschenkel.

»Noch vier, fünf Stunden, dann kann ich Sie zur Prüfung anmelden«, meinte er und lächelte schmierig. »Wie wär's, sollten wir beide das nicht ein bißchen feiern? Nach der Fahrstunde, mit einem Bier?«

»Das geht leider nicht«, log Caroline schnell. »Mein großer Bruder ist aus Kiel zu Besuch gekommen.«

Großer Bruder, das klang doch respekteinflößend genug! Willibalds Hand verharrte trotzdem auf ihrem Bein. Caroline überlegte, ob sie ihrem erfundenen Bruder gleich auch ein Vorstrafenregister wegen empfindlicher Körperverletzungen andichten sollte. Besser war es allerdings vermutlich, Willibalds Hand von ihrem Schenkel zu schieben. Mit Nachdruck.

Das tat sie dann auch. Mit Nachdruck.

Willibald ließ sich davon nicht beirren. Er drehte sich so weit zu ihr um, daß er sich mit der rechten Hand am Lenkrad festhalten konnte. Die andere Hand zupfte dreist an ihren Locken herum.

»Sie haben wirklich schöne Haare, Caroline«, sagte er, »tolle Locken. Einmalige Farbe.«

»Herr Renner!« murmelte Caroline. »Lassen Sie das bitte.«

Willibald hielt ihr vages Gemurmel keineswegs für eine Zurechtweisung. »Will! Ich dachte, Sie würden mich Will nennen.«

»Ich will Sie überhaupt nicht nennen. Ich will nach Hause, die Zeit ist um«, sagte Caroline verlegen.

»Ja, nun seien Sie doch mal nicht so scheu, Caroline.« Willibald nahm die Hand vom Lenkrad und ließ sie im Luftraum über Carolines Beinen schweben wie ein Geier über Aas in der Wüste. »Mögen Sie mich denn nicht auch ein bißchen?«

Er sah sie mit großen, traurigen Augen an. Caroline wußte nicht, was sie tun oder sagen sollte. Willibald konnte einem ja fast leid tun. Es war ihr alles andere als angenehm, von ihm angefaßt zu werden. Aber aus irgendeinem albernen Grund wollte sie nichts tun oder sagen, was Willibald kränken könnte.

Willibald verstand ihr Zögern völlig falsch. Er grub seine linke Hand mit einem leisen Grunzen tiefer in ihr Haar. Gleichzeitig stieß der rechte Handgeier aus der Luft auf ihre Beine herab.

»Nein, hören Sie. Ich will das nicht. Lassen Sie das bitte!«

»Ihre Haare haben mich von Anfang an neugierig gemacht«, sagte Willibald, und der Aasgeier fuhr an Carolines Beinen herauf bis in ihren Schritt. »Was mich interessieren würde: Sind die am ganzen Körper so rot? Auch hier?«

Caroline war zu Tode erschrocken.

»Lassen Sie das«, flüsterte sie.

Willibald tat natürlich nichts dergleichen. Er schob sich noch näher und versuchte, sie zu küssen. Caroline drehte den Kopf weg, und so erwischte er nur ihr Ohr. Er bedeckte es mit feuchten Schmatzern. Eine Hand zwischen ihren Beinen, die andere in ihrem Nacken, fühlte sich Caroline wie in einem Schraubstock.

»Zeig's mir, Schätzchen«, grunzte Willibalds Stimme an ihrem Ohr. »Zeig mir deine roten Haare, dein süßes, kuscheliges Geheimnis.«

Er machte Anstalten, den Reißverschluß ihrer Jeans zu öffnen.

»Neiiiiin!« schrie Caroline und strampelte heftig mit den Beinen.

Willibald lockerte vorübergehend seinen Schraubstockgriff, und sie nutzte die Gelegenheit, um sich endlich ganz von ihm loszureißen, hastig die Fahrertüre zu öffnen und aus dem Auto zu sprinten.

»Wo willst du denn hin?« hörte sie Willibald mit jammervoller Stimme hinter ihr herrufen, aber sie blieb nicht stehen.

So schnell sie konnte, rannte sie um die nächste Ecke auf einen kleinen, quadratisch angelegten Platz. Dort hielt sie zitternd inne und sah sich um. Willibald war ihr nicht gefolgt.

Natürlich nicht. Er war schließlich kein Mann, der junge Mädchen im Park überfiel. Er überfiel sie in seinem Fahrschulauto, das war doch viel bequemer.

Caroline preßte sich die Hand auf den Magen. Ihr war totschlecht. Sie übergab sich in einen öffentlichen Papierkorb.

»Wat Falsches jejessen?« fragte der ältere Herr, der neben dem Papierkorb auf einer Bank saß. »Oder sind Se am Ende schwanger?«

Caroline richtete sich haßerfüllt auf. Männer! Die hatten doch immer nur das eine im Kopf. Ganz gleich, wie alt sie waren.

»Sie Schwein«, sagte sie zu dem älteren Herrn auf der Bank und rannte weiter.

Der Herr sah ihr kopfschüttelnd hinterher.

* * *

Die Stimmung in der Wohnung war auf den absoluten Nullpunkt gesunken. Franziska saß seit zwei Stunden in ihrem Schaukelstuhl und verspürte nicht die geringste Lust, ihr Zimmer jemals wieder zu verlassen. Obwohl sie langsam Hunger bekam. Seit dieser Geschichte mit Matildas Plakat hatten sie keine einzige Mahlzeit mehr gemeinsam eingenommen. Sie hatten überhaupt nichts Gemeinsames mehr getan.

Franziska seufzte. Allmählich wurde ihr dieser Streit mit Matilda echt zu blöde. Auch Caroline schien ziemlich genervt davon zu sein. Sie war nach der Fahrstunde sehr wortkarg gewesen, hatte sich geduscht und war dann ebenfalls in ihrem Zimmer verschwunden. Kein Wunder, die Stimmung mußte sie ja mit runterziehen! Franziska schaukelte melancholisch vor und zurück. Sie hätte eigentlich gern alles wieder in Ordnung gebracht. Aber Matilda befand sich im Unrecht, und da mußte sie schließlich auch den ersten Schritt zur Versöhnung tun.

Franziska hörte sie nebenan auf dem Klavier spielen. Ein

Nocturne von Chopin. Es klang ziemlich traurig. Trotzdem – Franziska schüttelte den Kopf. Sie konnte auch stur sein, wenn sie wollte.

Was noch viel schlimmer als der Streit mit Matilda war, war der Streit mit Cornelius. Er fehlte ihr so sehr! Daß das mit ihnen schiefgelaufen war, war auch Matildas Schuld. Matilda war überhaupt an allem schuld.

Franziska wischte sich eine einzelne Träne von der Wange. Das Leben war furchtbar. Es gab auch überhaupt nichts, worauf man sich freuen konnte.

Jemand klopfte leise an ihre Tür. Caroline streckte ihren Kopf herein. Sie sah auch irgendwie mitgenommen aus.

»Warum weinst du?« fragte sie.

»Tu ich ja gar nicht«, antwortete Franziska, aber jetzt begannen ihre Tränen erst recht zu fließen. »Das Leben ist so scheußlich«, flüsterte sie.

Caroline hockte sich vor dem Schaukelstuhl auf die Dielen.

»Ja«, sagte sie. »Das finde ich auch.«

Franziska glitt neben sie auf den Boden.

»Könntest du mich vielleicht mal in den Arm nehmen?« fragte sie, und Caroline legte beide Arme um sie und zog sie an ihre Brust. »Ich wollte mich eigentlich von dir trösten lassen.«

»Das Leben ist so grauenhaft«, schluchzte Franziska. »Ach, ich bin ja so unglücklich.«

»Ich auch«, sagte Caroline seufzend und fing ebenfalls zu weinen an. »Ich wünschte, ich wäre niemals erwachsen geworden. Es ist grauenhaft, erwachsen zu sein!«

Sie schluchzten eine Weile vor sich hin. Die Klaviermusik

nebenan war verstummt. Matilda öffnete zaghaft die Tür und streckte ihren Kopf hinein.

»Was macht ihr denn da?« fragte sie erstaunt, als sie das eng umschlungene heulende Elend auf dem Fußboden sah.

Caroline hob den Kopf.

»Wir weinen, weil das Leben so scheußlich ist«, erklärte sie.

Matilda nickte.

»Ich fühle mich auch ganz beschissen«, sagte sie. »Ich halte das einfach nicht mehr aus, so alleine da nebenan.«

Caroline öffnete ihre Arme.

»Dann komm«, schniefte sie. »Hier ist auch noch Platz für einen dritten Heuler.«

Matilda stürzte sich bereitwillig dazu.

»Das war die schrecklichste Woche meines ganzen Lebens«, sagte sie, und auch ihre Tränen begannen zu fließen. »Ich wünschte, ich hätte Felix den Schädel eingeschlagen.«

Franziska guckte sie wütend an.

»Statt dessen hast du mir den Schädel eingeschlagen«, meinte sie. »Symbolisch jedenfalls.«

»Das tut mir auch echt leid«, behauptete Matilda und putzte sich zerknirscht die Nase. »Ich war aber so was von wütend! Ich brauchte einfach genau in diesem Augenblick eine Art Ventil. Und da standet ihr zwei eben goldrichtig.«

»Ein Ventil?« wunderte sich Caroline. »Du hattest deine Wut doch längst an Felix' Ausrüstung ausgelassen.«

»Ja, das stimmt. Aber ich wollte ihm den Hals umdrehen. Ich habe mich gerade noch gebremst.«

»Ich verstehe«, meinte Franziska. »Das mit uns war dann sozusagen statt Mord. Robert hat aber gesagt, du hättest Felix einen Schnitt in den Hintern verpaßt, so daß er tagelang nicht sitzen konnte.«

»Damit hatte ich nichts zu tun«, sagte Matilda bedauernd. »Leider.«

Franziska schaute eine Weile schweigend auf den Boden.

»Es tut mir leid«, wiederholte Matilda. »Ehrlich. Du und Cornelius, ihr könnt ruhig miteinander machen, was ihr wollt.«

Franziska fing prompt wieder zu heulen an.

»Wir sehen uns nicht mehr«, erklärte sie schluchzend. »An dem besagten Abend haben wir uns fürchterlich gestritten, und jetzt ist alles aus.«

»Ach, Scheiße! Das wollte ich echt nicht. Ehrlich. Bitte sei mir nicht mehr böse«, bat Matilda und streichelte Franziska über den Scheitel. »Das hab' ich nicht gewollt.«

Franziska versuchte ein Lächeln. Ihre Nase lief. Caroline reichte ihr ein Taschentuch.

»Wir sind schon ziemlich bescheuert«, meinte Franziska und schneuzte sich heftig. »Wenn man uns so sieht. Drei heulende Gestalten. Und weswegen? Nur der Männer wegen.«

»Genau«, seufzte Caroline. »Männer sind widerlich! Eigentlich dürfte es die überhaupt gar nicht geben.«

»Warum heulst du denn? Immer noch wegen dieses pädophilen Psychologieprofessors?« fragte Matilda teilnahmsvoll.

»Ach, Quatsch. Das ist doch schon Lichtjahre her«, sagte Caroline unglücklich. »Heute ist mir noch was viel Ekeligeres passiert.«

»Heute? Erzähl.«

Caroline schniefte. Matilda gab ihr ein weiteres Taschentuch.

»Hat es mit einem Mann zu tun?« wollte sie wissen.

»Natürlich, wie alles Schlechte auf dieser Welt«, sagte Caroline und berichtete von Willibalds schmierigen Händen und seinen noch schmierigeren Bemerkungen.

»Der hatte Hände wie ein Tintenfisch. Viel mehr als nur zwei. Die waren überall!«

»Wie konntest du das zulassen?« fragte Franziska empört.

»Ich habe ihm ja oft genug gesagt, daß ich das nicht will und daß er das bitte lassen soll! Aber das hat überhaupt nichts genutzt.«

»Bitte? Du hast bitte gesagt?« Matilda sprang auf. »Bei solchen Typen hilft nur ein gezielter Hieb in die Eier. Und dann nichts wie weg.«

»Ich weiß«, seufzte Caroline. »Ich habe mich wieder mal wie ein Schaf benommen. Am Anfang hatte ich sogar Angst, ich könnte ihn irgendwie kränken, wenn ich nein sage!«

Franziska nahm sie tröstend in die Arme. »Ich wüßte auch nicht, ob ich sofort so rabiat reagieren würde, wie man sich das theoretisch immer vorstellt. Man kennt den Mann ja, und irgendwie ist man auf so eine Situation gar nicht vorbereitet, stimmt's?«

»In Zukunft bin ich's«, versprach Caroline. »Ich rechne immer nur noch mit dem Schlimmsten. Bei jedem Mann, der mir über den Weg läuft.«

»Du könntest ihn anzeigen«, schlug Franziska vor. »Wegen sexueller Belästigung abhängiger Minderjähriger.«

»Ich bin nicht minderjährig.«

Matilda setzte sich mit einem Ruck auf. »Anstatt uns hier wie ängstliche Kinder zu verkriechen, sollten wir lieber zur Tat schreiten«, sagte sie. »So was dürfen wir uns einfach nicht gefallen lassen. Weder von Felix noch von diesem dahergelaufenen Fahrlehrer.«

»Das ist wahr«, stimmte Caroline zu. »Aber ich trau' mich das nicht, zur Polizei zu gehen.«

»Eine Anzeige wäre auch überhaupt nicht schlimm genug für diesen schmierigen Frauenschänder«, erklärte Matilda. »Nein, wir müssen uns richtig rächen. Die Typen an ihrer empfindlichsten Stelle treffen.«

»Ich habe gerade ein Buch gelesen, in dem zwei Frauen die Männer, die ihnen nicht passen, einfach beseitigen und in ihrem Garten vergraben. Und einen dieser Kerle machen sie betrunken und betäuben ihn mit Schlaftabletten. Dann malen sie ihn mit Nagellack an, ziehen ihn nackt aus und machen Fotos von ihm.«

»Das wäre was für Felix«, sagte Matilda begeistert. »Wenn sein Nacktfoto in der ganzen Stadt zu sehen wäre, wäre das meine allerschönste Vendetta.«

»Deine was?«

»Vendetta. So nennt man die Blutrache auf Korsika. Mein Großvater war Korse. Er hat immer davon erzählt. Auge um Auge, Zahn um Zahn. Man schwört, nicht eher zu ruhen, bis man den getötet hat, der einem Böses getan hat.«

Caroline setzte sich erschrocken auf. »Du meinst, wir sollten sie töten? Felix und Willibald?«

Matilda schüttelte zögernd den Kopf.

»Nö«, meinte sie. »Nicht unbedingt! Aber rächen sollten wir uns auf jeden Fall. Der schmierige Willi und der selbstherrliche Felix sollten sich merken, daß sie so was nicht ungestraft mit uns machen können.«

»Ich bin dabei«, sagte Franziska. »Es wird höchste Zeit, daß wir uns wehren.«

* * *

»Er ist nicht da«, flüsterte Caroline. »Das Auto ist weg.«

»Du kannst ruhig ganz normal sprechen«, sagte Franziska laut. »Kein Mensch kann dich hören.«

Sie standen ein paar Meter vor Willibalds Fahrschule und taten so, als würden sie auf den Bus warten. In Wahrheit beobachteten sie Matilda, die im Fahrschulbüro stand und dabei war, sich dort unter falschem Namen als Schülerin einzutragen. Caroline zog ihre Baskenmütze tiefer in die Stirn.

»Wie viele Autos hat er denn überhaupt, der widerliche Willibald?« wollte Franziska wissen.

»Nur zwei, soviel ich weiß. Den Golf, mit dem ich immer fahre, und einen ganz feinen, silbergrauen Mercedes. Der ist Willibalds Augenstern. Mit dem dürfen nur ganz besondere Fahrschüler fahren.«

»Bald werden alle beide nur noch Blechhaufen sein«, prophezeite Franziska. »Was macht Matilda nur so lange da drinnen? Sicher will die Dicke da vorne an der Rezeption ihren Personalausweis sehen.«

»Die Dicke ist Willibalds Frau Annegret«, erklärte Caroline. »Sie versteht ihn nicht.«

»Natürlich nicht«, sagte Franziska. »Das sagen die doch immer.«

»Unter welchem Namen willst du dich anmelden?« erkundigte sich Caroline.

»Müller«, sagte Franziska phantasielos. »Das ist immer gut. Na endlich, da kommt Matilda.«

Matilda bog sich vor Lachen.

»Das war lustig«, kicherte sie. »Ich habe mich gefühlt wie in einem Krimi. Super!«

»Und?« fragte Franziska.

»Es hat wunderbar geklappt«, erzählte Matilda. »Die hat noch nicht mal nach den Papieren gefragt. Montag nachmittag habe ich meine erste Fahrstunde.«

»Ich werde fragen, ob ich erst mal eine Probestunde nehmen kann«, überlegte Franziska. »Dann gibt er sich sicher besondere Mühe. Vielleicht klappt das auch schon am Montag. Dann würden wir Willibalds Autos an ein und demselben Tag zu Schrott fahren.«

Matilda nickte. »Das paßt. Schrott ist nämlich der Name, den ich mir ausgedacht habe. Katharina Schrott. Lustig, oder?«

»Gut, dann bin ich jetzt an der Reihe«, sagte Franziska. »Drückt mir die Daumen.«

»Viel Glück«, wünschte Caroline.

»Ich gehe schon mal mit Caroline vor«, schlug Matilda vor. »Sie muß sich bei der anderen Fahrschule anmelden.«

»Mit einer Frau als Fahrlehrerin«, ergänzte Caroline.

»Geht ihr ruhig schon mal«, sagte Franziska. »Wir treffen uns dann bei Nino's.«

»Unsere Vendetta läßt sich doch prima an«, meinte Matilda im Weitergehen. »Angemeldet sind wir jetzt schon mal. Willibalds Autos sind praktisch schon in ihre Einzelteile zerlegt.«

»Aber wie soll das gehen?« fragte Caroline zweifelnd. »Willibald hat doch auf der Beifahrerseite auch Bremse und Gas. Und davon macht er Gebrauch. Ständig. Bei mir jedenfalls.«

Matilda lachte zufrieden.

»Darüber haben wir schon nachgedacht. Franziska und ich«, erklärte sie. »Ich zeig dir, was wir machen werden.«

Sie griff in ihre Jackentasche und holte einen Tennisball hervor.

»Den klemmen wir unter sein Bremspedal. In einem unbeobachteten Augenblick, natürlich. Und dann können wir mit seinem feinen Auto machen, was immer wir wollen.«

Caroline war beeindruckt.

»Ich kann es gar nicht erwarten«, meinte sie. »Aber ihr müßt mir versprechen, daß ihr vorsichtig seid.«

Matilda versprach es.

»Wenn Willibald keines seiner beiden Autos mehr zur Verfügung hat, ist er ruiniert«, sagte sie. »Das wird ihm seine Versicherung nicht abnehmen, zwei Unfälle am selben Tag. Deine Vendetta wäre damit auf jeden Fall erledigt. Ich wünschte, mir würde für Felix etwas genauso Gemeines einfallen.«

* * *

»Also, Sie wollen bei uns den Führerschein erwerben?« fragte der stämmige Typ mit dem Goldkettchen und fuhr sich lächelnd durch das blondgesträhnte Haar.

»Vielleicht«, antwortete Franziska lieblich lächelnd. »Das hier soll ja erst mal eine Probestunde sein.«

Das also war Willibald, das Seidenhemd aufgeknöpft bis zu den Brusthaaren – mitten im Dezember. Sie fand ihn noch widerlicher, als Caroline ihn beschrieben hatte. Noch *viel* widerlicher.

»Wie war Ihr Name gleich?« wollte Willibald wissen.

»Mareike«, antwortete Franziska und zupfte an ihrem Ausschnitt herum. »Mareike Müller.«

Der Fahrlehrer musterte sie beifällig von oben bis unten.

»Freut mich, Mareike. Ich bin Will. Mir gehört der Laden hier.«

»Oh«, hauchte Franziska begeistert. »Tatsächlich?« ›Mal sehen, was von deinem Laden noch übrig bleibt, wenn wir erst mal mit dir fertig sind‹, fügte sie in Gedanken hinzu.

»Ja, dann wollen wir mal«, sagte Willibald und öffnete ihr galant die Fahrertür.

»Vielen Dank«, sagte Franziska und lächelte ihn an.

Beim Hinsetzen rutschte ihr Minirock so hoch hinauf, daß Willibald beinahe einen Atemstillstand erlitt. Er konnte seinen Blick kaum von Franziskas Beinen losreißen.

Als er schließlich doch zur Beifahrerseite hinüberging, bückte sich Franziska und schob blitzschnell den Tennisball unter das Bremspedal auf Renners Seite. Dann schnallte sie sich an. Willibald setzte sich.

»Ist das Ihre erste Fahrstunde, Mareike?« fragte er.

Franziska schüttelte den Kopf.

»Ich hatte schon mal ungefähr zehn Stück«, erklärte sie. »Aber dann wurde ich krank und mußte die Sache erst mal abbrechen. Das war vor einem halben Jahr.«

»Dann wollen wir mal sehen, wieviel davon noch hängengeblieben ist«, schlug Willibald vor. »Fahren Sie einfach mal los. Und keine Angst, ich bin ja bei Ihnen.«

Franziska legte lächelnd den Gang ein, drehte den Zündschlüssel herum und steuerte das Auto langsam, aber sicher über den Ring, Richtung nördliche Stadtteile.

»Schnallen Sie sich lieber an«, sagte sie.

»Das machen Sie ja ganz hervorragend«, lobte Willibald überrascht. »Mit viel Gefühl fürs Getriebe. Ich mag Frauen, die den Schalthebel mit Gefühl zu nehmen wissen, verstehen Sie?«

»Oh, ich verstehe sehr gut«, sagte Franziska so frivol sie eben konnte.

Willibald zeigte erfreut seine Jacketkronen.

Weil seine neue Schülerin so sicher fuhr, schenkte er ihren Beinen weit mehr Aufmerksamkeit als dem Verkehr. Die hatte aber auch ein Fahrgestell, Junge, Junge!

»So, da hinten in der Sackgasse können Sie mir mal zeigen, ob Sie beim Einparken auch so ein leichtes Händchen haben«, sagte er schließlich, irgendwo in Bilderstöckchen.

Franziska checkte das Gelände. Gleich da vorne standen zwei parkende Autos und ein Hydrant, alles bestens für ihr Vorhaben geeignet. Hier war Industriegebiet, und die Straßen waren menschenleer. Vormittags waren hier alle bei der Arbeit. Und gleich um die Ecke hatte sie eine Bushaltestelle gesehen. Ideale Bedingungen also.

»Sehen Sie die Lücke da vorne, Mareike? Zwischen der Straßenlaterne und dem Mercedes?«

Franziska nickte. Jetzt ging's los. Sie gab Gas.

Willibald, der entspannt in seinem Sitz gelehnt hatte, setzte sich mit einem Ruck kerzengerade.

»Nicht so schnell«, sagte er und legte seinen Fuß auf das Bremspedal.

Franziska drückte das Gaspedal durch. Sie fuhr mit Schwung an dem ersten der beiden parkenden Wagen vorbei und nahm dessen Außenspiegel mit. Der Mercedes davor bekam eine volle Breitseite ab.

»Stooooop!« brüllte Willibald und trat wie wild auf sein Bremspedal, das natürlich nicht funtionierte.

Und da war sein schönes Auto auch schon frontal gegen den Hydranten gefahren. Franziska blieb nicht sofort stehen, sondern fuhr langsam weiter, so daß der halb umgekippte Metallblock mit dem Unterbau des Wagens schreckliche Dinge anstellen konnte. Es knirschte und schepperte fürchterlich. Willibald schlug die Hände vors Gesicht.

Franziska drehte den Zündschlüssel herum und schwenkte ihn in der Hand.

»So, das wär's«, sagte sie gelassen. »Schauen Sie mal nach, ob ich auch nah genug am Bordstein stehe?«

Willibald nahm die Hände vom Gesicht und starrte sie fassungslos und schweigend an. Franziska, die damit gerechnet hatte, daß er fürchterlich schreien und zetern und mit der Polizei drohen würde, war leicht irritiert.

»Ich hab's mir anders überlegt, Herr Renner«, sagte sie. »Ich möchte meinen Führerschein doch lieber in einer anderen Fahrschule erwerben.«

»Das Auto«, flüsterte Willibald. »Das Bremspedal hat nicht funktioniert.«

»Das konnte es auch nicht, weil ich einen Tennisball daruntergeschoben hatte«, erklärte ihm Franziska. »Ich nehme an, Sie sind für solche Fälle versichert. Wenn Sie allerdings versuchen, mir irgendwas anzuhängen, dann bekommen Sie eine

Klage, wegen sexueller Belästigung und Nötigung an den Hals, von der Sie sich nie mehr erholen werden.«

»Das haben Sie mit Absicht getan!« Willibald war völlig erledigt.

»Ja, mit schönen Grüßen von meiner Freundin Caroline Bünhove. Statt erwähnter Anklage.« Franziska öffnete die Fahrertür. »Und machen Sie so was nie wieder.«

Beim Aussteigen hielt sie sich am Blinkhebel fest. Er brach ab. Franziska warf ihn Willibald in den Schoß.

»Auf Wiedersehen«, sagte sie. »Und vergessen Sie nicht: Das müssen Sie ganz allein ausbaden, sonst wandern Sie in den Knast! Ich glaube nicht, daß Ihre Annegret das so schön fände.«

Willibalds Augen glühten. Er machte eine unkontrollierte Armbewegung in ihre Richtung.

Jetzt aber nichts wie weg! Franziska schmiß die Wagentür zu und rannte zu der Bushaltestelle um die Ecke. Unterwegs fiel ihr auf, daß sie Willibalds Schlüsselbund immer noch in der Hand hielt. Sie bückte sich und stopfte ihn in einen Gulli.

»So«, sagte sie zufrieden. »Das wäre erledigt.«

Matilda und Caroline warteten schon ungeduldig an der Tür. »Und?« riefen sie.

»Das erste Auto ist schon mal nicht mehr einsatzfähig«, berichtete Franziska und strahlte. »Das mit dem Tennisball hat prima funktioniert.«

»Und Willibald? Ist der noch einsatzfähig?« wollte Caroline wissen.

»Er muß«, sagte Matilda und legte theatralisch die Hand auf

ihre Brust. »In vier Stunden hat er nämlich die erste Fahrstunde mit seiner neuen, wunderschönen Schülerin Katharina Schrott. Dazu muß er dann seinen feinen, silbergrauen Mercedes aus der Garage holen.«

»Schrott! Da hast du vielleicht ein kleines bißchen übertrieben. Der wird sicher Lunte riechen, nach diesem Erlebnis mit Franziska!«

»Ach, Unsinn«, sagte Matilda. »Der rechnet im Leben nicht damit, daß so was zweimal am selben Tag passiert.«

»Ich hätte zu gern sein Gesicht gesehen«, meinte Caroline seufzend.

»Ja, das hätte sich gelohnt«, meinte Franziska. »Matilda könnte eine Sofortbildkamera mitnehmen.«

»Wir haben leider keine«, sagte Caroline bedauernd.

»Felix hat eine«, meinte Matilda. »Das heißt, er hatte eine. Ich habe sie wohl vernichtet, neulich. Aber ihr könnt das Ganze live miterleben. Wir verabreden uns einfach an der Stelle, an der ich Willibalds Auto zu Schrott fahre.«

»Das geht nicht«, sagte Franziska. »Du kannst ja nicht fahren, wohin du willst.«

»Ich kann alles«, behauptete Matilda. »Ihr könntet gleich um die Ecke vor diesem Haushaltswarengeschäft mit der unfreundlichen Verkäuferin warten. Ich werde Willibalds silbergrauen Liebling erst kurz vor der Fahrschule in eine Schrottmühle verwandeln. So lange kann er sich ruhig in Sicherheit wähnen.«

»Ich kann leider nicht«, erklärte Caroline bedauernd. »Peggy und ich müssen morgen unser Referat halten. Durch diesen ganzen Ärger haben wir noch keine einzige Zeile geschrieben.«

»Aber ich werde bestimmt da sein«, versprach Franziska. »Und anschließend trinken wir bei Nino's eine Tasse Kaffee.«

Franziska bestellte zweimal Cappuccino.

»Na, wie war ich?« fragte Matilda.

»Sie waren wunderbar, Frau Schrott«, sagte ihre Cousine und gackerte wie ein albernes Huhn. »Wie Sie den Wagen in das Schaufenster gesteuert haben, das macht Ihnen so schnell keiner nach.«

Matilda lachte zufrieden. »Und wie die Alarmanlage anging! Huh, wer hätte das gedacht. So ein schäbiges, kleines Geschäft – und so eine laute Alarmanlage. Na ja, der Versicherungsschaden wird sie jedenfalls aus der Konjunkturkrise reißen.«

»Und wie schnell die Polizei da war«, meinte Franziska. »Ich habe mir beinahe in die Hosen gemacht vor Angst.«

»Ich konnte Willibald gerade noch meinen Spruch aufsagen, von wegen sexueller Belästigung und so«, sagte Matilda. »Und dann nichts wie weg.«

»Meinst du wirklich, Willibald wird uns da raushalten? Wenn nicht, kriegen wir so großen Ärger, wie wir noch nie hatten.«

»Pah«, machte Matilda geringschätzig. »Der hält die Klappe. Dem würde sowieso kein Mensch glauben.«

»Hoffentlich«, sagte Franziska. »Außerdem hat er ja unsere Namen nicht.« Sie kicherte. »Und Caroline hat ein Alibi für die Automorde.«

Matilda biß sich auf die Lippen. »Caroline hat's gut. Die hat jetzt ihre Rache. Aber ich? Felix soll schließlich auch noch dran glauben. Wenn mir was richtig Gemeines einfällt.«

»Dabei kannst du ruhig auf mich zählen. Es hat einen Heidenspaß gemacht«, sagte Franziska. »Das hätte ich nie gedacht.«

»Vielleicht sollten wir so was zu unserem Beruf machen«, überlegte Matilda. »Wir suchen über Kleinanzeigen Menschen, die sich rächen wollen, aber nicht wissen wie oder sich einfach nicht trauen. Die Vendetta GmbH, oder so.«

»Das ist sicher eine Marktlücke«, meinte Franziska. »Aber nach einer Weile könnte es langweilig werden.«

»Oh, bis es soweit ist, haben wir längst Angestellte dafür. Wir selber treten nur noch bei besonders interessanten Aktionen in Erscheinung.«

»Ich hätte heute richtig Lust, bis morgen früh zu tanzen und mit wildfremden Männern zu flirten«, erklärte Franziska aufgekratzt. »Zur Feier des Tages. Wenn wir Caroline die frohe Botschaft von Willibalds Ruin gebracht haben, ziehen wir einfach um die Häuser, hättest du Lust?«

»Au ja! Ich könnte endlich mal diesen Wahnsinns-Goldblouson ausführen. Aber Caroline arbeitet heute mit Peggy an ihrem Referat«, erinnerte sie Matilda. »Wir beide müssen allein zappeln gehen.«

»Macht auch nichts«, meinte Franziska. »Leihst du mir den scharfen Lackmini aus Florenz?«

* * *

»Ich habe Matilda gleich vor Felix gewarnt«, sagte Peggy. »Mit mir hat er mal was ganz Ähnliches versucht. Ich hatte die Arbeit, und er hat das Geld dafür kassiert.«

»Hattet ihr eigentlich mal was miteinander?« fragte Caroline. »Als ihr damals zusammen im Treppenhaus standet – an unserem ersten Unitag, weißt du noch? –, da habt ihr den Eindruck gemacht, als gehörtet ihr zusammen.«

Peggy grinste. »Ja, irgendwie schon. Felix ist kein Mann für eine vernünftige Beziehung. Aber so ab und zu für eine Nacht – solange ich mich nicht in ihn verliebe, warum nicht? Er ist nämlich wirklich nicht übel im Bett.«

Caroline seufzte. »Du und Matilda, ihr seht das mit dem Sex immer so locker. Ich kann das einfach nicht. Und zur Strafe muß ich vermutlich für den Rest meines Lebens Jungfrau bleiben.«

Peggy lachte vergnügt.

»Quatsch«, sagte sie. »Das kommt irgendwann von ganz allein. Du darfst es nur nicht erzwingen.«

»Im Augenblick ist mir auch überhaupt nicht danach. Erst diese peinliche Geschichte mit Jansen und dann auch noch der schmierige Willibald – da muß einem doch jede Lust auf Männer vergehen.«

»Das kann ich verstehen«, meinte Peggy. »Und denk mal, solche Abstinenz hat ja auch ihr Gutes. Du wirst dich jedenfalls niemals nackt auf einem Plakat wiederfinden.«

»Arme Matilda«, sagte Caroline. »Der widerliche Willibald hat jetzt wenigstens sein Fett weg, aber Felix läuft immer noch völlig ungestraft in der Gegend herum.«

Sie erzählte Peggy von ihren und Matildas Rachephantasien.

»Wir wollten Felix mit Wein und Schlafmittel betäuben, ihn nackt fotografieren und Plakate von ihm in der ganzen Stadt aufhängen. Schade, daß das nicht geht.«

»Ich habe jede Menge Nacktfotos von Felix«, sagte Peggy leichthin. »Wir waren im letzten Jahr zusammen an der Côte d'Azur und haben tagelang an malerischen Nacktstränden herumgegammelt. Ich habe ein ganzes Album voll von mehr oder weniger nackten Felixen.«

»Was? Zeig her!«

Peggy stand auf und zog das besagte Album aus dem Regal.

»Warte, hier ist es. Auf einem kann man sein – hm – Teil in allen Einzelheiten erkennen, in allen *winzigen* Einzelheiten, hahaha!«

Caroline hatte plötzlich eine Idee.

»Ist es ein scharfes Foto?« wollte sie wissen.

»In jeder Beziehung«, grinste Peggy.

»Ich meine, kann man ihn darauf erkennen?«

»Ohne jeden Zweifel. Das ist Felix, wie er leibt und lebt. Sieh doch selbst.«

Sie hielt Caroline das Album unter die Nase.

»Igitt«, rief Caroline. »Ja, das ist er. Genauso habe ich ihn mir vorgestellt. Nackt, meine ich. Wie wäre es denn, wenn wir von diesem Foto Plakate machen ließen?«

»Ich habe nichts dagegen«, meinte Peggy fröhlich. »Im Grunde habe ich ja auch noch eine Rechnung mit ihm offen. Ich und ungefähr hundert andere. Die würden sich sicher alle freuen.«

»Hast du denn die Negative noch?« fragte Caroline aufgeregt. »Und wo kann man so große Abzüge machen lassen?«

»Ich bitte dich, das war erst letzten Sommer. Und Abzüge macht dir jeder Fotoladen. Sie müssen ja nicht zwei mal zwei Meter groß werden.«

Caroline freute sich.

»Da wird Matilda aber Augen machen«, meinte sie zufrieden. »Jetzt kriegt sie ihre Vendetta doch noch.«

* * *

Felix haßte es, geweckt zu werden. Den Wecker stellte er sich nur in ganz dringenden Fällen, und ansonsten stand er erst auf, wenn er von allein wach geworden war. Das geschah selten vor zehn, halb elf vormittags. Wenn Felix aus irgendeinem Grund früher geweckt wurde, war er den ganzen restlichen Tag ekelhaft schlecht gelaunt. Das wußte Robert, und er schlich deshalb morgens immer so leise wie ein Heinzelmännchen in der Wohnung umher, um Felix ja nicht zu stören.

Felix fand das selbstverständlich. Deshalb wunderte er sich um so mehr, als er Robert an diesem Morgen so rücksichtslos lachen hörte, daß er damit auch einen Toten aus dem Schlaf gerissen hätte. Zu Unzeiten! Draußen war es gerade mal hell.

Felix zog ärgerlich die Decke über seinen Kopf. Aber es half nichts. Robert lachte wie ein hysterisches Huhn. Dann trommelte er zu allem Überfluß an seine Zimmertür.

»Komm raus, Felix. Das mußt du gesehen haben.«

Felix' Neugierde siegte über seine Verpenntheit. Er erhob sich und schlurfte aus dem Schlafzimmer.

Robert stand am Fenster und bog sich vor Lachen.

»Das ist wirklich komisch«, gackerte er. »Ich wußte gar nicht, daß du so einen kleinen hast!«

Felix eilte neben ihn ans Fenster.

»Einen kleinen was?« fragte er.

Aber da sah er es auch schon. Auf der Plakatwand gegenüber. Vorher hatte dort ein sympathischer Mann gelächelt, unter der Überschrift: Ich rauche gern. Jetzt war das lächelnde Gesicht lückenlos überklebt. Mit acht handlichen Posters, auf denen er, Felix, nackt zu sehen war. Vom Kopf bis zu den Knien. Es war ein grauenhaftes Foto. Aber messerscharf. Leider.

Die Collage war mit ebenso scharfen, knallroten Buchstaben versehen. Roberts albernes Gelächter ging in einen Hustenanfall über.

»Das ist wirklich das Lustigste, was ich seit Wochen gesehen habe«, keuchte er. »Und klein und dick ist auch nicht schick!«

Felix knurrte. »Das war diese Matilda. Und das Foto ist von Peggy. Sie hat es letztes Jahr in Saint-Maxime aufgenommen, das Biest. Wenn es darum geht, einen Mann in die Pfanne zu hauen, halten die Weiber doch alle zusammen.«

»Ich lüge und betrüge gern«, las Robert und bog sich erneut vor Lachen. »Drum bleiben immer mehr mir fern! Ich lach' mich tot! Ich lach' mich tot!«

»Das ist gar nicht witzig«, sagte Felix. »Da steht sogar meine Adresse und meine Telefonnummer! Das ist doch wohl das Hinterletzte!«

»Lindenstraße Nummer zehn, kannst du vor meiner Türe stehen! P.S. Auch Briefbomben sind willkommen!« zitierte Robert und ließ sich, vor Lachen ganz schwach, auf das Sofa fallen. »Mensch, Felix, mit Matilda hast du echt die Falsche drangekriegt! Die hat nicht nur deine Ausrüstung zertrümmert und deinen Hintern in einen Scherbenhaufen gesetzt, sondern dich so richtig schön blamiert. Hach, daß ich das noch erleben darf!«

»Die hat sich selber blamiert mit diesen Schüttelreimen«, sagte Felix grimmig. »So was Lächerliches!«

Robert putzte sich die Lachtränen von der Wange. Dann gackerte er wieder los.

»Mein Schwanz ist zwar nur kurz und dick, und kurz und dick ist gar nicht schick«, japste er. »Also, ich kann mir nicht helfen, aber ich find' das komisch.«

»Schön für dich«, knurrte Felix und verzog sich wieder in sein Bett. Dort wollte er sich für den Rest des Tages verkriechen. Aber dann begann das Telefon zu klingeln.

Das Telefon klingelte auch eine Etage tiefer. Es klingelte Matilda kurz vor neun aus dem Schlaf. Weil Freitag war und Franziska und Caroline Vorlesung hatten, war sie als einzige in der Wohnung. Seufzend nahm sie den Hörer ab. Schade, sie hatte gerade so was Schönes geträumt.

Es war ihre Schwester Anna.

»Ich mußte die Auskunft anrufen, um deine Nummer zu bekommen«, sagte sie vorwurfsvoll.

Matilda gähnte. »Tut mir leid. Ich hatte bis jetzt einfach keine Zeit, dir Bescheid zu geben.«

Anna glaubte das nicht. »In drei Monaten hattest du nicht einmal ein paar Minuten Zeit hier anzurufen?«

»Das Studium ist wahnsinnig zeitraubend, weißt du«, sagte Matilda lahm. »Und die Wohnung mußte renoviert werden.«

»Habt ihr's denn wenigstens schön warm? Ich habe ein paarmal mit Tante Elsbeth telefoniert, und sie sagt, ihr könnt unmöglich so viel Geld haben, daß ihr eine halbwegs komfortable Wohnung bezahlen könnt. Am Ende hat Onkel Karl-Heinz recht, wenn er sagt, daß ihr irgendwo ohne Heizung zur Untermiete wohnt und ein Gemeinschaftsklosett auf dem Flur benutzen müßt.«

Matilda begann unruhig mit dem Telefon durch die Wohnung zu wandern. »Natürlich haben wir es schön. Sehr schön sogar. Und vielleicht kannst du Onkel Karl-Heinz bei Gelegenheit mal ausrichten, daß es auch Wohnungen geben muß, die von ganz normalen Menschen bezahlt werden können.«

Sie nahm das Telefon mit in die Küche. Es sah ziemlich ordentlich aus, nur zwei Tassen im Spülbecken. Matilda freute sich. Heute war nämlich sie dran, Küche und Bad zu putzen.

»Ich rufe ja eigentlich wegen Weihnachten an«, fuhr Anna am Telefon fort. »Übermorgen ist Heiligabend. Heiner und die Kinder und ich, wir würden uns sehr freuen, wenn du mit uns feiern würdest.«

Heiner, die Kinder und ich – typisch für Anna, daß sie sich selbst zuletzt nannte. Matilda hoffte, daß sie selber niemals so werden würde.

Sie seufzte. Eigentlich wollte sie alles andere lieber, als Weihnachten mit Annas Bilderbuchfamilie zu feiern, aber stattdessen hier mutterseelenallein in der Wohnung herumsitzen, wäre auch nicht gerade super.

Nach allem, was passiert war! Statt Friede und Freude würde sie ihre völlig unweihnachtlichen Rachegefühle hegen und sich betrinken oder so was. Dann doch besser sich im Schoß der Familie langweilen.

»Nett, daß ihr an mich gedacht habt«, sagte sie.

Anna freute sich, und begann ihr in allen Einzelheiten die geplante Menüfolge zu unterbreiten. Matilda wanderte gelangweilt durch die Küche. Auf dem Pappkartonküchentisch fand sie einen Zettel, den sie neugierig auseinanderfaltete.

»Liebe Matilda«, las sie. »Schau doch mal aus dem Fenster. Liebe Grüße von Caroline und Franziska, Vendetta GmbH.«

Matilda eilte zum Fenster. Was gab es denn da zu sehen? Eigentlich sah alles aus wie immer.

»Und zum Nachtisch dreierlei Mousse, Vollmilch, Zartbitter und weiße Schokolade«, sagte Anna. »Und Vater kommt auch.«

In diesem Augenblick nahm Matilda die Collage auf der Plakatwand gegenüber wahr. Achtmal Felix, splitternackt. In allen schrumpeligen Details.

»Das gibt's ja nicht!« schrie sie.

»Soll Vater etwa ganz alleine zu Hause bleiben?« fragte Anna empört. »An Heiligabend? Weihnachten ist das Fest der Liebe!«

Matilda las glucksend die Reime unter den Bildern.

»Ich bin der Felix von nebenan, mach' mich an jedes Mädel ran, mein Schwanz ist zwar nur kurz und dick, und kurz und dick ist gar nicht schick.«

Sie brach in infernalisches Gelächter aus.

»Matilda?« Annas Stimme klang besorgt.

Matilda kicherte in den Hörer. »Alles in Ordnung, Anna. Ich habe nur gerade was Komisches gesehen.«

Wer hatte nur so hinreißend schlecht gedichtet? Und wo hatten die das alberne Nacktfoto von Felix aufgetrieben? Matilda quiekte vergnügt. »Doch bin ich ja ein Fotograf, und dieses Wort macht Mädels scharf. Ich lüge und betrüge gern, doch bleiben immer mehr mir fern. Weil alle, die das wissen, woll'n nicht mal mit mir küssen. Wähl 24 30 7, dann kann ich *dich* betrügen. Lindenstraße Nummer 10, kannst du vor meiner Türe stehn. P.S. Auch Briefbomben sind willkommen.«

»Du kommst also an Heiligabend, ja?« fragte Anna.

»Ich komme nachher mal bei dir vorbei«, schlug Matilda spontan vor. »Wenn du zu Hause bist. Ich brauche dein Rezept für Fettucine con salmone. Bei uns gibt es nämlich heute was zu feiern.«

* * *

Franziska zog begeistert die Luft durch die Nase ein.

»Das riecht ja wie bei Nino's«, sagte sie. »Nur noch viel besser.«

»Das war ich«, erklärte Matilda stolz und öffnete die Küchentüre mit einer grandiosen Geste. »Gratinierte Champignons, Fettucine al salmone und Tartufo.«

Die Küche war mit Hunderten von weißen Christbaumkerzen erhellt, die Matilda überall mit Wachs festgeklebt hatte, wo Platz war. Der wackelige Pappkarton war verschwunden. Statt dessen stand dort jetzt ein richtiger Tisch auf vier Beinen, den Matilda feierlich mit einer weißen Tischdecke und ihrem eigenen italienischen Porzellan gedeckt hatte. Drei verschiedene Holzstühle gab es auch.

»Stühle!« rief Franziska. »Und ein richtiger Tisch! Der ist aber schön.«

»Das sagst du nicht mehr, wenn du siehst, wie er ohne Decke aussieht«, meinte Matilda. »Darunter ist feinstes Resopal. Er stand bei meiner Schwester im Keller. Mitsamt den Stühlen.«

»Du warst bei deiner Schwester?«

»Sie hat mich heute morgen angerufen. Sie möchte, daß ich Weihnachten mit ihnen zusammen feiere. Mein Vater kommt auch.«

»Oje«, sagte Franziska mitleidig. »Das wird sicher sehr schön.«

»Was anderes wird mir außerdem nicht übrig bleiben. Meine Mutter feiert Weihnachten mit ihrem Liebhaber in Ceylon oder sonstwo, und einen Typ mit eigener Weihnachtsfeier kann ich derzeit leider nicht vorweisen, wie ihr wißt.«

»Mein Vater hat mich noch nicht wieder in Gnaden aufgenommen«, sagte Franziska. »Wenn ich Weihnachten zu Hause feiern will, muß ich auf Knien unter den Weihnachtsbaum gekrochen kommen.«

Matilda stellte die gratinierten Champignons auf den Tisch.

»Ja, das ist eine wahrhaft fröhliche Angelegenheit, dieses Weihnachtsfest«, seufzte sie.

»Und warum feiert ihr Weihnachten nicht hier, in unserer Wohnung?« fragte Caroline. »Wir besorgen uns einen Weihnachtsbaum und verkleiden uns als Weihnachtsengel. Ich fahre nur für Heiligabend nach Kiel zu meinen Eltern, und wenn ich zurückkomme, machen wir eine echte Weihnachtsfete! Wär' das nichts?«

»Meiner Mutter wird das Herz brechen«, meinte Franziska begeistert. »Aber das ist echt eine Superidee. Wie wär' das,

Matilda, wir beide an Heiligabend unter einem eigenen Weihnachtsbaum?«

»Das wäre meine Rettung«, antwortete Matilda fröhlich. »Ich sah mich schon in dieser Horrorfamilie unterm Weihnachtsbaum sitzen, als einziges sündiges Schaf mit all den artigen, kleinen Kinderlein.«

»Ich werde es meiner Mutter erklären«, überlegte Franziska laut. »Sie muß verstehen, daß ich, was meinen Vater angeht, keine Kompromisse machen kann. Vielleicht gibt sie mir ihr Rezept für Schokoladenlebkuchen. Die legen wir dann unter den Weihnachtsbaum.«

»Und ich kann was Schönes singen«, erklärte sich Matilda bereit. »Alles, was ihr euch wünscht.«

»Das wird super.« Caroline freute sich. »Bis jetzt habe ich an den Feiertagen nie etwas anderes gemacht, als mir zu Hause und bei sämtlichen Verwandten den Bauch vollzuschlagen. Diese Jahr wird es endlich mal anders!«

Die Vorspeise war köstlich. Aber die Bandnudeln mit Lachs in Sahne-Dill-Soße, die Matilda ihnen danach auftischte, waren noch viel besser.

»Ich denke, du kannst nicht kochen«, meinte Caroline fast beleidigt.

»Ich habe gesagt, daß ich es hasse zu kochen«, betonte Matilda. »Aber ich kann es natürlich.«

»Ich hätte nicht gedacht, daß du so was Hausfrauliches überhaupt tun würdest. Aber daß du es so gut kannst, überrascht mich am meisten.«

»Eigentlich gibt es nichts, was ich nicht kann«, sagte Matilda bescheiden und hob das Glas für eine längere Rede. »Ich habe euch dieses Essen gekocht, weil ich euch für meine Vendetta danken wollte. Diese Idee mit den Nacktfotos auf dem Plakat gegenüber ist großartig. Seit ich das gesehen habe, kann ich endlich wieder frei durchatmen.«

»Das Foto ist von Peggy«, erklärte Caroline kichernd. »Im Fotogeschäft konnten die nur Abzüge in fünfzig mal siebzig machen. Deshalb habe ich gleich acht machen lassen, damit die Plakatwand auch flächendeckend überklebt werden konnte.«

»Die Reime sind zum Teil auch von Peggy«, fügte Franziska kichernd hinzu. »Nur sie wußte Näheres über die Größe seines Geschlechtsteils.«

»Die überhaupt beste Aktion war das Ankleben heute nacht. Wir mußten uns von Herrn Kleinschmidt eine riesige Leiter ausleihen. Und andauernd kamen Autos vorbei. Ich bin vor Angst mindestens zwanzigmal um ein Haar von der Leiter gekippt.«

»Das war jetzt die ich weiß nicht wievielte kriminelle Handlung in diesem Monat«, sagte Franziska. »Ich finde, wir haben es in der letzten Zeit ein kleines bißchen übertrieben.«

»Das kommt davon, wenn man immer Ärger mit den Kerlen hat. So ein Singleleben ist doch eigentlich viel besser. Und ungefährlicher«

»Ja«, seufzte Franziska. »Vielleicht.«

»Ich kann das leider nicht beurteilen«, sagte Caroline. »Ich war bis jetzt nie etwas anderes als Single.«

»Auf uns«, meinte Matilda und hob wieder das Glas. »Auf unser Singleleben. Obwohl – da ist ein unheimlich süßer Cellist, von dem ich euch unbedingt erzählen muß. Er sitzt in

Harmonielehre neben mir. Mit so süßen braunen Augen. Letzten Dienstag waren wir zusammen in der Mensa.«

Franziska kicherte. »Du wirst dich niemals ändern.«

Es klingelte an der Tür.

»Oh, Gott, das ist sicher die Polizei«, sagte Caroline, nur halb im Spaß. »Ich mache nicht auf.«

»Franziska geht«, bestimmte Matilda. »Das ist nämlich für sie. Es ist Cornelius.«

»Woher willst du das wissen?« fragte Franziska und sprang aufgeregt auf.

»Weil ich ihn angerufen habe«, sagte Matilda leichthin.

»Du hast was?«

»Na ja«, Matilda machte ein bescheidenes Gesicht. »Ich konnte nicht mehr mit ansehen, mit welcher Unglücksmiene du hier herumgelaufen bist. Ich meine, wenn du diesen Typ unbedingt haben willst, dann sollst du ihn auch bekommen. Und er war so glücklich, der Gute. Er liebt dich wirklich, fürchte ich.«

Franziska drückte auf den Türöffner.

»Das hast du für mich getan? Wie lieb von dir.«

»Schon gut«, meinte Matilda, »Nicht, daß ich glauben würde, ihr seid füreinander bestimmt oder so was in der Art, Gott bewahre. Aber du solltest schon selber herausfinden dürfen, wie spießig und langweilig der Typ im Grunde ist.«

Franziska lächelte. »Und er hat wirklich gesagt, daß er mich liebt?«

Matilda nickte. »Aber freu dich nicht zu früh. Ich sag' nur: Baumwollripp mit Eingriff. Und erst mal seine Familie. Du wirst mich noch verfluchen, wenn du das erste Mal Eisbein mit Sauerkraut bei seinen Alten essen mußt.«

Franziska hatte gar nicht mehr zugehört. Sie hatte sich eilig in ihren Mantel geworfen und lief Cornelius im Treppenhaus entgegen.

»Wie isses doch romantisch«, rief Caroline. »Wie im Film!«

Die beiden kamen nicht wieder.

Matilda zuckte ihre Schultern. »Selber schuld, jetzt verpassen sie den Nachtisch. Und der ist mir vielleicht gelungen, sag' ich dir.«

»Alle Welt ist glücklich. Nur ich werde vermutlich für immer eine vertrocknete Jungfrau bleiben müssen«, maulte Caroline und stellte sich ans Fenster. »Soll ich dir mal was sagen? Seit Robert nicht mehr jeden Tag mit einer roten Rose vor der Tür steht, fehlt er mir geradezu. Er hat auch niemals unangenehme Annäherungsversuche gemacht, wenn ich's mir recht überlege.«

»Der läuft dir schon nicht weg. Er wohnt immer noch im gleichen Haus«, tröstete Matilda sie. »Kannst du unsere Turteltäubchen sehen?«

»Ja. Sie stehen neben der Laterne unter Felix Plakatwand und halten sich an den Händen«, berichtete Caroline. »Und jetzt küssen sie sich.«

»Laß mich mal sehen.« Matilda schubste Caroline auf die Seite. »Tatsächlich. Na, wunderbar. Das hätten wir also auch geschafft.«

»Die Glücklichen«, seufzte Caroline. »Hach, muß Liebe schön sein. Vielleicht sollte ich ja doch nicht für immer Jungfrau bleiben, was meinst du?«

Matilda lachte und legte den Arm um Carolines Schultern.

»Auf keinen Fall. Mit meiner Hilfe gehst du die Sache demnächst methodisch an«, sagte sie. »Ich bin Expertin für solche Dinge, das weißt du doch noch, oder?«

»Ja«, kicherte Caroline. »Davon werde ich meinen Kindern noch erzählen, darauf kannst du dich verlassen.«

Sie schauten schweigend aus dem Fenster. Nach einer Weile begannen kleine Schneeflocken im Lichtkegel der Laterne zu tanzen, direkt unter den acht nackten Felixen. Franziska und Cornelius waren zu sehr mit Küssen beschäftigt, um es zu bemerken. Die Schneeflocken setzten sich auf ihren Mänteln fest und bildeten eine zarte, weiße Decke.

»Sieh nur, die beiden schneien langsam ein«, rief Caroline oben am Fenster. »Ist das nicht romantisch?«

Liebe im Nachfüllpack

1

»Du bist *was*?« Matilda schrie durch das ganze Café.

»Pssst!« zischte Franziska.

Die Leute sahen sowieso schon alle zu ihnen her. Was allerdings auch an Matildas Aufmachung liegen konnte. Sie trug einen kurzen Blouson aus schwarzem Lack zu einem höllisch knappen Samtmini in Pink. Das waren Ollie und Benedikt schuld. Derzeit hatten sie das Thema »Kombinieren gegensätzlicher Materialien« am Institut für Mode und Design, und Matilda war dazu verdammt worden, ihre Experimente am eigenen Leib auszuprobieren. Lack und Samt waren da noch harmlos. Letzte Woche hatten Ollie und Benedikt den Zellophanfolien-Kupferdraht-Look kreiert.

»Ich glaub's nicht!« Matilda raufte sich die kurzgeschnittenen schwarzen Locken. »Meine kleine Cousine ist schwanger!«

»Psssst!« machte Franziska wieder. »Ich habe gesagt, es könnte sein, daß ich schwanger bin. *Könnte*!«

»Aber du nimmst die Pille«, rief Matilda. »So was darf einfach nicht passieren! Wir werden einen Beschwerdebrief an den Hersteller schreiben!«

Franziska sog ärgerlich die Luft durch die Nase ein. Jetzt waren endgültig alle Augen im Café auf sie gerichtet.

»Ich nehm' ja auch die Pille«, flüsterte sie. »Fast immer.«

»Ach so. Du Schaf.« Matilda machte eine Pause. »Vielleicht können wir es ja trotzdem auf den Hersteller schieben. Ich meine, nur weil man *ein*mal vergessen hat, dieses mikroskopisch kleine Kügelchen zu schlucken, darf man ja nicht gleich schwanger werden, oder was meinst du? Da müßten diese Pharmakonzerne doch unbedingt mal was gegen machen.«

Franziska grinste schwach. Sie lehnte sich zurück, nippte an ihrem Cappuccino und sah sich um. »Alle Leute gucken«, beschwerte sie sich.

»Das ist kein Wunder«, meinte Matilda. »Wir sind eben eine Augenweide.«

Franziska nickte zerstreut und sah an ihrem grünen Kleid hinab auf den flachen Bauch. »Ich bin erst zwei Tage über die Zeit«, sagte sie hoffnungsfroh. »Vielleicht ist es ja nur falscher Alarm.«

»Ja, vielleicht«, erwiderte Matilda spöttisch. »Ich hatte mal einen ganzen Monat gar nichts. Der Arzt hat gesagt, das wäre völlig normal.«

Franziska seufzte.

»Allerdings war ich damals erst vierzehn«, fügte Matilda hinzu und kicherte albern.

»Find' ich gar nicht komisch.«

»Ich aber«, gackerte Matilda. »Du und ein Baby! Wenn das nicht komisch ist.«

Franziska zog fröstelnd die Schultern hoch. »Erst zwei Tage. Es ist bestimmt falscher Alarm.«

»Wenn ich mir dich mit einem dicken Bauch vorstelle ...«, fuhr Matilda fort, als hätte sie nichts gehört. »Hach! Alle deine engen Klamotten kannst du so lange mir geben. Ab dem dritten Monat kriegst du keines von deinen Kleidern mehr zu.«

»So ein Quatsch!« widersprach Franziska und legte unwillkürlich die Hände auf den Bauch. »Ich bin außerdem überhaupt nicht schwanger.«

»Kann ich auch das Schwarze mit dem falschen Pelz am Kragen haben?« fragte Matilda freudig erregt. »Du kriegst dafür alle meine ausgeleierten Jogginghosen.«

»Sei still«, sagte Franziska mürrisch. »Du kommst mir vor wie ein Aasgeier! Du kreist schon über meinem Kleiderschrank, bevor wir überhaupt sicher sind. Außerdem – ich will überhaupt kein Kind kriegen. Ich bin erst zwanzig!«

»Cornelius will aber bestimmt eins!«

»Ach, der«, sagte Franziska mit einer wegwerfenden Handbewegung und verfiel in längeres Schweigen.

Matilda musterte sie aufmerksam. »Cornelius wäre auch ein richtig guter Vater. *Den* kann ich mir prima vorstellen, wie er den Kinderwagen durch den Stadtwald schiebt.«

Franziska sagte immer noch nichts.

»Was sagt er denn dazu?« wollte Matilda wissen.

»Ich habe doch gesagt: Erst zwei Tage über die Zeit«, knurrte Franziska unwillig. »Da mach' ich doch noch nicht alle verrückt. Ich hab's nur Caroline erzählt.«

»Und mir«, sagte Matilda.

»Was ich besser nicht getan hätte! Denn jetzt wissen es einfach alle!«

Matilda schaute nicht ein bißchen zerknirscht drein. »Wenn du schwanger bist, dann *heiratet* ihr beide bestimmt. Hach!«

»So ein Quatsch!« fauchte Franziska.

»Du glaubst doch nicht, daß Cornelius ein uneheliches Kind in die Welt setzt«, sagte Matilda. »Der doch nicht. *Der* weiß, was sich gehört.«

»Und wenn er gar nicht der – der ... Erzeuger ist?«

»Ist er nicht?« rief Matilda völlig perplex. »Ja, wer denn dann?«

Franziska sagte nichts.

Ihre Cousine beugte sich über den Tisch und sah sie durchdringend an. »Wenn du wirklich von einem anderen Mann schwanger bist, dann würde das heißen, daß du Cornelius betrogen hättest!«

»Ach, nee«, sagte Franziska säuerlich. »Wie scharfsinnig!«

»Du warst mit einem anderen Typen im Bett, Wahnsinn!« schrie Matilda aufgeregt. »Also, das hätte ich dir nicht zugetraut!«

»Deshalb muß es ja nicht gleich die ganze Stadt wissen, oder?« Franziska sah sich wieder im Café um. »Ich erzähl's dir woanders.«

»O ja, bitte«, meinte Matilda und hielt nach der Bedienung Ausschau.

Sie gehörte zu den Glücklichen, bei denen ein freundliches Lächeln und eine lässige Handbewegung ausreichten, um Kellner aller Altersgruppen heraneilen zu lassen, natürlich nur, wenn sie männlichen Geschlechts waren.

»Ich lade dich ein«, erklärte sie und gab dem prompt herbeigespurteten Kellner vier Mark Trinkgeld. »Du brauchst dein Geld demnächst für andere Dinge.«

»Danke«, sagte Franziska und stand auf.

Matilda folgte ihr. »Wo gehen wir jetzt hin? Ich will unbedingt wissen, wer der Typ ist, für den du deine Prinzipien über den Haufen geschmissen hast.«

»Nach Hause. Da kann uns keiner zuhören.«

»Außer Benny und Ollie. Ich wette, die lungern wieder in unserer Küche herum, und Caroline füttert sie mit allem, was unser Kühlschrank hergibt.«

2

Franziska, Caroline und Matilda teilten sich eine Etage in einem heruntergekommenen Jugendstilhaus mitten in der Stadt.

Die Miete war erschwinglich, weil an dem Bau seit über vierzig Jahren – damals waren die Bäder eingebaut worden – nichts mehr erneuert worden war.

»Trotzdem haben wir Glück«, sagte Matilda. »Früher mußten die armen Menschen einen Verschlag im Hinterhof aufsuchen, um zu pinkeln und Schlimmeres.«

»Damals gab es unter jedem Bett und hinter jedem Vorhang Emaillenachttöpfe«, widersprach Caroline. »Und die kippte man morgens einfach aus dem Fenster. Heute sind solche Nachttöpfe begehrte Sammlerstücke.«

»Igitt«, sagte Franziska.

Das Haus wurde noch mit Kohleöfen beheizt, für die Briketts aus dem Keller heraufgeschleppt werden mußten, und die Fenster waren nur einfach verglast und ziemlich zugig.

Die Wohnung der Mädchen lag im dritten Stock und hatte drei Zimmer, eine große Küche und ein altmodisches Bad. Im vergangenen Herbst hatten sie alles mühevoll renoviert, und jede hatte ein Zimmer nach ihrem Geschmack.

Carolines Zimmer war ganz in Rosa und Weiß gehalten.

»Malvenfarben, nicht rosa«, verbesserte Caroline. »Barbiehäuser sind rosafarben, und mein Zimmer hat nichts mit einem Barbiehaus gemein. Es ist die reine Harmonie in klarem Weiß und inspirierendem Malvenrot, ohne auch nur eine Spur kitschig zu sein.«

Caroline studierte Psychologie im zweiten Semester. Sie war eine zierliche, kleine Person mit üppigen roten Locken und einer zarten Haut, von Natur aus eher zurückhaltend und vorsichtig. Wenn Matilda und Franziska aneinander gerieten, was öfter vorkam, war sie stets die Dumme, die zwischen den beiden vermitteln mußte.

»Carolines einzige Schrulle ist Sigmund«, sagte Franziska manchmal.

Sigmund war Carolines Schildkröte, die überwiegend in deren Zimmer wohnte oder sich auf dem kleinen Balkon sonnte, der dazugehörte, und nur von Zeit zu Zeit Ausflüge durch den Rest der Wohnung machte.

»Eine Schildkröte zu haben ist keine echte Schrulle«, widersprach Matilda. »Nein, nein, das einzig wirklich Merkwürdige an Caroline ist, daß sie noch Jungfrau ist. Mit fast einundzwanzig Jahren. Und das bei ihrem Aussehen!«

»Ich würde es ändern, wenn ich könnte«, seufzte Caroline. »Das mit der Jungfräulichkeit, nicht das Aussehen. Aber so was sollte man nicht übers Knie brechen. Außerdem ist Enthaltsamkeit *der* Trend der späten Neunziger, das habe ich erst neulich wieder gelesen.«

»Ich finde, man muß nicht jeden Trend mitmachen«, sagte Matilda, und da lachte Franziska und meinte: »Bei dir ist es dafür auch viel zu spät.«

Matildas Zimmer war mit einem nachtblauen Teppichboden ausgelegt, auf dem gelbe Sterne leuchteten. Die Wände waren sonnengelb, wobei die Farbe genau wie in den anderen Zimmern in mehreren Schichten mit einem Schwamm aufgetupft und gewischt worden war. Von Franziska und Caroline. Matilda war handwerklich nicht sonderlich begabt.

»Und außerdem bist du faul«, sagte Franziska.

»Die Wände erinnern mich an die Toskana«, meinte Matilda, deren Mutter Italienerin war und ihr nicht nur die dunklen Locken und das Temperament, sondern vor allem das musikalische Talent vererbt hatte.

Die Mutter war eine begnadete Cellistin, die in Florenz hauptberuflich in einem Streichquartett spielte, und Matilda studierte Gesang an der Musikhochschule und spielte hervorragend Klavier.

»Ich bin froh, daß ich auf meine Mutter komme, und nicht auf meinen Vater«, sagte Maltilda manchmal zu Franziska. »Er hätte mir nur eine Glatze vererbt und das Talent, anderer Leute Zähne zu plombieren. Du kommst mehr in diese Familie.«

Franziska mochte solche Bemerkungen überhaupt nicht. Ihr Vater und Matildas Vater waren Brüder und sich sehr ähnlich.

Franziska war auf ihren Vater nicht besonders gut zu sprechen. Er hatte ihr immer noch nicht verziehen, daß sie ausgezogen war. Aus Wut über Franziskas Auszug hatte er auf der

Stelle jede Zahlung an sie eingestellt. Seiner Meinung nach hatten anständige junge Frauen so lange in ihrem Elternhaus zu leben, bis sie heirateten und selber Kinder bekamen. Wenn seine Tochter sich nicht an derartige Regeln hielt, mußte sie eben sehen, wie sie sich ohne seine Unterstützung durchs Leben schlagen konnte. Franziska hatte beschlossen, das Risiko einzugehen. Seit dem Tag ihres Auszugs hatte er nicht mehr mit ihr gesprochen, wenn man von der Ausnahme absieht, die er an Weihnachten gemacht hatte. Da hatte er ihr immerhin am Telefon ein frohes Fest gewünscht.

»Das wünsche ich dir auch, Papa«, hatte Franziska gerührt erwidert, und wundervolle, weihnachtliche Gefühle waren in ihr aufgestiegen. »Es ist so schade, daß wir uns über so eine dumme Sache streiten müssen.«

»Das liegt ganz bei dir«, hatte der Vater gesagt. »Wenn du dich entschuldigst und einsiehst, daß du im Unrecht warst, bist du jederzeit bei uns zu Hause willkommen.«

Und da waren alle wunderbaren weihnachtlichen Gefühle in Franziska auch schon wieder verpufft.

»Meine Mutter tut mir ja so leid«, sagte sie. »Der Typ ist konservativ bis in die Knochen. Und stur wie ein Felsbrocken.«

»Ich sagte doch, er ist wie du«, meinte Matilda. »Du kannst noch froh sein, daß er dir seine Nasenhaare nicht vererbt hat.«

Matildas Klavier und ein riesiges Eisenbett mit Himmel und einem verschnörkelten Kopfteil waren die einzigen Möbel in ihrem Zimmer.

»Ich brauche so ein Bett für mich ganz allein«, behauptete Matilda, wenn die Leute sprachlos vor der gewaltigen Schlafstätte standen.

Matilda war in der Tat sehr groß, knapp über einen Meter achtzig. Das Längste an ihr waren die Beine.

»Ich mag aber jeden Zentimeter an mir«, betonte Matilda, für die »Minderwertigkeitskomplex« ein Fremdwort war. »Und ich mag jeden Quadratzentimeter meines Zimmers. Ich bin sicher, ich würde einen ersten Preis bei einem Einrichtungswettbewerb damit gewinnen.«

»Wenn du aufräumen und saubermachen würdest, vielleicht«, meinte Franziska. »Und wenn Caroline und ich nicht mitmachen würden, natürlich.«

Das Eisengestell von Matildas Bett war üppig mit gelb-blau gestreiften und großgeblümten Stoffbahnen drapiert, an den Wänden hingen verschnörkelt gerahmte Familienfotos, Filmplakate und abstrakte Kunstdrucke friedlich nebeneinander, und alles andere, Bücher, Papiere und jede Menge Schnickschnack, lag auf dem Sternenboden. Die Klamotten lagen ebenfalls dort, in wilden Haufen, von denen Matilda behauptete, sie hätten eine bestimmte Ordnung. Caroline und Franziska gelang es niemals, diese Ordnung zu durchschauen, aber sie mußten Matilda zugestehen, daß sie trotz dieser merkwürdigen Methode der Kleideraufbewahrung immer ausgesprochen gut gekleidet wirkte.

»Oder sagen wir originell«, meinte Caroline. »Vor allem, seit Ollie und Benedikt ihre Garderobe bestimmen.«

Franziska mochte ihr Zimmer am liebsten. Es war ganz in Weiß und Türkis gehalten und ebenfalls sparsam möbiliert: mit einem Korbbett, einem Schaukelstuhl, deckenhohen Bücherregalen und einem zierlichen antiken Sekretär mit vielen kleinen Schubladen.

»Kein vernünftiger Schreibtisch, genau wie bei Matilda«, sagte Caroline kopfschüttelnd, die eine zwei Meter breite und achtzig Zentimeter tiefe weißlackierte Arbeitsplatte vor ihrem Fenster angebracht hatte. »Man sieht genau, daß man euer Studium nicht ernst nehmen kann.«

Franziska studierte an der Sporthochschule und empfand diese Bemerkung regelmäßig als ungerecht. »Ich setze mich zum Lernen eben an den Küchentisch«, verteidigte sie sich. »Im übrigen finde ich, daß ich objektiv viel mehr lerne als du.«

»Das liegt daran, daß ich in den Vorlesungen besser aufpasse«, entgegnete Caroline. »Aber wenn ich jeden Morgen mit Rollerskates zur Uni fahren würde, wäre ich auch nicht mehr in der Lage, mein Gehirn zu betätigen.«

»Sport ist gesund« sagte Franziska streng. »Ein bißchen mehr Bewegung könnte dir auch nicht schaden.«

Franziska war keine so auffallende Erscheinung wie ihre Cousine, zumal sie sich meistens dezent schminkte und anzog.

»Die Männer drehen sich *trotzdem* immer nach dir um«, sagte Caroline. »Du bist eben auch ohne Schminke was Besonderes.«

»Ja, wenn auch mehr auf den zweiten Blick«, ergänzte Matilda eifersüchtig. »Oder auf den dritten.«

Die Küche und das Bad waren bei den Renovierungsarbeiten ebenfalls farbig geworden, die Küche himmelblau und das Bad mittelmeerblau und weiß.

»Wie ein griechischer Patio«, erklärte Franziska schwärmerisch. »Oder heißt es *das* Patio?«

»Jedenfalls heißt es *das* städtische Schwimmbad«, sagte ihr Freund Cornelius, »und genauso sieht es aus.«

Cornelius fand die Farbenpracht in der Wohnung grauenhaft, obwohl er maßgeblich an den Renovierungsarbeiten beteiligt gewesen war. Damals war er noch Matildas Freund.

»Ach Gott, ja«, sagte Matilda. »Mit wem man sich schon alles abgegeben hat, man kann es kaum glauben. Aber Renovieren kann er ja, das muß man ihm lassen.«

»Oberflächlich betrachtet, ist es eine richtig schöne Wohnung geworden«, meinte Franziska. »Sogar die schönste, die ich persönlich kenne. Aber daß wir den Winter überlebt haben, grenzt an ein Wunder.«

»Das schlimmste an diesen Brikettöfen ist nicht, daß man ständig vier Treppen runter- und wiederraufrennen muß, um das Zeug anzuschleppen«, seufzte Caroline, »sondern daß man dabei immer an Herrn Kleinschmidts Wohnung vorbeimuß.«

Herr Kleinschmidt war der Vermieter, und er wohnte im Erdgeschoß, zusammen mit einer bösartigen Dogge, die Zerberus hieß, wie der Höllenhund in der griechischen Mythologie.

»Man weiß nicht, wen man schlimmer finden muß, Hund oder Herrchen«, sagte Franziska.

Herr Kleinschmidt hatte nämlich die Neigung, den Mädchen im Treppenhaus aufzulauern und auf die Pelle zu rücken.

»Mir nicht«, sagte Matilda. »Vor mir hat er Angst.«

»Das liegt daran, daß du zwanzig Zentimeter größer bist als er«, entgegnete Caroline. »Ich wünschte, das wäre ich auch.«

Im zweiten Stock wohnte eine ältere Dame, die sie gelegentlich leicht angesäuert daran erinnerte, daß sie wieder an der Reihe waren, das Treppenhaus zu putzen, und zwar diesmal auch zwischen dem Geländer, wenn sie bitten dürfe. Von dem Ehepaar im ersten Stock bekamen sie fast nie etwas zu sehen.

Die Wohnung unter dem Dach war bis vor ein paar Wochen an den Fotografen Felix und Robert, der Medizin studierte, vermietet gewesen. Aber Robert hatte kurzfristig einen Studienplatz in Süddeutschland bekommen, und Felix allein hatte die Wohnung nicht halten können. Es hieß, er sei zurück zu seinen Eltern gezogen. Und das mit achtundzwanzig Jahren.

»Geschieht ihm ganz recht«, meinte Matilda manchmal. »Obwohl man so was nicht mal seinem schlimmsten Feind wünschen dürfte.«

»Ich bin jedenfalls froh, daß er weg ist«, sagte Franziska dann, und Caroline pflegte heftig zu nicken. »Um Robert tut es mir leid, aber Felix war doch ein richtiges Arschloch!«

Matilda schüttelte den Kopf. »Aber die waren wenigstens nicht schwul.«

Ollie und Benedikt, die Felix' und Roberts Wohnung übernommen hatten, waren schwul.

»*Ziemlich* schwul«, sagte Ollie, der die Menschen in *etwas*, *ziemlich* und *vollkommen* schwul aufzuteilen pflegte.

Er war ein selbstsicherer, breitschultriger Typ und überdies ein vielversprechendes Talent in Sachen Mode. Wie Benedikt studierte er am Institut für Mode und Design. Im Jahr davor hatte er den ersten Preis bei einem Nachwuchstalentwettbewerb gewonnen.

»Ollie sieht so gut aus, daß es fast schade ist, daß er schwul ist«, meinte Matilda, »aber andererseits möchte man ja wenigstens in seinen eigenen vier Wänden in Ruhe gelassen werden. Das wäre ja sonst nicht zum Aushalten.«

Benedikt war der Sanftere von beiden. Er war kleiner und zarter gebaut als Ollie und hatte lange rote Locken wie Caroline. Er trug stets eine Handpuppe bei sich, wie Bauchredner sie haben, die er mit kieksender Stimme sprechen lassen konnte, ohne dabei seine Lippen zu bewegen. Benedikts sprechende Puppe hieß Bolle. Sie war rothaarig und knubbelnasig und sah ein bißchen aus wie der Bert aus der Sesamstraße. Benedikt hatte Bolle selber gemacht, ihn und alle seine Klamotten. Manchmal waren er und Bolle sogar im Partnerlook gekleidet. Ollie fand, daß Benedikt und Bolle unbedingt zum Kabarett gehen sollten, mit Ollie als ihrem Manager, aber Benedikt sagte, daß er Bolle nur bräuchte, um all die Dinge auszusprechen, die er selber nicht über seine Lippen brächte.

»Man könnte schon denken, daß er ein Rad abhat«, sagte Ollie. »Aber wenn man ihn besser kennt, weiß man, daß er nur ein bißchen spinnt. Trotzdem, mit ihm ist der Welt ein wirklicher Kabarettist verlorengegangen.«

Benedikts eigentliche Leidenschaft war die Musik. Er war der Gitarrist einer fünfköpfigen Popgruppe, die sich »Die Resistenten Kakerlaken« nannte und wirklich fetzige Musik machte.

»Noch zwei Jahre, und du kannst ihre Songs an jeder Ecke hören«, prophezeite Ollie stolz, obwohl er die Band nicht managen durfte. »Dann haben wir Kohle ohne Ende und machen einen eigenen Laden auf.«

Vorläufig aber verdienten sich »Die Resistenten Kakerlaken« ihre Brötchen auf Hochzeiten, Firmenjubiläen und Partys, wo sie als »The Golden Tiepins« mit eben solchen und Anzügen bekleidet auftraten und alles sangen, was das Publikum sich wünschte, von Tina Turner über Guns 'n Roses bis hin zu Rex Gildo, wenn es unbedingt sein mußte.

»Ich mag Ollie und Benedikt viel lieber als Felix und Robert«, erklärte Caroline, als sie Ollie und Benedikt gerade mal zwei Wochen kannten,.

»Weil sie schwul sind«, murmelte Matilda. »Das paßt zu dir.«

»Weil sie nett sind«, widersprach Caroline. »Viel netter als die anderen zwei.«

»Finde ich auch«, sagte Franziska.

»Ja, ja«, seufzte Matilda. »Und die Klamotten, die die machen, sind echt schrill. Eigentlich wie für mich gemacht.«

3

In der U-Bahn auf dem Weg nach Hause war Matilda auffallend still. Nach einer Weile wurde es Franziska richtig unheimlich. Sie stieß Matilda in die Rippen.

»Warum sagst du denn nichts? Die ganzen Leute hier wissen noch nicht, daß ich schwanger bin. Und dabei stehst du schon zehn Minuten mitten unter ihnen.«

»Weißt du, ich glaube nicht eine Sekunde, daß du wirklich schwanger bist«, murmelte Matilda. »Aber daß ausgerechnet du Cornelius betrogen hast, macht mich im Grunde völlig fertig.«

»Einmal im Leben habe ich etwas Unmoralisches getan«, sagte Franziska, »und schon werde ich dafür bestraft. Du machst so was täglich, und da kräht keine Krähe nach.«

»Hahn«, verbesserte Matilda. »Krähen krächzen.«

An der offenen Tür mühte sich eine junge Frau damit ab, einen Kinderwagen in die Bahn zu hieven. Das Kind darin war ungefähr ein Jahr alt, trug eine süße rot-grüne Mütze, die wie eine Erdbeere aussah, und schrie fürchterlich. Sein Gesicht hatte dabei die Farbe der Mütze angenommen.

Die Mutter wuchtete Kind und Wagen mit verbissenem Gesicht hoch. Niemand machte Anstalten, ihr dabei zu helfen. Das Erdbeerbaby kreischte in den höchsten Tönen, als sich ein Reifen verkeilte und die Mutter heftig ruckte und zerrte, damit sich der Reifen wieder löste. Schließlich faßte Matilda den Kinderwagen am Fußende und zog ihn in die Bahn.

»Danke«, sagte die junge Frau und strich sich die Haare aus der Stirn.

Das Baby brüllte wie eine Kreissäge.

»Ist es krank?« fragte Matilda teilnahmsvoll.

»Ach was«, sagte die Mutter. »Marius brüllt, weil ich ihm nicht erlaubt habe, die Brötchen auf die Straße zu werfen, die wir beim Bäcker gekauft haben. Das war vor einer halben Stunde.«

»Und seitdem brüllt er so laut?« fragte Matilda.

»Ja.« Die Mutter seufzte. »Diese kleinen Wutanfälle bekommt er neuerdings vier- bis achtmal am Tag.«

»Lieber Himmel«, sagte Matilda. »Sie Arme.«

Die Mutter lachte. »Das ist ganz normal in dem Alter. Und ich finde, er sieht süß aus, wenn er so schreit.«

Matilda schaute sich das runde, rotgebrüllte Gesicht unter der Erdbeermütze genauer an. »Finden Sie?«

»Ja«, sagte die Mutter und streichelte dem wild kreischenden Baby über das Köpfchen. »Er ist überhaupt ein ganz Süßer. Vor allem, seit er durchschläft. Bis vor zwei Wochen hat er mich jede Nacht wachgehalten, und das seit seiner Geburt. Zwölf Monate lang keine Nacht mehr als vier Stunden Schlaf, das schlaucht vielleicht, sage ich Ihnen. Ich konnte vor Müdigkeit manchmal kaum die Augen offenhalten. Aber diese Zeiten scheinen jetzt, Gott sei Dank, vorbeizusein.«

»Zwölf Monate«, wiederholte Matilda und sah sich nach Franziska um, damit sie bloß nichts verpaßte. Aber die stand so weit wie möglich vom Kinderwagen entfernt und starrte auf den Boden.

»Außer wenn der nächste Schub Zähnchen kommt«, fuhr die Mutter fort. »Damit hat Marius immer Probleme.«

»Na dann«, sagte Matilda, stellte sich zurück zu Franziska und stieß sie in die Rippen. »Hast du das gehört?«

Klein-Marius brüllte immer noch aus voller Kehle. »Ist ja wohl nicht zu überhören«, murmelte Franziska. Sie schaute weiter angestrengt zu Boden.

»Stell dir vor«, sagte Matilda. »Die Mutter von der Killererdbeere da hat über ein Jahr lang keine einzige Nacht durchgeschlafen. Also, ich würde da wahnsinnig werden.«

Franziska sagte nichts.

»Stell dir das doch mal vor: Zwölf Monate lang keine Nacht durchschlafen!« wiederholte Matilda penetrant.

»Es ist bestimmt nur falscher Alarm«, flüsterte Franziska. »Bitte, bitte, laß es nur falscher Alarm sein.«

4

Wie Matilda vorausgesehen hatte, war Caroline nicht allein. In der Küche standen Benedikt und Ollie vor dem Herd und kochten etwas Wohlriechendes. Bolle, die Handpuppe, wendete Gemüse mit einem hölzernen Kochlöffel.

»Wir haben einen Wok gekauft und den ganzen Nachmittag Möhren und Paprika in exakte Stifte geschnitten«, erklärte Ollie. »Ihr braucht nur noch den Tisch zu decken.«

»Ich weiß gar nicht, womit die das verdient haben«, ergänzte Bolle krächzend.

»Riecht gut«, sagte Matilda. »Was sind das für kleine Dinger, die aussehen wie Spermien?«

»Kichererbsensprossen«, erklärte Benedikt. »Sehr gesund. Was haben die Leute heute zu deinen Klamotten gesagt?«

»Oh, das war ganz verschieden. Mein Prof hat gesagt, es sei gut, daß ich nicht so schrill singen würde, wie ich aussehe. Auf dem Weg zu Ninos habe ich eine Telefonnummer und zwei Verabredungen fürs Wochenende erhalten, und eine echt schicke Frau mit Kostüm, die mit mir am Kiosk stand, wollte wissen, wo man die Fummel kaufen kann.«

»Sehr gut«, freute sich Benedikt.

»Ach ja, da war noch der Alte am Ebertplatz, der gesagt hat, ich sei der Verdammnis geweiht und käme in die finsterste Hölle«, erinnerte sich Matilda.

»Wunderbar«, krächzte Bolle. »Das ist genau, was Benedikt beabsichtigt hatte.«

»Warte, bis du mein neues Projekt siehst«, sagte Benedikt lächelnd. »Ich arbeite an einem Abendkleid aus Mülltüten! Du wirst hinreißend darin aussehen.«

»Nach Hölle und Verdammnis«, ergänzte Bolle.

»Du solltest vielleicht an einem anderen Projekt arbeiten. Für schwangere Engel«, meinte Matilda.

Franziska sah sie wütend an.

»Wer ist schwanger?« wollte Ollie wissen.

»Niemand«, erwiderte Franziska heftig.

»Nur vielleicht«, rief Matilda. »Franziska hat ja nur *ein*mal vergessen, die Pille zu nehmen.«

»Ach du Scheiße«, sagte Ollie.

»Ach du Scheiße«, echote Bolle.

»Sie wartet doch erst zwei Tage auf ihre Menstruation«, warf Caroline sanft ein. »Sicher ist das nur eine ganz normale Verzögerung. Ich habe meine Tage auch immer ganz unregelmäßig und bin deshalb noch lange nicht schwanger.«

»Natürlich nicht«, sagte Matilda. »Das war in der Geschichte der Menschheit auch nur einmal möglich, und du heißt nicht Maria.«

Franziska ließ sich rückwärts auf einen Stuhl plumpsen. »Ich halte das nicht aus«, murmelte sie.

Benedikt deckte den Tisch. »Das ist doch spannend. Ich finde, es gibt Schlimmeres, als ein Baby zu bekommen.«

»Ich nicht«, sagte Franziska.

»Ich auch nicht«, stimmte Matilda zu und dachte mit Grausen an das schreiende Baby in der U-Bahn.

»Und ich schon gar nicht«, krächzte Bolle.

»Cornelius wird sich sicher freuen.« Ollie nahm den Wok

von der Herdplatte. »Er ist genau der Typ, der das ganze Wochenende damit verbringt, seinem Sohn das Schwimmen beizubringen.«

»Ha, und damit wären wir bei Problem Nummer zwei«, sagte Matilda und verstummte wieder.

»Möchtest du nicht, daß dein Sohn schwimmen lernt?« fragte Ollie Franziska.

»Ich fürchte, sie möchte lieber ein Mädchen«, meinte Bolle bekümmert, aber da sagte Benedikt streng: »Mädchen können sehr süß sein.«

»Ich will überhaupt kein Kind«, rief Franziska. Sie hatte Tränen in den Augen. »Alles, was ich will, ist, die letzten sechs Wochen rückgängig machen.«

Caroline streichelte ihr übers Haar. »Das ist wirklich kompliziert.«

»Was ist daran kompliziert?« fragte Bolle frech. »Franziska hat vergessen, die Pille zu nehmen, aber trotzdem mit Cornelius gebumst – und jetzt kriegen die beiden ein Baby.«

»Wenn das so einfach wäre«, murmelte Matilda.

»Na ja«, sagte Ollie. »Ich bin vielleicht nicht gerade ein Fachmann auf diesem Gebiet, aber wir hatten einen guten Biologielehrer. Ich weiß zumindest theoretisch, wie das funktioniert, mit der Eizelle und den Spermien. Guten Appetit!«

Benedikt schaufelte etwas Chinagemüse auf Franziskas Teller. »Iß wenigstens«, forderte er sie auf. »Ich denke, ein Problem wie deins haben täglich vier Millionen Frauen auf der Welt.«

»Das glaube ich nicht«, widersprach Matilda. »Ich kann mich täuschen, aber die Wahrscheinlichkeit, daß eine Frau zu Beginn ihres Studiums unverheiratet schwanger wird, weil sie vergißt, die Pille zu nehmen, wenn sie ihren Freund mit einem anderen betrügt, kann unmöglich so hoch sein.«

»Was für einem anderen?« fragten Ollie und Benedikt gleichzeitig.

»Das wüßte ich auch gern«, beteuerte Matilda.

Franziska stöhnte. »Nur neugierig seid ihr, sonst gar nichts.«

»Das stimmt nicht«, verteidigte sich Matilda. »Man kann gleichzeitig neugierig *und* mitleidig sein. Ich finde, du solltest uns die Geschichte erzählen.«

»Ja«, sagte auch Caroline. »Heute ist Freitag, und Cornelius ist den ganzen Abend beim Wasserballtraining und kann nicht hier auftauchen.«

»Im wahrsten Sinne des Wortes«, murmelte Bolle. »Hahaha.«

»Wenn wir schwören, daß wir kein Sterbenswörtchen verraten, kannst du uns doch alles erzählen«, sagte Ollie väterlich. »Wir sind deine Freunde, Franzilein.«

Franziska seufzte schwer. »Und wenn ich morgen meine Tage kriege, ärgere ich mir ein Loch in den Bauch, daß ich euch überhaupt davon erzählt habe.«

»Das ist dein Risiko«, sagte Matilda. »Aber selbst wenn du nichts sagst und morgen tatsächlich deine Tage bekommst, werde ich nicht eher ruhen, bis ich weiß, welcher Mann dich dazu hat hinreißen können, deine moralischen Prinzipien über den Haufen zu werfen. Ich werde Tag und Nacht betteln und quengeln. Ich werde wie ein schlimmer, schlimmer Alptraum sein.«

»Das bist du jetzt schon«, erklärte Franziska und lächelte ein bißchen. »Also gut, wenn ihr schwört, zu niemandem davon ein Wort zu sagen, erzähle ich euch die ganze Geschichte.«

»Ich schwöre«, sagte Benedikt.

»Ich auch«, sagte Ollie.

»Ich sowieso«, sagte Caroline.

»Und ich bin verschwiegen wie ein Grab«, beteuerte Matilda. »Das war ich immer schon.«

»Also gut«, sagte Franziska.

5

»Der Typ heißt Jan. Wir haben uns in dem Fitness-Studio kennengelernt, in dem ich Jazz-Dance unterrichte.«

»Ein Bodybuilding-Lehrer?« rief Ollie entsetzt, und Caroline sagte: »Ich dachte, das sei ein Lady-Fitness-Studio.«

»Nebenan ist das Studio für Männer«, sagte Franziska ungeduldig. »Und Jan ist kein Lehrer, sondern nur Mitglied.«

»Bodybuilding ist doch völlig out«, meckerte Matilda. »Ich dachte nie, daß ich mal so was sage, aber dagegen sind Wasserball und Cornelius ja wohl wahnsinnig originell.«

Franziska seufzte. »Wenn ich euch die Geschichte erzählen soll, dann hört auf, mich zu unterbrechen mit euren dämlichen Kommentaren. Jan ist kein Bodybuilder, er geht einfach nur von Zeit zu Zeit ins Fitness-Studio, wie tausend andere auch. Im übrigen hat er einen Wahnsinnsbody. Wir haben uns ein paarmal gegrüßt und angelächelt, wie man das eben so macht, wenn man sich öfter sieht. Ich muß sagen, daß er mir gleich gut gefallen hat. Allein vom Aussehen. Er ist blond und hat wahnsinnig blaue Augen und dazu so eine glatte bräunliche Haut, schneeweiße Zähne und ein ganz, ganz süßes Lächeln.«

»Das klingt wie ein Steckbrief von dem Zwerg, der auf der Brandt-Zwiebacktüte abgebildet ist«, murmelte Bolle. »Ich hab' mich immer gefragt, wie der mal aussieht, wenn er erwachsen ist.«

»Er kleidet sich wahnsinnig gut«, sagte Franziska schwärmerisch. »Ich meine, es ist mir eigentlich nicht wichtig, aber wenn ein Mann mal was anderes trägt als Jeans und Sweatshirt, das ist schon irgendwie toll.«

»Cornelius trägt Anzug und Krawatte, wenn er arbeitet«, wandte Caroline ein. Sie hatte das Gefühl, den armen, betrogenen Kerl verteidigen zu müssen.

»Aber nicht von Armani, und nicht mit dieser lässigen Selbstverständlichkeit, wie Jan das tut«, sagte Franziska. »Und Cornelius fährt auch keinen Jaguar.«

»Jaguar! Wieso kenne *ich* den nicht?« fragte Matilda ärgerlich. »Lieber Gott! Wie ist sein Nachname?«

»Nee«, sagte Ollie angewidert. »Jaguar und Armani-Anzüge – wahrscheinlich ist der Typ ein ganz mieser Zuhälter. Ich verbiete dir, ihn jemals wieder zu treffen.«

»Quatsch, Zuhälter. Der ist Junior-Dings bei einer Werbeagentur und verdient hundertfünfzigtausend im Jahr«, entgegnete Franziska. »Aber das Geld ist überhaupt nicht wichtig, das sagt Jan auch.«

»Was für ein Angeber«, sagte Ollie angewidert.

»Und Lügner«, ergänzte Matilda. »Als ob Geld nicht wichtig wäre.«

»Was ist denn ein Junior-Dings?« wollte Benedikt wissen.

»Wenn ihr mich noch einmal unterbrecht, sage ich gar nichts mehr«, erklärte Franziska beleidigt.

»Weiter«, sagte Caroline. »Ihr habt euch also immer angelächelt – und dann?«

»Eines Tages hat er mich angesprochen«, erzählte Franziska. »Er hat mich gefragt, ob ich mal mit ihm essen gehen wollte.«

»Wie originell«, murmelte Ollie.

»Und ich habe natürlich ja gesagt«, fuhr Franziska unbeirrt fort. »Ich meine, Cornelius und ich, wir haben schließlich keinen Vertrag unterschrieben, in dem festgelegt ist, daß wir nicht mit anderen essen gehen dürfen. Und außerdem muß er in letzter Zeit immer so wahnsinnig viel arbeiten.«

In Erwartung eines Kommentars machte sie eine Pause, aber keiner ihrer vier Zuhörer sagte ein Wort.

»Jedenfalls war es sehr schön mit Jan«, sagte Franziska. »Wir waren bei Chez Margaux, so einem Nobelfranzosen unten am Rhein. Wahnsinn, was da allein die Weine kosten. Wir haben geredet und uns super verstanden, ja, und dann hat er mich wieder nach Hause gebracht.«

»Was, sonst nichts?« platzte Matilda heraus. »Dann verstehe ich nicht, warum du so ein Geheimnis daraus gemacht hast. Ich meine, ich wußte nicht mal, daß du mit wem auch immer essen warst. Wann war das denn? Und was hattest du an? Ich kenne dieses Chez Margaux. Da lassen die nicht jeden rein.«

»Ich hatte mein schwarzes Kleid an«, antwortete Franziska. »Und keine Laufmasche in den Strümpfen. Sie haben mich reingelassen. Und erzählt habe ich euch nichts, weil es mir Spaß gemacht hat, etwas ganz für mich allein zu haben, etwas, von dem niemand weiß. Auch ihr nicht. Das war vor zwei Monaten.«

»Du hattest nur Angst, daß wir dir davon abraten«, mutmaßte Caroline. »Oder dir Vorwürfe machen.«

»Aber das ist ja Quatsch«, meinte Matilda. »Ich hätte dir sofort geraten, Cornelius gegen den Typ mit Jaguar einzutauschen, was für eine Frage! Aber wenn du ihn nicht willst, dann kannst du mir seine Telefonnummer geben.«

»Ich will ihn ja«, sagte Franziska. »Ich bin echt hin- und hergerissen. Weißt du, mit Jan ist alles ganz anders. Ich fühlte mich bei ihm immer so erwachsen, so richtig weiblich. Cornelius ist mehr der Gute-Kumpel-Typ, aber Jan – der sagt mir so tolle Sachen, ist so romantisch, hat Stil und Geschmack, das ist einfach anders.«

Sie seufzte. »Eine Woche nachdem wir essen waren, hat er mir im Fitness-Studio einen riesigen Rosenstrauß überreicht. Siebzig Baccararosen, vor all meinen Jazz-Dance-Schülerinnen, das war der helle Wahnsinn.«

Bolle gab ein würgendes Geräusch von sich.

»Hundertsechzig Mark hat er dafür hingeblättert, mindestens«, sagte Matilda. »Armani, Chez Margaux und Jaguar – als Junior-was-auch-immer bei einer Werbeagentur verdient man aber nicht so viel. Im Leben nicht. Sicher hat er stinkend reiche Eltern.«

»Ich sag' doch, der Typ ist ein ganz mieser Zuhälter«, meinte Ollie.

»Was hast du mit dem Strauß gemacht?« fragte Caroline. »Im Fitness-Studio vergammeln lassen, nur damit wir ihn nicht zu Gesicht bekommen?«

»Nein, ich habe ihn im Hotel vergessen, später«, erklärte Franziska.

»Aha«, machte Matilda. »Jetzt nähern wir uns langsam dem Teil der Geschichte, wo er dich geschwängert hat.«

»So einfach ist das bei euch Frauen«, sagte Benedikt staunend. »Siebzig Rosen – und schon darf man euch schwängern. Im nächstbesten Hotel.«

»So war das gar nicht. Ich wollte bloß mit ihm reden«, widersprach Franziska. »Ich habe ihm erklärt, daß ich Cornelius liebe und daß wir zusammengehören. Aber als wir uns so gegenüberstanden und er mir in die Augen sah, da fand ich das plötzlich so unsinnig, alle diese Vorschriften von Treue und Monogamie. Ihr könnt das nicht verstehen, weil ihr so etwas noch nicht erlebt habt. Das war einfach ein magischer Moment. Wir haben uns an der Hand gefaßt, sind in sein Auto gestiegen und weggefahren. Wir haben gar nicht miteinander gesprochen, das hat sich so ergeben. Im Maritim haben wir ein Zimmer genommen, mitten am Nachmittag. Die Sonne schien aufs Bett, und man konnte auf den Rhein schauen. Ja, und da ist es eben passiert.«

Caroline, Matilda, Ollie und Benedikt schwiegen erwartungsvoll.

»Einzelheiten werde ich euch wohl kaum erzählen, wenn ihr darauf wartet«, sagte Franziska. »Wenigstens das möchte ich für mich behalten.«

»Wahnsinn«, gab sich Matilda beeindruckt. »Das hätte ich dir wirklich nicht zugetraut. Im Hotelzimmer am hellichten Nachmittag, und das Ganze ohne Worte. Hast du nicht *ein*mal währenddessen an Cornelius gedacht?«

»Genau«, sagte Caroline heftig.

»Doch«, gab Franziska zu. »Aber es war mir völlig gleichgültig. Das eine hatte irgendwie nichts mit dem anderen zu tun. Jedenfalls nicht in diesem Augenblick. Erst viel später, als ich wieder zu Hause war. Ich habe Jan gesagt, es wäre besser, wenn wir uns nicht mehr treffen würden, und das war auch meine feste Absicht. Aber als er am nächsten Donnerstag wieder im Fitness-Studio auftauchte, war es schon selbstverständlich, was wir taten.«

»Was denn?« fragte Caroline verwirrt.

»Das gleiche wie in der Woche davor«, antwortete Franziska. »Und es war wieder einfach – puh.«

»Puh«, wiederholte Bolle.

»Und wieder im Maritim?« fragte Matilda. »Der Typ scheint wirklich Kohle ohne Ende zu haben.«

»Das hat er auch. Seinem Vater gehört die Werbeagentur. Und noch ein paar andere«, erläuterte Franziska.

»Aha«, machte Ollie. »Ein *Sohn*.«

»Was sagt der denn dazu, daß er nicht dein einziger Lover ist?« fragte Benedikt.

»Er hat Verständnis für meine Situation. Er sagt, er möchte mich nicht zu einer Entscheidung drängen. Daß ich selber wissen müßte, was ich wollte«, sagte Franziska. »Er hat überhaupt für alles Verständnis.«

»Wie geht es weiter?« wollte Caroline wissen.

»Seitdem treffen wir uns jeden Donnerstag«, fuhr Franziska fort. »Es ist jedesmal toll. Wir verstehen uns so wunderbar, und die ganze Sache ist so herrlich spannend, daß ich, wenn ich ganz ehrlich bin, nicht daran gedacht habe, es aufzugeben. Ich meine, Cornelius sollte nie etwas davon erfahren, und ihr auch nicht. Aber jetzt, wenn ich wirklich schwanger bin – ich weiß nicht, was ich tun soll.«

»Ich auch nicht«, sagte Caroline empört. »Ich finde, da hast du dir ganz schön was eingebrockt. Und der arme Cornelius, der hat wirklich nicht verdient, daß du ihn so hintergehst. Weißt du noch, wie du dich damals aufgeregt hast, als Matilda ihn mit Felix betrogen hat?«

»Ja«, sagte Franziska. »Es tut mir auch leid. Ich weiß nicht mehr, was ich will. Einerseits liebe ich Cornelius wirklich, das könnt ihr mir glauben. Irgendwie sind wir beide uns sehr ähnlich. Wir kommen prima miteinander aus deswegen. Cornelius kennt mich in- und auswendig, und ich kenne ihn genausogut. Aber für Jan bin ich eine ganz andere Frau. Nicht die vernünftige, handfeste Franziska, sondern eine geheimnisvolle, sinnliche Person – das ist so aufregend für mich. Und ich fürchte, ich habe mich in ihn verliebt.«

»Ich finde das schäbig«, sagte Caroline. »So heimlich im Hotel, nur um *so was* zu tun.«

»Im Maritim ist nichts schäbig«, widersprach Matilda. »Und *so was* ist auch nicht schäbig, was du vielleicht im Laufe deines Lebens noch herausfinden wirst. Ach, warum lerne ich nur keine Typen dieses Formats kennen? Die Kerle, mit denen ich mich treffe, haben alle eine eigene Bude.«

»Apropos Wohnung«, sagte Benedikt. »Warum Franziska den nicht mit nach Hause bringt, verstehen wir jetzt, aber warum zeigt er ihr nicht mal seine Wohnung? Sicher ist es ein Penthouse mit Rheinblick und Whirlpool und kann sich sehen lassen.«

»Wahrscheinlich ist er verheiratet und hat drei Kinder«, mutmaßte Ollie. »Oder er ist wirklich ein Zuhälter und möchte, daß Franziska für ihn auf den Strich geht.«

»Oder er wohnt noch zu Hause«, fügte Caroline hinzu.

»Das ist alles Quatsch«, erwiderte Franziska ärgerlich. »Aber ihr kennt ihn eben nicht. Verheiratet und Kinder, so ein Blödsinn. Er ist gerade mal vierundzwanzig. Und er liebt mich wirklich. Er hat mir ein Armband geschenkt nach dem zweiten Mal, ein altes Familienstück. Ich schätze, es ist wertvoll.«

»Zeig«, verlangte Caroline. »Oder hast du das im Fitness-Studio im Spind eingeschlossen, nur damit wir es nicht sehen und keine dumme Fragen stellen können?«

»Nein«, antwortete Franziska und stand auf. »Es liegt in meinem Sekretär. Ich hole es.«

»Ich finde, das klingt alles grauenhaft«, sagte Ollie, als sie gegangen war. »Sie ist doch völlig Banane, sich von so einem Zuhältertyp mit Geld und Auto imponieren zu lassen. Das geht im Leben nicht gut.«

»Zumal nicht, wenn sie wirklich schwanger ist«, fügte Benedikt hinzu.

Franziska kam zurück in die Küche. »Hier ist es«, sagte sie und hielt ihnen ein funkelndes Armband hin.

Die vier nahmen es der Reihe nach in die Hand und betrachteten es ausgiebig.

»Wenn die Steine so echt sind wie das Gold«, sagte Ollie schließlich, »dann ist es eine Menge Geld wert.«

»*Wieviel*?« fragte Matilda aufgeregt.

»Zehntausend oder mehr«, schätzte Ollie. »Guck dir doch diese riesigen Steine an.«

»Oh!« hauchte Matilda. »*Oh*!«

»Es ist ein altes Familienstück«, wiederholte Franziska.

»Toll«, meinte Caroline verächtlich. »Sicher ist es Tradition in der Familie von Jaguar-Jan, daß die Mätresse des Sohnes ein Armband geschenkt bekommt. Immer nach dem zweiten Mal. Was bildet der sich eigentlich ein? Ist er vielleicht Prinz Charles?«

Franziska nahm Ollie das Armband aus der Hand und setzte sich wieder. »Wenn ich nicht solche Angst hätte, schwanger zu sein, hätte ich euch kein Wort von alledem erzählt. Ihr seid noch viel schlimmer, als ich gedacht hatte, daß ihr wärt.«

»Wenn du früher mit mir darüber gesprochen hättest, wäre das alles überhaupt nicht passiert«, sagte Caroline heftig. »Ich finde das überhaupt nicht spannend oder aufregend oder sonst irgendwie schön. Ich finde es nur schäbig.«

»Das hast du schon mal gesagt«, meinte Matilda. »Klar, weil dir so was nicht passieren könnte. Aber normalen Menschen passiert so was eben schneller, als einem lieb ist.«

»Wenn Franziska überhaupt schwanger ist«, warf Benedikt ein. »Warum verschaffst du dir nicht erst mal Gewißheit darüber?«

»Wenn du morgen deine Tage kriegst, ärgerst du dich grün und blau, daß du uns diese Geschichte überhaupt erzählt hast, ich weiß«, sagte Matilda grinsend. »Aber weitermachen wie vorher kannst du dann auf jeden Fall nicht mehr. Du hast gleich vier Klötze am Bein. Klotz Ollie glaubt, der Typ sei ein Zuhälter und wird ihm am Jaguar auflauern, Caroline Klotz wird ihn und dich mit moralischen Vorträgen verfolgen, Klotz Nummer drei möchte unbedingt seine Wohnung sehen und ich – ich will ihn dir einfach nur ausspannen.«

»Ja«, sagte Franziska. »Ich bin ein Idiot.«

»Und wie geht es jetzt weiter?« fragte Caroline.

Franziska zuckte mit den Achseln. »Ich weiß nicht«, sagte sie. »Morgen wollen wir zusammen essen gehen, Jan und ich.«

»Wieder ins Chez Margaux?« wollte Matilda wissen. »Wenn ja, bring mir bitte eine von den Marmorpfeffermühlen mit. Die haben so was auf jedem Tisch stehen. Es wird gar nicht auffallen.«

»Ich weiß noch nicht, wohin wir gehen. Es soll eine Überraschung sein, hat Jan gesagt. Und was ich Cornelius vorlügen soll, warum ich schon wieder keine Zeit habe, weiß ich auch noch nicht.«

»Wie gemein!« fand Caroline.

6

Genau in diesem Augenblick klingelte das Telefon. Alle zuckten zusammen.

»Hach, ist das spannend«, sagte Ollie. »Aber für mich kann es nicht sein. Ich wohne ja nicht hier.«

Das Telefon klingelte ungefähr fünfmal, bis Caroline schließlich aufstand und den Hörer abhob. »Ja, hallo? Oh, Cornelius.« Sie hielt Franziska den Hörer hin. »Es ist für dich.«

Franziska lächelte unbehaglich in die Runde. »Hi, Corni«, sagte sie und stand auf. »Warte, ich nehme das Telefon mit in mein Zimmer, hier hören alle zu. Ollie und Benedikt sind hier und haben für uns gekocht. Wie war es denn beim Training?« Sie zog die Küchentür hinter sich zu.

»So was Scheinheiliges«, meinte Caroline. »Ich finde das alles fürchterlich.«

»Mensch, Caro, das ist einfach Leben«, widersprach Matilda. »Wenn man sich mit Männern abgibt, dann passiert so was eben. Aber da kannst du ja nicht mitreden.«

»Du bist gemein«, sagte Benedikt. »Ich finde, Caroline hat recht. Das ist schon alles ziemlich unfair von Franziska und diesem Typ. Aber Franziska hat natürlich ein *echtes* Problem, wenn sie schwanger ist.«

»Wenn«, sagte Caroline.

»Und jetzt steht sie nebenan und lügt ihrem Cornelius wer weiß was vor, damit sie sich morgen mit dem Vater ihres Fötus treffen kann«, sagte Ollie. »Das ist fast wie im Film. Diese Heteros machen immer alles so kompliziert.«

»Woher willst du wissen, daß Jan der Vater ist, und nicht Cornelius?« fragte Matilda. »Sie hat ja mit beiden geschlafen, meine brave, anständige Cousine. Wer hätte das gedacht? Ich jedenfalls nicht.«

»Ich auch nicht«, sagte Caroline. »Franzi war immer mein Vorbild.«

»Warum nicht ich?« fragte Matilda gekränkt.

Franziska öffnete die Küchentür. »Da seid ihr ja noch.«

Vier Augenpaare sahen sie abwartend an.

»Ich habe Cornelius gesagt, daß wir morgen mal ganz unter uns sein wollen«, meinte sie unglücklich. »Nur wir Mädchen.«

»Lügnerin«, sagte Caroline. »Ich wollte morgen abend mit Peggy ins Kino! Was, wenn ich Cornelius irgendwo treffe?«

»Ich weiß noch nicht, ob ich mich mit Peter oder mit Claudius treffen soll«, erklärte Matilda. »Aber ich bin auf jeden Fall auch nicht da. Du hättest eine sturmfreie Bude, und der Knilch würde das Geld fürs Hotel sparen.«

»Ich komme mir so gemein vor«, gestand Franziska. »Bis vor zwei Tagen fand ich das alles nur spannend und aufregend, aber jetzt fühle ich mich wie der letzte Mensch.«

»Das würde ich an deiner Stelle auch tun«, entgegnete Caroline kühl.

»Wir gehen jetzt besser mal«, meinte Ollie. »Wenn ihr wollt, kommen wir morgen früh zum Spülen vorbei.«

»Nein, nein, das machen wir«, sagte Caroline. »Vielen Dank für das leckere Essen.«

»Gern geschehen«, sagte Benedikt. »Und vielen Dank für die spannende Geschichte, Franziska. Ich weiß nicht, ob es ein Trost für dich ist, aber wenn du wirklich schwanger bist, dann verspreche ich dir, wirst du die bestgekleidetste Schwangere in der ganzen Stadt sein.«

»Danke«, sagte Franziska deprimiert.

»Bis morgen.«

»Bis morgen«, sagte Matilda und schloß die Tür hinter den beiden. »Tja, jetzt mal unter uns Frauen: Wie soll es denn jetzt weitergehen?«

»Ich weiß es doch nicht!« Franziska fing an zu weinen. »Was soll ich denn nur tun?«

Die beiden anderen standen betreten um sie herum und wußten nicht, was sie sagen sollten.

7

»*Und?*« fragten Matilda und Caroline, als Franziska am nächsten Tag gegen Mittag aus dem Badezimmer kam.

Franziska schüttelte den Kopf. »Nichts«, sagte sie.

Caroline und Matilda machten ernste Gesichter.

»Vielleicht bleibst du heute besser zu Hause«, schlug Caroline vor. »Wenn du dich mit dem Typen triffst, machst du alles nur noch viel komplizierter.«

»Nein«, sagte Franziska heftig. »Ich *muß* ihn sehen. Da gibt es einiges zu besprechen. Außerdem möchte ich wissen, woran ich bin.«

Matilda nickte verständnisvoll. »Du kannst meinen schwarzen Body haben, wenn du möchtest«, schlug sie vor.

Caroline erhob sich kopfschüttelnd. »Ich finde, sie sollte zu Hause bleiben und einen Schwangerschaftstest machen.«

Franziska sah ihr hinterher. »Weißt du, sie ist richtig böse auf mich. Und ich habe das ungute Gefühl, daß sie recht hat.«

»Und wenn schon«, meinte Matilda. »In ein paar Jahren lachst du darüber. Ich wette, dann freust du dich, daß du mal so eine aufregende Zeit in deinem Leben hattest.«

»Ein bißchen weniger Aufregung wäre in diesem Fall nicht schlecht«, seufzte Franziska. »Ich habe die ganze Nacht von Babys geträumt.«

»Ich auch«, sagte Matilda. »Ist das nicht komisch?«

»Weißt du, ich wollte immer Kinder haben, irgendwann mal«, sagte Franziska leise. »Aber noch nicht jetzt, verstehst du das?«

»Natürlich«, meinte Matilda. »Aber selbst, wenn du schwanger bist, mußt du kein Baby bekommen, das weißt du doch.«

Franziska sagte nichts darauf.

»Gibst du mir wirklich den schwarzen Body?« fragte sie.

Matilda nickte.

»Fein«, sagte Franziska. »Ich will heute abend nämlich umwerfend aussehen.«

»Das wird schwierig«, grinste Matilda. »Aber den Body kannst du trotzdem haben.«

»Auch deine Lockenwickler? Und diesen dunkelroten Lippenstift?«

»Du übertreibst vielleicht ein kleines bißchen«, sagte Matilda. »Denk daran, wie schnell das alles wieder hin ist, wenn du erst mal im Hotelzimmer bist!«

Gegen sieben verließ Franziska die Wohnung. Matilda und Caroline schauten ihr besorgt hinterher.

»Warum holt der Typ sie nicht ab?« fragte Caroline. »Ich meine, jetzt ist er doch kein Geheimnis mehr.«

Matilda zuckte mit den Achseln. »Sicher möchte Franziska nicht riskieren, daß er *mich* sieht«, meinte sie.

Caroline lachte höhnisch. »Ich gehe jetzt mit Peggy ins Kino«, erklärte sie. »Der Film heißt *Nine Month* – und rate mal, worum es geht?«

»Babys«, sagte Matilda. »Ich habe heute nacht auch davon geträumt. Ein Alptraum.«

»Und was machst du?«

»Ich gehe mit Peter in so einen Undergroundschuppen«, erklärte Matilda.

»Ist Peter der Cellist aus deinem Harmonielehreseminar?«

»Nein, das ist Claudius. Peter habe ich beim Griechen um die Ecke kennengelernt.«

»Ach, richtig. Und was ist dann aus dem Typ geworden, mit dem du letzte Woche in der Oper warst?«

»Meinst du René?« fragte Matilda. »Der ist übers Wochenende in Belgien. Aber für Dienstag hat er mich zum Essen eingeladen.«

»Peter vom Griechen um die Ecke, Claudius aus dem Harmonielehrekurs und René, der Opernfan. Gibt es sonst noch jemanden?«

»Natürlich«, sagte Matilda. »Aber diese drei genügen mir fürs erste. Ich meine, man möchte schließlich auch noch ein bißchen Zeit für sich haben.«

»Ja«, seufzte Caroline. »Habe ich dir eigentlich von dem süßen Kommilitonen erzählt, der neulich mit mir in der Mensa essen war? Mit mir und Peggy, um genau zu sein.«

»Nein«, antwortete Matilda. »Aber ich wette, da gibt es auch nichts zu erzählen.«

»Ziege«, sagte Caroline.

8

»Wo fahren wir hin?« fragte Franziska.

»Das ist eine Überraschung«, erklärte Jan und nahm kurz die rechte Hand vom Steuer, um ihre Wange zu streicheln.

Franziska lehnte sich zufrieden in den ledernen Jaguarsitz zurück. Das würde ein wunderbarer Abend werden, wenn es ihr nur für ein paar Stunden gelingen würde, den Gedanken an ihren Bauch beiseite zu schieben.

»Du siehst so wahnsinnig hübsch aus heute«, sagte Jan. Franziska sah ihn von der Seite an.

»Du auch«, sagte sie und meinte es ehrlich.

Seine blonden Haare, das schöne Profil – der Mann war ein lebender Traum.

Er parkte den Wagen in der Südstadt, direkt am Volksgarten.

Franziska seufzte. Jan fand immer genau dort einen Parkplatz, wo er ihn brauchte. *Immer*. Mit Cornelius war das ganz anders. Der konnte gut und gern acht-, neunmal fluchend um den Block fahren, bis er schließlich eine Parklücke im absoluten Halteverbot fand.

Jan holte zwei große Körbe mit Deckel aus dem Kofferraum. »Komm«, sagte er.

Franziska folgte ihm in den Park. So ein lauer, wunderschöner Sommerabend wie heute schien alle Bewohner dieser Stadt in die Grünanlagen gelockt zu haben. Überall auf den Wiesen saßen und standen Menschen und Menschengruppen herum. Sie lasen, erzählten oder lauschten einem gitarrespielenden Studenten, andere spielten Federball, jonglierten mit Keulen und bunten Tüchern. Eine türkische Großfamilie feierte ein Fest um zwei mitgebrachte Holzkohlegrille, von denen ein köstlicher Geruch aufstieg. Franziska fand das alles wunderbar.

Das Leben könnte so schön sein, dachte sie. Wenn da nicht dieses eine Problem wäre …

»Hier«, bestimmte Jan schließlich und setzte die Körbe unter einer riesigen Buche ab.

Franziska sah sich um.

»Ein Picknick im Park«, sagte sie begeistert. »Wie romantisch!«

»Ja«, stimmte Jan zu und holte eine große, grün-blau-karierte Decke aus dem einen Korb. »Und heute ist Vollmond.«

»Ich weiß«, sagte Franziska.

An Vollmond hatte sie sonst immer ihre Tage. Seit sieben Jahren, pünktlich jeden Monat. Nur dieses Mal nicht. Nicht daran denken! Bloß nicht, sonst war der ganze Abend hin. Franziska zwang sich zu einem Lächeln.

Jan machte eine einladende Geste zu der Decke hinab. Franziska setzte sich. Die Decke fühlte sich wunderbar weich an ihren nackten Beinen an. Während Jan sich wieder den Körben zuwandte, sah sie unauffällig nach dem angenähten Etikett an der Decke.

Hundert Prozent Kashmir. Na, also.

Sie seufzte zufrieden. Bei Jan war selbst die Picknickdecke edel. Und was er alles auspackte! Da waren zwei Kissen, eine blaue Tischdecke mit dazu passenden Stoffservietten, dickes blaues Porzellan mit gelben Blüten, edle Sektgläser, zwei gläserne Windlichter mit blauem Porzellanfuß, eine Flasche Champagner in einem Sektkühler voller Eiswürfel, gegrillte Riesengarnelen, Weintrauben, verschiedene Edelkäsesorten, frisches Baguette, Erdbeeren, belgische Pralinen, ein Buch mit Liebesgedichten, wie süß – es war, als hätten die Körbe keinen Boden.

Ein leichter Wind brachte die Blätter über ihren Köpfen

zum Rascheln und trug sanfte Gitarrenmusik vom Weiher hinüber. Die untergehende Sonne hüllte sie beide in weiches goldenes Licht.

Es war einfach *perfekt*.

Franziska lehnte ihren Kopf an Jans Schulter.

»Du bist so – toll«, sagte sie. »Das ist die schönste Überraschung, die mir jemals jemand gemacht hat, ehrlich.«

Die Sonne ging langsam unter, und Jan legte den Arm um ihre Schulter.

»Bist du glücklich?« fragte er,

»Sehr«, sagte Franziska. Wenn da nicht ... – Schluß damit.

Jan öffnete die Champagnerflasche und reichte Franziska eines der langstieligen Sektgläser.

»Auf uns«, sagte er.

»Auf uns«, antwortete Franziska.

»Das ist ein sehr guter Jahrgang«, meinte Jan und schnalzte fachmännisch mit der Zunge. »Dazu passen die Garnelen und die Erdbeeren. Was möchtest du zuerst?«

»Küß mich«, sagte Franziska und schloß die Augen.

9

Montag morgens beim Aufwachen verspürte sie jenes schmerzhafte Ziehen im Bauch, das gewöhnlicherweise die allmonatlichen Bauchschmerzen ankündigte. Zum allerersten Mal in ihrem Leben freute sie sich darüber.

»Gut«, murmelte sie hoffnungsvoll und setzte sich auf. »Mehr! Mehr davon!«

Caroline steckte den Kopf durch die Tür. »*Und*?«

»Psst«, zischte Franziska. »Ich konzentriere mich. Gerade hatte ich Bauchschmerzen.«

»Wunderbar«, freute sich auch Caroline und setzte sich abwartend auf Franziskas Bettkante.

Eine Weile schwiegen sie gespannt.

»Jetzt sind sie wieder weg, die blöden Bauchschmerzen«, klagte Franziska schließlich. »Oh, warum nur? Ich werde so lange im Bett liegen bleiben, bis sie wiederkommen.«

»Mußt du heute nicht zur Spoho?«

»Die Spoho ist mir scheißegal. Ich will endlich meine Bauchschmerzen bekommen!«

Caroline runzelte besorgt die Stirn.

»Also, da muß sich doch was machen lassen«, meinte sie. »Da gibt es sicher jede Menge Tricks. Ich werde auch hier bleiben und dir helfen.«

»Danke«, murmelte Franziska. »Du kannst mir helfen, ein Testament aufzusetzen.«

Die Tür zu Matildas Zimmer klapperte, und man hörte Matildas nackte Füße durch den Flur tapsen.

»*Und*?« rief sie, als sie an Franziskas Zimmertür vorbeikam. Franziska legte sich stöhnend in die Kissen zurück.

»*Und*?« äffte sie Matilda nach. »Ich kann das nicht mehr hören, dieses *und*?«

Matilda kam in Unterwäsche ins Zimmer geschlendert. Die Unterwäsche war dunkelgrün und mit roten Rosen bedruckt.

»Scheußlich«, sagte Caroline.

»Und?« wiederholte Matilda ungerührt. »Was ist jetzt?«

»*Nichts*!« schrie Franziska. »Nichts, nichts, nichts!«

Matilda wuschelte sich durchs Haar.

»Okay«, sagte sie. »Da müssen wir eben was dagegen unternehmen.«

»Da kann man nichts gegen unternehmen«, murmelte Franziska verzweifelt. »Oder wolltest du mit Stricknadeln in mir herumstochern?«

»Igitt«, wehrte Matilda ab. »So was würde ich niemals tun. Es gibt einhundert legale Methoden, seine Menstruation herbeizuführen.«

Caroline nickte dazu. Franziska setzte sich wieder auf.

»Sagt mir *eine*«, forderte sie die beiden auf.

Caroline und Matilda sahen einander an.

»Na ja«, meinte Matilda und begann auf dem Fußboden ihre morgendlichen Sit-ups. »Man kennt das doch. Du hast dieses affenscharfe schneeweiße Kleid an, was sich wie eine zweite Haut um deinen Hintern schmiegt. Du gehst damit durch die Stadt, an einem schönen Sommertag wie heute, ein kleines, aber sehr schickes Handtäschchen schwenkend, in das du ausnahmsweise mal keinen Tampon gesteckt hast. Die Blicke aller Männer sind auf dich gerichtet, du fühlst dich wunderbar. Mit dem schönsten aller Männer gehst du schließlich einen Kaffee trinken oder von mir aus auch ein Milchshake, Erdbeer und Schokolade. Und dann – plötzlich – spürst du es. Ausgerechnet jetzt. Dieses Ziehen im Bauch und etwas Klebriges im Slip. O Gott, denkst du noch. Nicht heute, und nicht in diesem Kleid! Aber es ist zu spät. Du weißt es nicht hundertprozentig, aber du kannst darauf wetten: Das hautenge, schneeweiße

Kleid hat einen Blutfleck, den nur ganz wenige Menschen für Schokoladeneis halten werden, wenn sie ihn sehen. Daß sie ihn sehen, steht außer Frage, denn jeder, wirklich jeder guckt heute auf deinen Hintern. Was kannst du tun? Reglos sitzen bleiben, bis das Lokal schließt und dabei riskieren, daß sich eine Blutlache auf deinem Stuhl bildet? Oder das schicke Handtäschchen vor deinen Hintern halten und aufs höchste blamiert nach Hause eilen.«

Matilda holte tief Luft.

»Genauso ist es«, rief Caroline begeistert aus.

»Ha«, sagte Matilda. »Das wage ich zu bezweifeln. Du ziehst niemals hautenge Kleider an. Obwohl du es dir theoretisch leisten könntest.«

»Was soll das?« fragte Franziska mürrisch. »So was ist mir noch nie passiert.«

»Aber es funktioniert todsicher«, beteuerte Matilda. »Ich leihe dir mein schärfstes weißes Kleid, und du läufst damit an Orten herum, an denen du dich auf keinen Fall blamieren willst.«

»Mit deiner besten Unterwäsche«, fügte Caroline hinzu. »Das ist dann doppelt sicher. Immer wenn ich meinen allerbesten Spitzenbody anhabe, bekomme ich garantiert meine Tage – das ist ein Naturgesetz!«

Franziska stöhnte. »Ich kann mir nicht helfen«, sagte sie. »Aber ich finde das alles albern.«

»Das ist nicht albern«, widersprach Caroline. »Das ist angewandte Psychologie.«

»Also los! Unter die Dusche, und dann nichts wie rein in deine allerempfindlichste, allerfeinste Lieblingsunterwäsche«, befahl Matilda.

Franziska gehorchte.

»Mußt du nicht zur Musikhochschule?« wollte Caroline von Matilda wissen, während sie die Schublade in Franziskas Sekretär durchwühlte, in der sie die Unterwäsche aufbewahrte.

»Kein Mensch muß müssen«, sagte Matilda. »Es gibt Wichtigeres zu tun. Oder möchtest du vielleicht ein plärrendes Baby hier wohnen haben?«

»Ich weiß nicht«, meinte Caroline. »Vielleicht.«

»Wäääääääh, wäääääääh, den ganzen Tag lang?«

»Babys schreien ja nicht nur, Babys sind – ich meine, sie müssen schon irgendwie was Besonderes sein, sonst würden nicht so viele Menschen welche bekommen. Möchtest du denn keine Kinder kriegen?«

»Vielleicht in zehn Jahren«, sagte Matilda. »Aber jetzt noch nicht. Erst möchte ich ein Star an der Oper werden, und das dauert seine Zeit. Jetzt ist einfach nicht der richtige Zeitpunkt.«

»Vermutlich ist nie der richtige Zeitpunkt für ein Baby«, meinte Caroline nachdenklich. »Ich meine, wenn Franzi jetzt schwanger ist, dann ist das eben Schicksal!«

»Man kann da auch was gegen tun«, sagte Matilda und setzte eine entschlossene Miene auf. »Ich finde nicht, daß man alles hinnehmen muß, was das Schicksal einem beschert.«

»Oder was man sich selber einbrockt«, sagte Caroline. »In diesem Fall bin ich auch geneigt, eher Franziska die Schuld an dem Schlamassel zu geben als dem Schicksal.«

Franziska kam aus der Dusche zurück. Caroline reichte ihr ein zartes Gebilde aus champagnerfarbener Spitze und Seide.

»Das ist genau das richtige Höschen«, beteuerte sie. »Da kriegst du das Blut nie mehr raus.«

»Das ist aus Paris«, seufzte Franziska. »Cornelius hat es mir gekauft. Mit einem passenden BH.«

Caroline wühlte prompt den Büstenhalter hervor.

»Das muß es dir wert sein«, sagte Matilda. »Wenn du eine ausgeleierte Frotteehose anziehst, kriegst du deine Tage niemals.«

»Ich habe keine ausgeleierten Frotteehosen«, empörte sich Franziska und zog die Pariser Unterwäsche an. Matilda reichte ihr das versprochene weiße Kleid.

»So weit, so gut«, befand Caroline. »Damit haben wir schon mal einen Anfang gemacht. Aber wie geht es weiter?«

Matilda setzte sich wieder auf die Bettkante. »Sehr hilfreich ist ein Termin beim Frauenarzt«, sagte sie. »Immer wenn man den Termin hat, also genau an diesem Tag, kriegt man seine Tage. Das ist ...«

»... ein Naturgesetz«, ergänzte Caroline. »Funktioniert bei mir auch immer. Todsicher.«

»Bei mir noch nie«, sagte Franziska mürrisch. »Ich weiß nicht, wieso das bei euch so ist. Bei mir ist das gewöhnlich so: Ich bekomme alle achtundzwanzig Tage meine Menstruation. *Immer* morgens, *immer* um die gleiche Zeit. Ich ziehe daher an solchen Tagen *niemals* ein weißes Kleid oder meine beste Unterwäsche an, sondern treffe auch sonst Vorbereitungen, die eine unangenehme Situation vermeiden. Und wenn ich einen Termin beim Frauenarzt mache, dann *immer* zu einer anderen Zeit, ist doch klar. Das ist jetzt seit sieben Jahren so, und es hat *immer* funktioniert. Nur *diesmal* nicht.«

Sie holte tief Luft. »Es kann nur eine Erklärung dafür geben: Ich bin schwanger!«

»Das muß nicht sein«, widersprach Caroline sofort. »Sieh

mal, selbst *mich* hat diese ganze Geschichte schon so mitgenommen, daß ich heute nacht nicht geschlafen habe. Aber daß sie *dich* erst recht mitnimmt, wo du sie schließlich selber erlebt hast, ist doch klar. Und so was kann manchmal auf die Hormone wirken. Das ist doch ganz natürlich. *Logisch!* Wenn ich das alles erlebt hätte, mit diesem Typen und seinem Jaguar und dem Familienschmuck, und wenn ich gleichzeitig einen Freund wie Cornelius hätte, so einen knuffigen, treuen Kerl, ich meine, dann hätte ich auch Probleme mit meiner Menstruation, das ist doch nur *logisch*.«

»Schscht, das reicht, Caroline!« Matilda holte schon das Telefon aus dem Flur ans Bett.

»Los«, befahl sie. »Ruf an und mach einen Termin.«

»Am besten heute noch«, fügte Caroline hinzu.

Franziska blätterte in ihrem Adreßbüchlein. »Ich hasse diese Arztbesuche«, murrte sie. »Ich gehe immer nur hin, um mir die Pille verschreiben zu lassen.«

»Los jetzt«, befahl Matilda.

Franziska wählte.

»Was gibt es denn sonst noch?« überlegte Caroline. »Ein heißes Bad ist immer hilfreich. Aber das kann sie sich für heute abend aufheben.«

»Auch gut ist, wenn man eine Babyausrüstung kauft«, schlug Matilda vor. »Wenn man alles beisammen hat, stellt sich das Ganze nur als falscher Alarm heraus. Wir gehen nachher gleich in die Stadt und kaufen Schnuller, Windeln, Puder, Babyschühchen und so einen Kram. Franziska muß sowieso das weiße Kleid und die Unterwäsche spazierenführen, damit sich die Sache lohnt.«

»Brillante Idee«, lobte Caroline. »An dir ist eine Psychologin verlorengegangen.«

Franziska legte den Hörer auf.

»Der früheste Termin ist in drei Wochen«, sagte sie. »Am vierundzwanzigsten um neun Uhr.«

»Ach du Dumme«, schimpfte Caroline. »Hast du nicht gesagt, es sei dringend? Dann kann man auch ohne Termin kommen. Wenn jeder, der schwanger ist, erst mal drei Wochen warten würde – wo kämen wir denn da hin?«

»Ich rufe nicht noch mal an«, wehrte sich Franziska. »Ich gehe am vierundzwanzigsten hin, und damit basta. Bis dahin ist der Spuk sowieso vorbei.«

Matilda erhob sich.

»Wir gehen jetzt in die Stadt einkaufen«, klärte sie Franziska auf. »Du in diesem Kleid und in sonst gar nichts. Wenn alles nach Plan läuft, kommst du mit einem häßlichen Blutfleck am Hintern zurück und hast dich bis auf die Knochen blamiert.«

»Hoffentlich«, sagte Franziska.

10

»Und?« rief Matilda durch die Klotüre.

»*Nichts*« brüllte Franziska zurück. »Wenn du noch einmal so blöd fragst, springe ich aus dem Fenster.«

Caroline saß deprimiert am Küchentisch und spielte mit einem Babyfläschchen.

»Süß, nicht?« fragte sie. »Und diese Schühchen, die sind ja wohl zu niedlich!«

»Sie hat immer noch nichts«, sagte Matilda. »Da rennen wir stundenlang durch die Stadt, und alle starren auf ihren Hintern – in *meinem* Kleid –, wir kaufen die Babyabteilung leer, machen einen Termin beim Frauenarzt – alles für die Katz. Langsam gehen mir die Ideen aus.«

Caroline seufzte. »Na ja, vielleicht muß man alledem erst mal Zeit geben, Wirkung zu zeigen.«

Franziska kam aus dem Badezimmer.

»So oft wie in den letzten fünf Tagen war ich noch nie auf dem Klo«, sagte sie düster. »Nichts von dem, was wir gemacht haben, hat geholfen. Ich bin sicher schwanger.«

»Das ist nicht gesagt!« rief Matilda. »Hast du etwa Appetit auf saure Gurken?«

»Ich hasse saure Gurken«, erklärte Franziska.

»Siehst du!« triumphierte Matilda. »Dann bist du auch nicht schwanger.«

»Das mit den sauren Gurken ist doch nichts als ein Klischee«, meinte Caroline. »Meine Mutter hatte Appetit auf Schwarzwälder Kirschtorte, als sie schwanger war. Und meine Freundin Jennie war ganz wild auf Salmiakpastillen.«

»Da hätte ich jetzt auch Appetit drauf«, sagte Franziska. »Ist das der Beweis?«

»Was können wir jetzt noch tun?« fragte Caroline.

Matilda überlegte.

»Da hilft nur noch Zauberei«, meinte Franziska unglücklich.

»Zauberei!« schrie Matilda. »Das ist es. Ich habe da doch dieses Zauberbuch vom Flohmarkt. Die Stadthexe und ihre

Magie oder so. Warte, ich hole es. Da steht ganz bestimmt was drin.«

Franziska drehte gedankenverloren die weißen Babyschühchen hin und her.

»Süß, nicht?« fragte sie.

»Ja, schon«, antwortete Caroline.

»Ach, Scheiße«, sagte Franziska.

»Ja, schon.«

»Heute abend kommt Cornelius. Wir wollten ins Kino.«

»*Nine Months*«, schlug Caroline vor. »Der war gar nicht so schlecht. Und ist sehr passend, wenn du das Thema mal anschneiden möchtest. Ich meine, das wäre vielleicht angebracht.«

»Vielleicht«, sagte Franziska.

Matilda kam zurück und schwenkte ein Buch mit dunkelviolettem Einband. »*Die urbane Hexe und ihre Magie!* Hier ist es.«

Franziska seufzte.

»Hier stand etwas über einen Zauber, wenn man glaubt, schwanger zu sein«, erinnerte Matilda sich und blätterte eifrig in dem Buch herum. »Wie Sie seine Begierde anstacheln können, nein, wie Sie einen magischen Treuetest durchführen müssen, nein, hier ist es: Wie Sie Ihre Periode herbeiführen können.«

»Vergiß es«, sagte Franziska, aber Matilda fand, man müsse jede Möglichkeit in Betracht ziehen.

»Umwickeln Sie Ihren Körper mit je einer Spule roter und weißer Seide«, las sie. »Dann setzen Sie sich in ein Bad, das zu gleichen Teilen mit Rosen-, Orangen-, Glyzinien- und Jasminessenzen gefüllt ist, und warten Sie, bis sich die Seide um Ihren Körper auflöst ...«

»Da kann man ja in der Wanne liegen bleiben, bis man verschrumpelt«, unterbrach sie Franziska. »Oder bis das Wasser verdunstet ist. Hör auf mit dem Blödsinn! Das ist nicht der richtige Weg.«

»Nein«, stimmte Caroline zu. »Wir müssen uns was Besseres überlegen. Obwohl ein heißes Bad nie schaden kann. Vielleicht versuchst du es mal.«

Franziska erhob sich und drückte die Babyschuhe an ihre Brust.

»Ihr seid echt lieb«, sagte sie. »Aber jetzt möchte ich ein bißchen allein sein.«

Matilda und Caroline blickten ihr betreten hinterher.

»Scheiße«, sagte Caroline, die sonst selten Kraftausdrücke dieser Art benutzte.

»Ja«, seufzte Matilda. »Und irgendwie ungerecht. Männer haben mit so was keine Probleme.«

»Sie werden sie bekommen«, meinte Caroline. »Spätestens, wenn festgestellt werden muß, wer der Vater ist.«

»Laß uns von was anderem reden.«

»Gut«, sagte Caroline bereitwillig. »Hab' ich dir schon erzählt, daß gestern der Typ angerufen hat, mit dem ich neulich in der Mensa essen war?«

»Und?« fragte Matilda.

»Nichts und«, sagte Caroline. »Wir wollen morgen wieder zusammen essen gehen. In der Mensa.«

»Oh«, spottete Matilda. »Wie aufregend.

»Ja«, seufzte Caroline. »Er ist echt süß. Wer weiß, ob sich nicht was daraus entwickelt.«

»*Ich* weiß das«, sagte Matilda. »Bei dir entwickelt sich niemals etwas.«

»Du bist gemein«, sagte Caroline.

»Ich weiß«, entgegnete Matilda zufrieden.

11

Eine Viertelstunde später klingelte Benedikt an der Tür, ausnahmsweise mal ohne Bolle. Caroline öffnete ihm.

»Und?« fragte er.

Caroline schüttelte den Kopf. »Wir haben alles versucht«, sagte sie und erzählte von ihren Unternehmungen.

Benedikt schlug sich gegen die Stirn. »Das ist ja irgendwie wieder mal typisch«, rief er aus. »Babypuder kaufen, mit dem Frauenarzt telefonieren, ein weißes Kleid anziehen – ich glaube, ich spinne! Seid ihr jetzt ganz durchgeknallt? Warum tut ihr nicht das Naheliegendste?«

»Und was soll das sein?«

Benedikt seufzte und zeigte ihr eine längliche Pappschachtel.

»Was ist das?« fragte Caroline.

»Ich glaub's nicht«, stöhnte Benedikt. »Wo ist sie?«

»Sie sitzt in ihrem Zimmer«, erklärte Caroline und starrte die Schachtel in Benedikts Hand mit großen Augen an. »Oh, jetzt weiß ich, was das ist. Daß wir da nicht draufgekommen sind! Franzi wollte allein sein. Aber gleich kommt Cornelius. Sie wollten ins Kino gehen.«

»Wann kommt der?« fragte Benedikt und schaute auf die Uhr.

»Halb acht, denke ich. Er ist immer pünktlich.«

»Wenn wir uns beeilen, wird's gehen«, meinte Benedikt und öffnete die Tür zu Franziskas Zimmer.

Sie saß dort völlig apathisch in ihrem weißen Schlauchkleid im Schaukelstuhl und hoffte auf ein Wunder.

»Immer noch nichts?« fragte Benedikt mitleidig.

Franziska schüttelte den Kopf. »Ich weiß nicht, was ich sonst noch tun kann.«

Benedikt seufzte. »Wie wär's denn mal hiermit?« Er hielt ihr ein Päckchen hin.

»Ein Schwangerschaftstest!« sagte Franziska betroffen. »Wo hast du den denn her?«

»Aus der Apotheke, du Schaf«, antwortete Benedikt. »Jetzt ist Schluß mit diesen albernen Verzögerungsspielchen. Es wird höchste Zeit, daß du der Wahrheit ins Auge siehst.«

Franziska wendete den Schwangerschaftstest mißtrauisch in ihrer Hand hin und her.

»Hat dich jemand gesehen?« fragte sie.

Benedikt seufzte wieder. »Natürlich. Die Apotheke war voller Menschen. Aber ich habe gesagt, es wäre für mich.«

Franziska lächelte schwach.

»Weißt du«, sagte sie. »Es klingt vielleicht merkwürdig, aber an einen Schwangerschaftstest habe ich überhaupt nicht gedacht. Ich weiß gar nicht, ob ich es überhaupt wissen will.«

Benedikt schüttelte verständnislos den Kopf.

»Los jetzt«, sagte er. »Es ist ganz einfach. Du nimmst das Ding und pinkelst drauf. Dann wartest du ein paar Minuten und weißt Bescheid.«

Franziska beäugte weiter mißtrauisch die Verpackung. »Und das funktioniert?«

»Todsicher«, sagte Benedikt. »Los jetzt! Sei mutig!«

Franziska öffnete den Karton und holte ein Kunststoffstäbchen heraus, in das zwei kleine Sichtfelder eingebaut waren.

»Siehst du die Fensterchen?« fragte Benedikt. »Wenn in beiden Feldern ein blauer Punkt erscheint, bist du schwanger. Wenn nur das obere Feld blau wird, bist du noch mal davon gekommen. Ganz einfach.«

Franziska schüttelte das Stäbchen ungläubig. »Und das soll funktionieren?«

»Natürlich«, sagte Benedikt mit zunehmender Begeisterung. »Schau her, du mußt diese Kappe abziehen und die Spitze in den Urin tunken. Dabei kannst du das Stäbchen direkt in den Strahl halten oder aber den Urin vorher in ein Glas füllen. Das ist idiotensicher.«

»Woher weißt du so gut über solche Dinge Bescheid?« fragte Franziska

»Ich habe den Apotheker gefragt, wie es geht. Und er hat es mir netterweise genau erklärt.«

»Vor allen Leuten?«

»Vor allen Leuten«, bestätigte Benedikt. »Die wissen jetzt alle über die Handhabung eines Schwangerschaftstestes Bescheid. Das war sozusagen Volksaufklärungsunterricht.«

»Mir ist das peinlich, mit dir über meinen Urin zu sprechen.«

»Du bist ein Schaf.«

»Danke«, sagte Franziska. »Ich meine, dafür, daß du daran gedacht hast, so was zu besorgen. Wie bist du nur auf diese Idee gekommen?«

Benedikt stöhnte. »Weil es das naheliegendste ist, einen Schwangerschaftstest zu machen, wenn man glaubt, schwanger zu sein. Ich verstehe nicht, wieso ihr nicht darauf gekommen seid. Babyschuhe kaufen ist nicht unbedingt eine Alternative.«

»Caroline und Matilda haben gesagt, man bekommt seine Tage, wenn man das tut.«

»Das ist doch kompletter Blödsinn.«

»Nein«, sagte Franziska. »Das ist Psychologie. Davon verstehst du nichts.«

»Geh Pipi machen«, forderte Benedikt sie auf.

Franziska erhob sich unentschlossen.

»Haben wir ein Glas?« fragte sie in der Küche.

»Natürlich«, antwortete Matilda.

»Ein altes Marmeladenglas oder so was«, sagte Franziska.

»Sie braucht es, um reinzupinkeln«, erklärte Benedikt hilfreich.

Caroline stand auf und ging zum Küchenschrank. »Nimm diese Tasse«, sagte sie. »Ich kann sie sowieso nicht ausstehen. Keine Ahnung, welch geschmackloser Mensch mir die gekauft hat.«

Franziska nahm ihr eine grüne Henkeltasse mit roten Herzchen aus der Hand. »Danke«, sagte sie. »Ich denke, das ist genau das Richtige für mein Pipi.«

»Sollen wir mitkommen?« fragte Matilda.

Franziska schloß energisch die Badezimmertür ab. »Bloß nicht«, sagte sie von drinnen.

Caroline, Matilda und Benedikt blieben vor der Tür im Flur stehen. Eine Weile lang hörte man gar nichts.

Schließlich ertönte Franziskas Stimme von drinnen. »Hier steht, am besten funktioniert es mit Morgenurin«, rief sie. »Ich denke, ich warte besser bis morgen früh.«

»Nein«, rief Benedikt zurück. »Der Apotheker hat gesagt, man kann es zu jeder Tageszeit ausführen. Und das steht auch in der Packungsbeilage.«

»Ja ja«, murmelte Franziska. »Jetzt geht schon von der Tür weg, sonst kann ich nicht pinkeln.«

Die drei zogen sich in die Küche zurück.

»Hölle, ist das spannend«, sagte Matilda. »Morgen hole ich mir auch so ein lustiges Spiel aus der Apotheke.«

»Sehr witzig«, sagte Caroline. Sie hatte sich vor lauter Aufregung die Unterlippe blutig gebissen.

Zwei Minuten später kam Franziska mit der grünen Herzchentasse zu ihnen. »Und jetzt?« fragte sie.

Benedikt nahm ihr das Plastikstäbchen aus der Hand. »Jetzt entfernen wir diese Hülle«, sagte er in einem Tonfall wie Doktor Augenbraue Best aus der Fernsehwerbung und ließ seinen Worten auch gleich Taten folgen. »Dann tränken wir die Spitze mit dem Urin, stecken das Ganze wieder zusammen und warten, ob sich in beiden Feldern blaue Punkte bilden.«

Franziska, Caroline und Matilda beugten sich über das Stäbchen.

»Nichts«, schrie Franziska froh. »Gar nichts. Alles ist weiß geblieben!«

»Wir warten vier Minuten«, erklärte Benedikt geduldig. »Nach vier Minuten färbt sich entweder nur ein Feld blau – oder alle beide. Und wenn beide Felder blau sind, heißt das, du bist schwanger.«

»*Vier Minuten*«, sagte Franziska bloß. »So lange halte ich das im Leben nicht aus.

»Ich auch nicht«, erklärte Caroline solidarisch.

Sie und Franziska begannen, nervös durch die Wohnung zu wandern. Matilda und Benedikt bewachten derweil den Schwangerschaftstest.

»Da! Ein Feld färbt sich blau. Ein runder, blauer Punkt«, schrie Matilda. »Heißt das nun, daß sie schwanger ist?«

»Oh, *nein*!« brüllte Franziska aus dem Flur.

»Erst eine Minute«, sagte Benedikt beruhigend und schaute auf die Uhr. »Da kann man noch gar nichts sagen. Bei Schwangerschaft färben sich außerdem beide Felder blau.«

Es klingelte an der Wohnungstür.

»Das ist sicher Cornelius«, sagte Caroline. »Es ist halb acht. Auf die Minute. Ich gehe und mach' ihm auf.«

»Scheiße«, brüllte Franziska panisch. »Was soll ich denn jetzt machen? Er darf nichts davon wissen!«

»Halt ihn noch zwei Minuten hin«, schlug Benedikt vor, »dann steht das Ergebnis fest.«

Aber Caroline hatte schon die Wohnungstür geöffnet. »Hi, Corni«, sagte sie nervös.

»Hi, Caro«, antwortete Cornelius und lächelte sie an.

Er war ein großer, sportlich gebauter Typ mit wuscheligen, immer ungestylten, dunklen Locken und schönen, kantigen Gesichtszügen. Caroline fand ihn ausgesprochen gutaussehend. Ganz besonders heute. Es tat ihr furchtbar leid, daß Franziska plötzlich mehr auf braungebrannte, blonde und unverschämt reiche Kerle stand. Das hatte Cornelius einfach nicht verdient.

»Du siehst gut aus«, sagte sie warm, nur um ihm etwas Nettes mit auf den Weg zu geben.

»Danke«, erwiderte Cornelius verblüfft. »Wo ist Franziska? Wir wollten ins Kino gehen.«

»Hier.« Franziska stürzte an ihm vorbei in die Küche und riß den Schwangerschaftstest vom Spülstein.

»Einen Moment noch«, rief sie über die Schulter. Hastig stopfte sie das unheilvolle Plastikstäbchen in den Abfalleimer, und zwar ganz tief.

Matilda reichte ihr stumm die Verpackung hinterher.

Benedikt seufzte. »Dummkopf«, flüsterte er. »In einer Minute hätten wir's gewußt.«

»Ich glaube, das zweite Feld war auch blau«, flüsterte Matilda. »Aber ich bin mir nicht ganz sicher.«

Franziska strich sich atemlos das Haar aus der Stirn. »Ja, ich meine auch, es wäre blau gewesen«, jammerte sie leise.

Cornelius stand lächelnd in der Küchentür. »Du siehst irgendwie gestreßt aus, finde ich«, sagte er. »Gibt es was Neues?«

»Nein«, schrien Benedikt, Caroline und Matilda im Chor.

Cornelius lachte leicht verunsichert. »Franziska und ich wollten ins Kino gehen«, sagte er. »Wollt ihr nicht mitkommen?«

»Nein, nein«, antworteten sie und schüttelten einhellig die Köpfe. »Wir haben schon was anderes vor.«

»Der Film heißt *Nine Months*, sagt Franziska«, erklärte Cornelius. »Vielleicht ist es lustiger, wenn man da zu mehreren ist.«

»Ich war schon am Samstag in diesem Film«, sagte Caroline. »Mit Hugh Grant. Es war sehr – interessant.«

Ihr Herz schmolz beinahe vor Mitleid.

Cornelius musterte sie besorgt. »Ist irgendwas?«

»Nein, nein«, wiederholte Caroline und goß unauffällig den Inhalt der giftgrünen Herzchentasse in die Spüle. Sie hatte zusätzlich zu der blutenden Lippe lauter hektische, rote Flecken im Gesicht. Die bekam sie immer, wenn sie log.

Franziska suchte nach ihrem Rucksack.

»Tolles Kleid«, meinte Cornelius. »Ist es neu?«

»Nein, mit Perwoll gewaschen«, murmelte Matilda.

»Es gehört Matilda«, erklärte Franziska, die ihren Rucksack gefunden hatte und zog ihn eilig Richtung Wohnungstür. »Bis nachher dann!«

»Viel Spaß im Kino«, sagte Matilda. »Und paß auf mein Kleid auf. Haha!«

Als die Tür ins Schloß gefallen war, stürzten sich die drei Zurückgebliebenden auf den Abfalleimer.

»Wo ist das verfluchte Stäbchen?«

»Hast du's?«

»Kann man noch was erkennen?«

»Ist sie schwanger?«

Benedikt kratzte mit spitzen Fingern fettige Krümel von dem Schwangerschaftstest.

»Scheiße«, sagte er. »Da ist lauter Kaffeesatz drauf und alles mögliche. Ich glaube, man kann das jetzt nicht mehr erkennen.«

»Gib her!« Matilda riß ihm das Stäbchen aus der Hand und popelte die beiden Felder frei. »Das eine ist eindeutig blau.«

Caroline nahm es ihr weg.

»Das andere ist völlig zerkratzt«, sagte sie. »Aber es sieht nicht blau aus.«

»Das kann man nicht sagen«, wiederholte Benedikt. »Wir haben es zu früh bewegt und mit anderen Substanzen in Berührung gebracht. Sie muß es noch mal machen.«

Caroline legte das Stäbchen auf den Spülstein zurück. »Scheiße«, sagte sie. »Wir waren so nah dran.«

12

»Wir kommen zu spät«, sagte Franziska schlechtgelaunt. »Das ist jetzt die dritte Runde um den Block, und hier ist weit und breit kein Parkplatz für uns. Warum fahren wir nicht da vorne ins Parkhaus?«

Aber ein Parkhaus zu benutzen, war gegen Cornelius' Autofahrerehre.

»Parkhäuser sind was für Opas und Omas. Und weißt du, was das kostet?« fragte er. »Nein, hier ist sicher gleich eine Lücke frei.«

Franziska stöhnte genervt und dachte sehnsüchtig an Jan und seine reibungslosen Parkmanöver. *Der* fand immer sofort eine Lücke.

Cornelius drehte unbeirrt zwei weitere Runden um den Block. Schließlich parkte er zwischen einem Parkverbots- und einem Halteverbotsschild vor einem Bauzaun.

»Siehst du«, sagte er triumphierend. »Was habe ich dir gesagt?«

»Hier ist absolutes Halteverbot«, meckerte Franziska. »Und das Kino hat schon vor zehn Minuten angefangen.«

»Da läuft doch eh eine halbe Stunde Werbung«, sagte Cornelius heiter. »Wer interessiert sich schon dafür?«

»Ich«, antwortete Franziska in einer für sie völlig untypischen Tonlage. »Im Kino gehört die Werbung einfach dazu. Und ich *hasse* es sowieso, zu spät zu kommen. Da kriegt man nur noch die *schlechtesten* Plätze, und vor einem sitzt *garan-*

tiert ein Riese mit mißlungener Dauerwelle und versperrt einem die Sicht. *Ich hasse das.*«

Cornelius sah sie irritiert an. »Das nächste Mal fahren wir mit der Bahn«, sagte er ruhig. »Was ist los mit dir? Bekommst du deine Tage?«

Franziska warf wütend die Beifahrertür zu. »Noch so eine saublöde Frage, und du kannst allein ins Kino gehen.«

»Na, hör mal«, sagte Cornelius. »Ich gehe extra deinetwegen in so einen Rührschinken mit Hack Gränt, da kannst du ruhig was netter zu mir sein.«

»Jiuuh«, verbesserte Franziska kleinlich.

»Wie bitte?«

»Es heißt nicht Hack, sondern Jiuuh ausgesprochen.«

So was wäre Jan sicher nicht passiert. *Er* wußte, wie man Hugh Grant aussprach. Er sagte ja auch nicht Lambordschieni, wie Cornelius, und er konnte all die zungenbrecherischen Gerichte auf der Speisekarte bei Chez Margaux korrekt aussprechen. Total souverän war der.

Sie stapfte mit bockigen Schritten neben Cornelius her.

»Was ist los mit dir?« wollte er wissen und legte seinen Arm um ihre Schulter. »Du bist seit Tagen so merkwürdig.«

»Nichts«, sagte Franziska.

Cornelius zog sie enger an sich. Er roch gut. Das immerhin. Es war nicht sein After Shave oder Eau de Toilette, es war einfach seine ganz eigene, vertraute Duftnote.

Sie seufzte.

Eigentlich liebte sie ihn ganz fürchterlich, das spürte sie genau. Und er war schließlich nicht schuld an diesem Schlamassel.

Sie blieb stehen und schaute zu ihm auf. »Tut mir leid«,

murmelte sie zerknirscht. »Ich weiß auch nicht, was mit mir los ist.«

Cornelius küßte sie erleichtert auf die Nasenspitze. »Komm«, sagte er fröhlich. »Wir gehen jetzt in diesen Film und schauen uns den tollen Hack an. Oder Jiuuuh, ganz wie du willst. Und danach lade ich dich zum Essen ein. Bei diesem neuen Mexikaner, der soll ganz super sein. Da kannst du mir dann erzählen, was du auf dem Herzen hast, okay?«

»Okay«, sagte Franziska und nahm sich fest vor, es auch wirklich zu tun.

Aber das war gar nicht so einfach. Sie wußte nicht, wo sie anfangen sollte. Obwohl der Film als solcher ein prima Aufhänger für ein Gespräch über Babys im allgemeinen und besonderen war.

Cornelius bestellte Tortillas mit der unvermeidlich scharfen Bohnenpampe und dazu etwas Fleischiges. Franziska nahm nur einen Salat. Sie hatte seit Tagen keinen Appetit mehr.

»Wie fandest du den Film?« fragte sie.

Cornelius lehnte sich zufrieden zurück. »Also, was ihr Frauen an diesem Hack findet, werde ich nie verstehen. Er sieht doch aus wie ein Hase. Ein britischer Hase.«

»Er hat einfach das gewisse Etwas«, behauptete Franziska und verfolgte das Thema erst mal nicht weiter.

Cornelius merkte es nicht. Er begann ihr von seiner Arbeit zu erzählen und einer Auseinandersetzung mit seinem besserwisserischen Vorgesetzten. Franziska hörte nur mit halbem Ohr zu. Cornelius arbeitete in einer riesigen Firma, in der Entwicklungsabteilung für Computerhardware, und Franziska war es in dem halben Jahr ihrer Beziehung noch nicht geglückt, echtes Interesse dafür zu entwickeln. Sicher war Cornelius ein gewissenhafter, begabter Mitarbeiter, und wenn er auch jetzt noch ganz unten auf der Karriereleiter stand, würde er zweifellos aufgrund seiner Fähigkeiten im Laufe der nächsten zwanzig Jahre ganz weit nach oben klettern. Unaufhaltsam, da war sie sich sicher. Schon jetzt war er in der Lage, Frau und Kind zu versorgen. Und das mit siebenundzwanzig Jahren. Wer kann das heute noch? Sie würden eine nette Drei-Zimmer-Wohnung mit Balkon mieten, und alles würde seinen ganz normalen Lauf nehmen.

Theoretisch.

Franziska seufzte schwer. Cornelius wäre sicher der bessere Vater, so wie sie ihn einschätzte. Aber niemand konnte sagen, ob er auch der wahre Vater war.

Und außerdem wollte sie überhaupt kein Kind!!!

Ach, warum bekam das weiße Kleid nicht endlich den ersehnten Blutfleck? Warum nicht? Es wäre das reinste Vergnügen gewesen, mit dem herrlichen, überaus herrlichen Fleck an all den Leuten an ihren Tischen vorbeizugehen, hinaus auf die sommerlich belebten Straßen. *Das reinste Vergnügen*!

Das Essen kam, und Cornelius machte sich froh über sein Fleisch her. Franziska stocherte indessen unglücklich auf ihrem Salatteller herum.

»Wie fändest du das eigentlich, wenn *du* Vater würdest?« brach es unvermittelt aus ihr heraus.

»Wasch?« fragte Cornelius mit vollem Mund. »Wie kommschu da jetsch drauf?«

»Wegen des Films«, sagte Franziska. »Würdest du dich freuen, wenn ich schwanger wäre?«

Cornelius machte den Mund leer. »Nein«, sagte er ernsthaft.

Nein? Franziska war vollkommen verblüfft. *Nein*? Einfach *nein*?

»Du würdest dich nicht freuen?« wiederholte sie ungläubig.

»Nein«, antwortete Cornelius. »Das würde doch überhaupt nicht passen. Vielleicht in fünf Jahren mal, aber doch jetzt noch nicht.«

»Ja, gut«, meinte Franziska fassungslos. »Ich meine ja auch nicht eine geplante Schwangerschaft, sondern ein Versehen. Sozusagen.«

Cornelius lächelte vollkommen ahnungslos auf sie herab. »Solche Versehen kann man ja heutzutage glücklicherweise vermeiden«, sagte er.

Franziska wurde unruhig. Das hätte sie nun wirklich nicht gedacht. Cornelius, der Kinderfreund. Der mit allen kleinen Jungs am Wegesrand Fußball spielte und bei jeder Gelegenheit von einem Haus im Grünen schwärmte, wo er mit ihr und einem ganzen Stall voller Kinderlein sein Leben zu fristen wünschte.

»Ja, aber ich denke, du willst Kinder haben?« sagte sie. »Ich war doch immer diejenige, die das nicht wollte. *Ich*, nicht *du*!«

»Ja, schon, das weißt du doch«, meinte Cornelius und schnitt sich genießerisch ein Stück von seinem Steak ab. »Aber wir sind einfach noch zu jung dafür. Vor allem du. Du willst erst mal dein Studium fertig machen und ein paar Jahre in dem Job arbeiten. Und in der Zeit schaffen wir eine entsprechende Basis. Kinder sollten in geregelte Verhältnisse hineingeboren werden. Mit Ende zwanzig kann man das alles viel besser absehen.«

»Du *bist* Ende zwanzig«, sagte Franziska verbissen.

»Ich bin Mitte zwanzig«, erklärte Cornelius. »Und du wirst

demnächst gerade mal einundzwanzig. Erst im zweiten Semester. Und jetzt sag mir nicht, daß du dir ein Kind wünschst.«

»*Natürlich nicht*«, schrie Franziska.

Die Leute an den anderen Tischen blickten erstaunt von ihrer Bohnenpampe auf.

»Ich meine bloß rein theoretisch«, setzte sie flüsternd hinzu.

»Was so ein Film alles auslösen kann«, meinte Cornelius, immer noch völlig ahnungslos. »Ich denke, wir sind uns da schon einig. Du bist die Frau, mit der ich alt werden will, das weiß ich ganz genau. Und daß wir irgendwann mal Kinder haben werden, steht außer Frage. Nur bis dahin können wir noch fünf, sechs, sieben Jährchen unser Leben auf eine andere Weise genießen. Ist das nicht wundervoll?«

»Doch«, murmelte Franziska.

Wenn er wollte, konnte er richtig nette Sachen sagen. Sie war die Frau, mit der er alt werden wollte, das klang wirklich gut. Dummerweise war sie sich nicht sicher, ob umgekehrt das gleiche galt.

Sie kaute apathisch auf einem grünen Salatblatt herum. »Und wenn ich aber doch schwanger würde?« fragte sie nach einer Weile. »Durch einen Irrtum? Was würdest du dann tun?«

»Dann würden wir unsere Pläne natürlich über den Haufen werfen müssen. Aber das würden wir auch hinkriegen«, sagte Cornelius und lächelte sie warm an. »Du und ich. Wir zwei.«

»Du würdest nicht denken, daß ich dieser Aufgabe nicht gewachsen bin?«

»Natürlich nicht«, entgegnete Cornelius. »Schließlich schaffen das noch viel jüngere Mädchen. Und du bist ziemlich reif für dein Alter.«

»Aber was wäre mit meinem Studium?«

»Na ja, das müßte eben erst mal Pause machen. Das wäre natürlich alles wahnsinnig kompliziert. Das Kind müßte zu einer Kinderfrau, was eine finanzielle Frage ist, oder zu deiner Mutter – was eher eine moralische Frage ist! Ich wette, das würdest du nicht wollen. Viele Frauen brechen ihr Studium ab und fangen nie wieder damit an, wenn sie ein Kind bekommen. Die meisten, um genau zu sein.«

Franziska schluckte. »Und wenn ich aber gar kein Kind haben wollte?« fragte sie. »Ich meine, man muß es ja nicht bekommen, wenn man nicht will.«

»Das stimmt natürlich«, sagte Cornelius. »Aber eine Abtreibung wäre in deinem Fall ja wohl vollkommen unmoralisch. Du hättest einen Kindsvater, der dich und das Baby versorgt. Nein, eine Abtreibung käme da überhaupt nicht in Frage.«

»Und wenn ich darauf bestehen würde?« fragte Franziska kriegerisch. »Schließlich könntest du mich nicht zwingen, ein Kind zu bekommen.«

Cornelius hielt ihr einen Gabel voll Bohnenpampe hin. »Probier mal das Püree«, sagte er. »Es schmeckt toll.«

»Ich mag nicht«, ekelte sich Franziska.

Cornelius schob sich die Gabel selber in den Mund. »Eine Abtreibung würde ich nicht akzeptieren«, erklärte er. »Du bist schließlich in keiner Notlage oder so was.«

Wenn du wüßtest, dachte Franziska. Wenn das keine Notlage ist, dann weiß ich es nicht.

Cornelius war satt. »Und jetzt hören wir mit diesen hypothetischen Gesprächen auf«, forderte er. »Ihr Frauen könnt diese Was-wäre-wenn-Spiele stundenlang spielen. Da kommt nie was bei raus, außer daß man sich am Ende über ungelegte Eier streitet.«

Von wegen hypothetisch! Und von wegen ungelegte Eier! Franziska schob den halbvollen Salatteller von sich. Die Sache war noch viel komplizierter, als sie angenommen hatte.

»Weißt du was?« sagte Cornelius und nahm ihre Hand. »Du siehst ganz toll aus heute abend. Das weiße Kleid steht dir. Du siehst darin irgendwie gleichzeitig sexy und unschuldig aus.«

Unschuldig, ha ha ha! Das war wirklich der Witz des Tages.

Franziska brach in hysterisches Gelächter aus.

Cornelius freute sich darüber. »Endlich bist du wieder fröhlich«, sagte er. »Ich hatte mir echt schon Sorgen gemacht.«

13

Caroline hörte, wie Franziska die Wohnungstür aufschloß. Sie stürzte hinaus in den Flur.

»*Und?*« wollte sie rufen, konnte sich aber gerade noch zurückhalten. »Wie war der Film?«

»Ganz nett«, antwortete Franziska und zog sich die Schuhe aus.

»Ich meine, hat er was bewirkt?« fragte Caroline.

»Außer, daß ich mir jetzt wünsche, Hugh Grant wäre der Vater meines Babys? Nein.«

Franziska schlürfte deprimiert ins Bad. Caroline folgte ihr.

»Hast du nicht mit ihm gesprochen?«

»Habt ihr den Schwangerschaftstest aus dem Müll gerettet?« fragte Franziska zurück.

»Ja«, sagte Caroline. »Aber man konnte nichts mehr erkennen. Du mußt ihn noch mal machen.«

»Beide Felder waren blau«, sagte Franziska düster. »Ich hab's gesehen. Ich brauch's nicht noch mal zu machen.«

»Hast du's Cornelius gesagt?«

»Was?« fragte Franziska und zog sich das weiße Kleid über den Kopf. »Das mit dem Baby – oder das mit Jan?«

Caroline setzte sich auf den Badewannenrand. »Eines von beiden oder beides!?«

»Nein«, seufzte Franziska. »Keines von beiden.«

»Warum nicht?« fragte Caroline bekümmert.

»Ich konnte einfach nicht. Wir haben bloß hypothetisch über die Möglichkeit einer Schwangerschaft gesprochen. Ich wollte wissen, wie er dazu steht.«

»Und was hat er gesagt?«

»Daß er kein Baby will. Erst in sechs Jahren oder so.«

»Oh.«

»Aber eine Abtreibung würde er auch nicht akzeptieren. Das ist doch wieder typisch, oder? Er will kein Baby, aber abtreiben darf ich auch nicht.«

»Würdest du das denn wollen?« fragte Caroline.

Franziska setzte sich in ihrer schönen, champagnerfarbenben Unterwäsche neben sie auf den Badewannenrand. »Ich weiß nicht«, sagte sie. »Ich *will* einfach kein Kind. Und dann noch eins mit zwei Vätern. Das ist einfach nicht möglich.«

Caroline guckte auf den Boden. Ein Silberfischchen kam aus einer Fuge geschwänzelt und lief eilig über die Kacheln.

»Auf der anderen Seite – ich denke, wir würden das schon schaffen mit einem Kind. Auch ohne Väter«, sagte sie leise. »Schau mal, du hast doch uns. Wir – ich habe mir das alles schon genau überlegt. Ein Wickeltisch paßt locker hier ins Bad und ein Bettchen in dein Zimmer, und alle würden sich darum kümmern. Benedikt und Ollie und Matilda und ich …«

»Ich will das nicht entscheiden«, sagte Franziska. »Das ist alles so kompliziert.«

Caroline schwieg und beobachtete das Silberfischchen.

»Es gibt ja eine Unzahl verschiedener Möglichkeitskombinationen«, fuhr Franziska fort »Ich kann das Baby bekommen und ziehe es ohne einen Vater groß. Ich kann aber auch beiden sagen, es wäre ihr Kind, und jeder kann es besuchen und beschenken und für seinen Unterhalt sorgen. Ich kann Jan sagen, daß Kind wäre von Cornelius und mit ihm in eine Drei-Zimmer-Wohnung mit Balkon ziehen. Oder ich sage Cornelius, das Kind wäre von Jan, und dann ziehe ich das Kind zusammen mit Jan groß.«

»In einem Schloß, hm?« warf Caroline sarkastisch ein.

»Das geht natürlich alles nur, wenn beide nicht sauer darüber wären, daß ich gleichzeitig was mit zwei Männern hatte.«

»Cornelius würde dich sicher nicht im Stich lassen«, sagte Caroline heftig. »Aber wie sieht es mit diesem Jan aus? Willst du da nicht wenigstens mal nachfragen? Hypothetisch, meine ich.«

»Das ist nicht das Problem«, behauptete Franziska. »Das Problem ist, daß ich überhaupt kein Kind will. Von keinem der beiden. Also bleibt mir doch gar nichts anderes übrig, als eine Abtreibung.«

Caroline versperrte dem Silberfischchen auf dem Boden den Weg mit ihrem Fuß. »Na, dann weißt du wenigstens, was du in den Semesterferien machen wirst.«

»Ach, Caro«, sagte Franziska. »Was würdest du denn an meiner Stelle machen? Würde dir eine Entscheidung so leicht fallen?«

»Zumindest würde ich beiden Typen reinen Wein einschenken«, erklärte Caroline fest. »Sicher nehmen die dir die Entscheidung ein Stückchen ab. Du kennst diesen Jan doch im Grunde noch überhaupt nicht. Vielleicht sagt er dir einfach nur auf Wiedersehen, wenn er hört, was los ist. Dann brauchst du Cornelius nicht mal was von ihm zu sagen. Ich meine, was er nicht weiß, macht ihn auch nicht unglücklich. Rede mit diesem Jan, und zwar schnell.«

Franziska nickte. »Ja, muß ich wohl«, sagte sie. »Wir sehen uns am Donnerstag.«

»Ach, Franziska«, rief Caroline empört. »Doch nicht wieder zu so einem Stelldichein im Hotel? In solch einer Situation? Das ist wirklich unfair von dir.«

»Ja«, gab Franziska zu. »Ist es. Aber das ändert nichts daran, daß ich es tue. Tut mir leid.«

»Man kann nicht zwei Männer gleichzeitig lieben«, behauptete Caroline. »Du mußt dich schon für einen entscheiden. Oder für keinen von beiden.«

Franziska strich sich das Haar aus der Stirn. »Doch«, flüsterte sie. »Man kann zwei Männer gleichzeitig lieben. Ich bin der Beweis, oder?«

»Das ist unfair«, wiederholte Caroline. »Wenn ich nur daran denke, wie du dich letztes Jahr angestellt hast, als Matilda noch mit Cornelius zusammen war und ein Verhältnis mit diesem Felix hatte!«

»Das war was ganz anderes!« sagte Franziska heftig.

»O nein, war es nicht. Aber vielleicht hat das Ganze ja schon System. Als Matilda Cornelius betrogen hat, hast du ihn dir geangelt. Und jetzt, wo *du* Cornelius betrügst, müßte er eigentlich automatisch an *mich* übergehen«, meinte Caroline und setzte mit einem nachdenklichen Lächeln hinzu: »Das wäre nicht mal die schlechteste Lösung. Ich mag ihn wirklich. Er hat so was Verläßliches.«

»So ein Blödsinn! Du bist überhaupt nicht sein Typ«, fauchte Franziska. »Außerdem ist er der Vater meines Kindes!«

»Vielleicht«, sagte Caroline. »Nur vielleicht.«

14

»*Und*?« fragte Matilda am nächsten Morgen.

Franziska winkte müde ab. »Es wird langsam langweilig«, sagte sie. »Finde dich damit ab, daß ich schwanger bin.«

Matilda sah sie erstaunt an. »So schnell gibst du auf?«

Caroline starrte schweigend auf ihr Knäckebrot herab.

Franziska begann, das morgendliche Müsli anzurühren. »Verstehst du nicht, daß mir gar nichts anderes übrigbleibt? Ich kann natürlich neun Monate lang in einem weißen Kleid herumlaufen und in meiner besten Unterwäsche, aber davon wird es auch nicht besser.«

»Ja, und jetzt?« fragte Matilda. »Ich weiß nicht, wie man so was macht, aber ich denke, *Pro Familia* ist jetzt das Richtige für uns.«

»Weswegen? Ich habe keine Familie.«

»Eben«, sagte Matilda. »Du bist jetzt sechs Tage über die Zeit, das heißt ungefähr dritte Schwangerschaftswoche. Wenn wir heute noch zu Pro Familia gehen und diesen ganzen Beratungsscheiß hinter uns bringen, bist du in spätestens einem Monat wieder – hm – wieder normal.«

Caroline stellte ihre Tasse mit einer heftigen Bewegung auf den Tisch. »Normal«, rief sie empört aus. »Ich glaube, ihr spinnt.«

Franziska aß ihr Müsli im Stehen. »Caroline hat sich das schon ganz genau ausgemalt«, sagte sie spöttisch. »Mein Baby liegt in einem hübschen Bettchen, im Bad steht ein Wickeltisch, und wir sind alle furchtbar glücklich miteinander.«

»Ja und?« fragte Caroline. »Das wäre durchaus möglich. Das Kind kann schließlich nichts dafür, daß es zwei Väter hat und seine Mutter so eine gewissenlose Person ist.«

»Welches Kind?« wollte Matilda wissen. »Wenn überhaupt, dann ist das ein befruchtetes Ei, was hier für Ärger sorgt. Du solltest Franziska keine Schuldgefühle einreden. Sie ist erst zwanzig, völlig mittellos und überdies hat sie keinen Vater für das – hm – für das befruchtete Ei. Das ist eine Notsituation, wie sie klassischer nicht sein könnte. Kein Mensch wird etwas dagegen sagen, wenn sie abtreibt.«

Caroline rührte in ihrem Kaffee herum. »Das ist ja alles nicht wahr«, sagte sie. »Franziska ist nicht mittellos, sie schafft es ja jetzt auch, sich selber zu ernähren, ganz ohne BAFöG.

Da wären außerdem zwei Väter, die für das Kind bezahlen würden, einer auf jeden Fall. Wenn Jaguar-Jan der Erzeuger ist, wird das Kind sogar sozusagen mit einem goldenen Armband im Mund geboren, und wenn Cornelius der Vater ist, sieht es finanziell auch nicht gerade schwarz aus. Franziska hat außerdem, wenn sie weder zu diesem Jaguar-Jan ins Märchenschloß noch zu Cornelius ziehen möchte, eine Wohnung, in der Platz genug ist. Sie hat uns, zwei kinderliebe, selbstlose Freundinnen, und Ollie und Benedikt, die idealen männlichen Bezugspersonen. Und dann ...«

»Hör auf«, rief Franziska. »Wenn du unbedingt ein Kind haben willst, dann krieg gefälligst selber eins!«

Caroline schwieg beleidigt.

»Wenn du möchtest, gehe ich jetzt mit dir zu Pro Familia«, sagte Matilda zu Franziska.

Franziska kaute eine Rosine klein. »Nicht heute. Ich muß jetzt zur SpoHo. Außerdem weiß ich gar nicht, ob ich das möchte. Eine Abtreibung, meine ich.«

Caroline freute sich. »Ich würde sogar mit dir zur Schwangerschaftsgymnastik gehen«, sagte sie eifrig. »Du hast selber gesagt, ich brauche mehr Bewegung.«

Matilda lachte, aber Franziska verzog keine Miene. Sie suchte nach ihrem Rucksack.

»Okay, Pro Familia findet also heute nicht statt«, sagte Matilda zu ihr. »Aber wie sieht es mit den diversen Kindesvätern aus?«

»Und mit einem zweiten Schwangerschaftstest?« fügte Caroline hinzu. »Wenn du möchtest, besorge ich einen in der Apotheke.«

Franziska hängte sich ihre In-Line-Skates über die Schulter. »Schön, daß ihr für mich mitdenkt«, sagte sie mürrisch. »Aber eine Hilfe seid ihr mir nicht gerade. Schönen Tag noch.«

Matilda und Caroline blieben verwirrt am Frühstückstisch zurück.

»Das bist du schuld«, sagte Matilda.

»Ich?«

»Wegen dieses Geredes von Kinderbettchen und Wickelkommode. Jetzt ist sie völlig durcheinander. Du nimmst ihr den allerletzten Ausweg.«

»Das ist nicht wahr«, verteidigte sich Caroline. »Ich habe nur Alternativen aufgezeigt. Wann hat sie diesen Termin beim Frauenarzt?«

»In zweieinhalb Wochen, gleich zu Beginn der Semesterferien.«

»Wenn sie wirklich schwanger ist, ist es dann nicht zu spät für eine Abtreibung?«

»Keine Ahnung. Nein, ich denke, es wird noch reichen«, sagte Matilda. »Gerade so. Und was machst *du* in den Ferien?«

Caroline grinste. »Die ersten zwei Wochen muß ich auf das Haus meiner Eltern aufpassen. Sie sind ein paar Tage in Madrid. Wenn ihr Lust habt, könnt ihr mitkommen. Wir könnten segeln und am Strand liegen und so was alles.«

»Auja«, freute sich Matilda. »Das wird gut. Danach muß ich nämlich sechs Wochen an einem Stück arbeiten. Kellnern bei Nino's im Straßencafé, jeden Tag anderthalb Schichten. Und von dem Geld wollte ich im September in die Toskana fahren und meine Mutter besuchen. Ich habe sie jetzt ein ganzes Jahr nicht mehr gesehen.«

»Ich bleibe vielleicht die ganzen drei Monate oben in Kiel«, überlegte Caroline. »Da habe ich wenigstens meine Ruhe. Hier kommt man ja zu nichts. Ständig ist jemand unglücklich verliebt oder schwanger oder so was. Das zehrt auf die Dauer zu sehr an meinen Nerven!«

»An meinen auch«, stimmte Matilda ernsthaft zu, aber da lachte Caroline so sehr, daß das Knäckebrot wieder aus ihr herauskrümelte.

15

In den nächsten Tagen hörten sie auf, Franziska ständig mit der gleichen Frage zu löchern. Sie sahen ohnehin an ihrem Gesicht, daß es keine guten Neuigkeiten gab und es besser war, sie überhaupt nicht anzusprechen.

Es wurde Donnerstag, bis Caroline es schließlich wagte, das Thema noch einmal anzuschneiden. Sie fand die Gelegenheit günstig, da Matilda noch schlief. Sie mußte erst am Nachmittag zur Musikhochschule, und Caroline und Franziska waren ganz allein in der Küche.

»Hör mal, Franzi, hast du mittlerweile wenigstens mal mit Cornelius gesprochen?« fragte Caroline sehr vorsichtig.

»Nein«, antwortete Franziska.

Caroline seufzte. »Ich denke nur, es würde dir vielleicht helfen«, meinte sie. »Cornelius ist so ein lieber Kerl. Sicher bringt er Ordnung in dieses Chaos.«

»Ja, sicher«, sagte Franziska. »Aber vielleicht will ich diese Art von Ordnung gar nicht.«

»Ja, aber, *was willst du denn*?« fragte Caroline.

»Ich weiß es nicht«, sagte Franziska. »Vielleicht tot sein oder so.«

»Ach, Franzi. Keiner kann dir helfen, solange du nicht weißt, welchen von beiden Typen du willst.«

Franziska seufzte. »Wenn es nur das wäre, dann hätte ich kein Problem.«

»Ich weiß«, sagte Caroline. »Aber wenn du dich entscheiden würdest, hättest du den ersten Schritt zur Lösung des Gesamtproblems getan, glaub mir.«

»Vielleicht«, stimmte Franziska zu. »Heute spreche ich jedenfalls mit Jan darüber. Nachher weiß ich möglicherweise mehr.«

»Das ist gut«, fand Caroline und daß es an der Zeit war, das Thema zu wechseln. »Ich habe im übrigen heute auch eine Verabredung.«

»Wie schön«, sagte Franziska. »Mit wem?«

»Er heißt Johannes«, erklärte Caroline. »Er studiert im siebten Semester Psychologie, und er will mir bei meinem Referat helfen.«

»Wie romantisch«, sagte Franziska wenig begeistert.

»Ich wünschte, ich würde mich in ihn verlieben«, vertraute ihr Caroline an. »Ich hab's nämlich langsam satt, immer nur außen zu stehen, wenn ihr über Männer redet.«

Franziska lächelte schwach. »Bei mir ist es genau umgekehrt. Wenn ich aus diesem Schlamassel jemals herauskommen sollte, dann will ich mit Männern nie mehr was zu tun haben.«

»Jedenfalls werde ich nicht nein sagen, wenn Johannes

mehr von mir will«, kündigte Caroline an. »Matilda hat gesagt, wenn man darauf wartet, daß man sich *vor* dem ersten Kuß verliebt, dann wird man niemals geküßt Also werde ich mich erst küssen lassen und *dann* verlieben. Matilda sagt, das sei durchaus der normale Weg.«

»Matilda sagt, Matilda sagt«, wiederholte Franziska. »Die ist auch nicht gerade eine Fachfrau auf diesem Gebiet.«

Das Telefon klingelte.

»Ich bin schon weg«, erklärte Franziska und stand eilig vom Frühstückstisch auf.

Caroline hob den Hörer ab. »Frau Sommer, oh, guten Morgen. Nein, Franziska ist schon weg. Sie hat Seminar.«

Franziska nickte heftig und fuchtelte mit der Hand in der Luft herum.

»Was?« fragte Caroline in den Hörer. »Nein, natürlich geht es ihr gut. Sie haben geträumt, Franziska sei in Schwierigkeiten?« Sie sah bedeutungsvoll zu Franziska hinüber, die fieberhaft nach ihrem Rucksack suchte. »Oh, solche Träume bedeuten nichts. Sie kennen doch Franziska, wie vernünftig sie ist und wie umsichtig.«

Caroline bekam wieder hektische Flecken im Gesicht. Franziska klopfte ihr beruhigend auf die Schulter.

»Nein, alles in Ordnung, wirklich, Frau Sommer«, log Caroline durchs Telefon. »Ich habe letztens auch geträumt, ich würde durch die Klausur fallen. Aber ich habe sie bestanden. Sogar mit Eins. Ich meine, solchen Träumen kann man wirklich keine Bedeutung beimessen.«

Franziska grinste sie beifällig an und schlich auf Zehenspitzen zur Tür.

»Ganz bestimmt, ich werde ihr Bescheid sagen«, versprach Caroline in den Hörer. »Sie wird sie zurückrufen, wenn sie wieder da ist. Aber heute kommt sie spät, das weiß ich zufällig. Ist morgen früh genug?«

Franziska winkte ihr ein letztes Mal zu, zog die Tür hinter sich ins Schloß und war verschwunden.

»Sie wollen vorbeikommen, Frau Sommer?« rief Caroline, so laut sie konnte.

Aber Franziska hörte es nicht mehr.

»Na ja, ich weiß nicht, ja, morgen nachmittag müßte sie da sein«, sagte Caroline unglücklich. »Sie kommt meistens gegen drei. Ich werde ihr einen Zettel hinlegen. Sie müssen sich wirklich keine Sorgen machen.«

Verstört legte sie den Hörer auf. »Scheiße«, murmelte sie. »Obwohl – besser jetzt als in sechs Monaten.«

»Sprichst du mit dir selber?« fragte Matilda, die barfuß und im Schlaf-T-Shirt aus ihrem Zimmer kam. »Du hast wieder diese roten Flecken im Gesicht.«

»Das war Franziska Mutter«, erklärte ihr Caroline. »Sie will morgen vorbeikommen. Weil sie geträumt hat, daß Franziska Probleme hat.«

»Das nennt man mütterliche Intuition«, kicherte Matilda. »Aber keine Sorge. Morgen sieht man ja noch nichts. Wenn überhaupt, dann sagt Franziska ihren Eltern erst Bescheid, wenn sie bereits Großeltern geworden sind. Wie ich Onkel Karl-Heinz kenne, wird er daraufhin alle beide in Frage kommenden Kindsväter verklagen. Und Franziska bekommt Hausarrest bis zwei Tage nach ihrem Tod.«

Caroline krakelte die Neuigkeit auf einen Zettel, den sie für

Franziska unter das Telefon legte. »Ich muß mich auch beeilen«, sagte sie. »Nach der Uni treffe ich mich mit Johannes.«

»Oh«, machte Matilda. »Ist das der Typ, mit dem du immer diese wahnsinnig aufregenden Rendezvous in der Mensa hast?«

»Ja«, sagte Caroline. »Aber heute gehen wir richtig aus. Er ist echt süß. Ich wünschte, ich würde mich in ihn verlieben.«

»Man kann sich auch amüsieren, wenn man nicht verliebt ist«, behauptete Matilda. »Sogar besser.«

»Ich nicht«, seufzte Caroline. »Das dumme ist nur, daß ich mich, wenn überhaupt, dann immer nur in den Falschen verliebe.«

»Und dieser Johannes wäre der Richtige?«

»Irgendwie schon.«

»Ich weiß nicht«, meinte Matilda. »So ein Bücherwurm ist doch nichts für dich. Du brauchst jemanden, der dich so richtig mitreißt und dir überhaupt keine Zeit zum Nachdenken gibt.«

»Du meinst, jemanden mit Jaguar und altem Familienschmuck?«

»Nicht unbedingt«, meinte Matilda.

»Du kennst Johannes doch überhaupt nicht«, sagte Caroline. »Er ist echt süß. Sieht gut aus, ist intelligent und sehr unterhaltsam. Was meinst du, was Peter und Paul und so weiter, also deine drei Kerle haben, was Johannes nicht hat?«

»Du denkst an Peter, Claudius und René?« Matilda überlegte einen Augenblick. »Na ja«, meinte sie dann. »Allein schon die Tatsache, daß dieser Johannes sich für dich interessiert, macht ihn irgendwie verdächtig langweilig.«

Caroline warf ihre roten Locken in den Nacken. »Du eingebildete Gans«, sagte sie.

16

Jeden Donnerstagnachmittag von vier bis sieben gab Franziska Jazz-Dance-Unterricht in einem Lady-Fitness-Studio in der Innenstadt. Normalerweise war sie mit Feuereifer bei der Sache.

Heute nicht.

Dauernd mußte sie daran denken, was passierte, wenn sie Jan und Cornelius die Wahrheit sagte. Möglicherweise würde Jan ja sofort ihre Beziehung beenden und das Armband zurückverlangen, wenn er hörte, daß sie schwanger war. Und das vielleicht sogar von einem anderen. Konnte man ja nicht wissen.

Sie seufzte. Immerhin würde er ihr damit die Entscheidung abnehmen. Und Cornelius mußte ja nicht unbedingt erfahren, daß das Baby nicht seins war. Er würde ein bißchen erschrecken, sie dann aber in seine Arme schließen und sofort nach einer Drei-Zimmer-Wohnung Ausschau halten.

Wenn Jan mit ihr Schluß machte, hatte sie nur noch ein großes Problem, und das war das Baby selbst. In neunundfünfzig von sechzig Minuten fand sie die Vorstellung, tatsächlich schwanger zu sein, langsam runder und runder zu werden und schließlich ein echtes, schreiendes Kind zubekommen, grauenhaft. Sie sah sich mit breiten Hüften und Schwangerschaftsstreifen einen versifften Second-Hand Kinderwagen durch die Stadt schieben, während alle anderen ihr Studium abschlossen und Karriere machten. Kein Mann fände sie mehr attraktiv, und das Kind würde natürlich Tag und Nacht schreien, wie Kinder das eben tun, die nur aus Versehen auf die Welt gekommen sind. Irgendwann hörte es schließlich auf zu schreien und fragte sie, wer sein Vater sei. Und sie wüßte keine Antwort.

Aber in immerhin einer von sechzig Minuten hatte diese Vorstellung auch eine schöne Seite. Wie Caroline gesagt hatte, es würde schon irgendwie gehen. Franziska mochte Babys, und ihr Baby würde ein besonders süßes, flaumiges Köpfchen haben, das es an ihre Schulter legen würde, wenn sie es herumtrüge und dazu sanfte Wiegenlieder summte. Ein Bettchen mit blau-weiß-gestreiften Kissen, eine Wickelkommode und lauter Teddybären zum Knuddeln würden die Wohnung nur noch vervollkommnen. Viele ganz schmalhüftige Studentinnen machten ihren Abschluß *und* hatten ein Kind, und die meisten davon nicht mal einen Vater dazu. Baby hingegen hatte sogar zwei. Der eine würde lange Spazierfahrten im Jaguar mit Baby unternehmen und Picknicks im Park. Baby würde früh lernen, ein Fischmesser von einem Fleischmesser zu unterscheiden und seine Bestellung korrekt von der französischsprachigen Speisekarte ablesen. Der andere Vater würde ihm Schwimmen und Wasserballspielen beibringen und moralische Grundwerte vermitteln, wie: Du sollst dich immer nur mit einem Menschen einlassen und ewig treu bleiben, sonst ergeht es dir wie deiner Mutter. Benedikt und Ollie würden sie und Baby in eine preisgekrönte Mutter-Kind-Kollektion kleiden, und wenn Baby früh heiraten würde, wäre Franziska die schönste und jüngste Brautmutter der Geschichte. Vorausgesetzt, Baby war ein Mädchen.

Eigentlich war das alles gar nicht so kompliziert.

Aber wenn die Minute um war, war es das eben doch. Saumäßig kompliziert.

Und wenn sie gar nicht schwanger war? Vielleicht sollte sie doch noch mal einen Test machen. Vielleicht waren ja doch nicht beide Felder blau gewesen, und wenn, dann konnte es immerhin noch ein Irrtum sein. Ein Fehler im System. Obwohl, heute waren es genau neun Tage über die Zeit, und neun Tage sprachen eigentlich eine deutliche Sprache. Nein, das System hatte keine Fehler.

Franziskas Augen glitten über ihre tanzende Truppe. »Die Hüften *isolieren*, Petra«, sagte sie. »Nicht mit dem ganzen Körper rühren. Ja, so ist es viel besser.«

Petra mühte sich wirklich redlich. Sie wog etwa neunzig Kilo, und ihre Hüften hatten einen Umfang von weit über einem Meter. Trotz Jazz-Dance. Aber Petra schien das nicht weiter zu stören. Sie war eine wahre Frohnatur. Als zwei andere Kursteilnehmerinnen ihr neulich einen Diätbrei empfahlen, hatte sie nur gelacht.

»Ich hatte auch mal so schmale Hüften wie die Franziska«, hatte sie gesagt. »Aber das war, bevor ich meine Zwillinge bekommen habe.«

Franziska erinnerte sich mit Schaudern daran. Zwillinge! Das wäre ja überhaupt das Allerschlimmste. Gleich zwei – und ein Hüftumfang von einem Meter fünfzig. Sie sah auf die Uhr. »Schluß für heute«, rief sie, und in diesem Augenblick sah sie Jan an der Tür stehen.

Braungebrannt, in Jeans, Edel-T-Shirt und Sakko, die Sonnenbrille unheimlich lässig im blonden Haar plaziert. Er lächelte zu ihr herüber. Die Frauen aus der Gruppe gingen nur sehr langsam an ihm vorbei, aber er schenkte ihnen nicht mal einen Blick.

Franziska schaltete die Musikanlage aus. Es half alles nichts, sie würde mit ihm reden müssen. Am besten jetzt gleich und bevor sie sich wieder in den Armen liegen würden.

»Ich muß mit dir reden«, sagte sie also zur Begrüßung höchst unromantisch.

Es *mußte* sein! Caroline wäre stolz auf sie gewesen.

Aber Jan lächelte nur noch intensiver und küßte sie auf den Hals. »Ich habe dich so vermißt«, flüsterte er in ihr Ohr. »Laß uns sofort losfahren. Unser Zimmer ist vorbestellt – und eine Flasche Champagner wartet auf uns.«

Franziska warf alle guten Vorsätze über den Haufen. Was machte es schon für einen Unterschied, ob sie jetzt mit ihm sprach oder gleich oder in zwei Wochen? Die guten Tage waren sowieso gezählt.

»Gut«, flüsterte sie zurück.

Auf dem Weg zum Auto nahm Jan ihre Hand. »Und worüber wolltest du mit mir reden?«

»Ach, das hat Zeit«, antwortete Franziska.

17

Franziska starrte mit großen Augen an die Hotelzimmerdecke. Die sah weiß und glatt aus wie immer, als wäre nie etwas geschehen.

Es war überhaupt alles gewesen wie immer. Die rasche Fahrt zum Hotel, das schon vertraute Zimmer mit der Nummer

311, ein Glas Champagner davor, eines danach, und jetzt rauschte nebenan die Dusche.

Und trotzdem war es auch irgendwie anders. Der Portier zum Beispiel hatte so komisch geguckt. So, als ob er wüßte, was sie hier oben taten. *Sicher* wußte er es. Sie hatte ganz deutlich Verachtung in seinem Blick gelesen. Das Zimmermädchen hatte den gleichen Blick gehabt. *Alle* wußten es. Ein Hotelzimmer zu mieten für eine Nacht, ohne Gepäck, und dann blieb man nur für ein paar Stunden! Das war doch sonnenklar für jedermann, was sie hier taten. Caroline hatte recht, irgendwie war es schäbig.

Franziska zog sich die Bettdecke über die Schultern. Vielleicht war Jan das alles nicht mal wert. Obwohl es ja nicht seine Schuld war. Schließlich war sie diejenige, die die Sache geheimhalten wollte.

Jan kam in Unterhosen aus dem Bad. Es waren Designerunterhosen, das Stück für mindestens hundert Mark. »Du liegst ja noch im Bett«, stellte er fest und begann, sich vor dem großen Spiegel an der Wand anzuziehen. »Ich dachte, wir gehen jetzt essen.«

»Ja«, sagte Franziska, machte aber keinerlei Anstalten aufzustehen. »Und wenn ich jetzt schwanger wäre?«

»Was?«

Franziska setzte sich auf. »Stell dir vor, ich wäre schwanger«, sagte sie aufgeregt.

»Aber du nimmst doch die Pille«, sagte Jan.

»Ja, sicher«, antwortete Franziska schnell. »Es ist ja auch nur rein hypothetisch. Was würdest du tun?«

Jan stopfte sich vor dem Spiegel das Designer-T-Shirt in

die Designerjeans. »Ich meine, das wäre deine Sache«, sagte er.

»Wie meinst du das?«

»Also, ich meine, wenn du schwanger würdest, müßtest du entscheiden, ob du jetzt Bock auf ein Kind hättest oder nicht.«

»Und wenn nicht?« fragte Franziska.

»Na, dann würdest du eben abtreiben«, meinte Jan. »Ich denke, das wär' auch völlig in Ordnung in deinem Alter.«

Franziska sah ihn gespannt an. »Und *du*? Was würdest *du* dazu sagen?«

Jan drehte sich zu ihr um. »Du, ich würde dich natürlich nicht hängenlassen. Egal, wie du dich entscheiden würdest, ich würde zu dir stehen, das ist doch klar.«

»Egal, wie ich mich entscheiden würde?«

»Sicher«, sagte Jan. »Schließlich wäre das deine Entscheidung, weil es dein Kind und dein Körper ist, aber auf mich zählen könntest du in jedem Fall. Auch wenn das jetzt nur hypothetisch ist.«

Franziska schwieg beeindruckt.

Jan gab immer die richtige Antwort. Auch wenn das jetzt nur hypothetisch war. Es war trotzdem genau wie in Franziskas Lieblingsgeschichte, die ihr Vater ihr immer vorgelesen hatte, als sie klein war. Vom schönen Ritter Gawein aus König Artus' Tafelrunde und der häßlichen Alten.

Franziska streckte sich nachdenklich auf dem Hotelbett aus, während sie sich daran erinnerte. Das Buch war mit sehr eindrucksvollen Bildern versehen gewesen, und der schöne Gawein hatte Jan nicht unähnlich gesehen. Und auch sonst waren sie irgendwie seelenverwandt. In der Geschichte war Artus einem bösen schwarzen Ritter begegnet, der ihn und Camelot zu vernichten drohte, wenn er nicht die Antwort auf die folgende Frage fände: »Was begehren die Frauen auf dieser Welt am meisten?«

Artus fragte wie besessen im ganzen Königreich herum, aber kein Mann und keine Frau konnte ihm die Antwort auf diese Frage geben. Nur eine ganz abscheuliche alte Frau wußte sie. In Franziskas Märchenbuch war sie so ungeheuer abstoßend gezeichnet, daß man sie nur unter wohligem Schaudern betrachten konnte.

Die häßliche Alte wollte König Artus die Antwort auf die Frage des schwarzen Ritters aber nur geben, wenn einer seiner Leute sie zur Frau nehmen würde. Und obwohl sie so grauenhaft häßlich war, opferte sich der edle Gawein dafür, um seinen König und das Reich zu retten. Die häßliche Alte sagte daraufhin dem König des Rätsels Lösung, und der schwarze Ritter mußte unverrichteterdinge wieder abziehen.

»Freiheit und Unabhängigkeit, das ist es, was die Frauen auf der Welt am meisten begehren«, lautete die Antwort, was, wie Franziska fand, in die heutige Zeit übersetzt ungefähr hieß: »Wenn du schwanger bist, mußt du selber entscheiden, ob du das Kind haben möchtest oder eine Abtreibung wünschst. Ich stehe auf jeden Fall zu dir.«

Als die häßliche Alte sich in der Hochzeitsnacht in eine wunderschöne Prinzessin verwandelte, war der Jan-ähnliche Gawein natürlich entzückt. Genau so eine schöne Prinzessin hatte er auch verdient.

Die Sache hatte allerdings noch einen Haken: Die Prinzessin konnte nämlich nur entweder nachts ihre schöne Gestalt haben und mußte dafür tagsüber als häßliche Alte umherlaufen oder umgekehrt. Sie fragte Gawein, was er denn lieber wolle, eine schöne Frau des Nachts, dafür eine häßliche am Tag, oder eine schöne Frau am Tag und die häßliche bei Nacht. Gawein wußte zuerst nicht recht, was er sagen sollte, fand aber dann doch die richtige Antwort, genau wie Jan eben.

Er sagte: »Das mußt du selber entscheiden. Ich stehe auf jeden Fall hinter deiner Entscheidung.«

Und weil die Antwort richtig war, hatte er die arme Prinzessin damit für immer von ihrem Fluch befreit.

Franziska seufzte. Jan sah nicht nur aus wie ein Märchenprinz, er gab auch genau die gleichen Antworten. Nur dumm, daß die Prinzessinnen im Märchen nie schwanger sind, und das auch noch von zwei verschiedenen Prinzen! Obwohl Franziska nicht so weit gehen wollte, Cornelius als einen Prinz zu bezeichnen. *Er* hatte ja auch nicht die richtige Antwort gegeben. Der nicht.

»Eine Abtreibung käme überhaupt nicht in Frage«, hatte er gesagt, und kein einziges Wort von freier Entscheidung.

Wenn Jan ein Prinz war, war Cornelius allenfalls ein popeliger Ritter oder ein Kaufmann.

»Kennst du das Märchen von Gawein und der häßlichen Alten?« fragte sie.

Jan fuhr sich vor dem Spiegel ein paarmal durch sein blondes Haar, bis es so lässig und edel fiel, wie bei dem Typ für diese Rasierwasserwerbung. Oder beim edlen Ritter Gawein aus Franziskas Märchenbuch.

»Nein, kenne ich nicht«, sagte er. »Hey, du liegst ja immer noch im Bett. Möchtest du nackt zum Essen gehen?«

»Das war mein Lieblingsbuch, als ich klein war«, sagte Franziska. »Und der Gawein in dem Buch, der sah genauso aus wie du.«

Jan drehte sich zu ihr um. »Wohin möchtest du gehen? Zu Chez Margaux? Oder sollen wir hier im Hotelrestaurant essen? Die haben auch keine üble Küche.«

Franziska schaute träumerisch zur Decke. »Am liebsten würde ich hierbleiben«, sagte sie. »Die ganze Nacht. Mit dir. Ich habe gar keinen Hunger. Und mir ist nicht danach, unter fremden Menschen zu sein.«

Jan lachte. »Ich habe Hunger wie ein Bär«, sagte er. »Und ich will mich auch gern mit so einer süßen Frau an meiner Seite zeigen. Also komm, und steh auf.«

Franziska strahlte ihn an. Was für wunderschöne Sachen er immer sagte! Bei jedem anderen Mann hätte das kitschig geklungen. Oder arrogant. Aber Jan war eben ein echter Märchenprinz. Der konnte sagen, was er wollte, es klang immer toll.

Sie beschloß, den Rest des Abends einfach nur zu genießen und kein Wort mehr über hypothetische oder echte Schwangerschaften zu verlieren. Sie wußte ja jetzt auch seine Antwort. Wenn sie auch nicht unbedingt die Lösung ihrer Probleme darstellte, so war es immerhin eine Antwort, die alle Lösungen zuließ.

»Komm, Prinzessin«, sagte der Prinz, und die Prinzessin beeilte sich, ihr Kleid zuzuknöpfen.

18

Caroline ließ sich von Johannes mit dem Auto nach Hause bringen. Die U-Bahn war ihr um diese Zeit nicht geheuer.

Johannes freute sich darüber. Er hatte eine alte, bunt bemalte Ente, die sich wunderbar in die Kurven legen konnte.

»Das ist noch mein erstes Auto«, erklärte er stolz. »Um sie zu kaufen, habe ich sechs Wochen in einer Fabrik Kakaopulver abgefüllt und noch Monate später nach Vanille gerochen. Ich habe meine Ente auch selber bemalt.«

Caroline lachte. »Ich habe erst vor ein paar Monaten meinen Führerschein gemacht«, vertraute sie ihm an. »Aber da keiner von uns ein Auto hat, konnte ich danach nicht mal mehr üben. Sicher habe ich es wieder verlernt.«

»Sicher nicht«, widersprach Johannes und parkte den Wagen mit Schwung an der Bordsteinkante. »Möchtest du mal fahren?«

»Lieber nicht«, wehrte Caroline ab. »Das ist so eine komische Schaltung.«

»Das ist ganz leicht«, behauptete Johannes. »Los, komm, es gibt doch kaum Verkehr um diese Zeit.«

Caroline schüttelte den Kopf. »Ich hätte Angst, was kaputtzumachen.«

Johannes machte ein enttäuschtes Gesicht.

Ich Spielverderber, dachte Caroline beschämt und äffte sich in Gedanken selber nach: Nein, das kann ich nicht! Nein, ich habe Angst! Bestimmt mache ich was kaputt! Wenn ich so weitermache, werde ich alt und grau sein, bevor ich mal ein bißchen Spaß im Leben hatte.

»Also gut«, sagte sie nach einer Weile zu Johannes. »Ich versuch's mal. Aber du darfst nicht böse sein, wenn ich deine Ente gegen eine Straßenlaterne setze.«

»Bestimmt nicht«, beteuerte Johannes. »Es würde mich freuen.«

Sie lachten beide und versuchten, die Plätze zu tauschen, ohne dabei auszusteigen. Das war ein etwas kompliziertes Unterfangen, bei welchem sie automatisch Körperkontakt aufnehmen mußten. Als ihre Gesichter nur noch fingerbreit voneinander entfernt waren und Caroline beinahe auf dem Fahrersitz saß, konnten sie sich plötzlich beide nicht mehr rühren.

Für ein paar Sekunden starrten sie einander reglos in die Augen und hörten auch auf zu kichern.

Küß mich ruhig! dachte Caroline. Ich würde auch kein Spielverderber sein. Bestimmt nicht. Bitte küß mich doch!

Aber Johannes schien sich nicht so recht zu trauen. Nach ungefähr fünf Sekunden sagte er: »Die Handbremse sticht mir in die Niere.« Und da kicherte Caroline wieder und schob sich weiter auf den Fahrersitz.

Ohne Zwischenfälle fuhr sie die Ente bis in die Mozartstraße. Es war wirklich überhaupt nicht schwer, genau wie Johannes gesagt hatte.

»Du kannst es doch«, meinte er.

»Ja«, sagte Caroline und war selber ganz begeistert. Nur schade, daß er sie nicht geküßt hatte.

In der ganzen Straße war kein einziger Parkplatz frei und so stellte sie das Auto in zweiter Reihe ab, drehte den Schlüssel um und sah ihn erwartungsvoll an. *Jetzt* konnte er sie küssen. Na, los!

»Das war ein schöner Abend«, fand Johannes. »Ich denke, das sollten wir bald mal wiederholen.«

»Ja«, stimmte Caroline zu und sah ernst zu ihm auf.

Worauf wartete er denn?

»Wir sehen uns ja morgen bei der Werner in Kunstpsychologie«, sagte er. »Danach können wir zusammen in der Mensa essen gehen.«

»Morgen ist der letzte Tag. Danach sind Semesterferien«, erinnerte ihn Caroline und öffnete zögernd die Wagentüre, »Und dann bin ich vermutlich die ganze Zeit bei meinen Eltern oben in Kiel.«

Noch hast du die Möglichkeit, Mann! Du darfst mich küssen. Ich warte schon den ganzen Abend darauf, daß du das tust, merkst du das denn nicht? Ab morgen hast du drei Monate lang keine Gelegenheit mehr dazu. Wenn das kein Ansporn ist!

»Ja, wunderbar, oder? Drei Monate lang faulenzen und ausschlafen. Schlaf schön«, sagte Johannes fröhlich und machte keinerlei Anstalten, sie mit einem Abschiedskuß zu bedenken. Caroline stieg aus.

»Du auch«, sagte sie und schlürfte enttäuscht zur Haustür.

Irgend etwas stimmt mit mir nicht, dachte sie, während sie der davonfahrenden Ente hinterhersah. Ich könnte schwören, daß ich ihm gefalle, aber trotzdem hat er nicht mal *versucht*, mich zu küssen. Dabei hatten wir so viele gute Gelegenheiten. Ich muß Matilda fragen, was ich falsch gemacht habe.

Während sie nach dem Haustürschlüssel suchte und dabei betete, Herr Kleinschmidt und Zerberus mögen bereits im Tiefschlaf liegen, bremste ein weiteres Auto vor dem Haus. Es war ein glänzend polierter, dunkelgrüner Jaguar, wie man unschwer an der silbernen Kühlerfigur erkennen konnte.

Aha, Jaguar-Jan brachte seine Geliebte nach Hause. Caroline blieb neugierig im Schatten des Hauseinganges stehen und wartete.

Leider sah sie nicht, was sich im Wageninnern abspielte. Erstens war es dunkel, und zweitens argwöhnte sie, daß die Scheiben zu allem Überfluß auch noch getönt waren. Aber sicher küßten die beiden sich, dachte Caroline neidisch. Das taten wohl *alle* – außer ihr.

Schließlich öffnete Franziska die Beifahrertür.

»Ich ruf' dich an«, das war Jaguar-Jans Stimme aus dem Wageninnern. »Wenn ich wieder da bin.«

»Ich vermisse dich jetzt schon«, antwortete Franziska.

Auch kein besonders origineller Dialog, fand Caroline. Aber *die* hatten sich immerhin geküßt. Einmal ganz zu schweigen von dem, was vorher im Hotelzimmer passiert sein mochte.

Jan gab Gas.

Caroline fand, daß es an der Zeit war, ihre Anwesenheit kundzugeben.

»Hallo«, sagte sie also aus dem Schatten heraus.

Franziska war zu Tode erschrocken. »Wer ist da?« rief sie.

»Bloß ich«, sagte Caroline mit Grabesstimme. »Dein schlechtes Gewissen.«

»Sehr witzig. Was machst du hier? Um diese Zeit?«

»Ich hatte auch ein Rendezvous«, sagte Caroline. »Stell dir mal vor.«

»Hast du den Schlüssel?«

Caroline schloß die Haustür auf. »Was sagt denn der Typ dazu, daß er Vater wird?«

»Er steht dazu«, antwortete Franziska. »Stell dir mal vor.«

»Was?«

»Ja«, sagte Franziska und tastete nach dem Lichtschalter für das Treppenhaus. »Er hat's ganz lässig aufgenommen.«

Caroline schaute sie ungläubig an. »Und jetzt?«

»Jan sagt, was zu tun ist, müßte ich letztendlich allein entscheiden. Schließlich sei es mein Körper. Aber er steht hinter mir, ganz gleich, wie ich mich entscheide«, sagte Franziska.

Das entsprach zwar nicht ganz der Wahrheit, aber sie war überzeugt, daß Jan genauso reagieren würde, wenn sie das Thema nicht nur hypothetisch, sondern ganz praktisch angesprochen hätte. Jan, ich bin schwanger, was soll ich tun? Oh, Franziska, das mußt du allein entscheiden, aber wie auch immer du dich entscheiden wirst, ich stehe zu dir.

»Das klingt gut«, sagte Caroline, wider Willen beeindruckt. »Ich hätte das nicht von dem gedacht.«

»Ich sage doch, du kennst ihn nicht«, sagte Franziska.

»Und Cornelius?« Caroline blieb auf der Treppe stehen. »Was machst du jetzt mit dem?«

Franziska ging an ihr vorbei. »Na ja, er hat eben die falsche Antwort gegeben.«

»Aha, das geht bei dir nach dem K.-o.-Verfahren?« rief Caroline empört. »Eine falsche Antwort, und der Kandidat scheidet ganz aus.«

»Cornelius hat gesagt, er will jetzt noch kein Kind«, sagte Franziska heftig. »Und dann hat er gesagt, wenn ich schwanger wäre, dürfte ich trotzdem auf keinen Fall abtreiben. Das ist doch der totale Widerspruch. Abgesehen davon, daß ich überhaupt kein Mitbestimmungsrecht hätte bei diesem Typ.«

»Ich dachte, du liebst *diesen* Typ?« rief Caroline empört.

»Aber er ist nicht die Lösung für meine Probleme, verstehst du das denn nicht?« brüllte Franziska zurück. »Jan läßt mir wenigstens freie Wahl.«

Irgendwo öffnete sich eine Tür.

»Ruhe«, schrie die Frau aus dem zweiten Stock. »Wissen Sie eigentlich, wie spät es ist?«

»Entschuldigung«, sagte Caroline höflich. »Wir haben nur eine kleine Auseinandersetzung, bei der man auf die Uhrzeit keine Rücksicht nehmen kann.«

»Dann nehmen Sie gefälligst auf mich Rücksicht«, verlangte die Frau.

Sie trug Lockenwickler im Haar und darüber ein hellgrünes Netz. Das Gesicht war mit weißer Fettcreme beschmiert. Alles in allem ein ziemlich grauenhafter Anblick. Franziska und Caroline beeilten sich, an ihr vorbeizukommen.

»Weiß Jan denn, daß das Baby möglicherweise gar nicht von ihm ist?« fragte Caroline in gedämpfterem Tonfall.

»Und wo Sie gerade da sind«, rief das Gespenst mit den Lockenwicklern hinter ihnen her, »Sie wären diese Woche dran gewesen, den Flur zu putzen. Ich habe die Fußmatten hochgehoben, und unter keiner war gekehrt. Wenn Sie morgen früh nicht putzen, werde ich mich beim Hauswirt beschweren.«

»Er weiß, daß ich noch mit Cornelius zusammen bin. Dann kann er sich ja auch denken, daß die Möglichkeit besteht, daß es Cornelius' Kind ist.«

»Aber darüber habt ihr nicht gesprochen?«

»Nicht direkt«, antwortete Franziska.

»Und was machst du jetzt?«

»Ich mache mit Cornelius Schluß.«

»Du machst einen Riesenfehler«, meinte Caroline ernsthaft.

»Du kennst Jan gar nicht, du weißt nicht, wie wunderbar er ist. Kennst du das Märchen von Gawein und der häßlichen Alten?«

»Nein, aber ich kenne Jans Stimme«, sagte Caroline. »Und die war *unsympathisch*! Er ist nicht gut für dich, so was spürt man als Freundin. Glaub mir das.«

19

»Semesterferien«, seufzte Matilda dankbar. »Dreieinhalb Monate lang frei. Wenn ich auch manchmal am Sinn und Erfolg meines Studiums zweifle, zu Beginn der Semesterferien bin ich wieder ganz sicher, das Richtige zu tun.«

»Ich muß immerhin zwei Hausarbeiten schreiben«, erklärte Caroline. »Aber in Kiel habe ich ja Ruhe für so was. Und Papas Computer.«

Franziska warf ihren Rucksack mit Schwung in eine Ecke. »Ihr wollt mich also tatsächlich hier allein lassen?«

Caroline und Matilda sahen sich bedeutungsvoll an.

»Du kannst immer noch mitkommen«, sagte Caroline schnell. »Wir fahren ja erst am Sonntag.«

Franziska schüttelte den Kopf.

»Ich habe hier so vieles zu erledigen«, sagte sie. »Da führt nun mal kein Weg dran vorbei.«

»Der Termin beim Frauenarzt ist erst Montag in einer Woche«, sagte Matilda. »Ich bin bis dahin auch längst wieder hier, weil ich ja ab Sonntag bei Nino's arbeiten muß. Wir könnten zusammen zurückfahren.«

»Das geht nicht«, sagte Franziska ohne jede weitere Erklärung.

»Ich fahre auch nicht so gerne, wie du vielleicht denkst«, wandte Caroline ein. »Mit Johannes und mir, das wird langsam richtig ernst.«

»Tatsächlich?« spottete Matilda. »Wart ihr wieder in der Mensa essen?«

»Ja«, sagte Caroline. »Und dann hat er gefragt, ob ich in den Semesterferien mal Zeit hätte.«

»Sensationell«, sagte Matilda. »Ich höre schon die Hochzeitsglocken läuten.«

»Spotte du nur«, sagte Caroline. »Aber das mit Johannes und mir könnte schneller ernst werden, als du Peter, Paul oder wie sie auch alle heißen mögen ins Bett bekommst.«

»Peter, Claudius und René«, verbesserte Matilda. »Und die habe ich bereits alle schon ins Bett bekommen.«

»Natürlich«, sagte Caroline düster. »Natürlich.«

»Und was ist jetzt mit deinem Johannes?« wollte Franziska wissen.

Carolines Gesicht hellte sich wieder auf. »Heute abend feiern wir noch mal Abschied in einem Restaurant, bei einem richtigen Essen mit Kerzenlicht.«

»Hattet ihr doch gestern schon«, sagte Franziska, »das Essen zu zweit.«

»Ja«, sagte Caroline. »Aber in *seiner* Lieblingskneipe. Da war es zwar lecker, aber nicht unbedingt romantisch. Heute suche ich das Restaurant aus. Ehrlich, der Johannes ist echt nett. Und alles wäre perfekt, wenn ich mich nur endlich in ihn verlieben würde.«

»Ach, Caroline«, kicherte Matilda. »So wird das nie was. Bei dir kann man nur hoffen, daß der Trend zur Jungfräulichkeit im nächsten Jahrtausend anhält. Sonst bist du dann hoffnungslos out.«

Weil es an der Tür klingelte, wurde Caroline einer Antwort enthoben. Sie stand dankbar auf und öffnete die Tür.

»Huch!« schrie sie erschreckt.

Eine knisternde, weiße Wolke schob sich in den Flur. Dahinter kam Ollie.

»Ist das nicht super?« rief er und zeigte auf die weiße Wolke. Sie bestand aus mehreren hundert Mülltüten, die in vielen Schichten übereinandergenäht waren, ähnlich einem voluminösen Brautkleid aus Tüll. Oben schauten überraschend Benedikts Schultern und sein Kopf heraus.

»Irre!« schrie Matilda begeistert. »Es sieht aus wie eine Pariser Kreation.«

»Wenn es nicht so knistern würde«, fügte Caroline bewundernd hinzu, »dann würde man denken, es ist hauchdünne Seide im Perlmuttlook.«

»Fehlt nur noch der grüne Punkt«, sagte Franziska trocken.

Benedikt drehte sich ein paarmal um die eigene Achse, und Bolle in seiner Hand, der zu dem Kleid etwas fehl am Platz wirkte, quietschte begeistert.

»Ich hab's ja nicht für mich entworfen«, sagte Benedikt. »Eigentlich ist es für Matilda. Wenn sie sich traut, damit herumzulaufen.«

»Natürlich«, sagte Matilda beleidigt. »Es gibt nichts, was ich mich nicht traue.«

»Aber Benedikt würde das Kleid am liebsten behalten«, sagte Bolle. »Es steht ihm so gut!«

Ollie lachte. »Für dich habe ich auch was«, sagte er zu Franziska. »Eine Überraschung.«

»Franziska hatte genug Überraschungen in der letzten Zeit«, lachte Matilda. »Du kannst sie nicht aufheitern.«

»Das wollen wir doch mal sehen«, meinte Ollie und zog ein himmelblaues Stoffgebilde hinter seinem Rücken hervor.

»Tatatataaaa«, machte er. »Ladies und Gentlemen, ich präsentiere Ihnen das erste Stück der *Opossum*-Kollektion des international berühmt-berüchtigten Modeschöpfers Oliver Gereon.«

»Ein Zelt«, rief Matilda. »Ein blaues Zelt.«

»Kein Zelt«, empörte sich Ollie und hielt ihr das himmelblaue Stoffgebilde unter die Nase.

Es war ein tief ausgeschnittenes, sehr weites Kleid aus hauchdünnem Batist.

»Eine Robe, die jede Phase der Schwangerschaft mitmacht«, behauptete Ollie, »und zu jedem Anlaß paßt. Ich schenke sie dir, Franziska.«

»Danke«, sagte Franziska gerührt. »Auch wenn ich gar nicht schwanger sein will.«

»Soviel habe ich in den letzten Wochen gelernt«, sagte Benedikt. »Daß eine Schwangerschaft nicht vom Willen abhängt.«

»Setzt euch«, forderte Caroline sie auf. »Wir haben gerade über unsere Urlaubspläne gesprochen. Am Sonntag fahren Matilda und ich nach Kiel, um auf das Haus meiner Eltern aufzupassen.«

»Ihr habt ja auch drei Monate Semesterferien«, sagte Benedikt vorwurfsvoll. »Und wir nur sechs Wochen. Ist das vielleicht gerecht?«

»Und wir haben keine Kohle«, ergänzte Ollie. »Ich werde hierbleiben müssen, um für uns Geld zu verdienen. Weiß jemand nicht ein paar Jobs für mich?«

»Ich verdiene auch Geld. Eine Menge sogar. Die Resistenten Kakerlaken sind den ganzen August ausgebucht«, sagte Benedikt. »Jedes Wochenende Verlobung, Hochzeit, Sommerfest und Jubiläum vom Tennisverein. Aber zwei Wochen könnten wir schon Urlaub machen, Ollie.«

»Wenn wir das Geld dann schon hätten«, meinte Ollie. »Bis die Opossum-Kollektion einschlägt, kann es noch ein Weilchen dauern. Ich werde so lange Taxi fahren müssen. Aber nächstes Jahr machen wir den Mongolei-Trip, das schwöre ich.«

»Warum fahrt ihr nicht mit uns nach Kiel?« fragte Caroline. »Das ist zwar nicht die Mongolei, aber im Haus ist wirklich Platz genug. Wir könnten am Strand rumliegen und mit unserer Jolle auf der Ostsee segeln, wenn ihr Lust habt.«

»Nö«, sagte Ollie, »aber das wollte ich immer mal lernen.«

»Ich bringe es dir bei«, versprach Caroline. »Ich fänd's schön, wenn ihr mitkämt.«

Benedikt nickte. Er versuchte, sich mit dem Mülltütenkleid auf einen Stuhl zu setzen, was kein leichtes Unterfangen war.

»Das wäre schon super. Wir könnten sogar die Nähmaschinen mitnehmen. Und danach kannst du immer noch Taxi fahren, soviel du willst. Ich bin dann sowieso jeden Tag mit der Band unterwegs.«

»Fein«, sagte Matilda. »Dann ist es also abgemacht. Ihr kommt mit nach Kiel. Aber ihr müßt uns versprechen, die ganze Zeit Händchen zu halten, damit niemand denkt, ihr gehört zu uns, und sich deshalb nicht traut, uns anzusprechen.«

»Das wird sicher lustig«, meinte Caroline. »Wir kriegen jede Menge Spaß da, ihr werdet sehen.«

»Und ich?« fragte Franziska kläglich. »Ich soll hier ganz allein bleiben?«

»Du willst ja nicht mit«, sagte Caroline.

»Du hast hier Zeit und Ruhe, völlig ungestört mit Cornelius Schluß zu machen und diesen jungen, schönen, reichen und potenten Werbemanager zum Vater zu machen«, sagte Matilda boshaft.

»Willst du das Kind wirklich bekommen?« fragte Ollie.

Franziska lehnte sich müde in ihren Korbstuhl.

»Weiß nicht«, murmelte sie. »Das kommt darauf an, was Jan sagt, wenn er es erfährt.«

»Ich denke, der weiß es schon!« rief Caroline. »Und steht zu dir, ganz gleich, was du auch tust, irgendwie so.«

»Ja, das tut er auch«, behauptete Franziska. »Aber bisher hat er sich bloß hypothetisch dazu geäußert.«

»Ist doch nicht wahr«, schrie Caroline. »Du bist doch echt blöd! Gestern hast du mir gesagt, er hätte gesagt ...«

»Ja«, sagte Franziska. »Ich habe ihn gefragt, was er machen würde, wenn ich schwanger wäre, und er hat gesagt, er stünde zu mir. Ich habe nicht gelogen.«

»Hast du wohl«, ärgerte sich Caroline. »Und in der Theorie sind alle Wölfe Schafe.«

»Ist das ein Sprichwort?« wollte Ollie wissen.

»Es hat geklingelt«, warf Benedikt ein und erhob sich, um mit seinem Mülltütenkleid zur Tür zu rascheln.

»Du weißt also noch gar nicht, wie dieser Jan darauf reagiert, Vater zu werden, und hast trotzdem vor, mit Cornelius Schluß zu machen«, faßte Matilda zusammen.

Franziska nickte.

»Das nenne ich Leichtsinn!« rief Matilda.

»Ich habe beide mit der theoretischen Möglichkeit einer Schwangerschaft konfrontiert, und beide haben dazu Stellung bezogen«, verteidigte sich Franziska. »Was kann ich dafür, wenn mir Cornelius' Standpunkt nicht zusagt?«

»Nur so aus Interesse: Was hat denn Jan *genau* dazu gesagt?« erkundigte sich Ollie. »Theoretisch, meine ich.«

»Kennst du das Märchen von Gawein und der häßlichen Alten?« fragte Franziska.

Ollie schüttelte bedauernd den Kopf.

»Genauso hat Jan sich jedenfalls verhalten«, sagte Franziska. »Wie der edle Ritter Gawein in dem Märchen.«

»Mir ist schlecht«, sagte Caroline.

Benedikt kam zur Küchentür zurückgeraschelt.

»Besuch«, rief er.

Hinter ihm wurde eine elegante Dame in fliederfarbenem Kostüm sichtbar.

20

»Mama!« rief Franziska. »Was machst du denn hier?«

Ihre Mutter machte einen sehr irritierten Eindruck. Ohne den Blick von Benedikts leicht behaartem Dekolleté zu lösen, antwortete sie: »Ich habe mir Sorgen gemacht und wollte mich überzeugen, daß es dir gutgeht.«

»Ach, Tante Elsbeth«, rief Matilda. »Wie schön, daß du uns mal besuchen kommst.«

»Mir geht es gut«, sagte Franziska mit Grabesstimme.

Ihre Mutter schob sich mit gebührendem Abstand an Benedikt und den Mülltüten vorbei und gab Franziska einen Kuß. »Ich hatte doch angerufen«, erklärte sie. »Und meinen Besuch angekündigt.«

Caroline wurde auf der Stelle wieder rot gefleckt. »Ich hatte dir einen Zettel unter das Telefon gelegt«, murmelte sie. »Ich hab's total vergessen, sorry.«

»Schon gut«, meinte Franziska. »Mama, ich freue mich natürlich, daß du kommst, aber heute habe ich überhaupt keine Zeit für dich.«

»Ich bleibe ja auch gar nicht lange«, sagte die Mutter. »Dein Vater wartet unten im Auto auf mich. Er wollte nicht mit hochkommen, bevor du dich bei ihm nicht für dein Verhalten entschuldigt hast. Er hat dir immer noch nicht verziehen, daß du uns so mir nichts, dir nichts verlassen hast.«

»Welches Verhalten?« rief Franziska. »Wenn sich jemand entschuldigen muß, dann ist es Papa, und zwar bei mir.«

»Ach, Kind, du weißt doch, wie dein Vater ist. Ich dachte, du nutzt die Gelegenheit und schaffst diese leidige Sache ein für allemal aus der Welt. Er macht sich genauso Sorgen um dich wie ich. Was meinst du, was für grauenhafte Alpträume ich in den letzten Wochen hatte! Jede Nacht. Dein Vater sagt, es ist kein Wunder, daß ich so was träume. Dir *kann* es gar nicht gutgehen in solchen Verhältnissen, sagt er. Wie die Gegend und das Haus schon aussehen, hat er gesagt, da wohnen sonst nur Hausbesetzer und Asylanten. Und ich muß sagen, du siehst wirklich blaß aus. Ganz und gar nicht gut!«

»Das kommt vom Lernen«, warf Ollie ein. »Franziska lernt und lernt.«

Franziskas Mutter schenkte ihm keine Beachtung. »Dein Vater sagt, zum Lernen braucht man eine vertraute Umgebung und echte Geborgenheit. Er muß es schließlich wissen, denn er hat ja selber studiert. Und das hier – ich weiß nicht, ob das die richtige Umgebung für dich ist! Wer kocht dir gesundes, ballaststoffreiches Essen? Und wer hat das Kleid gebügelt? Es hat Knitterfältchen am Ärmel, das macht einen ungepflegten Eindruck.«

»Das mache ich alles selber«, sagte Franziska. »Wir können hier alle für uns selber sorgen, Mama. Ich habe heute aber wirklich keine Zeit mehr, dir das näher zu erklären.«

»Und diese Wand!« fuhr die Mutter mißbilligend fort. »Die ist ja voller Flecken.«

»Das ist Absicht«, sagte Franziska.

»Soll ich dir den Rest der Wohnung zeigen, Tante Elsbeth?« erbot sich Matilda. »Sie wird dir gefallen!«

»Nein, heute nicht«, wehrte Franziskas Mutter ab. »Ich wollte mich nur rasch überzeugen, ob mit Franziska alles in Ordnung ist. Eine Mutter hat manchmal die schlimmsten Ahnungen. Und Franzi sieht wirklich blaß aus, findest du denn nicht?«

»Nein«, sagte Matilda.

»Doch«, sagte Franziskas Mutter. »Und überhaupt!« Sie musterte noch einmal Benedikt und das Abendkleid.

Benedikt hielt Bolle den Mund zu und setzte sich zurück auf seinen Stuhl. Dort schlug er kokett die Beine übereinander und zupfte die Mülltüten an seinem Dekolleté in Form. Franziskas Mutter zog völlig indigniert ihre Augenbrauen hoch.

»Ich meine, du weißt, daß ich auf dem Standpunkt stehe, daß ihr jungen Leute eure Erfahrungen selber machen müßt, und ganz sicher ist es auch so, daß wir einer anderen Generation angehören und viele Dinge einfach nicht verstehen, aber ich kann mir nicht helfen: Das ist einfach nicht die richtige Umgebung für ein junges Mädchen. Da muß ich deinem Vater ausnahmsweise mal recht geben.«

»Das tust du doch immer«, sagte Franziska.

Die Mutter überhörte den Einwand geflissentlich. »Jetzt sag mir bitte ganz ehrlich, ob bei dir alles in Ordnung ist, Franzi«, sagte sie. »Sonst kann ich nicht beruhigt nach Hause fahren. Und das willst du doch sicher nicht.«

»Nein«, sagte Franziska

»Eine Mutter kann eben nicht aus ihrer Haut.« Die Mutter seufzte. »Das wirst du irgendwann auch verstehen. Also, ist wirklich alles in Ordnung mit dir?«

»Nein«, sagte Franziska.

»Nein was?«

»Nein, es ist nichts in Ordnung.«

»Soll ich dir nicht doch mal die Wohnung zeigen, Tante Elsbeth«, fragte Matilda. »Sie ist wirklich sehenswert.«

»Ich bin schwanger«, sagte Franziska.

»Was?«

»*Ich bin schwanger*!«

»Franziska macht einen Scherz, hahaha«, sagte Matilda hastig. »Einen sehr schlechten. Glaub ihr kein Wort, Tante Elsbeth.«

»Was sagst du da, Kind?«

»Ich bin schwanger, Mama«, wiederholte Franziska.

»Nein«, rief Matilda.

»O nein«, seufzte Franziskas Mutter. »Ich, wir, wie ... lieber Himmel, ich weiß gar nicht, was ich sagen soll.«

Caroline bot ihr einen Stuhl an. Die arme Frau hatte ja die gleichen Flecken im Gesicht wie sie. Aber sitzen wollte sie nicht.

»Schwanger! Ist das wirklich wahr?« fragte sie.

»Ja«, sagte Franziska.

Und Matilda schrie: »Nein!«

»Wenn das wirklich wahr ist, dann frage ich dich, wie du uns so was antun kannst. Was wird dein Vater dazu sagen!«

»Was wird dein Vater dazu sagen? Ich wußte, daß du so reagieren würdest«, sagte Franziska. »Was wird dein Vater dazu sagen! Das ist immer das erste, woran du denkst.«

»Das ist nicht wahr. Ich denke zuerst an dich! *Immer*! Wer ist der Vater des Kindes?«

»Ich weiß es nicht«, sagte Franziska.

»Sie macht Witze! Hahaha«, rief Matilda.

Aber Franziskas Mutter schien das nicht recht zu glauben. Sie streckte den Zeigefinger anklagend in Ollies Richtung aus. »Haben *Sie* das meiner Tochter angetan?« rief sie.

Ollie schüttelte erschrocken den Kopf. »Nein«, beteuerte er. »Ich war's nicht.«

»Ich auch nicht«, sagte Benedikt.

Franziskas Mutter bedachte ihn mit einem abfälligen Blick. »Natürlich nicht.«

»Sie macht einen Witz!« wiederholte Matilda heiter.

Franziska seufzte. »Ich bin schwanger, mir geht es gut, und jetzt kannst du wieder nach Hause gehen, Mama.«

»Du sagst mir, daß du schwanger bist, und ich soll nach Hause gehen, als wäre alles in Ordnung? Was denkst du denn, wie ich das deinem Vater erklären soll?«

»Jetzt ist es aber gut«, rief Matilda verzweifelt. »Franziska hat das alles doch nur erfunden, Tante Elsbeth. Sie und schwanger! Und du glaubst das auch noch. Fällst auf so was herein, wo sie dich doch nur provozieren wollte.«

»Ist das wahr? Hast du das nur gesagt, um mich zu – zu kränken und zu ärgern.«

»Ja«, sagte Franziska. »Ich bin nur schwanger geworden, um dich zu ärgern und zu kränken. Natürlich.«

»Schluß jetzt!« rief Matilda. »Franziska, jetzt sagst du deiner Mutter auf der Stelle, daß du nur einen schlechten Witz gemacht hast.«

Franziska seufzte schwer.

»Ich habe nur einen blöden Witz gemacht«, sagte sie genervt.

»Und daß es dir leid tut«, forderte Matilda.

»Es tut mir leid«, sagte Franziska.

»Na, also«, sagte Matilda.

»Mir so einen Schrecken einzujagen«, rief Franziskas Mutter aus. »Womit habe ich das verdient? Kannst du mir das mal verraten? Warum schließt du deinen Vater und mich aus deinem Leben aus und wohnst in so einem schrecklichen Loch zusammen mit so zwielichtigem Gesindel! Hast du nicht *immer* alles bekommen, was du haben wolltest?«

»Es tut mir leid«, leierte Franziska. »Es war ein schlechter Witz.«

»Andere Mütter haben so ein schönes Verhältnis zu ihren Kindern«, klagte die Mutter. »Nehmen wir nur mal die Frau Theodor, die kennst du doch auch. Die Rothaarige, die neben Merkenichs wohnt. Also, die hat so ein tolles Verhältnis zu ihrer Tochter. Die Sabine vertraut ihrer Mutter alles an. *Alles*. Wie der besten Freundin, sagt Frau Theodor. Was habe *ich* nur falsch gemacht?«

»Es tut mir leid, es war alles nur ein schlechter Witz«, sagte Franziska.

Matilda schaute verzweifelt aus dem Fenster.

»Onkel Karl-Heinz parkt im absoluten Halteverbot«, sagte sie. »Da kommen alle zehn Minuten Politessen vorbei. Wenn er nicht gleich wegfährt, bekommt er Ärger.«

»Ich gehe jetzt«, sagte Franziskas Mutter, und alle atmeten hörbar auf. »Nicht, daß ich jetzt beruhigt bin, nein, das mußt du wirklich nicht glauben. Aber ich möchte, daß du weißt, daß du jederzeit zu uns nach Hause kommen kannst, wenn du uns brauchst. Nicht wahr, Franzi, das weißt du doch?«

»Ja, es tut mir leid«, sagte Franziska. »Es war alles nur ein schlechter Witz.«

Maltilda zog ihre Tante zur Tür. »Franzi ist heute wirklich ekelhaft schlecht gelaunt«, sagte sie. »Da mußt du dir nichts bei denken.«

»Und das war alles nur ein böser Scherz? Franziska ist wirklich nicht schwanger?«

»Natürlich nicht«, sagte Matilda. »Sie hat ja nicht mal einen Freund.«

»Trotzden gefällt sie mir gar nicht. Sie ist so aggressiv.«

»Das liegt daran, daß sie heute mit Spülen dran ist«, meinte Matilda heiter und öffnete die Tür weit. »Du weißt doch, wie sie das Spülen haßt. Da ist sie immer den ganzen Tag schlecht gelaunt. Wenn ihr euch das nächste Mal seht, ist sie wieder ganz die alte, du wirst sehen.«

21

Das Haus von Carolines Eltern lag etwa zwanzig Minuten von der Kieler Innenstadt entfernt in einer sehr ruhigen Wohngegend mit großen Gärten und windschiefen Bäumen, die alle in dieselbe Richtung zeigten.

»Man kann das Meer zwar von hier nicht sehen, aber man kann es riechen«, sagte Caroline, als sie Ollies Wagen in der

Einfahrt geparkt hatten, und sie stieg aus und atmete tief ein und aus. »Wißt ihr«, meinte sie glücklich, »diese Luft ist das einzige, was mir in Köln wirklich fehlt.«

»Wo ist das Meer?« wollte Matilda wissen.

Caroline zeigte über die Mauer. »Dort entlang. Zu Fuß etwa fünf Minuten. Aber wenn wir etwas länger gehen, kommen wir in eine Badebucht, eine kleine, geheime, mit weichem Sandstrand. Da habe ich manchen Sommer ganz alleine rumgelegen. Am besten gehen wir sofort!«

»Ich glaube, das wird doch ein richtiger Urlaub. Auch wenn die Ostsee natürlich nicht das Mittelmeer ist«, sagte Matilda.

»Ich finde es hier viel schöner«, meinte Caroline. »Jedenfalls, wenn das Wetter so bleibt.«

Benedikt lud die Nähmaschine aus dem Kofferraum. »Sollen wir nicht erst mal auspacken, bevor wir zum Strand gehen?«

»Benedikt haßt es, in der Sonne zu liegen«, sagte Ollie. »Er ist schon nach zehn Minuten krebsrot.«

»Er ist rothaarig wie ich«, erklärte Caroline. »Ich finde aber auch nichts öder, als in der Sonne rumzuliegen. Nur um braun zu werden, schwitzen sich die Leute halbtot, die Haut schmerzt, und außerdem kremen sie sich andauernd ein, damit sie nicht noch röter werden, als sie schon sind.«

»Und dann fühlt man sich wie ein paniertes Schnitzel«, ergänzte Matilda. »Wir gehen doch nicht an den Strand, um uns dort zu braten, Benedikt.«

»Sondern?«

»Um zu schwimmen und im Schatten zu relaxen oder Federball zu spielen oder so was.«

»Auf sportliche Betätigung steht er auch nicht so besonders«, erklärte Ollie.

Benedikt sah sich um. »Ich finde, der Garten sieht doch auch echt schön aus«, sagte er.

»Hinten ist eine große Terrasse und ein gemauerter Grill«, sagte Caroline. »Wenn meine Mutter ihr Versprechen gehalten und unsere Tiefkühltruhe bis an den Rand gefüllt hat, können wir jeden Abend grillen. Kommt, ich zeig' euch alles. Das Meer läuft uns nicht weg.«

»Außer, das Wetter ändert sich«, seufzte Matilda und beäugte mißtrauisch den blauen Himmel.

Aber das Wetter änderte sich nicht. Es blieb die ganzen nächsten Tage wunderschön warm und sonnig. Jeden Morgen wurden sie von der Sonne geweckt, und da die Schlafzimmer unter dem Dach lagen, war es schon vor neun viel zu heiß in den Betten. Daher gewöhnten sie sich an, schon früh zum Strand zu radeln oder zu joggen – außer Benedikt – und dort ausgiebig zu schwimmen und ein paar Minuten in der Sonne zu liegen. Wenn die Familien mit ihren Kindern, den Schwimmtieren, Strandmatten, Kühltaschen und Picknickkörben kamen, gingen sie schon wieder nach Hause.

»Deine geheime Bucht scheint inzwischen für den Tourismus erschlossen worden zu sein«, sagte Ollie zu Caroline.

Caroline seufzte. »Ja, nichts bleibt leider, wie es mal war.«

»Ich finde es im Garten sowieso schöner«, meinte Benedikt. »Nicht so sandig. Und nicht so heiß. Und nicht so laut. Und niemand schmeißt einem eine Frisbeescheibe an den Kopf.«

Tätsächlich hatte ihr Zusammenleben in dem großen Haus etwas sehr Idyllisches. Benedikt und Ollie hatten ihre Nähmaschine auf der Terrasse unter einem großen Sonnenschirm aufgestellt, und Benedikt nähte eifrig an einem Männerrock mit passendem Oberteil, während Ollie Skizzen für seine Opossum-Kollektion machte. Sie waren dabei sehr ausdauernd und fleißig, was den Mädchen nicht so leicht fiel. Caroline las zwar in ihren Psychologiebüchern und strich wichtige Passagen mit einem Textmarker an, und Matilda arbeitete ebenfalls täglich an einem Referat über Mozarts Variationskompositionen, aber länger als drei, vier Stunden am Tag konnten sie sich einfach nicht konzentrieren. Während Matilda nachmittags immer sehr träge wurde und am allerliebsten in einer Hängematte lag, die zwischen zwei dicken Birken aufgehängt worden war, erwachten in Caroline Tatendrang und Unternehmungsgeist.

»Wie wär's mit Joggen?« schlug sie beispielsweise vor.

»Wir haben achtundzwanzig Grad im Schatten«, sagte Benedikt. »Ist das eine Antwort auf deine Frage?«

»Wir könnten auch mit dem Rad in die Stadt fahren und ein Eis essen«, sagte Caroline. »Und bei der Gelegenheit sehen wir, ob was Gutes im Kino läuft.«

»Ich finde es sehr gemütlich hier«, erklärte Matilda und schaute einer dicken Hummel hinterher.

»Oder dann noch mal zum Strand. Ich glaube, jetzt sind höhere Wellen als heute morgen. Kommt jemand mit?«

Allgemeines Kopfschütteln.

»Also gut«, knurrte Caroline. »Allerdings sollten wir wenigstens mal was einkaufen gehen.«

»Da ist noch genug für heute in der Küche«, meinte Ollie.

»Ich werde uns eine Reispfanne machen, vegetarisch, einverstanden?«

»O ja«, seufzten die anderen.

Ollie kochte wirklich großartig. Aber immer erst am Abend. Tagsüber versorgte sich jeder selbst mit dem, was da war. Und da Carolines Mutter gut vorgesorgt hatte, dauerte es eine Weile, bis sie die Vorräte aufgebraucht hatten.

Weil niemand etwas mit ihr unternehmen wollte, verbrachte Caroline die Nachmittage damit, im Garten zu arbeiten, den Rasen und die Beete zu sprengen, Unkraut zu jäten oder Sigmund, den Schildkröterich, auf seinen Spaziergängen zu begleiten.

Jeden Abend telefonierten sie mit Franziska zu Hause in Köln. Die Gespräche waren immer recht einsilbig.

»Gibt es was Neues?« fragten sie, und Franziska antwortete: »Nein. Jan ist eine Woche zum Segeln mit seiner Familie unterwegs, und Cornelius kommt erst am Donnerstag her.«

»Du hast also noch nicht mit ihm gesprochen?«

»Nö.«

»Und wie *geht* es dir so?«

»Wie immer, beschissen. Meine Mutter ruft jeden Tag an und beschwört mich, ihr zu sagen, daß es mir gutgeht. Irgendwie scheint sie es immer noch nicht recht zu glauben.«

»Aber du hast ihr nichts gesagt?«

»Natürlich nicht. Sie stünden dann alle beide sofort vor der Tür, um mich an Händen und Füßen aus dem Haus zu tragen. Wie ist es denn bei euch?«

»Es ist ganz gut hier«, sagten sie dann lahm.

Irgendwie hatten sie das Gefühl, Franziska nicht den Mund

damit wässerig machen zu dürfen, ihr zu erzählen, wie wunderbar es ihnen doch ging. Die Arme war gestraft genug.

»Und wann sprichst du mit Cornelius?«

»Sagte ich doch: Donnerstag.«

»Willst du es dir nicht noch mal überlegen?«

»Nein.«

»Na dann, mach's gut. Wir denken an dich.«

»Danke, sehr nett.«

Jedesmal, wenn sie den Hörer auflegten, blickte Caroline Matilda an und sagte: »Wir hätten sie nicht alleine lassen sollen.«

Und Matilda schüttelte den Kopf und sagte: »Samstag sind wir doch schon wieder da, und dann mindestens neun Monate lang.«

»Ja«, seufzte Caroline. »Aber der arme Cornelius tut mir irgendwie auch leid, dir nicht?«

Donnerstag war es endlich soweit. Die Vorräte in der Tiefkühltruhe und der Speisekammer waren zur Neige gegangen, und zum ersten Mal konnte Caroline die anderen überreden, ihre Lieblingsbeschäftigungen zu unterbrechen. Gemeinsam fuhren sie mit Ollies Auto einkaufen. Auf dem Rückweg bestand Caroline auf einem Umweg über den Yachthafen.

»Ihr habt mein Boot noch nicht mal gesehen«, sagte sie vorwurfsvoll. »Ich will euch ja gar nicht überreden, mit mir zu segeln, aber anschauen könnt ihr sie euch schon aus Höflichkeit.«

»Sie?« fragte Benedikt.

»Ja, Erna, mein Boot. Aber Boote sind immer weiblich. Das muß so sein!«

»Und wenn ich mein Boot nun gerne Heinz nennen würde oder Klaus-Dieter? Wäre das verboten?«

»Nein, überhaupt nicht. Aber es wäre dann *die* Heinz oder *die* Klaus-Dieter.«

Ollie, Matilda und Benedikt waren sehr beeindruckt von den vielen Segelbooten am Hafen.

»Ich möchte nicht wissen, was so ein Ding kostet.«

»Ich weiß es«, sagte Caroline. »Die kleine Bavaria da vorne bekommst du neu nicht unter dreihunderttausend Mark. Und die Hallberg da kostet sogar das Doppelte. Eine Hallberg ist sozusagen der Mercedes unter den Booten.«

»Wer kann sich so was leisten?« fragte Ollie.

»Stinkreiche Kerle, die nicht wissen, wohin mit dem Geld«, sagte Caroline. »Die meisten können nicht mal segeln. Die haben eine Yacht wie andere einen Wohnwagen, nur daß sie sie nicht bewegen.«

»Deswegen steht das Wort Zahnarzt ja auch immer in den Fachbüchern, in denen seglerische Fachbegriffe erklärt werden«, sagte Benedikt.

»Was hat ein Zahnarzt mit Segeln zu tun?«

»Nichts, außer daß Zahnärzte die einzigen sind, die sich eine Segelyacht leisten können. Hahaha.«

»Da sind wir«, sagte Caroline und zeigte stolz auf ein flaches, verschnürtes Boot, ganz zu Anfang eines Stegs. »Das ist Erna!«

»*Das*?« rief Ollie enttäuscht. »Ich denke, da kann man mit segeln?«

»Na hör mal, das kann man auch«, sagte Caroline empört. »Wir sind schon zu sechst drauf gesegelt. Von hier bis an die Schleimünde. Und wieder zurück.«

»Spinnst du? Das Ding hat ja nicht mal einen Mast!«

»Natürlich hat es einen. Er ist nur flach gelegt. Meine Erna hat eine Länge von fünf Meter fünfzig. Sie ist schon eine richtige Yacht. Aber davon habt ihr offensichtlich keine Ahnung.«

»Darf ich mal drauf gehen?« fragte Benedikt.

Caroline strahlte ihn dankbar an. »Natürlich«, sagte sie. »Wenn du möchtest, machen wir sie morgen seeklar und segeln eine Runde auf der Ostsee.«

»Sicher kann man sich gut darauf sonnen«, meinte Matilda. »Und die Leute beobachten, die auf die *richtigen* Boote gehören.«

»Ihr seid doof«, sagte Caroline, aber sie machte bereitwillig die Festmacher los, um das Boot näher an den Steg zu ziehen. Benedikt lief schwankend über das Deck.

»Tatsächlich«, sagte er. »Hier ist wirklich ein Mast. Und hier vorne die Ruderpinne, nehme ich an. Sollen wir nicht die ganze Abdeckung runtermachen? Dann sieht es mehr wie ein Boot aus.«

»Von mir aus«, sagte Caroline, aber Matilda fand, daß sich auf der Segeltuchauflage besser liegen ließe. Sie streckte sich vorne am Bug aus und verharrte in der Sonne wie eine Eidechse. »Wunderbar! Es schwankt so schön, genau wie die Hängematte zu Hause.«

Caroline und Benedikt setzten sich neben sie.

»Hey, ihr«, rief Ollie vom Steg. »Was ist mit unseren Einkäufen? Habt ihr vergessen, daß wir ziemlich viel für die Tiefkühltruhe eingekauft haben? Im Kofferraum wird es nicht nur auftauen, sondern gleich gebraten.«

»Das stimmt schon«, sagte Caroline. »Blöd, wo wir doch

jetzt gerade mal hier sind! Sicher werde ich euch nie wieder aus dem Haus locken bis zu unserer Abreise! Und Erna und ich, wir haben uns so lange nicht gesehen.«

»Ich könnte das Zeug ja nach Hause bringen und einräumen und euch in einer halben Stunde wieder hier abholen«, erklärte sich Ollie bereit. »Wenn's genehm ist, wartet dann aber bitte auf dem Parkplatz!«

»Du bist ja so lieb«, sagte Matilda mit geschlossenen Augen.

»Finde ich auch«, murrte Ollie und machte sich auf den Heimweg.

Benedikt bestaunte die Yachten ringsrum. »Die Namen sind das Allerbeste«, fand er. »Sie lassen irgendwie tief blicken. Da vorne der dicke Brummer zum Beispiel heißt *Flocki*. An Bord sind zwei Pudel mit Schwimmwesten – jede Wette, einer davon heißt Flocki.«

»Das finde ich nicht so schlimm«, meinte Caroline. »Besser man nennt das Boot nach dem Hundevieh als nach der Alten. Zumal wenn sie *Elfriede* heißt, wie das Ding da vorne!«

»Oder *Erna*«, grinste Benedikt. »Heißt deine Mami so?«

»O nein«, sagte Caroline. »Du wirst es jetzt sicher nicht glauben, aber als ich klein war, wollte ich immer Erna heißen.«

Benedikt lachte. »Die kleinsten Beiboote haben die gewaltigsten Namen. Guck doch, die Suppenschüssel da vorne heißt *Titanic* und das lütte daneben *Koloß*!«

»Manche Schiffe haben auch romantische Namen«, sagte Matilda, die die Augen wieder geöffnet hatte. »*After Eight* oder *Sunny Afternoon* zum Beispiel. Und das wunderschöne, leuchtendblaue gegenüber heißt *Wahre Liebe*! Das ist doch wirklich mal ein schöner Name.«

»Mit schönen Menschen drauf«, sagte Caroline. »Diese blonde Giraffe in Hot Pants könnte eine Schwester von Claudia Schiffer sein.«

»Der Typ daneben ist sicher ihr Bruder. Auf Urlaub vom Internat. Einem, in dem Polo auf dem Lehrplan steht.«

»Aber hübsch ist er«, meinte Matilda. »Irgendwie durchtrainiert. Vielleicht hat er ja vorn nahem schon mehr Falten.«

»Na klar! Die Mutter sieht jedenfalls schon so alt aus wie Hannelore Kohl. Sie steht da, als hinge sie zum ersten Mal in ihrem Leben Wäsche an einer Reling auf.«

»Und da steigt der Papa auf den Steg. Sehr sportlich. Sieht aus wie Dr. Stinkmann aus der Schwarzwaldklinik. Sicher ist er auch im echten Leben Chefarzt. Siehst du, er geht zu dem dicken, fetten BMW-Sondermodell da vorne.«

Caroline kniff die Augen zusammen.

»Kölner Kennzeichen«, sagte sie. »Ein Nachbar sozusagen!«

Dr. Stinkmann öffnete den Kofferraum seines Sondermodells.

»Jan!« rief er zum Boot hinüber. »Kannst du doch mal mit anfassen? Ich fürchte, der Kasten ist doch zu schwer für mich!«

Der Internatszögling sprang leichtfüßig über die Reling auf den Steg. Gemeinsam mit seinem Vater schleppte er eine schwarze Kiste zurück.

»Sicher eine komplette Hifianlage oder so was« mutmaßte Benedikt, aber Caroline krallte ihre Finger in seinen Arm.

»Hast du *das* gehört?«

»Was denn?«

»Der Typ heißt *Jan*«, flüsterte sie. »Wie Franziskas Embryovater. Jaguar-Jan. *Das ist er*!«

22

»Hier ist es ja so still und ordentlich«, stellte Cornelius verwundert fest. »Ist etwas passiert?«

»Matilda und Caroline sind mit Ollie und Benedikt in Kiel. Sie hüten das Haus von Carolines Eltern«, erklärte Franziska. »Komm doch rein! Ich habe Erdbeeren mit Sahne. Wir könnten auf dem Balkon essen »

»Warum weiß ich denn nichts davon? Und warum bist du hier geblieben? Das sieht dir gar nicht ähnlich. Doch etwa nicht meinetwegen?«

»Wohl kaum«, sagte Franziska.

»Ich weiß, ich habe in letzter Zeit viel zu wenig Zeit für dich«, meinte Cornelius und nahm vorsichtig auf einem der beiden winzigen Klappstühle Platz, die zusammen mit einem Miniaturtischchen den ganzen Balkon beanspruchten. »Da haben wir nicht mal mehr die Gelegenheit, uns über alles zu informieren, was so passiert. Aber du bist auch immer so einsilbig am Telefon.«

»Deshalb bist du ja jetzt hier«, sagte Franziska. »Um informiert zu werden.«

Cornelius machte kein besonders besorgtes Gesicht. »Na, dann los«, sagte er.

Franziska aß eine Erdbeere mit den Fingern. »Wir müssen uns trennen«, sagte sie.

»Wie meinst du das?«

»So, wie es sich anhört«, erwiderte Franziska unbarmherzig.

»Trennen, auseinandergehen, die Beziehung beenden – alles dasselbe.«

»Warum?« fragte Cornelius.

»Kaum eine Beziehung hält ewig. Irgendwann sind sie eben alle mal vorbei. Und unsere ist es eben heute.«

»Ja, das habe ich verstanden«, sagte Cornelius ernsthaft. »Aber es wäre sehr nett, wenn du mir die Gründe dafür darlegen würdest.«

»Willst du das wirklich wissen?« Irgendwie hatte Franziska gehofft, Cornelius würde einfach tief gekränkt aufstehen und die Wohnung verlassen. Die näheren Erklärungen hätte sie sich und ihm gerne erspart.

Aber Cornelius dachte nicht daran aufzustehen und zu gehen. Er machte ein sehr ärgerliches Gesicht. »Herrgott noch mal, Franziska, was soll das? Es ist dein gutes Recht, unsere Beziehung zu beenden, aber es ist nur fair, wenn du mir erklärst, warum du es tust!«

»Warum? Es wird dir sicher nicht gefallen.«

Vielleicht würde er wütend werden und gehen, wenn sie weiter so gemein blieb. Im Grunde tu' ich ihm damit einen Gefallen, sagte sich Franziska. Denn man verschmerzt eine Trennung viel besser, wenn man eine Stinkwut auf den anderen hat.

»Sei nicht so blöd, Franziska. Was paßt dir an mir nicht?«

»Eine ganze Menge«, sagte Franziska.

»Zum Beispiel?«

»Zum Beispiel, daß du nicht mal weißt, wie man Lamborghini ausspricht«, murmelte sie.

Cornelius machte ein verblüfftes Gesicht. »Es ist mir völlig egal, wie man Lamborghini ausspricht. Ich interessiere mich nicht für Autos. Und ich wußte nicht, daß du dich dafür interessierst.«

Franziska ärgerte sich über sich selbst. »Das ist es ja auch nicht«, rief sie. »Es ist die Art, wie du mich bevormundest. Du sagst einfach, ich müsse das und jenes tun, und damit basta. Nie läßt du mir eine eigene Entscheidung.«

»Sag ein Beispiel«, forderte Cornelius.

Franziska schwieg. Das einzige Beispiel, das sie nennen konnte, war die hypothetische Diskussion über ihre Schwangerschaft. Sonst fiel ihr beim besten Willen keine Situation ein, in der er sie bevormundet hatte.

»Das führt doch zu nichts«, sagte sie, wütend über ihre eigene Unsicherheit. »Ich möchte mit dir Schluß machen, und damit basta.«

»Du mußt keine Angst haben, daß ich versuchen werde, dich umzustimmen«, erwiderte Cornelius kühl. »Aber ohne Erklärung werde ich die Wohnung nicht verlassen.«

»Du findest nie einen Parkplatz«, klagte Franziska. »Und du hast mich noch nie zum Picknick bei Vollmond eingeladen.«

»Das sind natürlich Gründe«, entgegnete Cornelius sarkastisch. »Na, wunderbar, Franziska. Ich kenne dich ganz gut, und ich weiß, daß etwas nicht stimmt. Also, sag endlich, was los ist.«

Franziska starrte ihn ärgerlich an. »Siehst du«, sagte sie. »Das ist es wieder. Da! Sag, was los ist! Ist das etwa keine Bevormundung?«

Cornelius häufte sich Sahne auf seine Erdbeeren. »Dann laß es doch. Wenn du dich unbedingt unfair verhalten möchtest, ist das deine Sache.«

»Allerdings«, rief Franziska. »Das ist es auch. Dir macht es ja sowieso nichts aus, daß unsere Beziehung zu Ende ist. Du kannst sogar seelenruhig weiteressen.«

»Und wenn schon«, entgegnete Cornelius, und Franziska fand, daß er aussah wie ein Kühlschrank. »Nur damit du dich besser fühlst, werde ich sicher nicht in Tränen ausbrechen und dich auf Knien anflehen, es dir noch mal zu überlegen.«

»Das ist typisch«, sagte Franziska bitter. »Immer vernünftig, in jeder Situation, was? Ich dachte, ich wäre die Frau, mit der du alt werden wolltest!«

»Das dachte ich auch«, sagte Cornelius. »Aber ich muß mich wohl getäuscht haben. Ich dachte, der Frau, mit der ich alt werden möchte, wäre es egal, ob jemand Lamborghini richtig aussprechen kann oder immer einen Parkplatz findet.«

»Ja, so kann es einem gehen«, stellte Franziska fest. »Man verliebt sich und stellt dann fest, daß man nicht zusammenpaßt. Und manchmal lernt man jemanden kennen, bei dem plötzlich alles stimmt.«

»Und du hast so einen kennengelernt«, folgerte Cornelius scharfsinnig.

»Ja«, sagte Franziska und erlaubte sich ein Lächeln.

»Laß mich raten – er fährt einen Lamborghini?«

»Einen Jaguar«, sagte Franziska.

»Und seit wann kennst du diesen tollen Typen, wenn ich fragen darf?« Cornelius machte jetzt ein Gesicht wie eine Tiefkühltruhe.

»Och, schon ein paar Monate.«

»Und der ist auch der Grund dafür, daß du unsere Beziehung beendest, ja?«

Franziska nickte. »Ja«, log sie.

»Und seit wann weißt du, daß er der Mann ist, bei dem alles stimmt?«

»Das wußte ich von Anfang an.«

Cornelius aß schweigend seine Erdbeeren auf. »Tja«, sagte er dann. »Das ist natürlich wirklich ein Grund, unsere Beziehung zu beenden. Einer, den ich wirklich gut verstehe. Ich geh' dann jetzt mal.«

»Willst du nicht wissen, was Jan hat, was du nicht hast?« fragte Franziska.

»Jan heißt er also, fein«, sagte Cornelius. »Aber das weiß ich doch alles schon. Er findet immer einen Parkplatz mit seinem Jaguar, macht mit dir Picknicks bei Vollmond und weiß, wie man Lamborghini ausspricht.«

»Genau«, erwiderte Franziska. »Abgesehen von jeder Menge anderer Qualitäten.«

»Die du sicher auch schon getestet hast, nehme ich an?«

Franziska fühlte sich ertappt. »Daß du mir so was unterstellst!« rief sie empört. »Das ist ja wieder typisch.«

»Entschuldige«, sagte Cornelius und erhob sich. »Ich dachte ja nur! Hoffentlich bist du dann nicht enttäuscht, wenn er schlecht im Bett ist. Auch wenn er eine perfekte Aussprache hat und immer einen Parkplatz findet, heißt das nicht zwingend, daß er auch ein guter Liebhaber sein muß.«

»Jan ist ein sehr guter Liebhaber«, rief Franziska. »Besser könnte ich mir keinen wünschen.«

»Aha«, sagte Cornelius. Er ging wortlos zur Tür und zog sie hinter sich ins Schloß.

Franziska wartete noch ein paar Minuten, reglos auf dem

Stuhl sitzend, aber er kam nicht zurück. Seufzend aß sie die ganze Schüssel Erdbeeren mit Sahne auf. Vielleicht, dachte sie, hätte ich ihm doch lieber die ganze Wahrheit erzählen sollen.

Und dann weinte sie ein bißchen.

23

»*Das ist Jaguar-Jan*«, wiederholte Caroline aufgeregt. »Franziskas Lover.«

»Nur weil der arme Kerl Jan heißt? Na und? Es gibt sicher fünf bis sechs Millionen Jans hier oben im Norden.«

»Aber dieser kommt aus *Köln*!« keuchte Caroline. »Es paßt doch alles. Der Papa hat ein Kölner Kennzeichen und sieht aus wie ein Chefarzt oder ein Werbeboß, das bleibt sich doch gleich. Franziska hat gesagt, daß *ihr* Jan mit seiner Familie zum Segeln ist, *und* er sieht genauso aus, wie sie ihn beschrieben hat. Blond, durchtrainiert und braungebrannt.«

Matilda setzte sich ruckartig auf. »Das wäre ja wirklich der absolute Zufall.«

Benedikt weigerte sich, daran zu glauben. »Solche Zufälle gibt es nicht«, erklärte er. »Wenn der Typ Kurt-Kunibert hieße, dann würde ich sagen, er ist es. Aber Jans, die gibt es auch in Köln wie Sand am Meer!«

»Solche, die gerade diese Woche zum Segeln unterwegs sind? Mit Familie? Und einem stinkreichen Papa? Und die blond sind? Das glaubst du doch selber nicht.« Caroline war völlig aufgelöst.

Benedikt schaute wieder hinüber auf die *Wahre Liebe*. »Ha«, sagte er. »Hast du das gesehen? Dein Jan küßt die Claudia Schiffer. Und zwar so, wie man seine Schwester besser nicht küßt, es sei denn, man will unbedingt ins Gefängnis. Es kann also nicht Franziskas Jan sein.«

»Das stimmt«, flüsterte Caroline und beobachtete, wie Jan und Claudia Schiffer sich abknutschten, während die Eltern unter Deck waren.

Matilda stand auf. »Warum kann es nicht trotzdem Franziskas Jan sein? Schließlich wissen wir doch, daß Männer zu allem fähig sind – oder etwa nicht?«

»Das stimmt«, flüsterte Caroline wieder. »Ich habe auch ein ganz mulmiges Gefühl im Bauch. Der Typ *ist* Jaguar-Jan, jede Wette!«

»Das können wir doch ganz leicht überprüfen«, meinte Benedikt. »Wir gehen rüber und fragen ihn, ob er's ist.«

»Wir kennen doch nicht mal seinen Nachnamen«, wandte Caroline ein.

»Das macht nichts. Wir wissen eine Menge über ihn. Und wenn das alles zutrifft, dann ist er's.«

Matilda balancierte zurück zum Steg. »Laßt mich das mal machen.«

»Hey, Jan«, schrie sie.

Caroline und Benedikt sahen sich entsetzt an.

»Peinlich«, flüsterte Caroline.

Jan kam erstaunt zum Bugkorb nach vorne und schaute auf Matilda herunter. »Kennen wir uns?« fragte er.

»Ja, Mensch«, rief Matilda. »Ich dachte, ich traue meinen Augen nicht. Den Typ kennst du doch, dachte ich. Jan, Jan, wie lange haben wir uns denn schon nicht mehr gesehen?«

Jan machte ein verwirrtes Gesicht. »Ich – keine Ahnung«, stotterte er.

»Warte mal«, überlegte Matilda. »Das muß vor zwei oder drei Jahren auf der Party von dieser Sabine gewesen sein. Da fällt mir jetzt aber der Nachname nicht mehr ein. Sabine Ma… Sabine Mo… – war es nicht irgendwas mit M?«

»Sabine Bauer vielleicht?« fragte Jan.

»Genau«, strahlte Matilda. »Bauer. Sabine Bauer! Damals hast du auch immer im Fitneß-Studio trainiert, am Zülpicher Platz. Bist du da immer noch?«

»Ja, schon«, sagte Jan. Die Verwirrung war ihm von weitem anzusehen.

»Und du hattest ein anderes Mädchen dabei, als die da hinten. Eine Brünette, warte mal, die hieß …?«

»Jessica«, ergänzte Jan.

»Genau, die Jessie. Die war in meiner Parallelklasse!«

»Ja, aber das ist schon lange vorbei mit Jessica und mir«, sagte Jan. »Das hier ist Melanie. Wir verloben uns in zwei Wochen!«

»Wie schön!« rief Matilda entsetzt.

»Und in einem Jahr wird geheiratet«, setzte Claudia-Schiffer-Melanie, die hinter ihm stand, hinzu. »Im Kölner Dom!«

Melanie schluckte zweimal heftig. »Und bist du in der Zwischenzeit mit deinem Studium fertig?« fragte sie Jan. »Oder hattest du gar nicht studiert, das habe ich jetzt auch nicht mehr so im Gedächtnis?«

»Doch«, sagte Jan. »Das war schon richtig. Ich habe aber abgebrochen. Die Theorie, die hat mir nichts gebracht, verstehst du? Ich habe dann lieber in unserer Werbeagentur angefangen und Geld nach Hause gebracht.«

»Wahnsinn«, fand Matilda. »Und stehst du immer noch auf englische Wagen?«

»Ja«, sagte Jan mit zunehmender Begeisterung. »Ich habe einen Jaguar, den hatte ich vor zwei Jahren noch nicht. Ein feines Autöchen, wirklich. Sag mal, ähm ...«

»Matilda«, erklärte Matilda liebenswürdig.

»Ja, Matilda, hättest du nicht Lust, ein bißchen zu uns an Bord zu kommen? Melanie wird sich sicher auch freuen. Sie und Jessica waren nämlich mal beste Freundinnen, du, das glaubst du mir im Leben nicht. Meine Eltern gehen gleich essen, und wir könnten ungestört bei einer Flasche Wein über alte Zeiten plaudern. Kanntest du eigentlich auch noch den Tommi? Tommi Berger?«

»Na klar«, strahlte Matilda. »Der gute alte Tommi.«

»Mit dem habe ich mir damals immer Autorennen geliefert. Der helle Wahnsinn, mit hundertachtzig Sachen durch die Stadt. Mein armer Dad mußte mich einige Male herauspauken bei der Polizei und so. Weißt du, was aus Tommi geworden ist?«

»Das letzte, was ich weiß, ist, daß er für ein Jahr nach Bolivien gegangen ist«, erwiderte Matilda dreist. »Warum auch immer. Aber verrückt, wie der war, kann man nie wissen, was er dort wollte.«

Jan lachte fröhlich über die gemeinsamen Erinnerungen an Tommi Berger. »Bolivien. Wahnsinn!« Er starrte Matilda ganz verzückt an. »Komm doch was zu uns«, wiederholte er und streckte ihr seine Hand entgegen. »Nicht wahr, Melanie? Wir würden uns über Gesellschaft freuen?«

»Klar«, rief Claudia-Schiffer-Melanie von hinten, aber sie machte keinen besonders erfreuten Eindruck.

»Ich weiß nicht«, sagte Matilda. »Also, hör mal, ist sie wirklich deine *Verlobte*, oder wolltest du mich verarschen? Also, das hätte ich ja nie von dir gedacht. Du warst immer so ...«

»Wir werden alle älter«, meinte Jan und lächelte geschmeichelt. »Und weiser. Wahnsinn, hier alte Bekannte zu treffen! Sag mal, sagt dir der Name Hendrik Hümme noch was?«

»Ja, sicher, Hendrik Hümme«, sagte Matilda. »Der war auch immer dabei, wenn wir die Korken haben knallen lassen.«

»Ja, ja«, freute sich Jan. »Hendrik, Tommi und ich, wir waren ein unzertrennliches Kleeblatt!«

»Oh, und dann die Franziska, weißt du? Die so gut tanzen konnte?«

»Franziska?« fragte Jan ganz erschrocken. »Kenne ich die?«

»Klar, die Franzi! Die unterrichtet jetzt Jazz-Dance in dem Fitneß-Studio am Zülpicher Platz. Mußt du doch kennen.«

»Kann sein«, sagte Jan lahm.

Die Begeisterung in seinen Augen war mit einem Mal vollkommen erloschen. Matilda hatte sowieso genug gehört.

»Ich muß jetzt gehen«, sagte sie. »Aber sicher sieht man sich noch mal.«

»Ja, sicher«, murmelte Jan. »Die Welt ist ja so klein.«

»Ja«, sagte Matilda und winkte ihm noch einmal zu.

»Und?« fragten Benedikt und Caroline, die immer noch auf der *Erna* hockten und nur die Hälfte mitbekommen hatten.

»Er ist es, da bin ich sicher«, sagte Matilda. »Er fährt einen

Jaguar, er arbeitet in der Werbeagentur und geht in das Fitneß-Studio an der Ecke Zülpicher Platz. Und als ich Franziska erwähnt habe, ist er ganz bleich geworden, ehrlich!«

»Also doch«, murmelte Caroline.

»Ja, und die blonde Ziege ist seine *Verlobte*! Sie verloben sich nächste Woche oder so, und nächstes Jahr wollen sie heiraten! Das hat er gesagt.«

»So ein Arschloch! Und Franziska kriegt ein Kind von ihm.«

»Und er schenkt ihr alten Familienschmuck«, empörte sich Caroline. »Warum tut er so was, wenn er mit einer anderen verlobt ist? Was bildet er sich ein?«

»Abfindung, vermutlich«, sagte Benedikt abfällig. »Franziska ist nicht gut genug für die Ehe, während die Schiffer-Giraffe vermutlich blaublütig ist oder wenigstens stinkreich!«

»Hey, ihr!« brüllte Ollie vom Steg. »Ich warte schon zehn Minuten auf dem Parkplatz. Wir hatten doch gesagt, in einer halben Stunde – oder etwa nicht?«

»Du wirst nie raten, wer da vorne auf dem Boot ist«, sagte Benedikt zu ihm.

Ollie erriet es tatsächlich nicht. »Ich warte und warte«, murrte er. »Und ihr kommt einfach nicht.«

Caroline, Matilda und Benedikt beeilten sich, ihn über den unglaublichen Zufall und die Identität der Besatzung der *Wahren Liebe* aufzuklären. Ollie schüttelte bekümmert den Kopf.

»Und vermutlich sagt Franziska genau in diesem Augenblick Cornelius adieu. Wenn das keine Ironie des Schicksals ist.«

Caroline sah alarmiert auf die Uhr. »Halb sieben«, rief sie. »Wenn wir Glück haben, hat sie's noch nicht getan.«

»Da vorne ist ein Telefon«, sagte Benedikt und reichte ihr seine Telefonkarte aus der Hosentasche.

Caroline und Matilda quetschten sich gemeinsam in die gelbe Zelle, die beiden Jungs drängelten sich in der offenen Tür.

Caroline gab Matilda den Hörer. »Ich bin so aufgeregt, daß ich nicht mal unsere Nummer weiß.«

Matilda wählte. »Franzi? Hi, wir sind's. Ist Cornelius noch da?«

»Nein«, antwortete Franziska. »Der ist gerade gegangen. Und er kommt niemals wieder.«

»Ach, Scheiße!«

»Was ist? Was sagt sie? Ist es schon zu spät?«

»Was ist da bei euch los?« wollte Franziska wissen. »Ihr müßt euch keine Sorgen machen. Ich habe das Richtige getan. Klar, ich fühle mich irgendwie ein bißchen komisch und einsam jetzt, aber am Sonntag kommt Jan ja zurück, und alles ist in Ordnung. Was meinst du, wie der sich freuen wird, daß er mich endlich für sich allein hat.«

»Ja«, seufzte Matilda. »Das kann ich mir gut vorstellen.«

»Und am Montag, wenn ich beim Frauenarzt war, werde ich mit Jan über das Baby sprechen, und wir werden gemeinsam entscheiden, was wir tun«, erklärte Franziska. »Das ist doch vernünftig, oder?«

»Ja, ja«, murmelte Matilda. »Ja, ja.«

»Ach, Scheiße«, sagte Caroline, als sie den Hörer eingehängt hatte. »Was sollen wir denn jetzt tun?«

»Auf jeden Fall sollte ihr jemand die Wahrheit sagen, bevor Jan es tut.«

»Falls er das jemals vorhat.«

»Ihr müßt nach Hause fahren«, sagte Ollie. »Sie darf jetzt nicht allein bleiben.«

»Ich könnte fahren«, meinte Matilda. »Und ihr könnt hierbleiben und das Haus hüten. Sonntag wäre ich ja sowieso zurückgefahren.«

»Ich komme auch mit«, bestimmte Caroline.

»Was ist denn mit dem Haus und deinen Eltern?«

»Ein paar Tage muß das Haus eben allein bleiben. Meine Eltern kommen Dienstag abend zurück. Ich werde die Blumen gießen, bis sie überschwemmen, und – vielleicht bin ich ja dienstags auch schon wieder hier. Ansonsten lege ich ihnen einen Zettel hin. Oder, wartet, ich habe eine noch viel bessere Idee: Ihr beide, Ollie und du, ihr könntet doch einfach noch hierbleiben und auf das Haus aufpassen. Dann sind Matilda und ich bei Franziska, und meine Eltern können sich nicht beklagen, daß ich ihr Haus im Stich gelassen hätte.«

»Ja«, sagte Ollie begeistert. »Dann könnte ich noch die Tiefkühltruhe abtauen, die hat es nämlich echt nötig.«

»Dann ist es also abgemacht«, erwiderte Caroline froh. »Los, kommt, wir fahren nach Hause und packen.«

24

»Ich würde es euch nicht glauben, wenn ich es könnte«, sagte Franziska und schniefte heftig. »Das ist ja so gemein!«

»Das sagst du jetzt schon seit zwei Tagen«, schimpfte Matilda. »Hör endlich auf zu heulen und zu jammern! Tu was! Der Typ ist doch längst wieder zu Hause. Fahr hin und zertrümmere seine Wohnung, das hilft!«

»Ich glaub' das einfach nicht! So was Gemeines! Ich sitze hier und stelle mir vor, daß er was-weiß-ich-was für mich empfindet, und er ist mit einer anderen *verlobt*.«

»Noch nicht«, sagte Caroline.

Franziska schniefte noch lauter. »Ich dachte, er wäre mein Märchenprinz. Der Ritter in goldener Rüstung, der endlich so ist, wie ein Mann sein sollte!« jammerte sie. »Und dabei ist er noch viel schlimmer als alle anderen.«

»Geh und sag es ihm«, forderte Matilda. »*Wir* wissen, was du von ihm hältst, *er* nicht.«

»Matilda hat recht«, sagte Caroline. »Vielleicht mußt du nicht gerade seine Wohnung zerschlagen, aber die Meinung sollte ihm schon gesagt werden, und zwar richtig.«

»Ich gebe dir meinen Baseballschläger«, erbot sich Matilda. »Da kann man alles kurz und klein schlagen. Vasen, Kacheln, Fenster, alles. Aber falls der Typ einen Flügel hat, dann tu ihm nichts. Dem Flügel, meine ich. Man sieht immer in den Krimis, wie die Vandalen aus purer Zerstörungswut einen herrlichen Bechsteinflügel kaputtschlagen. So was tut mir in der Seele weh. Also, den Flügel verschonen! Den kannst du mir mitbringen.«

»Plapper, plapper, plapper.« Caroline brachte Franziska das Telefon und setzte es auf ihren Schoß. »Ruf an.«

Franziska wischte sich die Tränen ab. »Also gut, ich tu's«, schniefte sie. »Matilda, leihst du mir deinen schwarzen Body?«

»Aber immer«, sagte Matilda.

Jan wohnte in einer baumbestandenen Straße im Stadtteil Marienburg. Das Apartmenthaus hatte Rheinblick und war eines von der vornehmen Sorte. Jan wohnte im obersten Stockwerk, Penthouse mit eigenem Aufzug. Alles genauso, wie Benedikt es vermutet hatte. Die Aufzugtüren öffneten sich direkt in Jans Wohnzimmer. Es war riesenhaft, die bodentiefen Fenster auf eine Dachterrasse gerichtet, modernes Design gemischt mit antiken Holzmöbeln. Der ganze Raum war konsequent in Holztönen und einem gebrochenen Weiß gehalten, ohne einen einzigen Farbtupfer. Nicht unbedingt Franziskas Geschmack, aber unbestritten stilvoll.

Jan umarmte sie zärtlich. »Wie schön, daß du mal herkommst«, sagte er mit seiner weichen, unheimlich erotischen Stimme. »Ich habe dich sooo vermißt. Im Schlafzimmer wartet eine Flasche Champagner auf uns.«

Franziska machte sich los. »Schön hast du's hier.«

»Ja, das hat eine Innenarchitektin gemacht, die mit meinen Eltern befreundet ist. Freut mich, daß es dir gefällt. Sag mal, was gab es denn so Dringendes?«

»Ich habe mit Cornelius Schluß gemacht«, sagte Franziska.

»Und wann? Ich meine, doch hoffentlich nicht meinetwegen?«

»Doch«, sagte Franziska. »Natürlich deinetwegen. Ich dachte, du freust dich darüber.«

»Ja schon, aber ich meine, das hat mich ehrlich gesagt nie groß gestört. Mit uns, das war doch auch so völlig in Ordnung.«

»Es hat dich nie gestört, daß du nicht der einzige Mann in meinem Leben warst?«

»Nein, natürlich nicht. Sieh mal, ich bin eben nicht so ein

besitzergreifender Mensch, so ein Macho-Typ, der seine Braut ganz für sich alleine haben will. Hauptsache, wir haben uns gut verstanden und hatten Spaß miteinander, wenn wir zusammen waren. Und das hatten wir ja auch, oder?«

»Findest du das denn normal?«

»Warum nicht?«

»Es hat dich nicht gestört, daß ich noch gebunden war, weil du es ebenfalls bist, stimmt's?«

»Ja, und wenn schon!« Jan wurde nicht mal rot. »Was zwischen uns beiden war, hatte schließlich nichts Offizielles. Wir haben es beide genossen; und wenn es nach mir ginge, dann würde es auch noch ewig so weitergehen. Ob ich eine Beziehung zu jemand anderem habe oder nicht, spielt doch überhaupt keine Rolle.«

»Du gemeiner Lügner!«

»Ich? Ich habe dich doch niemals angelogen«, sagte Jan. »Du hast mich nie danach gefragt, und ich sah einfach keine Veranlassung, vor dir mein Privatleben auszubreiten. Das ist doch immer das gleiche bei euch Frauen. Dieser Ausschließlichkeitsaspekt ödet mich langsam an. Zumal ich gedacht habe, du wärst anders.«

»Das gleiche habe ich auch von dir gedacht«, sagte Franziska.

»Hey, Franziska, ich möchte mich gar nicht mit dir streiten. Dazu mag ich dich viel zu gern. Laß uns diese Sache doch einfach vergessen, und alles ist, wie es war. Das mit uns ist doch viel zu schön, um es wegen solcher Kleinigkeiten aufzugeben. Du kannst in der Zeit, in der wir uns nicht sehen, machen, was du willst, und gestehst mir im Gegenzug das gleiche Recht zu.

Das ist nur fair, wir haben die ideale Beziehung, und keiner kommt zu kurz.«

Franziska schüttelte ungläubig den Kopf. »Ich bin also deine Frau für donnerstags, und für die anderen Tage hast du jemand anderen?«

Jan lachte. »Warum denn nicht? Natürlich gilt das auch für dich.«

»Und was sagt deine Dienstagsfrau dazu?«

»Ich sag' ja, nicht alle Frauen sind wie du. Meine Freundin dürfte das nie erfahren, sonst gäbe es Mord und Totschlag. Und auf solche Szenen habe ich einfach keinen Bock.«

»Ich verstehe«, sagte Franziska.

Matilda an ihrer Stelle hätte jetzt damit begonnen, die Einrichtung zu zertrümmern. Aber Franziska wurde bei Wut manchmal ganz ruhig und kühl.

»Ich bin schwanger«, sagte sie.

Jan sah jetzt doch etwas erschrocken aus. »Aber du nimmst die Pille.«

»Ja, aber es ist nun mal trotzdem passiert.«

»Ist es denn sicher?«

»Ja.«

»Ich meine, versteh mich jetzt nicht falsch, aber ist es denn sicher, daß das Kind überhaupt von mir ist?«

Franziska sagte nichts dazu.

»Ich meine, du hattest ja noch deine Beziehung zu diesem Cornelius – oder wie der Typ hieß –, und das war ja auch voll okay so. Nur, woher wollen wir wissen, daß es mein Kind ist?«

»Es ist dein Kind«, erwiderte Franziska.

Jan wanderte unruhig durch das riesige Wohnzimmer. »Okay, okay, ganz ruhig bleiben«, sagte er ein paarmal vor sich hin.

Franziska wußte nicht, ob er mit ihr sprach oder mit sich selber.

Er lächelte sie entschuldigend an. »Du mußt das verstehen, ich war noch nie in so einer Situation. Das ist das erste Mal für mich.«

»Für mich auch, stell dir mal vor.«

»Okay, du weißt, daß du auf mich zählen kannst. Den ganzen organisatorischen Kram mußt du allerdings selbst übernehmen. Ich denke, da habt ihr Frauen schon eure Mittel und Wege. Eine gute Klinik in Holland, da kann man so was heute schon ohne chirurgischen Eingriff machen lassen, nur mit Tabletten, das tut überhaupt nicht weh, habe ich gehört. Und – ähm, wenn du alles soweit geklärt hast, dann sagst du mir einfach, wieviel das kostet, und ich zahle es. Keine Frage, ich lass' dich nicht im Stich.«

»Vielen Dank«, sagte Franziska bitter.

Das war also übriggeblieben von ihrem schönen, vorbildlichen Ritter, der genau wußte, was Frauen wünschen. Ein kleiner, arroganter Schwächling, der nichts hatte außer Geld, aber das offensichtlich reichlich.

»Das ist doch klar, Mensch, daß ich in so einer Situation für dich da bin«, sagte Jan.

»Und wenn ich nun das Kind bekommen möchte? Wenn ich mit dir eine Familie gründen möchte?« fragte Franziska. »Was würdest du dann tun?«

Jan nahm seine Wanderung durch das Wohnzimmer wieder

auf. »Ich meine, das ist doch klar: Ich will kein Kind; wenn überhaupt, dann in zehn Jahren mal. Wenn du das wirklich wolltest, dann müßtest du die Sache alleine durchziehen. Ich will damit nichts zu tun haben.«

»Und ich nichts mit dir«, entgegnete Franziska und ging mit kleinen wütenden Schritten auf die Aufzugstür zu. »Das war's dann wohl.«

»Das mußt du selber wissen«, sagte Jan. »Ich zwinge niemanden. Das habe ich nämlich gar nicht nötig. Aber ich find's echt schade. Im Schlafzimmer wartet immer noch eine Flasche Champagner.«

Franziska schnaubte durch die Nase. Die Aufzugstür öffnete sich.

»Franziska?«

»Ja?« Sie drückte auf den Knopf für das Erdgeschoß.

»Du hast doch noch das Armband. Ich meine, es ist mir etwas peinlich, aber wenn du unsere Beziehung löst, dann wäre es nur fair, wenn du es zurückgibst. Es ist alter Familienschmuck.«

»Unsere *Beziehung*«, höhnte Franziska. »Daß ich nicht lache!« Sie strich sich erschöpft das Haar aus der Stirn. »Aber du kannst dir dein dämliches Armband sonstwohin schieben. Ich werde es dir bei Gelegenheit zukommen lassen. Von einem wie dir möchte ich nichts geschenkt haben.«

Die Aufzugstüren schlossen sich, bevor sie den Ausdruck in seinem Gesicht interpretieren konnte.

»Scheißkerl«, sagte sie dann laut.

25

»Ich habe heute mit meiner Schwester telefoniert«, sagte Matilda.

»Aber es ist doch noch lange nicht Weihnachten«, wunderte sich Caroline.

Franziska grinste. Seit sie mit Jan Schluß gemacht hatte, hatte sie nicht einmal mehr geweint oder deprimiert vor sich hinglotzend im Schaukelstuhl gehockt.

»Ich kann jederzeit bei Anna anrufen, wenn ich das will«, behauptete Matilda würdevoll. »Jedenfalls sagt sie, daß *sie* immer sofort gewußt hat, wenn sie schwanger war.«

»Wie schön für sie«, meinte Caroline.

»Anna sagt, das wisse jede Mutter sofort und mit hundertprozentiger Sicherheit. Anna wußte es bei allen drei Kindern unmittelbar nach der Zeugung. Sie sagt, wenn Franziska schwanger wäre, dann wüßte sie es auch.«

»Woher will Anna wissen, daß Franziska schwanger ist?« fragte Caroline verwirrt. »Ist sie eine Hellseherin in Sachen Schwangerschaft?«

»Nicht Anna, du Dumme, Franziska! Franziska müßte wissen, ob sie schwanger ist oder nicht. Und wenn sie es nicht weiß, sagt Anna, dann ist sie auch nicht schwanger.«

»Ach so«, sagte Caroline. »Aber das halte ich für absoluten Blödsinn. Diesen Kram von wegen Mutterinstinkt und so was! Das ist auch psychologisch und wissenschaftlich keineswegs belegbar.«

»Fühlst du dich schwanger, Franziska?« fragte Matilda.

Franziska schüttelte den Kopf. »Woher soll ich wissen, wie man sich fühlt, wenn man schwanger ist. Ich war doch noch niemals in dieser Situation. Glücklicherweise.«

»Dann bist du es nicht, sagt Anna«, jauchzte Matilda. »Weil, sonst wüßtest du's ja.«

»Das ist ja wohl die absurdeste Logik, die ich jemals gehört habe«, sagte Caroline. »Wie erklärt sich Anna denn diese Frauen, die immer in den Talk-shows auftreten und erzählen, daß sie erst beim Einsetzen der Preßwehen gemerkt haben, daß sie schwanger sind, und vorher geglaubt haben, sie würden unter einer Bauchkolik leiden?«

Das wußte Matilda auch nicht. »Die haben vielleicht ihren ursprünglichen Instinkt verloren«, meinte sie.

Caroline lachte höhnisch.

»Außerdem kommt es darauf gar nicht an«, fuhr Matilda fort. »Denn selbst wenn Franziska nicht weiß, ob sie schwanger ist oder nicht, so kann sie doch wenigstens sagen, ob sie sich anderes fühlt als vorher.«

»Natürlich fühle ich mich anders«, sagte Franziska. »Ich komme beinahe um vor Angst, daß ich schwanger sein könnte.«

»Deine Mutter auch«, sagte Caroline.

»Aber sie weiß doch nichts!«

»Doch. Sie hat ungefähr zehnmal angerufen«, erklärte Caroline. »Sie hat gesagt, sie glaube nicht mehr, daß das mit der Schwangerschaft nur ein Scherz sei. Dein Vater hätte gesagt, daß man über so was keine Scherze macht, und deshalb glaubt sie jetzt steif und fest, daß du wirklich schwanger bist. Früher oder später würde sie ja doch die Wahrheit erfahren, hat sie gesagt, und ob ich bei meinem Leben schwören könnte, daß du nicht schwanger bist.«

»Und – hast du's getan?«

»Was für eine Frage«, rief Matilda. »Sie lebt schließlich noch.«

»Was soll's«, seufzte Franziska. »Mein Vater wird toben und schreien. Sicher hat er schon beim Jugendamt nachgefragt, welche rechtliche Handhabe er gegen seine renitente, unehelich schwangere Tochter hat.«

»*Keine*, natürlich!« schrie Caroline. »Du bist zwanzig Jahre alt. Volljährig! Da kann dein Vater überhaupt nichts machen!«

»Es war nur ein Scherz, Caro.«

»Ach so! Aber das wird deinen Vater nicht abhalten. Jede Wette, daß er in den nächsten Tagen hier vor der Türe steht, um dich zu entführen. Wir sollten uns ein Sicherheitsschloß anschaffen, falls er vorhat, die Tür einzutreten.«

»So schlimm ist er auch wieder nicht«, sagte Franziska.

»Aber so ein Sicherheitsschloß wäre mir auch wegen Herrn Kleinschmidt sehr lieb, dir etwa nicht?«

»Doch«, gab Franziska zu. »Und vielleicht wird mein Vater tatsächlich zum Berserker! Wenn ich daran denke, wie er sich angestellt hat, als ich damals mit Timo Walter im Auto gefahren bin, obwohl wir noch keinen Führerschein hatten. Und dabei sind wir bloß auf dem Schulhof herumgekurvt! Das war doch wirklich harmlos gegen diese Sache jetzt. Das wird ihm den Rest geben. Seine Tochter schwanger und kein Kindsvater dazu!«

»Vielleicht rufst du ja doch noch mal bei Cornelius an«,

sagte Caroline zögernd.«Schließlich gehört ihr doch irgendwie zusammen.«

»Nein«, sagte Franziska. »Das geht nicht. Erst mache ich mit dem einen Kerl Schluß wegen eines anderen. Und wenn der mich nicht mehr will, komme ich auf den alten zurück. Das ist schäbig.«

»Schäbig war, was du vorher gemacht hast«, meinte Caroline. »Das war echt hundsgemein. Aber du liebst ihn doch noch, oder?«

Franziska zog die Schultern hoch. »Keine Ahnung. Ich vermisse ihn total, und ich würde ihn gerne wiederhaben, aber ob ich ihn deshalb liebe, das weiß ich wirklich nicht.«

»Natürlich liebst du Cornelius«, beharrte Caroline. »Wenn das nämlich nicht so wäre, dann würde ich alles daransetzen, um mir den Kerl zu angeln. Ich finde ihn nämlich echt okay.«

»Und was ist mit deinem langweiligen Psychoheini?« erkundigte sich Matilda.

Caroline sah auf die Uhr. »Oh, der ist auch nicht übel. Ist das schon spät! Ich muß mich noch duschen und so weiter. Johannes kommt mich gleich abholen. Wir gehen zum Tanzbrunnen, da ist heute abend so'n Freiluftkabarett. Kann ich dein grünes Kleid haben, Matilda?«

»*Mein* grünes Kleid? Das ist dir doch viel zu lang! Und für so einen Langweiler viel zu sexy.«

»Erstens ist das Kleid dir viel zu kurz und daher bei mir genau richtig, und zweitens ist Johannes kein Langweiler. Eher das Gegenteil.«

Caroline warf den Kopf in den Nacken und verzog sich mit einer hochmütigen Miene ins Badezimmer.

»Also gut«, rief ihr Matilda hinterher. »Du kriegst das grüne Kleid. Du kriegst sogar meine Paprika-Ohrringe dazu. Ich habe sie extra passend zum Kleid gekauft.«

»Und was machst du heute abend?« fragte Franziska.

»Ich?« Matilda hob unentschlossen die Schultern. »René wollte herkommen, aber ich weiß nicht, ob ich Lust dazu habe. Weißt du, in letzter Zeit ist da irgendwie die Luft raus.«

»Aber du hast ja noch zwei andere in Reserve«, meinte Franziska. »Peter und Paul.«

»Peter und Claudius«, verbesserte Matilda.

»Oder das. Ist im Grunde auch völlig egal.«

»Das meine ich ja«, sagte Matilda. »Alles, was man über eine längere Zeit betreibt, ist irgendwann langweilig. Selbst mit drei Männern gleichzeitig auszugehen. Im Grunde ist es auch jedem von ihnen egal, was ich in der Zeit mache, in der ich sie nicht sehe. Ich hatte mir das aufregender vorgestellt. Wilde Eifersuchtsszenen, Versteckspielchen und unheimlich spannende Rendezvous mit drei völlig verschiedenen Männern, die mich alle für sich allein haben wollen.«

»Bist du nicht ein bißchen in einen von den dreien verknallt?«

Matilda schüttelte den Kopf. »Kein bißchen«, sagte sie bekümmert. »Weißt du was? Manchmal wünsche ich mir wieder so eine stinknormale Beziehung, so wie damals die ersten Monate mit Cornelius. Natürlich mit einem interessanteren Mann.«

»Ja, dann schnapp dir doch Peter oder Paul oder Mary, und versuch es noch mal mit einer stinknormalen Beziehungskiste.«

»Peter, Claudius oder René«, verbesserte Matilda wieder. »Ich weiß nicht, ob überhaupt einer der drei beziehungstauglich ist. Wenn ich ganz ehrlich bin, glaube ich, daß es allen dreien recht ist, daß ich bisher so antibeziehungskistenmäßig eingestellt war.«

»Das hat dich doch bisher immer unheimlich gereizt.«

»Ja, vielleicht«, meinte Matilda nachdenklich. »Ich sollte mich für einen entscheiden. Wenn man in einer echten Beziehung lebt, ist es auch wieder spannend, sich mit anderen zu treffen.«

»Ja«, seufzte Franziska. »Wenn man auf diese Art von Spannung steht. Und wenn man nicht vergißt, die Pille zu nehmen. Morgen ist übrigens mein Frauenarzttermin. Um halb elf.«

»Endlich«, meinte Matilda. »Leider muß ich arbeiten. Aber vielleicht kann ich früher Schluß machen und dir beistehen. Benedikt und Ollie wollten doch auch morgen zurückkommen, oder?«

»Ja, morgen mittag«, meinte Franziska. »Hoffentlich haben sie das nicht vergessen. Ich denke, Carolines Eltern wären schon etwas befremdet, wenn sie zwei fremde, schwule Typen in ihrem Haus vorfänden statt ihrer geliebten Tochter und einer Schildkröte.«

»Ja, das glaube ich auch«, meinte Matilda. »Aber eins ist auf jeden Fall klar, Ollie und Benedikt werden das Haus ordentlicher hinterlassen, als wir es getan hätten. Sogar die Tiefkühltruhe wollte Ollie abtauen.«

»Es hat geklingelt. Sicher ist das Carolines Verabredung. Mach du auf, ich will nicht, daß er mich anstarrt.«

»Wieso sollte er das tun?«

»Weil Caroline ihm mit Sicherheit erzählt hat, daß ich schwanger bin«, meinte Franziska. »Das scheinen überhaupt alle zu wissen. Die gucken dann immer saublöd, und das macht mich höllisch aggressiv.«

»Blödsinn!« widersprach Matilda und ging zur Wohnungstür. »Du leidest ja schon an Verfolgungswahn.« Sie horchte ins Treppenhaus hinab. »Carolines Verabredung nimmt zwei Stufen auf einmal. Bei *der* Hitze. Sicher ist jedenfalls, daß er körperlich fit ist.«

»Oder verliebt«, rief Franziska aus der Küche.

»Hi«, sagte der Typ mit Jeans und T-Shirt, als er im dritten Stock angelangt war.

Er war nicht ein bißchen außer Atem. Und überhaupt sah er so unerwartet gut aus, daß Matilda erst mal gar nichts einfiel.

»Ich bin Johannes«, sagte er und lächelte. »Ich wollte die Caroline abholen.«

»Hi«, sagte Matilda verblüfft. »Matilda.«

»Caro!« rief Franziska aus der Küche. »Besuch für dich!«

Caroline kam in Matildas Kleid aus dem Badezimmer. Die roten Locken fielen offen über ihre Schultern, und Matilda konnte nicht umhin, sich einzugestehen, daß ihr das grüne Kleid wunderbar stand.

»Hallo, Johannes«, sagte Caroline gutgelaunt. »Ich hol' nur noch meine Tasche.«

Johannes pfiff anerkennend durch die Zähne. »Du siehst toll aus«, sagte er.

Caroline lächelte froh.

»Das ist *mein* Kleid«, erklärte Matilda, die mit ihrer Stimme auch ihr Lächeln wiedergefunden hatte.

Franziska in der Küche fand, daß man förmlich hören konnte, wie strahlend sie lächelte.

Caroline bückte sich nach ihrer Handtasche.

»Und *meine* Ohrringe«, sagte Matilda.

»Ja, und es ist sehr lieb von dir, mir alles zu leihen«, sagte Caroline. »Einen schönen Abend, Süße. Tschüs, Franziska!«

»Tschüs«, sagte Franziska aus der Küche.

»Tschüs«, sagte Johannes zu niemandem Bestimmten.

Matilda lächelte ihr allerschönstes Lächeln. »*Und mein* Lippenstift«, sagte sie triumphierend.

26

»Ich hab's getan«, rief Caroline am nächsten Morgen mit leuchtenden Augen.

»*Was*?« Franziska vergaß vorübergehend ihren eigenen Kummer. »Das ist doch wohl nicht wahr!«

»Dohooch«, strahlte Caroline. »Ich hab's endlich getan.«

»Bist du wahnsinnig?«

»Nein«, seufzte Caroline. »Ich habe es im Vollbesitz meiner geistigen Kräfte getan, weil ich mich endlich in ihn verlieben will. Er ist so süß!«

»Und wie war es?«

»Na ja«, sagte Caroline. »Wie so was halt ist. Schön eben! Aber jetzt tu nicht so, als wäre es das erste Mal, daß ich mit jemandem rumknutsche!«

Franziska lachte. »Ach so. Knutschen! Und ich dachte schon, du hättest *es* getan!«

»Puh, nein«, verwahrte sich Caroline. »Aber ich wollte die Sache einfach mal ein bißchen vorwärtstreiben. Weißt du, ich fände es einfach schön, wenn wir, also wenn Johannes und ich eine richtige Beziehung miteinander anfangen würden, so richtig als Paar, als Freund und Freundin. So wie das jeder hat, ganz normal. Das hatte ich noch nie, weißt du. Und am schönsten wäre das natürlich, wenn wir auch ineinander verliebt wären.«

»Ja, so sollte es eigentlich sein«, sagte Franziska. »Er scheint echt ein netter Kerl zu sein.«

»Ja, das ist er auch«, meinte Caroline. »Auch wenn Matilda findet, daß er ein Langweiler ist.«

»Daß ich nicht lache«, rief Franziska. »Hast du denn nicht bemerkt, wie Matilda deinen Johannes beflirtet hat?«

»Matilda? Johannes?«

»Ja«, nickte Franziska. »Sie hatte diesen Dich-kriege-ich-auch-noch-in-mein-Bett-Blick drauf. Und wie sie gelächelt hat! Hinterher hat sie sogar ein Rendezvous mit einem ihrer drei Scheichs abgesagt, ich hab's mit meinen eigenen Ohren gehört. Dein Johannes muß sie ungeheuer beeindruckt haben!«

»Meinst du wirklich? Ich dachte, sie findet Psychologen langweilig!«

»Diesen nicht«, sagte Franziska. »Wenn du einen Rat von mir willst: Verliebe dich besser mal ganz schnell, sonst schnappt Matilda ihn dir einfach weg.«

»Wo ist sie denn jetzt?« fragte Caroline besorgt.

Franziska lachte. »Im Augenblick ist sie keine Gefahr. Sie hat Frühstücksschicht bei Nino's! Und ich muß in anderthalb Stunden beim Frauenarzt sein.«

»Dann wissen wir endlich Bescheid«, meinte Caroline. »Die Spannung ist ja auch wirklich nicht mehr zum Aushalten.«

»Ja«, seufzte Franziska. »Wenn meine Eltern mich nicht vorher gewaltsam entführen. Meine Mutter hat gestern abend noch viermal angerufen. Beim letzten Mal hat mein Vater den Hörer genommen und gebrüllt, daß jetzt Schluß sei mit diesen albernen Diskussionen, er käme heute früh, um mich abzuholen, und ich solle gefälligst schon mal meine Koffer packen.«

»Lieber Himmel«, flüsterte Caroline. »Der macht seine Drohung sicher wahr! Ach, wenn wir doch nur schon das Sicherheitsschloß eingebaut hätten.«

»Ja, mit genügend Vorräten könnten wir vielleicht neun Monate der Belagerung standhalten«, sagte Franziska. »Ich gehe jetzt duschen! Und mach niemandem die Türe auf, hörst du!«

»Nein«, versprach Caroline. »Ganz sicher nicht.«

»Sieh mal«, sagte Franziska eine halbe Stunde später. »Findest du nicht, daß ich schon einen dickeren Bauch bekommen habe?«

Caroline sah genau hin, konnte aber keine Rundung feststellen. »Nein«, sagte sie. »Wirklich nicht.«

Franziska zog sich leicht getröstet an. »Ich finde Frauenarztbesuche grauenhaft«, sagte sie. »Die letzten Male habe ich immer bloß das Rezept für die Pille abgeholt und bin wieder gegangen.«

»Und der hat dich nicht untersucht?« fragte Caroline entsetzt. »Das muß er doch!«

»Nicht, wenn ich nicht will!«

Da klingelte es an der Tür. Dreimal hintereinander und sehr ungeduldig.

Caroline wurde prompt blaß. »Das sind deine Eltern«, zischte sie. »Wir dürfen nicht aufmachen.«

»Das wäre jetzt wirklich zuviel«, fand auch Franziska. »Kannst du sie irgendwie hinhalten, bis ich weg bin?«

»Du gehst rauf in den vierten Stock«, sagte Caroline schnell. »Wenn sie hier bei mir drin sind, kannst du dich aus dem Haus schleichen.«

Franziska schnappte sich ihren Rucksack. »So machen wir's«, sagte sie. »Drück mir die Daumen!«

»Natürlich«, sagte Caroline und drückte auf den Türöffner. »Wenn ich sie schnell los werde, komme ich noch nach. Du solltest da nicht allein hingehen.«

»Danke«, flüsterte Franziska und sprintete die Treppe hoch.

Unten im Hausflur erscholl bereits die Stimme des Vaters. »Wir nehmen sie sofort mit«, ließ er verlauten. »Keine Minute bleibt sie mehr in diesem Haus.«

»Karl-Heinz, jetzt warte doch erst mal ab!« Das war die Mutter. »Wenn wir sie jetzt so überfallen, machen wir am Ende alles kaputt.«

»Sieh dir doch nur diese Wände an. Stockflecken sind das! Alles feuchte Wände hier. Das ist doch nicht gesund, in so einer Ruine zu hausen.«

»Karl-Heinz, bitte.«

Franziska blieb regungslos auf dem Treppenabsatz vor Ollies und Benedikts Wohnung hocken. Es war schon so lange her, daß sie diese Dialoge täglich gehört hatte. Heute empfand sie es als doppelt schrecklich, das ewige Gepolter des Vaters und das beschwichtigende Gewimmer der Mutter.

»Keinen Tag länger«, rief der Vater. »In so einer Bruchbude möglicherweise noch ein Kind aufziehen! Stell dir das doch nur mal vor! Als gehörten wir zu diesem asozialen Pack!«

»Karl-Heinz, du hast mir versprochen, die Sache diplomatisch anzugehen«, flehte die Mutter. »Sonst verlieren wir unsere Tochter für immer. Das ist Frau Hellmann damals genauso gegangen mit ihrer Frederike, weißt du noch? Und es ist sicher auch kein Zufall, daß unser Till am anderen Ende der Welt studiert.«

»Komm mir nicht mit so einem Schmus«, rief der Vater. »*Unsere* Tochter packt jetzt auf der Stelle ihre Sachen zusammen und kommt mit nach Hause. Und dann überlegen wir ganz in Ruhe und diplomatisch, was zu tun ist.«

Franziska schnaubte leise vor sich hin. *Das* diplomatische Gespräch konnte sie sich lebhaft vorstellen. Wahrscheinlich würde man sie dazu ganz diplomatisch auf dem Wohnzimmersessel anbinden.

Ihre Eltern hatten den dritten Stock erreicht.

»Guten Tag«, empfing sie Caroline mit zittriger Stimme.

Franziska mußte grinsen. Sicher war die Arme wieder über und über mit hektischen Flecken übersät.

»Kommen Sie doch herein!«

»Wo ist Franziska?« polterte der Vater.

»Karl-Heinz, bitte! Denk an Frau Hellmann und ihre Frederike damals!«

»Ich will, daß sie auf der Stelle ihre Sachen packt!«

»Kommen Sie doch erst mal rein«, sagte Caroline höflich.

Selbst ihre Stimme klang irgendwie fleckig, fand Franziska.

Caroline schloß die Tür, und das Gebrüll ihres Vaters klang merklich gedämpft. Franziska wagte sich die Treppe hinunter. Vor der Wohnung blieb sie stehen und lauschte einen Augenblick.

»*Wo ist meine Tochter*?«

»Sie mußte weg. Sie hatte einen Termin beim ... einen Termin.«

»Einen Termin, was? Wegen dieser unglückseligen *Sache!*«

»Karl-Heinz! Bitte schrei nicht so!«

»Ich werde hier so lange warten, bis sie wiederkommt. Und dann nehme ich sie mit nach Hause«, kündigte der Vater an. »Die Sache werde ich *ein für allemal* aus der Welt schaffen.«

»Das können Sie gar nicht«, sagte Caroline mutig. »Franziska ist längst volljährig und kann durchaus selber entscheiden, was zu tun ist.«

Liebe Caroline, dachte Franziska draußen vor der Tür. Wenn du nur recht hättest und ich das wirklich könnte!

»Wir warten«, bestimmte der Vater. »So geht das nicht! Vielleicht machen Sie meiner Frau in der Zwischenzeit eine Tasse Kaffee. Sie ist so nervös.«

»Nein«, sagte Caroline, und Franziska hörte deutlich, wie zornig sie war. »Warten Sie, wo immer Sie wollen, wenn Sie Franziska unbedingt noch mehr Schwierigkeiten machen wollen, als sie sowieso schon hat. Aber dies ist auch meine Wohnung, und Sie haben kein Recht, sich gegen meinen Willen hier aufzuhalten.«

»Genau«, sagte Franziska draußen vor der Tür. »Sehr gut!«

Der Vater knurrte etwas Unverständliches.

»Ja, Sie haben recht, wir warten wohl besser unten«, hörte Franziska die Mutter sagen. »Komm schon, Karl-Heinz, wir warten im Auto, wenn es denn unbedingt sein muß.«

»Es *muß* sein«, rief der Vater. »Aber das will ich Ihnen noch sagen, mein junges Fräulein. Wenn Sie glauben, daß *Sie* Franziska mit dieser Haltung helfen, dann sind Sie aber auf dem Holzweg. Ihr jungen Leute glaubt immer, daß ihr allein zurechtkommt, bis ihr die Quittung bekommt. In so einer Situation braucht ein Mädchen seine Eltern.«

Seine wütenden Schritte stampften auf die Wohnungstür zu.

Franziska erschrak. Blitzschnell rannte sie die Treppe hinunter und war draußen auf der Straße, noch bevor sich oben die Wohnungstür geöffnet hatte. Trotzdem stürmte sie zur U-Bahn-Station, als wäre jemand hinter ihr her. Erst als sie glücklich in der Bahn saß, entspannte sie sich etwas. Dabei stand das Schlimmste schließlich noch bevor.

27

Der Frauenarzt hatte seine Praxis in der Neusser Straße in einem sehr edel renovierten Altbau. Im Hausflur standen mehrere topgepflegte Designer-Kinderwagen. Auch die Sprechstundenhilfe hinter dem Tresen – Kirschbaum furniert, genau wie die Schrankwand zu Hause bei den Eltern, schoß es Franziska durch den Kopf – sah mehr aus wie eine Verkäuferin in einer Nobelboutique. Nicht mal einen weißen Kittel trug die.

Franziska war eine halbe Stunde zu früh. Sie reichte ihre Karte über den Kirschbaumtresen.

»Bitte nehmen Sie so lange im Wartezimmer Platz, Frau Sommer«, sagte die elegante Sprechstundenhilfe freundlich.

Auch das Wartezimmer war ganz in furniertem Kirschbaumholz gehalten. Sehr nobel. Franziska ärgerte sich, daß sie das überhaupt registrierte. Bisher hatte sie diesen Dingen niemals irgendwelche Bedeutung beigemessen. In drei Jahren hatte sie den Arzt überhaupt erst dreimal zu Gesicht bekommen. Bei ihren anderen Besuchen hatte sie nur immer das Rezept für die Pille abgeholt.

Sie nahm auf einem freien Stuhl Platz. Außer ihr saßen noch drei andere Frauen im Raum. Alle drei waren in teure »Happy-Mama«-Ensembles gekleidet und sahen sowohl happy als auch schwanger aus. Sie blätterten ausnahmslos in einem der vielen Nobelmagazine, die man auf einem Beistelltischchen arrangiert hatte. Franziska nahm sich auch eins. Es war eine Wohnzeitschrift der Marke »Unser Haus soll noch größer werden«. Aber sie konnte sich nicht recht auf die kombinierten Wintergärten- und Hallenbäderinterieurs konzentrieren. Bei ihrem überstürzten Aufbruch von zu Hause war keine Zeit mehr gewesen, das Klo aufzusuchen. Und jetzt mußte sie furchtbar nötig.

Franziska wollte sich schon erheben und nach einer Toilette fragen, als ihr einfiel, daß der Arzt nachher wohl ihren Urin für einen Schwangerschaftstest benötigen würde. Wenn sie gerade vorher auf der Toilette gewesen war, hätte sie dann ja keinen Urin mehr für die Untersuchung. Wie peinlich!

Sie beschloß widerwillig, sich das Pipimachen vorläufig zu verkneifen. Mit mäßigem Interesse las sie statt dessen einen Artikel über ein Model in ihrem Alter, das ein klitzekleines Loft von zweihundert Quadratmetern über den Dächern von Paris bewohnte und mit bescheidenen zwei Millionen Franc eingerichtet hatte.

Der Druck in Franziskas Blase wurde immer stärker. Schließlich hielt sie es nicht mehr aus. Sie ging hinaus in den Empfangsraum und beugte sich über den Tresen.

»Entschuldigung«, sagte sie zu der eleganten Sprechstundenhilfe ohne Kittel.

»Ja?«

Franziska zögerte. Neben ihr war eine todschicke junge Mutter dabei, ihr ebenso todschickes Kind in einen der drei todschicken Kinderwagen zu stopfen, die sie vor der Tür gesehen hatte.

Franziska senkte diskret die Stimme. »Ich müßte mal zur Toilette«, flüsterte sie.

»Gleich da vorne«, sagte die Sprechstundenhilfe und deutete auf eine Tür, neben der WC stand.

»Ja, nur … haben Sie vielleicht ein altes Marmeladenglas?« fragte Franziska leise. »Oder eine Tasse, die Sie nicht mehr brauchen?«

Die Sprechstundenhilfe machte große Augen. Auch die schicke Mutter hörte auf, ihr Kind zurechtzuzupfen, und sah sie neugierig an. Franziska verging beinahe vor Scham.

»Weil ich einen Schwangerschaftstest machen muß«, stotterte sie am Rande einer Ohnmacht. »Da will ich nicht alles ins Klo ... sonst ist ja hinterher keins mehr ... verstehen Sie?«

Die Sprechstundenhilfe öffnete eine Schranktür hinter sich und reichte ihr ein solides Plastiktöpfchen mit Deckel. »Wir haben zu diesem Zweck solche Behältnisse«, sagte sie und lächelte immer noch freundlich. »Bitte achten Sie darauf, den Urin aus dem Mittelstrahl abzufüllen.«

Franziska nahm das Töpfchen mit schweißnassen Händen. »Ja«, flüsterte sie schwach und zog sich hinter die WC-Tür zurück.

Meine Güte, wie peinlich!

Nach einem alten Marmeladenglas zu fragen! Wie konnte man nur so was Dämliches tun? So was konnte ja wohl nur ihr passieren!

Völlig blamiert ließ Franziska sich auf der Brille nieder.

28

Caroline sah unruhig aus dem Fenster. Das Auto von Franziskas Eltern stand immer noch auf der gegenüberliegenden Straßenseite. Wenn sie doch nur endlich wegfahren würden. Vorher wagte sie nicht, das Haus zu verlassen. Diesem Choleriker da unten würde sie glatt zutrauen, daß er sie bis zum Arzt verfolgte und dann Franziska vom Gynäkologenstuhl zerrte. Caroline seufzte. Die Ärmste war jetzt ganz allein dort, und niemand hielt ihre Hand.

Es klingelte Sturm. O nein, dachte Caroline, nicht mit mir, Herr Sommer! Wenn Sie noch ein Wort von mir erfahren wollen, dann müssen Sie schon die Tür eintreten.

Jemand drehte einen Schlüssel im Schloß. Caroline eilte erschrocken in den Flur. Herr Sommer hatte sicher Herrn Kleinschmidt gezwungen, den Zweitschlüssel herauszugeben.

»Wie siehst du denn aus?« fragte Matilda und steckte ihren Kopf zur Tür herein. »Wieder lauter rote Flecken.«

»Gott sei Dank, du bist es!«

»Wer denn sonst, Rotfleckchen?«

»Das sind Franziskas Eltern schuld«, sagte Caroline. »Sie belagern das Haus.«

»Ich weiß, ich habe sie gesehen. Onkel Karl-Heinz stiefelt auf dem Bürgersteig auf und ab, und Tante Elsbeth redet händeringend auf ihn ein.«

»*Bitte*, Karl-Heinz«, klagte Caroline. »Jaja, grauenhaft. Stell dir vor, sie wollen Franziska entführen und zu Hause einsperren, genau wie ich es vermutet habe! Und am allerliebsten würde er sie in eine Klinik nach Holland verfrachten und die Sache in Ordnung bringen. Hat er gesagt. Stell dir das mal vor!«

»Matilda, hat er zu mir gesagt, wenn du auch nur einen Funken Verantwortung in dir trägst, dann bringst du Franziska zur Vernunft und sorgst dafür, daß sie mit uns nach Hause geht.«

»Das schlimme ist, daß die Arme jetzt ganz allein beim Frauenarzt ist«, jammerte Caroline. »Und keiner von uns kann ihr beistehen, weil die bösen Monster vor unserem Haus stehen und uns todsicher verfolgen werden.«

Matilda sah auf ihre Uhr. »Noch ist es früh genug.«

»Aber die werden bestimmt nicht wanken und weichen«, rief Caroline und zeigte aus dem Fenster. »Ich wette, die haben belegte Brote dabei und heißen Tee in der Thermoskanne.«

»Die werden wir ganz leicht los«, sagte Matilda pfiffig. »Wir sagen ihnen einfach, sie sollen Franziska vom Frauenarzt abholen.«

»Bist du wahnsinnig? Dann sehen wir die nie wieder!«

»Beim falschen Frauenarzt natürlich«, frohlockte Matilda.

»Ach, die schöpfen sicher Verdacht. Mir kaufen die das nicht ab. Ich habe mich eben so mit dem Kerl gestritten, das klappt im Leben nicht.«

»Ich mache das«, versprach Matilda und sprang die Treppe hinab.

Auf dem Bürgersteig zog Franziskas Vater immer noch seine Bahnen.

»Karl-Heinz«, sagte seine Frau, »ich bitte dich. Mach wenigstens mal eine Pause. Denk daran, was der Arzt gesagt hat. Wir können doch im Auto warten.«

»Ich denke an unsere Tochter! Und das könntest du zur Abwechslung auch mal tun.«

»Das tue ich doch. Aber ich weiß auch, daß du manchmal ganz schön grob sein kannst. Ich will nicht, daß es mir mit meiner Tochter geht wie der Frau Hellmann mit ihrer Frederike!«

»Du kannst ja nach Hause fahren. Ich gehe jedenfalls nicht ohne meine Tochter von hier weg.«

»Sie hat den gleichen Dickkopf wie du. Das muß man diplomatisch angehen. Das hat Frau Hellmann damals auch gesagt, aber da war es schon zu spät. Die Frederike hat gesagt, sie kommt erst wieder zur Beerdigung der Eltern nach Hause, steil dir das mal vor. Du kannst ein Kind nicht zwingen, Karl-Heinz!«

»Und ob ich das kann«, brüllte Karl-Heinz. »Unter diesen Umständen habe ich nicht nur das Recht, sondern die Verpflichtung dazu! Schließlich hast du mir gesagt, daß dort Männer mit Frauenkleidern herumlaufen – oder etwa nicht?«

»Ja, davon habe ich mich bis heute noch nicht erholt«, stimmte die Mutter zu. »Das Kleid sah aus wie aus Gefrierbeuteln genäht. Und ein Ausschnitt, beinahe bis zum Bauchnabel. Und Haare hatte der auf der Brust! Ganze Büschel! Ich werde das mein Lebtag nicht vergessen.«

»Eben. In so einem Haus bleibt meine Tochter nicht einen Tag länger! Matilda! Da bist du ja wieder. Willst du uns vielleicht endlich sagen, wann Franziska zurückkommt?«

Matilda machte ein zerknirschtes Gesicht. »Wir – ich bitte dich ungern um Hilfe, Onkel«, sagte sie. »Aber in diesem Fall ...«

»Natürlich!« schnaubte der Onkel. »In diesem Fall geht es einfach nicht ohne unsere Hilfe! Ich hoffe, daß du das endlich eingesehen hast.«

»Karl-Heinz, bitte!«

»Es ist nämlich so«, fuhr Matilda fort und machte ein noch zerknirschteres Gesicht. »Franziska hat einen Termin beim Frauenarzt. Und es geht ihr nicht besonders gut, deshalb hat sie eben angerufen und gefragt, ob wir sie nicht abholen könnten. Caroline hat gesagt, wir sollen euch auf keinen Fall darum bitten, und das Geld für ein Taxi könnten wir auch noch irgendwie zusammenkratzen, aber ich finde – na ja, wir haben kein Auto, und ihr seid ja sowieso hier, um mit Franziska zu sprechen – dann könntet ihr sie doch auch abholen.«

»Sehr vernünftig. Hast du das gehört, Elsbeth? Nicht mal Geld für ein Taxi haben sie. Ist es nicht so? Habe ich nicht gleich gesagt, daß es vorne und hinten nicht reicht? Natürlich werden wir Franziska abholen und mit nach Hause nehmen. Ich bin froh, daß du endlich einsiehst, daß ihr hier nicht ohne uns weiterkommt. Aber ich hoffe, du lernst auch daraus.«

»Ja«, sagte Matilda kleinlaut. »Aber ihr kommt doch noch einmal her, damit Franziska ihre Sachen packen kann, oder?«

»Nein«, bestimmte der Onkel und zerrte seine Frau bereits über die Straße. »Wenn du deiner Cousine helfen willst, dann kannst du ihre Sachen zusammenpacken. Ich hole sie dann heute abend ab. Wo ist die Praxis von dem Frauenarzt?«

»In der Christopherusstraße«, sagte Matilda mit gesenktem Kopf. »Ganz am Ende, ich glaube, die Hausnummer ist sechsundvierzig.«

Sie wartete ungeduldig, bis das Auto mit Franziskas Eltern um die Ecke gebogen war, um dann eilig die Treppe hochzusprinten.

29

»Gehen Sie bitte in Kabine zwei und machen sich unten herum frei«, sagte die Sprechstundenhilfe zu Franziska.

Es war eine andere als die, die draußen hinter dem Tresen saß. Die hier trug immerhin einen weißen Kittel.

»Haben Sie mein Pi ... meinen Urin schon getestet?« fragte Franziska. »Ich hatte ihn der Frau draußen im Flur gegeben.«

»Die Laborergebnisse können Sie in ein paar Tagen telefonisch erfragen«, sagte die Sprechstundenhilfe. »Das dauert immer etwas.«

»In ein paar Tagen?« rief Franziska erblassend. »Das kann doch nicht sein. So was dauert bloß vier Minuten. Dafür braucht man doch kein Labor.«

»Was meinen Sie?«

»Ich hatte so einen Test aus der Apotheke. Der dauerte nur vier Minuten, dann wußte man das Ergebnis. Warum machen Sie nicht so einen?«

»Einen Schwangerschaftstest?« fragte die Sprechstundenhilfe. »Warum sagen Sie das nicht gleich? Das gehört ja bei uns nicht zu den Routineuntersuchungen. Ich gehe und schaue nach, und Sie machen sich unten herum frei und gehen dann geradeaus durch die andere Tür ins Behandlungszimmer.«

Im Behandlungszimmer wartete eine weitere Sprechstundenhilfe auf sie, ebenfalls im Kittel und bebrillt.

»Legen Sie sich bitte schon mal auf den Stuhl«, befahl sie.

Franziska gehorchte. Die bebrillte Sprechstundenhilfe half ihr ungebeten, ihre Beine links und rechts in die dafür vorgesehen Stützen zu hängen.

»Der Doktor kommt gleich«, sagte sie und legte einige Geräte zurecht, die wie überdimensionale Schuhanzieher aussahen.

Franziska nickte unglücklich. Sie kam sich unheimlich blöd vor. Das konnte doch nicht angehen, daß man unten ohne und bereits im Gynäkologenstuhl eingehängt ein ernsthaftes Gespräch mit einem vollständig bekleideten Arzt führen sollte. Über solch ein Thema! Wie peinlich! Und wie unmöglich! Franziska beschloß, die Praxis zu wechseln, wenn sie nur erst diese Sache hinter sich gebracht hatte. Bei allem furnierten Kirschbaum da draußen, die hatten einfach keinen Stil hier!

»Guten Tag«, sagte eine Männerstimme über ihr, und Franziska zuckte zusammen.

Der Doktor hatte sich durch eine Seitentür unbeobachtet genähert. Er war um die Vierzig, braungebrannt und sehr gutaussehend. Genau wie Dr. Stefan Krank, der Arzt, dem die Frauen vertrauen! Offensichtlich fand er es selber stillos, einer Person die Hand zu reichen, die bereits entblößt und in einer eher ungewöhnlichen Position vor ihm saß.

Wortlos zog er Gummihandschuhe über die beringten Finger und betrachtete dabei Franziskas Karteikarte. Bevor er einen der Schuhlöffel ergreifen konnte, zog Franziska es vor, das Wort zu ergreifen.

»Ich bin gekommen, weil ich schwanger bin«, sagte sie schnell. »Ich habe einmal vergessen, die Pille zu nehmen, und nun bin ich drei Wochen über die Zeit.«

Der Doktor nickte. »Bauchdecke entspannen«, sagte er freundlich, und Franziska schloß kurz die Augen, um nicht zu sehen, was er mit dem großen Schuhanzieher tat. »Haben Sie in der Zeit die Pille weitergenommen?«

»Natürlich nicht«, sagte Franziska.

»Standen Sie in letzter Zeit unter großem psychischem Druck?«

»Natürlich«, fauchte Franziska. »Was denken denn Sie? Die letzten drei Wochen waren die Hölle!«

Der Doktor zog die Handschuhe aus und tastete ihre Bauchdecke ab. »Ich meinte mehr die Zeit davor«, sagte er sanft.

Franziska überlegte. Das war schon irgendwie aufregend gewesen, dieses Versteckspiel mit Jan und Cornelius, aber unter ungewöhnlichem Druck hatte sie deswegen nicht gestanden. Sie schüttelte den Kopf.

»Haben Sie manchmal Schmerzen in der Bauchgegend oder ungewöhnlich viel oder ungewöhnlich gefärbten oder ungewöhnlich riechenden Ausfluß?«

Franziska schüttelte wieder den Kopf. So was fragte Dr. Stefan Krank, der Arzt, dem die Frauen vertrauen, im Fernsehen aber nie. Das nächste Mal würde sie zu einer Ärzt*in* gehen, soviel stand fest.

»So, so«, sagte der Doktor und drehte sich zu der bebrillten Sprechstundenhilfe um. »Melanie, seien Sie so gut und schieben Sie das Ultraschallgerät auf diese Seite, bitte. Und Sie, junge Dame, legen sich bitte mit ausgestreckten Beinen auf die Liege.«

Franziska gehorchte. Ein Ultraschallgerät, auch das noch! Der Bildschirm flimmerte unheilsverkündend. Bevor Dr. Stefan Krank ihr jetzt rührende Bilder von der befruchteten Eizelle zeigen würde, meinte Franziska, sei es besser, ihn darüber aufzuklären, daß sie nicht unbedingt vorhatte, das Kind zu bekommen.

»Ich will überhaupt kein Baby haben,wenn es sich irgendwie vermeiden läßt«, erklärte sie.

»Das werden Sie auch nicht«, sagte der Doktor und schmierte den Ultraschallkopf mit einer glibberigen, rosafarbenen Masse ein.

»Nicht?« Franziska war verwirrt.

»Nein«, sagte der Doktor und drückte ihr den Ultraschallkopf auf den Bauch.

Franziska zuckte zusammen. Das Gel war kalt und klebrig. »Aber wie wollen Sie das so schnell – in Ordnung bringen?«

»Liebe junge Dame, Sie sind überhaupt nicht schwanger«, sagte der Arzt. »Das hätten Sie selber ganz leicht mit einem Schwangerschaftstest aus der Apotheke feststellen können.«

»Ich bin überhaupt nicht schwanger?« wiederholte Franziska.

»Wenn ich es Ihnen doch sage.« Der Doktor starrte intensiv auf den Bildschirm. »Das Ergebnis kann ich Ihnen nebenan nachher zeigen. Aber wir müssen jetzt die Ursache für das Ausbleiben Ihrer Regel finden.«

Franziska schwieg überwältigt und ertrug klaglos, daß der Doktor ihren Bauch mit dem Ultraschallkopf fast zerquetschte.

»Vielleicht wurde mein Pi – mein Urin mit dem von jemand anderem verwechselt«, sagte sie dann.

»Nein, ganz sicher nicht«, beteuerte der Doktor. »Aber hier haben wir doch etwas Interessantes. Schauen Sie mal her!«

Franziska setzte sich auf. »Ich bin wirklich nicht schwanger?«

»Nein«, wiederholte der Doktor geduldig. »Und hier sehen Sie die Ursache für das Ausbleiben Ihrer Regel.«

Auf dem Bildschirm war eigentlich nichts zu erkennen. Unterschiedlich helle Partien flimmerten scheinbar systemlos ineinander. Aber der kluge Doktor konnte damit trotzdem etwas anfangen.

»Das ist Ihre Gebärmutter«, behauptete er, ließ den Ultraschallkopf auf ihrem Bauch herumwandern und zeigte auf verschiedene dunkle Flecken. »Und das, was so flackert und pulsiert, ist eine dicke Arterie. Und sehen Sie, hier oben, das sind Ihre Eileiter. Der linke da, und der rechte hier vorne. Und sehen Sie, hier, dieses dunkle Gebilde dort, das gehört nicht dorthin.«

»Ist es etwas Schlimmes?«

Der Doktor wiegte den braungebrannten Kopf hin und her. »Nicht unbedingt«, meinte er. »Ich persönlich halte es für eine harmlose Zyste. Aber genau wissen wir das erst, wenn wir sie entfernt haben.«

»Können Sie das jetzt gleich machen?« fragte Franziska.

Sie wollte schnell nach Hause, um der ganzen Welt mitzuteilen, daß sie gar nicht schwanger war.

Der Doktor lachte. Jetzt sah er wieder ganz genauso aus wie Dr. Stefan Krank aus dem Fernsehen. Sehr nett, eigentlich. Franziska beschloß, das nächste Mal vielleicht doch wieder hierherzukommen.

»Das wird im Krankenhaus gemacht«, erklärte Dr. Stefan Krank liebenswürdig. »Unter Narkose. Ich telefoniere gleich mal mit dem Kollegen im Evangelischen Krankenhaus, ob wir diese Woche noch einen OP-Termin für Sie bekommen.«

»Das wäre nett«, sagte Franziska und lächelte zum ersten Mal seit Wochen richtig herzlich.

30

Im Flur neben dem Kirschbaumtresen mit der eleganten, kittellosen Sprechstundenhilfe standen Matilda und Caroline. Sie sahen abgehetzt aus und machten sehr besorgte Gesichter. Carolines linker Zopf hatte sich aufgelöst, ihre Kniestrümpfe waren heruntergerutscht, und Matildas Wimperntusche war zerlaufen. Franziska kam es jedoch vor, als habe sie niemals etwas Schöneres gesehen, als diese beiden Gestalten. Sie merkte, wie ihr die Tränen in die Augen schossen.

»Ach, ihr«, schluchzte sie und umarmte alle beide.

Caroline und Matilda erschraken fürchterlich.

»Um Himmels willen«, flüsterte Caroline und streichelte dabei hilflos über Franziskas Rücken. »Ist es so schlimm?«

»Morgen komme ich ins Krankenhaus«, heulte Franziska glücklich.

»Was? So schnell? Ich dachte, du könntest es dir noch mal überlegen«, meinte Matilda entsetzt und sprach dann hastig und ohne Luft zu holen weiter: »Weißt du, eigentlich hat Caroline nämlich recht. Wir schaffen das mit links mit so einem Baby. Die ersten paar Monate schreit es vielleicht ein bißchen oft, aber wir sind ja zu dritt und können ihm immer abwechselnd die Brust geben. Und wenn es die ersten sechs Monate überlebt hat, ist der Rest ein Klacks, du wirst sehen. Und was den finanziellen Aspekt der ganzen Sache angeht: Mit all dem Unterhalt und dem Kindergeld und dem Erziehungsgeld vom Staat, da stündest du viel besser da als jetzt. Ich weiß, daß ich immer diejenige war, die am meisten dagegen geredet hat, aber mittlerweile – also, da bin ich mir fast sicher, daß ...«

Sie mußte kurz innehalten, um nach Atem zu schnappen. Franziska nutzte die Pause, um ihr den Mund zuzuhalten.

»Jetzt hör doch mal auf«, sagte sie. »Ich muß mich gar nicht mehr entscheiden. Ich bin überhaupt nicht schwanger.«

»Nicht?«

»Aber warum mußt du dann morgen ins Krankenhaus?«

»Ich habe eine Zyste!« jubelte Franziska unter Tränen »Die war auch schuld, daß ich meine Tage nicht bekommen habe!«

»Ist das wahr?« fragte Matilda und drehte sich zu der eleganten Sprechstundenhilfe hinter dem Tresen um. »Ist das wirklich wahr?« wiederholte sie schreiend.

Die Sprechstundenhilfe wich etwas zurück. »Nun«, sagte sie, »das weiß ich nicht. Aber was immer es auch ist, es gibt weder einen Grund, sich über eine Zyste zu freuen, noch hier so herumzuschreien. Ich muß Sie doch bitten, das vor der Tür zu tun.«

»Ja, das tun wir wohl besser«, meinte Caroline und zog Franziska und Matilda zur Tür.

»Auf Wiedersehen«, sagte Franziska über ihre Schulter hinweg. »Und vielen Dank für das Pipitöpfchen.«

Den ganzen Weg nach Hause ließ Franziska Matildas und Carolines Hand nicht los. »Ihr wart ja so lieb zu mir«, sagte sie. »Und dabei war ich sicher unerträglich in diesen letzten Wochen. Ich werde euch das niemals vergessen.«

»Ich werde das auch niemals vergessen«, meinte Matilda. »Es war das erste Mal, daß ich es zu Hause spannender fand als irgendwoanders.«

»Und wie seid ihr meine Eltern losgeworden?« fragte Franziska, als sie aus der U-Bahn-Station kamen.

»Matilda hat sie zu einem Frauenarzt in die Christopherus-Straße geschickt«, kicherte Caroline. »Da werden sie jetzt noch stehen und auf die Herausgabe ihrer Tochter beharren!«

»Da steht aber jemand vor unserer Haustür«, bemerkte Matilda. »Wenn das dein Vater ist, war er schneller, als ich dachte.«

»Das ist Johannes«, meinte Caroline. »Wir waren verabredet.«

»Ihr seid irgendwie jeden Tag verabredet, oder?« fragte Matilda. »Hast du dich denn mittlerweile in ihn verknallt?«

»Weiß ich nicht«, erwiderte Caroline. »Vielleicht.«

»Hallo«, sagte Johannes. »Ich wollte gerade wieder gehen.«

»Wir mußten noch etwas Wichtiges erledigen«, entschuldigte sich Caroline. »Es tut mir sehr leid, wenn du warten mußtest.«

»Eigentlich macht es nichts. Es war brennend interessant hier. Zuerst kam eine alte Frau, die mich ankeifte, so würde das nicht mehr weitergehen. Entweder ich würde endlich das Treppenhaus putzen, oder sie würde einen langen Beschwerdebrief an das Bildungsministerium schreiben. Ich habe mich nicht getraut, sie zu fragen, was das Bildungsministerium mit eurem Flur zu tun hat. Aber ich habe gesagt, daß ich nicht im Traum daran dächte, den Hausflur zu putzen, und da hat es keine zwei Minuten gedauert, bis ein kleiner, dicker Mann und ein großer sabbernder Hund kamen, um mich zu zerfleischen. Ich wundere mich wirklich, wo ihr hier wohnt.«

»Das waren die alte Putzfee aus dem zweiten Stock und Herr Kleinschmidt und sein Zerberus«, erklärte Matilda. »Und ich bin Matilda, erinnerst du dich?«

»Natürlich«, sagte Johannes. »Du bist die mit dem Kleid! Und den Ohrringen! Und dem Lippenstift.«

Matilda strahlte. Franziska stieß Caroline in die Rippen.

»Genau die«, lächelte Matilda.

Caroline fand, daß sie echt übertrieben mit den Wimpern klimperte. Aber Johannes fand das wohl nicht. Er schaute Matilda ganz freundlich an.

Caroline fühlte einen kleinen Stich in der Bauchgegend. Na klar, Matilda gefiel ihm. Matilda gefiel allen Männern.

»Wir gehen jetzt«, sagte Caroline zu Johannes und zupfte ihn am Arm. »Komm. Tschüs, Mädels.«

»Tschüs«, sagte Johannes.

»Tschüs«, hauchte Matilda und lächelte noch strahlender. »Bis hoffentlich bald mal.«

»Ja, sicher«, erwiderte Johannes freundlich. »Ganz bestimmt sogar.«

Caroline zog ihn zu seiner Ente.

»Was soll das?« fragte Franziska Matilda.

»Was denn?«

»Warum beflirtest du ausgerechnet Carolines Typ? Wo du doch drei Kerle an der Angel hast!«

Matilda war völlig konsterniert. »Ich? Geflirtet? Nur weil ich nicht unfreundlich war?«

»Komm schon, Matilda, mir kannst du nichts vormachen. Der gefällt dir, aber du wirst die Finger von ihm lassen. Johannes gehört Caroline.«

»Von mir aus«, maulte Matilda. »Aber ich sehe was, was du nicht siehst.«

»Und was ist das?« fragte Franziska, die dabei war, die Haustür aufzuschließen.

»Es ist rot und groß, und drinnen sitzt jemand, der ein sehr böses Gesicht macht.«

Franziska drehte sich erschrocken um. »Meine Eltern«, rief sie. »Um Himmels willen! Haben sie uns gesehen?«

»Ich denke schon«, sagte Matilda und schubste Franziska in den Hausflur. »Aber wir gehen jetzt in unsere Wohnung und schließen dreimal ab. Dann kann er sich zur Kühlbox schellen, wenn er will. Oder wir gehen zu Ollie und Benedikt. Die müssen mittlerweile zurück sein. Und bei denen hören wir die blöde Klingel auch nicht.«

Franziska schloß auch die Haustür von innen ab.

»*Franziska*«, brüllte es vor der Tür.

»Gib keine Antwort«, flüsterte Matilda und wollte sie die Treppe hochziehen.

Aber Franziska brachte es nicht über sich. »Was willst du denn, Papa?« rief sie.

»Ich will, daß sofort aufmachst und uns das Theater erklärst. Und dann kommst du mit uns nach Hause.«

»Karl-Heinz, *bitte*!«

»Papa, es ist alles in Ordnung. Ich komme *nicht* mit nach Hause. Mir geht es gut, ich bin *nicht* schwanger und alles, was du glaubst, stimmt auch *nicht*. Also geht nach Hause und laßt uns in Ruhe.«

»Das glaube ich nicht«, schrie der Vater. »Du lügst, um uns loszuwerden. Aber wir sind deine Eltern, und es ist immer noch unsere Pflicht, für dich zu sorgen. Und jetzt, wo du bewiesen hast, daß du dazu selber nicht in der Lage bist, kommst du auf der Stelle wieder mit nach Hause.«

»Komm schon«, sagte Matilda und zog Franziska wieder zur Treppe. »Laß ihn hier unten stehen und brüllen, bis er heiser ist.«

»Tschüs, Papa«, sagte Franziska.

»Franziska! Hörst du? Du machst jetzt sofort die Tür auf. Was ist das denn überhaupt für eine Art, seine Eltern zu behandeln? So haben wir dich nicht erzogen.«

Aber den letzten Satz hörte Franziska schon nicht mehr.

31

Die Hitzewelle wollte kein Ende nehmen. Um in der Wohnung eine halbwegs erträgliche Temperatur zu erzielen, ließen sich die Mädchen einiges einfallen. Alle Fenster und Türen, einschließlich der Wohnungstür, wurden weit geöffnet und mit schweren Gegenständen, bevorzugt dicken Lehrbüchern für klinische Psychologie und Kontrapunktlehre, am Zuschlagen gehindert. Dadurch entstand permanenter Durchzug, was man bei dieser Hitze nur als angenehm empfinden konnte. Die in den Hof gehenden Fenster, auf die den ganzen Tag die Sonne schien, verhängten sie jeden Morgen mit feuchten Laken – Carolines Idee –, und überall waren Schüsseln und Eimer mit kaltem Wasser aufgestellt, die laut Caroline Verdunstungskühle erzeugten. Den kleinen Balkon vor Carolines Zimmer hatten sie mit Nessel vom Wochenmarkt zu vier Mark den Meter abgehängt, und dort lagen sie im Schatten völlig regungslos in zwei blauweiß gepunkteten Liegestühlen, die gleichzeitig mit zwei Blumenkübeln und einem Eimer Wasser auf dem Balkon unterzubringen ein schwieriges Problem gewesen war.

Matilda schwor auf die Wirkung von Eiswürfeln, von denen sie daher täglich etwa eine Tonne im Gefrierfach des Kühlschranks herstellten. Sie häufte sie sich auf den Bauch und ließ sie unter der Zunge zergehen. Manchmal gelang es ihr auf diese Weise sogar zu frieren, und sie war so nach Carolines Meinung die einzige Person in der Stadt, die dieses Gefühl erleben durfte.

»Du kannst es auch erleben«, meinte Matilda und wollte bereitwillig die rasch schmelzenden Eiswürfel von ihrem Bauch auf Carolines Bauch schieben.

»Untersteh dich«, japste Caroline. »Jeder hat seine eigene Methode, mit der Hitze fertig zu werden.«

Sie schwor auf das Schlürfen von lauwarmen Kräutertees und eine auf das allernötigste minimierte körperliche Tätigkeit.

»Die arme Franziska«, seufzte sie. »Im Krankenhaus war es noch viel wärmer als hier, nachdem die Klimaanlage ausgefallen war. Aber Hauptsache, diese Zyste war harmlos, und sie ist ihre Sorgen los.«

»Ja«, antwortete Matilda abgelenkt und kicherte über eine Stelle in dem Roman, den sie gerade las. Er hieß »Männer und andere Katastrophen« und war eigentlich als Krankenhauslektüre für Franziska gedacht. Aber Franziska hatte gesagt, sie wolle ihn später lesen, wenn sie ihren Humor wiedergefunden habe. So lange durfte Matilda ihn behalten.

»Das Buch mußt du unbedingt auch mal lesen, Caro. Das ist total komisch«, meinte sie.

Caroline drehte langsam den Kopf zur Seite. »Spielt es im Winter?« wollte sie wissen. »In Sibirien? Sonst lese ich es nämlich nicht.«

»Ihr werdet niemals glauben, was ich gerade erfahren habe«, rief jemand hinter ihnen. Es war Benedikt. Er war durch die offene Tür in die Wohnung gekommen.

»Es gibt wieder Deckenventilatoren zu kaufen?« riet Matilda hoffnungsvoll. »Gestern war in der ganzen Stadt kein einziger mehr zu bekommen, das muß man sich mal vorstellen.«

»Falsch – und viel lustiger. Rate du auch mal, Caroline.«

»Es ist zu heiß für solche Spiele. Sag, was los ist, oder geh wieder in deine Sauna unterm Dach.«

»Ihr würdet es sowieso nie raten.« Benedikt versuchte, irgendwo zwischen den Blumenkübeln und den Liegen ein Bein auf den Boden zu bekommen. Das war nicht einfach. Aber schließlich hatte er es geschafft. Sein Standbein klemmte zwischen dem Geländer und dem Topf mit Küchenkräutern, und das andere stellte er in den obligatorischen Wassereimer.

»Huh, ganz schön kalt!«

»Dieser See wird von Gletscherwasser gespeist«, bemerkte Matilda und deutete auf die Eiswürfel auf ihrem Bauch. »Jetzt sag schon, was passiert ist, mein Buch ist sehr spannend.«

»Ihr werdet nie raten, wo die *Resistenten Kakerlaken* an diesem Wochenende spielen werden!«

»Auf dem fünfundsiebzigsten Jubiläum der Metzgerinnung von Köln-Kalk«, mutmaßte Caroline.

»Nein«, schrie Benedikt begeistert und versuchte, den anderen Fuß ebenfalls in das Eiswasser zu tunken. »Die Resistenten Kakerlaken spielen auf Jans Verlobungsfeier.«

»Was?« rief Caroline. »Unmöglich!«

Matilda kratzte sich ungerührt am Kopf. »Muß ich den kennen?«

»Mensch, Matilda!« rief Caroline. »Das ist Jaguar-Jan und die schöne Blonde von der *Wahren Liebe*! Was für ein Zufall, Benedikt!«

»Ja, nicht wahr«, sagte Benedikt. »Die haben uns schon vor drei Monaten gebucht, aber bis heute wußte ich nicht, um wen es sich handelt. Von Braun – so kann im Grunde doch jeder heißen.«

»Vielleicht ist es ja ein anderer von Braun.«

»Nein«, sagte Benedikt vergnügt. »Die haben nämlich angefragt, ob wir nicht ein Lied für das Verlobungspaar komponieren könnten, für zwei Hunderter mehr, und wir haben natürlich ja gesagt und die Ballade von Bonnie und Clyde umgedichtet auf Jan und Melanie.«

»Wie blöd«, fand Caroline. »Die Silbenverteilung ist ja völlig anders, und außerdem paßt der Text nicht zu diesem Anlaß.«

»Ich finde, mehr kann man für zweihundert Mark nicht erwarten«, sagte Benedikt und summte die ersten zwei Takte von Bonnie und Clyde vor sich hin. »Das Witzigste ist, daß wir den Typen vom Partyservice ebenfalls kennen, und der hat Ollie für den Abend einen Job als Kellner angeboten. Ollie sagt, er wird diesem Jan was über seinen Frack kippen.«

Matilda ließ nachdenklich die »Männer und andere Katastrophen« auf die Eiswürfel sinken.

»Eigentlich wäre das die Gelegenheit, um es diesem Kerl heimzuzahlen«, sagte sie rachsüchtig. »Meinst du, euer Bekannter kann noch ein paar mehr Kellner gebrauchen?«

»Keine Ahnung«, meinte Benedikt. »Aber fragen kann man ja mal.«

»Frag, ob er zwei unheimlich erfahrene Kellnerinnen brauchen kann«, bettelte Matilda.

»Ich kann so was nicht!« sagte Caroline. »Ich kann überhaupt kein Kopfrechnen.«

Matilda lachte sich kaputt. »Hahaha. Rechnen! Meinst du, bei der Verlobungsfeier müssen die Leute was für ihre Getränke bezahlen?«

»Und selbst, wenn nicht. Was sollen wir denn da großartig tun? Dem Kerl Suppe über den Frack gießen, alle Mann? Tolle Rache!«

»O nein«, frohlockte Matilda. »Das machen wir viel subtiler. Wir verderben ihm die ganze Sache gründlich. Seine Bonnie-Melanie wird ihm den Verlobungsring in den Rachen stopfen!«

Benedikt fand, daß das einen Versuch wert sei. Mühsam manövrierte er seine Füße aus dem Eimer und zog sich zum Telefonieren in die Wohnung zurück.

»Warum lassen wir die Sache nicht einfach auf sich beruhen? Du immer mit deiner Rache«, brummelte Caroline. »Außerdem ist das Franziskas Angelegenheit, oder etwa nicht?«

»Nein«, sagte Matilda überzeugt. »Das ist etwas, was alle Menschen angeht! So was müssen wir uns nicht gefallen lassen.«

»Etwas, das alle Menschen angeht, ist die Umweltverschmutzung oder das Problem der hungernden Kinder in der Dritten Welt«, sagte Caroline. »Aber doch nicht Jan Sowieso und seine Amouren.«

»Jan von Braun«, sagte Benedikt hinter ihnen. »Tim sagt, er kann noch eine Kellnerin gebrauchen. Aber nur eine.«

»Das macht Matilda«, rief Caroline froh. »Ich kann so was ja auch gar nicht.«

»Nein«, widersprach Matilda. »Das machst du. Du wirst eine liebliche, rotgelockte Kellnerin im weißen Schürzchen abgeben. Das gehört zu meinem Plan.«

»Welchem Plan?«

»Den, den ich gerade eben gemacht habe. So was geht bei mir blitzschnell.«

»Und du, bleibst du etwa hier zu Hause?«

»Nein, natürlich nicht«, sagte Matilda. »Ich werde auch da sein. Als Gast. So was fällt bei einem großen Fest überhaupt nicht auf.«

32

Caroline verfluchte Matildas Plan auf das heftigste. Es war immer das gleiche bei Matilda. Ehe man sich's versah, befolgte man ihre Anweisungen und war in eine peinliche Situation verstrickt, in der man sich am Ende fürchterlich blamierte. Caroline schaute unglücklich an sich herunter. Wie saublöd sie aussah! Das schwarze Kleid und das weiße Rüschenschürzchen gingen ja noch gerade so, aber dieses kleine weiße Ding auf ihrem Kopf, so eine Mischung zwischen Häubchen und Schleife, war ja wohl absolut lächerlich. Aber Matilda hatte darauf bestanden.

»Du siehst damit so unschuldig und brav aus«, hatte sie gesagt, »und genau das sollst du auch. Kennst du dein Stichwort noch?«

»Ja«, hatte Caroline geseufzt.

Das tat sie auch jetzt.

Sie hatte Anweisung, mit einem Tablett voller gefüllter Sektgläser am Rand der riesenhaften Terrasse zu stehen, die vorbeischlendernden Gäste anzulächeln und dabei zu fragen: »Ein Glas Champagner?«

Im Grunde brauchte sie gar nicht zu fragen, denn die meisten Leute nahmen sich den Champagner auch ohne Aufforderung vom Tablett oder stellten ihre leeren Gläser darauf ab, als wäre sie kein Lebewesen, sondern ein Pappbutler mit Haltevorrichtung.

Jans und Dingsdas Verlobung fand unter freiem Himmel statt. Kein einziges Wölkchen trübte die Veranstaltung. Der Garten der von Brauns war riesig – parkähnlich angelegt, mit kleinen Pavillons, weitläufigen Rasenflächen und jeder Menge blühenden Beeten.

Die »Resistenten Kakerlaken«, heute als »The Golden Tiepins« in Anzug und Krawatte, hatten sich am Kopfende des Swimmingpools aufgebaut und spielten schon seit etwa einer Stunde seichte Hintergrundmusik. Ollie stand hinter dem gewaltigen Büfett und verteilte Kartoffelgratin und Schweinefiletspitzen auf die Teller der Gäste. Davon gab es schätzungsweise hundertundfünfzig, und es wurden immer mehr. Sie stapelten edel verpackte Geschenke auf einem extra dafür vorgesehenen Tisch von etwa drei Meter Länge. Direkt daneben standen Jan und Melanie und lächelten zufrieden. Melanie trug ein weißes Kleid, das sehr an ein Brautkleid erinnerte. Es war grauenhaft. Ziemlich am anderen Ende des Gartens stand Matilda und unterhielt sich mit wildfremden Leuten, als würde sie sie schon ewig kennen. Sie sah sehr elegant aus, weil sie im letzten Augenblick darauf verzichtet hatte, Benedikts Mülltütenkleid anzuziehen.

»Ich darf am Anfang nicht zu sehr auffallen«, hatte sie erklärt, »sonst erkennt mich der Typ noch und schmeißt mich raus, bevor die Sache über die Bühne gegangen ist.«

Caroline beschloß, ihren Standort ein wenig zu ändern. Sie balancierte das Champagnertablett direkt neben Matilda.

Matilda merkte es nicht. Sie war zu sehr vertieft in ein Gespräch mit zwei jungen Männern, deren Visitenkarten sie bereits huldvoll entgegengenommen und in ihrem kleinen Abendtäschchen hatte verschwinden lassen.

»Ein Glas Champagner?« fragte Caroline.

»Was machst du hier?« zischte Matilda. »Niemand darf uns zusammen sehen. Sonst sieht es so aus, als wäre es eine abgesprochene Sache.«

»Es *ist* eine abgesprochene Sache«, sagte Caroline, aber sie ging gehorsam zurück an ihren alten Platz.

Nach einer halben Ewigkeit bot Jans Vater den Resistenten Kakerlaken schließlich mit einer Handbewegung Einhalt, klopfte an sein Champagnerglas und wartete, bis sich die

Gäste rund um den Swimmingpool versammelt hatten. Es war zwar noch lange nicht dunkel, aber überall gingen bereits Bedienstete herum und entzündeten Gartenlichter und Laternen.

»Meine sehr verehrten Gäste, liebe Freunde«, begann Jans Vater mit salbungsvoller Stimme. »Ich freue mich, daß ihr so zahlreich erschienen seid, zu diesem wunderbaren Ereignis, der Verlobung meines Sohnes Jan und der reizenden Melanie, der Tochter meines alten Freundes Hermann.«

Die Leute klatschten begeistert. Der Vater fuhr fort zu reden, über seinen alten Freund Hermann und die wunderbare Jugendzeit und darüber, wie sie, also er und Hermann, sich immer ausgemalt hätten, wie schön es doch wäre, wenn ihre Kinder sich eines Tages miteinander verheiraten würden. Und wie glücklich er darüber sei, daß dieser Wunsch nun in Erfüllung gehe.

Caroline gähnte. Sie sah, wie Matilda aus dem Haus kam – was zum Teufel hatte sie darin gesucht? – und sich unauffällig immer weiter nach vorne drängelte, bis sie schließlich ganz in der Nähe der reizenden Verlobten stand.

Die Rede des Vaters wollte und wollte kein Ende nehmen. Er redete sehr viel über seine Geschäftsbeziehungen und Jans Talente, diese fortzuführen, und Caroline fragte sich schließlich ernsthaft, ob der Gute sich nicht ins eigene Fleisch schnitt, wenn er sich selbst nichts mehr für die Hochzeitsrede übrigließ. Es sei denn, er wollte das Ganze noch einmal erzählen. Die Gäste konnten einem jetzt schon leid tun.

Endlich aber kam er zum Schluß und bat die Resistenten Kakerlaken, das eigens für diesen Anlaß komponierte Loblied auf Jan und Melanie vorzutragen und damit die Tanzfläche offiziell freizugeben.

Benedikts Version von Bonnie und Clyde war ziemlich scheußlich, aber die Zuschauer klatschten dennoch begeistert. Caroline hörte befriedigt, wie einer der feinen Herren im schwarzen Anzug zu einem anderen sagte, daß er die Band großartig fände und unbedingt eine Visitenkarte ergattern wolle.

Nach Bonnie und Clyde spielten die Resistenten Kakerlaken etwas flottere Tanzmusik. Matilda warf Caroline einen aufmunternden Blick zu. Caroline straffte ihre Haltung ein wenig.

Jetzt ging es los. Hoffentlich verpaßte sie ihr Stichwort nicht.

Matilda klopfte von hinten auf Melanies Schulter. »Hallo, Melanie«, sagte sie. »Ich bin Leonora.«

»Ach«, sagte Melanie. »Kenne ich dich nicht von irgendwoher?«

»Nein«, sagte Matilda fest. »Du hast mich noch nie gesehen, aber sicher schon von mir gehört. Du und Jan, ihr sagt euch doch alles. Hör mal, ich wollte euch beiden nur ganz lieb zur bevorstehenden Hochzeit gratulieren. Ich weiß, das klingt jetzt blöd, aber ich möchte, daß du weißt, daß ich das völlig in Ordnung finde, wenn Jan in Zukunft weniger Zeit für mich hat.«

»Wie meinst du das?« fragte Melanie.

»Na ja!« Matilda lächelte. »Bisher hatten wir immer den ganzen Donnerstag für uns und noch so manche Nacht im Hotel, doch ab jetzt wird das sicher anders. Ich weiß zwar von Jan, daß du nicht eifersüchtig bist, aber ich kann verstehen, wenn du ihn in nächster Zeit etwas mehr für dich haben willst.«

»Was redest du da?« Melanie bekam einen leicht irren Blick. »Du und Jan. Ihr habt was miteinander? Willst du das damit sagen?«

»Ja, und du weißt auch, daß das nichts zu bedeuten hat. Jan und ich, wir haben viel Spaß miteinander – und sonst nichts. Schließlich bist *du* die Frau, die er heiratet, und nicht ich, oder?«

Matilda lachte fröhlich.

»Wann – wie ...«, stotterte Melanie. »Wann habt ihr euch denn das letzte Mal gesehen?«

»Och«, sagte Matilda und lachte wieder. »Er hatte ja so viel zu tun in den letzten Tagen, aber Sonntag hatten wir noch eine heiße Nacht. Deshalb bin ich ja auch hier.«

»*Was*?« schrie Melanie.

Matilda machte eine unauffällige Handbewegung zu den Resistenten Kakerlaken hinüber. Eine Sekunde später verstummte die Musik. Caroline freute sich. Das klappte ja ganz wunderbar. Im Film hörte die Band zwar auch immer auf zu spielen, wenn es peinlich wurde, aber da fragte man sich immer: *Warum*? Schließlich hatte ja nicht jeder so gute Kontakte zum Gitarristen wie sie.

Die Gäste wurden unruhig.

»Jan hat mir am Sonntag ein ganz rührendes Geschenk gemacht«, fuhr Matilda gut vernehmbar fort und zog Franziskas Armband aus ihrem Abendtäschchen. »Ich weiß zwar, daß du nicht zu den Frauen gehörst, die auf die Geliebte des Mannes eifersüchtig sind, aber ich fand, daß dieses Schmuckstück eigentlich dir zusteht. Es ist alter Familienschmuck, sagt Jan.«

Melanie krallte ihre Hand um das Armband. *»Ist das wahr?«* rief sie zu Jan hinüber, der die Sache bisher gar nicht mitbekommen hatte. »Hast du deiner Geliebten ein Armband geschenkt?«

Die Gespräche ringsrum verstummten nach und nach.

Jan starrte auf das Armband wie ein hypnotisiertes Kaninchen. »Ich ...«, stotterte er.

»Du Schwein«, brüllte Melanie.

Danach war es totenstill.

»Es tut mir wirklich leid«, sagte Matilda in die Stille hinein. »Ich wollte keinen Unfrieden stiften. Ich dachte, ihr beiden würdet derartige Arrangements in gegenseitigem Einvernehmen treffen. Ich wollte nur das Armband zurückgeben, weil ich dachte, daß Familienschmuck in die Familie gehört.«

Das war Carolines Stichwort.

»Oh«, sagte sie laut, »und mir hat er gesagt, ich sei die einzige!«

Alle Köpfe wandten sich ihr zu. Caroline holte tief Luft.

»Mir hat er auch keinen Schmuck geschenkt. Nur Geld«, sagte sie mit fast versagender Stimme. »Obwohl ich es gar nicht wollte. Wir haben uns nämlich geliebt, nicht wahr, Jan?«

Eigentlich war es gar nicht so schwer, wie sie gedacht hatte. Vielleicht lag das an dem albernen Kellnerinnen-Look. Darin fühlte sie sich wie verkleidet, gar nicht wie sie selbst.

Das Ganze war jetzt besser als im Film. Die Band schwieg immer noch, und Schweigen hatte sich auch über die Gästeschar gesenkt. Man hätte eine Stecknadel fallen lassen können *und* den Aufprall gehört. Alle starrten Caroline neugierig an.

Caroline schaute zu Boden. Sie wußte, daß sie genauso aussah, wie Matilda beabsichtigt hatte. Wie die brave, anständige kleine Dienstmagd, die der verwöhnte Sohn des Hausherrn verführt und wieder fallengelassen hatte – pfui.

Jan schrie: »Das ist doch lächerlich! Ich habe diese Person nie zuvor gesehen. Und diese da auch nicht.«

»Es war mein erstes Mal«, improvisierte Caroline mit jammervoller Stimme.

Ein Raunen ging durch die Gästeschar.

»Meins auch!« rief Ollie aus. »Und er hat mir weder Schmuck noch Geld gegeben.«

Matilda zuckte zusammen. *Das* hatte nicht zu ihrem Plan gehört. Ollie machte am Ende das Ganze noch unglaubwürdig. Aber gerade Ollies Bemerkung hatte Melanie-im-Brautkleid den Rest gegeben.

»*Oh*!« schrie sie. »Daß du mir so was antust!«

Und dann – ganz wie im Film – holte sie weit aus und schlug Jan ihre festeste Vorhand um die Ohren. Jan sagte gar nichts mehr.

»*Ich hasse dich*«, brüllte Melanie und löste damit vermutlich die Verlobung auf.

Sie raffte ihr Brautkleid zusammen und stürzte ins Haus.

Die Menge staunte atemlos. Sicher hatte sie nicht mit einer derart interessanten Wendung des Abends gerechnet.

Matilda fand, daß es an der Zeit war, das Feld zu räumen. »Ich gehe jetzt besser«, sagte sie. »Es tut mir leid, wenn ich Unfrieden gestiftet haben sollte.«

»Ich gehe auch«, sagte Caroline. Sie riß sich das alberne Häubchen vom Kopf und stiefelte hinter Matilda her dem Ausgang zu.

»Und ich auch«, sagte Ollie. »Musik bitte!«
Die Resistenten Kakerlaken spielten einen Tusch!

33

»So, das war's dann wohl«, sagte Matilda zufrieden, als sie die lange, kiesbestreute Einfahrt hinter sich gelassen hatten.

»Diese Verlobungsfeier wird der jedenfalls nicht vergessen«, fügte Ollie hinzu. »Ich bin sicher, daß Benedikt auch bald kommt. Wenn die Gäste auch nur ein bißchen Anstand haben, nehmen sie unauffällig die Geschenke vom Tisch und verschwinden.«

»Ja«, sagte Matilda lächelnd und machte ein paar fröhliche Hopser auf dem Bürgersteig. »Aber das Allerbeste kommt erst noch.«

»Hey! War das nicht das Auto von Franziskas Eltern?« fragte Caroline plötzlich und zeigte hinter einem roten Wagen her, der in die Braunsche Auffahrt einbog.

»Quatsch, jetzt siehst du Gespenster«, sagte Ollie, aber Matilda lachte.

»Klar war es das«, sagte sie stolz. »Ich habe eben dort angerufen und meinem Onkel gesagt, daß Jan der Vater von Franziskas Kind sei, nichts dafür zahlen will und gerade Verlobung mit einer anderen feiert. Und die Adresse habe ich ihm auch gleich gegeben. Ich denke, sein Wutausbruch wird der Feier erst die richtige Würze verleihen.«

»Aber Franzi ist doch gar nicht schwanger«, erwiderte Caroline. »Du machst den armen Mann völlig konfus.«

»Ach was, der verträgt das. Und seine Freude ist später um so größer, wenn er erfährt, daß er noch gar nicht Opa wird.«

»Gemein«, sagte Ollie fröhlich. »Wir sind so richtig gemein. Und wessen Probleme lösen wir jetzt?«

»Franziska hat immer noch ein Problem«, meinte Caroline. »Sie ist zwar nicht mehr schwanger und hat sowohl ihre Zyste als auch diesen widerwärtigen Typ vom Hals, aber leider auch Cornelius. Der weiß nicht mal, daß sie nur Schluß gemacht hat, weil sie schwanger ist – oder glaubte, es zu sein.«

»Hauptsache, sie ist ihn los«, fand Matilda. »Den alten Langweiler.«

»Aber sie liebt ihn«, sagte Caroline.

»Ach was!« schnaubte Matilda. »Ausgeschlossen.«

»Doch, ich glaube das auch«, sagte Ollie. »Wir könnten wenigstens den Versuch machen, die beiden wieder zusammenzubringen.«

Matilda sah auf die Uhr. »Viertel vor zehn. Wenn wir uns beeilen, können wir den Guten an der Schwimmhalle abfangen. Er hat noch bis zehn Wasserballtraining.«

Als sie völlig außer Atem bei der Halle anlangten, stiegen draußen schon die ersten Wasserballer auf ihre Motorräder.

»Sicher ist er schon weg«, keuchte Caroline.

»Sicher nicht«, meinte Matilda. »Er duscht immer am längsten, das weiß ich noch. Einen richtigen Duschfimmel hat der, echt! Da konnte ich mich immer unheimlich drüber aufregen.«

Sie schlug einem der Jungs auf die Schulter. »Hi! Der Cornelius, ist der noch drinnen?«

»Ja«, antwortete der Typ. »Im Umkleideraum. Den Gang runter die dritte Tür rechts.«

»Vielen Dank«, sagte Matilda. »Kommt!«

»Wir können doch hier draußen warten«, meinte Caroline. »Ich möchte nicht unbedingt in die Herrenumkleide.«

Ollie wollte das auch nicht.

»Die Sache duldet aber keinerlei Aufschub«, erklärte Matilda. »Wenn ihr nicht mitkommt, gehe ich allein.«

»Du sagst bestimmt das Falsche«, meinte Caroline. »So was muß man mit Diplomatie erledigen.«

»Dann kommt mit«, sagte Matilda und stiefelte mit großen Schritten in die Halle hinein.

Ollie und Caroline folgten ihr zögernd.

»Da sind sicher lauter nackte Männer«, flüsterte Caroline.

»Genau«, sagte Matilda. »Lauter nackte Wasserballer! Ohne Badekappe sehen die echt knuffig aus.«

»Laß uns wenigstens vor der Tür warten«, versuchte es Ollie noch einmal.

Aber es war schon zu spät. Matilda hatte die Tür zur Umkleide mit Schwung aufgestoßen. Wie erwartet, sprangen drei mehr oder weniger nackte Gestalten erschrocken zu ihren Handtüchern. Caroline sah diskret zu Boden.

»Kein Grund zur Panik«, rief Matilda fröhlich. »Wir suchen Cornelius.«

»Der duscht noch«, sagte der mit dem rötesten Kopf. Er hatte in der Eile nur einen Socken gefunden, den er vor sich hielt wie einst Adam sein Feigenblatt.

Matilda grinste ihn freundlich an. »Dem Rauschen nach ist die Dusche gleich dort hinten, nicht wahr?« meinte sie und durchmaß den Raum mit wenigen Schritten.

Die drei mehr oder weniger nackten Wasserballer schauten verblüfft hinter ihr her.

»Kommt«, sagte sie über ihre Schulter zu Ollie und Caroline.

Caroline folgte ihr mit rotgeflecktem Gesicht und starr auf den Boden gerichteten Blick. Ollie schaute ihr hinterher und entschloß sich dann, umzukehren und vor der Halle zu warten.

Cornelius hatte die Dusche bereits abgestellt und war dabei, sich abzutrocknen, als er die beiden Mädchen plötzlich vor sich stehen sah. »Was zum Henker ...?« stotterte er und machte nicht den geringsten Versuch, seine Blöße zu bedecken.

»Wir sind gekommen, um dir was Wichtiges zu sagen«, erklärte Matilda.

»Es muß schon *sehr* wichtig sein«, sagte Cornelius. »Denn das hier ist die Herrendusche.«

»Ja«, sagte Matilda. »Das haben wir gemerkt.«

»Du spinnst doch, Matilda.«

»Es geht um Franziska. Ihr geht es nicht gut.«

»Um Franziska«, wiederholte Cornelius. »Sag bloß, ihr Typ hat keinen Parkplatz gefunden? So was macht Franziska nämlich todunglücklich, hast du das gewußt?«

»Du bist immer noch gekränkt«, sagte Caroline, den Blick weiterhin auf den Boden gerichtet. »Aber Franziska hatte ganz andere Gründe, eure Beziehung zu beenden.«

»Ja, ja, die kenne ich.« Cornelius schlappte wütend zum Umkleideraum hinüber und begann sich anzuziehen. »Irgend so ein reicher Schnösel mit Jaguar hat ihr wahnsinnig imponiert.«

»Ja«, sagte Matilda.

Die drei anderen Wasserballer in der Umkleide waren mucksmäuschenstill. Offensichtlich fanden sie das Gespräch sehr spannend.

»Na, also«, sagte Cornelius.

»Das stimmt schon«, fügte Caroline hinzu. »Aber das war in einer Zeit, in der du dich überhaupt nicht um Franziska gekümmert hast. Psychologisch ist das ganz einfach zu erklären. Sie hat sich vernachlässigt gefühlt und war daher besonders anfällig für Jans – ähm – Verführungsmethoden.«

»Picknicks im Mondschein, toll! Aber das ist ja auch egal. Mir hat sie gesagt, daß sie ihn liebt.«

»Sie hat gelogen«, sagte Caroline fest. »Und zwar, weil sie dir nicht die Wahrheit sagen wollte.«

»Und die wäre?«

»Franziska war schwanger«, sagte Matilda. »Und du hast ihr wohl gesagt, daß du zwar kein Baby bekommen willst, aber eine Abtreibung ebenfalls nicht akzeptieren würdest.«

»Und damit hast du ihr natürlich den Boden unter den Füßen weggezogen. Psychologisch ist das ganz einfach zu erklären. Sie wußte, daß du dich nicht über ein Baby freuen würdest, also wollte sie es auch nicht bekommen. Sie wußte aber genauso, daß du eine Abtreibung nicht gutheißen würdest, also konnte sie auch nicht abtreiben. Und aus diesem Paradoxon heraus hat sie dann Schluß gemacht.«

Cornelius saß fassungslos auf seinem Bänkchen »Ist das wahr?« fragte er und gab sich die Antwort gleich selber. »Ja, es ist wahr. Deshalb war sie so eigenartig und hat andauernd diese komischen Fragen gestellt. O mein Gott!«

»Ja, und dann hat dieser Jan sie auch noch im Stich gelassen«, setzte Caroline hinzu. »Das hat ihr den Rest gegeben. Sie ist so traurig die ganze Zeit, man kann es nicht mit ansehen.«

»O mein Gott«, stöhnte Cornelius und zog sich hastig seine Schuhe an. »Wo ist sie denn jetzt?«

»Im Evangelischen Krankenhaus«, antwortete Matilda, noch bevor Caroline sie in die Rippen stoßen konnte. »Gynäkologische Abteilung.«

»*O nein*«, schrie Cornelius aufspringend. »Das – o mein Gott, ich muß sofort zu ihr.«

»Warte doch!« rief Caroline, aber Cornelius rannte los wie eine Silvesterrakete.

»Zimmer dreihundertundzwei!« schrie Matilda ihm nach.

»Er weiß doch noch gar nicht, weswegen sie dort liegt«, jammerte Caroline. »Und daß sie gar nicht schwanger ist! Dabei hätte ich ihm das psychologisch so einfach erklären können.«

»Macht doch nichts«, meinte Matilda vergnügt und rieb sich die Hände. »Hauptsache, es hat funktioniert.«

»Ich fand, er sah beinahe wütend aus«, sagte Caroline.

»Und wenn schon! Ein bißchen Wut ist gut vor einer Versöhnung. Je dramatischer ein Streit zu Ende geht, um so schöner. Finde ich.«

»Ja, und er liebt sie so sehr«, seufzte Caroline. »Er hat nicht mal gefragt, ob das Kind nicht auch von diesem Jan sein könnte. Es war ihm völlig egal, so sehr liebt er sie. Ist das nicht schön?«

»Doch«, sagte der Wasserballer, der nur mit einem Socken bekleidet war, sichtlich gerührt. »Wunderschön.«

34

Die Pforte des Krankenhauses war längst geschlossen. In seiner Verzweiflung hätte Cornelius beinahe gegen die Glastüre getreten. Da gewahrte er einen jungen Mann im weißen Kittel, der auf einem kleinen Balkon über ihm ein Zigarettchen rauchte.

»Hallo, Sie!« rief er hinauf.

Der Pfleger starrte zu ihm hinunter. »Das ist erlaubt«, beteuerte er und zeigte auf die Zigarette. »Solange ich hier draußen rauche, hat niemand etwas dagegen.«

»Natürlich nicht«, sagte Cornelius verblüfft. »Ich wollte ja auch nur wissen, wie man hier reinkommt. Es ist dringend!«

»Durch die Notaufnahme, hinterm Haus. Können Sie nicht verfehlen. Da steht ein großes Schild, und alles ist hell erleuchtet. Die armen Kerle sind die einzigen, die um diese Tageszeit arbeiten müssen. Und unsereiner, natürlich.«

»Ja, natürlich«, sagte Cornelius. »Und vielen Dank.«

Er rannte um das Gebäude herum, und tatsächlich, der Eingang, über dem *Ambulanz* stand, war geöffnet. Vorsichtig betrat Cornelius den Flur. Falls ihn jemand aufhalten wollte, würde er sagen, er habe gerade einen Freund hergebracht mit Nasenbluten und wolle auf ihn warten. So was gab es hier sicher alle Tage.

Aber niemand hielt ihn auf. Unbeachtet gelangte Cornelius zu den Aufzügen. Im dritten Stock war es, bis auf die Notbeleuchtung in den Gängen, stockdunkel. Cornelius hatte Schwierigkeiten, die Linien farblich zu unterscheiden, die auf den Boden aufgemalt waren und zu den einzelnen Stationen führten. Die Gynäkologische Station war mit gelb gekennzeichnet. Cornelius folgte der Linie durch mehrere Glastüren, die alle offenstanden. Kein Mensch begegnete ihm. Schließlich fand er die Zimmernummer dreihundertundzwei. Vorsichtig drückte er die Klinke herunter. Hoffentlich hatte Matilda sich nicht vertan. Im Zimmer war es nämlich stockdunkel. Cornelius überlegte, ob er sich von Bett zu Bett tasten wollte. Er war sicher, Franziska allein durch Tasten identifizieren zu können, aber er wollte natürlich nicht riskieren, daß er eine andere Frau aufweckte, die dann die Klinik zusammenschrie.

Kurz entschlossen machte er das Licht an. Zwei Neonröhren flammten auf und tauchten den Raum in strahlendhelles Licht. Cornelius sah sich schnell um. Da standen drei Betten nebeneinander, und Franziska lag hinten am Fenster. Deutlich sah er ihren braunen Haarschopf auf dem Kopfkissen. Er machte das Licht wieder aus. Niemand war aufgewacht. Vorsichtig schlich er zum hinteren Bett und kniete sich neben Franziskas Kopfende.

»Hey, Franziska«, flüsterte er in ihr Ohr. »Wach auf.«

Franziska rührte sich nicht. Dafür drehte sich die Frau im Nachbarbett unruhig herum.

Cornelius hielt die Luft an. Er streichelte über Franziskas Wange.

»Franziska«, flüsterte er eindringlich. »Wach auf!«

Franziska knurrte etwas Unverständliches.

»Ich bin es«, zischte Cornelius. »Wach endlich auf!«

Franziska setzte sich mit einem Ruck aufrecht. »Wer ist da?« rief sie.

»Schschsch!« zischte Cornelius. »Ich bin es, Cornelius.«

»Cornelius?«

»Ja, ich mußte einfach herkommen. Franziska, ich habe eben erst erfahren, was los war. Es tut mir so leid, daß ich nicht verstanden habe, in welchen Schwierigkeiten du stecktest. Das ist alles meine Schuld.«

»Nein«, sagte Franziska schlaftrunken. »Das ist es nicht.«

»Doch. Ich hätte merken müssen, daß etwas nicht stimmt. Und ich hätte nicht so einen Blödsinn reden dürfen, von wegen eine Abtreibung sei unmoralisch. Damit habe ich dich total unter Druck gesetzt. Es tut mir so leid.«

Über ihnen flammten wieder die Neonröhren auf.

Cornelius merkte es gar nicht. »Ich wollte nur, daß du weißt, daß ich zu dir stehe, ganz egal, was du auch getan haben magst. Ich würde niemals aufhören, dich zu lieben, Franziska.«

Franziskas Augen brauchten eine Weile, um sich an das helle Licht zu gewöhnen. Zuerst sah sie Cornelius nur ganz verschwommen, aber nach und nach bekam er seine vertrauten Konturen. Wie gut er aussah! Und wie wunderbar es war, ihn in ihrer Nähe zu haben. Sie streichelte über seine Locken.

»Hey, die sind ja ganz naß«, murmelte sie.

»Ich hatte es eilig«, sagte Cornelius und zog sie ganz fest an sich.

Franziska seufzte überwältigt. »Und du kommst mitten in der Nacht her, um mir das zu sagen?«

»Ich hätte nicht eine Sekunde mehr warten können. Geht es dir gut? Ist alles in Ordnung?«

»Ja, jetzt geht es mir gut«, seufzte Franziska.

Über seine Schulter hinweg sah sie, daß die anderen Frauen ebenfalls aufgewacht waren. Eine von ihnen mußte das Licht angemacht haben. Sie saßen ganz still in ihren Betten und sahen gespannt zu ihnen herüber.

»Wie bist du hier hereingekommen?« fragte Franziska.

»Ich habe mich durch die Notaufnahme hochgeschlichen«, sagte Cornelius, ohne sie loszulassen.

»Das hast du getan? Oh, das ist ja so romantisch«, rief Franziska aus.

Die Frauen in ihren Betten fanden das wohl auch. Sie lächelten ihr alle beide aufmunternd zu.

»Wir müssen eine Menge bereden«, sagte Franziska. »Es gibt so vieles, was du nicht weißt.«

»Ja, das ist gut möglich«, erwiderte Cornelius und drückte sie noch fester an sich.

Die beiden Frauen nickten zufrieden mit dem Kopf.

35

»Das Leben ist ja so schön«, seufzte Franziska und schaute in den Himmel hinauf.

»Ja«, seufzte Caroline.

»Ich wüßte nicht, was daran schön ist«, murrte Matilda. Sie

lagen nebeneinander auf der Wiese im Volksgarten: Caroline auf dem Bauch in einem Buch blätternd, ohne darin zu lesen, Franziska auf dem Rücken, Löcher ins Blaue starrend, und Matilda mit den üblichen Eiswürfeln auf dem Bauch.

Caroline setzte sich glücklich auf.

»Wißt ihr, was Johannes heute morgen am Telefon zu mir gesagt hat?«

»Ich will es nicht wissen«, antwortete Matilda mürrisch.

Caroline nahm keine Notiz von ihren Worten. »Er hat gesagt, ich sei die erste Frau, die er am liebsten Tag und Nacht um sich haben würde.«

»Wie *toll*!« spottete Matilda. »Ich bin mal gespannt, wann er die Nase voll hat von deiner Jungfräulichkeitsmasche.«

»Bis jetzt jedenfalls nicht«, versicherte Caroline. »Er hat gesagt, er findet es toll, daß ich auf ihn gewartet habe, und wir hätten alle Zeit der Welt *dafür*.«

»Schön«, fand Franziska.

»Schön blöd«, sagte Matilda. »Ich finde das so bescheuert, wie ihr beiden euch aufführt, so frisch verliebt und *unheimlich* glücklich in eurer spießigen Beziehung. Und ich bin ganz allein!«

»Aha, von daher weht der Wind. Du bist neidisch und unzufrieden«, schlußfolgerte Franziska. »Du gönnst uns unser Glück nicht. Und du bist sauer, daß es dir nicht gelungen ist, Caro den Johannes auszuspannen.«

»Das ist nicht wahr«, verteidigte sich Matilda. »Ich habe nur mit Johannes geflirtet, weil ich wollte, daß Caroline sich endlich in ihn verliebt. Man verliebt sich nämlich nur in jemanden, der nicht so leicht zu haben ist, das weiß doch jedes Kind.«

»Danke«, sagte Caroline gerührt.

»Hahaha«, spöttelte Franziska. »Das glaubst du doch wohl selber nicht.«

»Ist ja auch egal«, sagte Matilda und schüttelte das Eiswasser von ihrem Bauch. »Jedenfalls finde ich es stinklangweilig mit euch. Cornelius hat gesagt, blablabla, Johannes hat gesagt, blablabla, ich bin ja so glücklich, blablabla! So geht das den ganzen Tag. Mir steht das bis *hier*.«

»Was ist denn mit Peter, Paul und Mary?« erkundigte sich Caroline.

»Ach die!« Matilda machte eine wegwerfende Handbewegung.

»Ja, was willst du denn? Schließlich kann nicht andauernd einer von uns schwanger sein!« lachte Franziska.

»Ich will auch eine normale Beziehung«, brach es aus Matilda heraus. »Ich will auch sagen können: Der Dings hat gesagt, der Dings hat gesagt, den ganzen Tag lang. Dann seht ihr nämlich auch mal, wie doof das ist.«

»Also, ich finde das toll«, sagte Caroline. »Von mir aus kann das jetzt immer so weitergehen. Jahrelang!«

»Ja«, seufzte Franziska. »Keine blöden Abenteuer mehr, von denen nichts zurückbleibt als ein ekelhafter Beigeschmack. Ganz zu schweigen von dem Ärger, den ich mit meinen Eltern hatte. Ich glaube, mein Vater hat mich aus seinem Testament gestrichen.«

»Wenn du auch eine stinknormale Beziehung haben willst, mußt du doch einfach nur Peter, Paul oder Mary erhören«, meinte Caroline zu Matilda.

Maltilda schüttelte den Kopf. »Peter, Claudius und René«,

sagte sie. »Und das ist gar nicht so einfach. René hat eine Freundin in Freiburg, wo er studiert hat, Peter findet das so, wie es ist, genau richtig, und Claudius redet bedenklich oft von dem Haus mit Wintergarten, das er mal bauen will. Welchen soll ich denn nehmen?«

»Claudius«, riefen Franziska und Caroline wie aus einem Mund.

»Am besten noch heute«, setzte Franziska hinzu. »Dann verdirbst du uns nicht mehr die Stimmung und kannst endlich ausprobieren, wie das ist, einem einzigen Mann treu zu sein.«

»Ja«, seufzte Matilda. »Vielleicht sollte ich das wirklich. Und wenn es nur für ein paar Wochen ist.«

Band 12683

Jule Brand

Herrchen gesucht

Turbulente Liebesabenteuer auf Korsika

Sommer, Sonne, Semesterferien – und nicht nur Hermann, der Hund mit dem verknautschten Gesicht, sucht ein Herrchen, sondern auch Matilda, Caroline und Franziska, denen das Tier beharrlich von Zeltplatz zu Zeltplatz folgt. Nach Prüfungsstreß, deutschem Dauerregen und deutschen Männern sollten es einfach erholsame Wochen in der Sonne werden, welche die drei Studentinnen zusammen mit der langbeinigen Peggy und deren verwöhnter kleiner Schwester verbringen wollten. Doch gutaussehende Yachtbesitzer, phantasievolle Pizzabäcker und Freund Cornelius, der es zu Hause nicht mehr ausgehalten hat, sorgen für Aufregung und Abenteuer...